DUMONT

Leonard und Paul sind allerbeste Freunde. Während Leonard als Ghostwriter Kinderenzyklopädien verfasst, arbeitet Paul als Aushilfspostbote. Das Leben der beiden verläuft in ruhigen, wohlgeordneten Bahnen – bis jedem von ihnen etwas widerfährt, das eine ganze Reihe von Veränderungen in Gang setzt.
Dieser Roman rückt jene Menschen in den Mittelpunkt der Erzählung, die im Alltag oftmals übersehen werden. Leonard und Paul beteiligen sich nicht am Lärmen der Welt, sondern zeichnen sich durch Eigenschaften aus, die immer seltener anzutreffen sind: Freundlichkeit, Sanftmut und Bescheidenheit.
Eine hinreißend charmante Lektüre voller Humor, die nachdrücklich vor Augen führt, wie bereichernd es sein kann, sich auf den Nebenstraßen des Lebens zu bewegen.

Rónán Hession ist ein irischer Schriftsteller und Musiker, der in Dublin lebt. ›Leonard und Paul‹ ist sein hochgelobter Debütroman, der u. a. auf der Shortlist der Irish Book Awards rangierte und für die British Book Awards nominiert war. In Deutschland stand er 2023 auf der Shortlist für das Lieblingsbuch des unabhängigen Buchhandels.

Andrea O'Brien übersetzt seit vielen Jahren zeitgenössische Literatur aus den englischen Sprachen und wurde für ihre Arbeit bereits mehrfach ausgezeichnet. Sie lebt und arbeitet in München.

RÓNÁN HESSION

LEONARD UND PAUL

Roman

Aus dem irischen Englisch
von Andrea O'Brien

DUMONT

Dieses Buch ist Kathleen Smyth gewidmet,
für dein tapferes, wunderbares Herz.

1

LEONARD

Leonard wurde von seiner Mutter unter fröhlich überspielten Mühen allein großgezogen; sein Vater war auf tragische Weise während der Geburt gestorben. Obwohl eisernes Durchhaltevermögen nicht ihrem Naturell entsprach, hatte Leonards Mutter ihrem Sohn beigebracht, das Leben als einen Reigen kleiner Ereignisse zu betrachten, von denen sich jedes auf eigene Weise bewältigen ließ. Für sie war Güte etwas völlig Normales. Hinten im Garten kein Vogelhäuschen zu haben war ihrer Meinung nach nur dadurch zu rechtfertigen, dass man schon eins im Vorgarten hatte.

Wie es manchmal ist bei Jungen, die Brettspiele lieber mögen als Sport, hatte Leonard wenige Freunde, aber viele Ideen. Seine Mutter verstand intuitiv, dass Kinder wie Leonard einfach einen interessierten Gesprächspartner brauchten. Also plauderten sie auf dem Weg zum Einkaufen über Meeraale und tauschten sich auf dem Rückweg intensiv über die Monde des Saturn aus, während Leonards Bad redeten sie über Flutwellen und vor dem Zubettgehen noch schnell über den Mann, der es mit den längsten Fingernägeln der Welt ins *Guinness-Buch der Rekorde* geschafft hatte. Aber Leonard wuchs in einer Zeit auf, da man stille, verträumte Kinder nicht einfach als harmlos betrachtete und gewähren ließ, sodass seine Mutter ihn oft gegenüber engstirnigen Lehrern verteidigen musste, die behaupteten, sie könnten einfach nicht zu ihm durchdringen. Bei Elternsprechtagen saß sie allein vor ihnen und erklärte mit unverdrossener mütterlicher Geduld, dass ihr Sohn, wie sein verstorbener Vater, eben einfach kein »Blitzmerker-Gesicht« habe.

Selbst als Leonard die Dreißig überschritten hatte, umhegte sie ihn weiterhin liebevoll, kaufte ihm Schinkenbraten zum Mittagessen, schön mager, wie er es mochte, stellte ihm morgens eine Tasse Tee auf den Nachttisch und versah seine Jeans sorgfältig mit Bügelfalten, die Leonard hinterher stillschweigend wieder rausbügelte. Er revanchierte sich für ihre Zuwendung, indem er ihr im fortgeschrittenen Alter Gesellschaft leistete und sie an seinem in relativ ruhigen Bahnen verlaufenden Alltag teilhaben ließ.

Leonard wusste nicht, wann genau sich ihre Mutter-Sohn-Beziehung hin zu einer eher partnerschaftlichen entwickelt hatte. Obwohl das gesellschaftliche Urteil über das Zusammenleben von erwachsenen Söhnen mit ihren verwitweten Müttern noch aussteht, gilt diese Situation nicht als erstrebenswert. Diejenigen, die davon Notiz nahmen, hielten sie vermutlich für eine Glucke oder ihn für antriebslos, generell und vielleicht auch sexuell, doch in Wahrheit lag es beiden fern, sich gegenseitig einzuschränken oder sich in die Belange des anderen einzumischen. Beide waren unabhängige Menschen, die ihre Privatsphäre schätzten und einfach gut miteinander auskamen. Leonard erinnerte sich allerdings an einen Moment, als sie es beide seltsam gefunden hatten. Damals war es darum gegangen, ob sie gemeinsam in den Urlaub fahren sollten, doch er hätte jetzt nicht mehr sagen können, wer von ihnen den Vorschlag gemacht hatte. Mutter-Tochter-Urlaube waren natürlich völlig normal, und Vater-Sohn-Reisen galten als Teil des Reifeprozesses. Bei der Konstellation Mutter und Sohn hingegen dachten alle sofort, dass eine Person der anderen zur Last fallen müsse. Doch ehrlich gesagt waren die beiden ideale Reisegefährten. Sie war gut zu Fuß und konnte stundenlang durch Galerien und Museen bummeln, ohne sich wie andere, halb so alte Frauen erschöpft den Verlockungen des Museumsladens hinzugeben. Beide mochten Kirchen, Leonard war zwar nicht religiös, aber ein Großteil der Kunst eben schon. Während er sich also in europäischen Kathedralen an berühmten Bildern und Skulpturen erfreute, zündete seine Mutter in einer der Seitenkapellen eine Kerze für ihren schwachen, lang verstorbenen Ehemann an.

Nie fragte sie Leonard über Freundinnen aus, schließlich war das Thema heikel und sie außerdem unsicher, ob es ihrem anscheinend zölibatär lebenden Sohn an Interesse oder an Gelegenheit mangelte. Für Leonard hatte der Umstand, dass er zu Hause bei seiner Mutter wohnte, allein aus praktischen Gründen zu einer gewissen Zurückhaltung geführt. Er hatte sich gefragt, wie es wäre, wenn er ein Mädchen mitbrächte und am nächsten Morgen auf einmal zwei Tassen Tee auf dem Nachttisch stünden.

Seine Mutter starb mitten in der Woche im Schlaf, sorgfältig zugedeckt, ihre Kleidung war für den nächsten Tag fein säuberlich zurechtgelegt, diese Sorgfalt ein Zeichen ihrer Wertschätzung für die kleinen Dinge des Lebens. Als Ursache nannte der Arzt Herzinfarkt, betonte aber, dass er keinerlei Anzeichen für Leiden oder Dramatik habe feststellen können. Ihr Herz, erklärte er, habe einfach »den letzten Schlag getan«.

Da Leonard das schüchterne einzige Kind zweier ebenfalls schüchterner Einzelkinder war, kamen nur wenige Leute zur

Beerdigung. Die vorderen Reihen in der Kirche waren so gut wie leer, Leonard saß allein, da Trauergäste ihre Beziehung zu Verstorbenen oft falsch einschätzen und sich weiter nach hinten setzen, als sie sollten. Ohne nennenswerten Familienkreis blieb Leonard nichts anderes übrig, als die verschiedenen Aufgaben während der Trauerfeier selbst zu übernehmen: Er trug die Fürbitten vor, führte die Kollekte durch und kümmerte sich um all die anderen Nebensächlichkeiten, die sonst die Verwandtschaft erledigt hätte. Der Pfarrer tummelte sich in seiner Predigt auf den Gemeinplätzen Tod und Hoffnung, sehr zu Leonards Erleichterung, denn seine Mutter mochte es überhaupt nicht, wenn Menschen das Leben eines Verstorbenen auf eine Karikatur reduzierten. Hätte Leonard den Mut gehabt, wäre er aufgestanden und hätte allen erzählt, dass seine Mutter die Menschen in ihrem Leben umhegt hatte wie die Vögel in ihrem Garten: mit bedingungsloser Freude und Großherzigkeit.

Im Krematorium, als ihr Sarg auf Schienen unter dem roten Vorhang hindurchruckelte, fühlte sich Leonard an die Geisterbahn auf dem Jahrmarkt erinnert, die seine Mutter sehr gemocht hatte. Aufgrund ihrer Höhenangst und Scheu vor Gerangel waren Jahrmärkte für sie eine echte Herausforderung gewesen, die sie nur Leonards wegen angenommen und so eine Vorliebe für die Geisterbahn entwickelt hatte, im Grunde ja nichts anderes als eine langsame Fahrt durch eine dunkle Galerie voller angestrahlter Kunstobjekte. Nachdem der Vorhang hinter dem Sarg gefallen war und die letzten Klänge von »Nothing Rhymed« ihres Lieblingssängers Gilbert O'Sullivan verstummt waren, wischte Leonard sich eine Träne von der Brille und machte sich auf den Weg zu seinem Elternhaus, das er von jetzt an als Waise allein bewohnen würde.

Wenn ein Einzelkind seinen zweiten Elternteil verliert, wird im Generationenkalender eine neue Seite aufgeschlagen. Abgesehen von allerlei praktischen Dingen, die zu erledigen und zu regeln sind, muss man sich auch noch dem Alltag stellen. Er kommt auf einen zu, ob man bereit ist oder nicht. Und so verquickten sich Trauer und Verwirrung. In diesem Gemütszustand, eine Oktave tiefer gestimmt, verbrachte Leonard die ersten Wochen nach der Beerdigung: Er schaute dem Auflauf im Ofen beim Überbacken zu, verharrte mit einer Tüte voller Futterherzen aus Sonnenblumenkernen vor dem Vogelhäuschen oder mit erhobenem Textmarker über der Fernsehzeitung. Hätte man ihn in diesen Momenten gefragt, woran er gerade dachte, oder ihn mit herkömmlichen Mitteln aus seiner Trance zu reißen versucht – ihn also ohne Grund beim Verharren unterbrochen –, er hätte keine Antwort parat gehabt, und sein Bewusstsein wäre zu ihm zurückgekehrt wie eine Katze nach ein paar Tagen unerklärter Abwesenheit.

Nach dem Abendessen saß er auf dem Sofa, wie viele alleinstehende Männer, denen Zeit nicht als Geschenk, sondern als Lücke galt. Dann schlug er eine der historischen Biografien auf, die geduldig im Regal warteten, viele davon schon nach den ersten Seiten mit einem Lesezeichen versehen, der Porträtierte den Kinderschuhen noch nicht entwachsen. Buchhandlungen empfand Leonard als tröstliche Orte, Bücher kaufen als tröstliche Beschäftigung, aber seit einiger Zeit konnte er sich nicht mehr aufs Lesen konzentrieren, es kam ihm einsamer vor, jetzt, da seine Mutter nicht mehr im Haus herumwerkelte. Immer wieder setzte er sich an den Tisch und versuchte, Skizzen aus dem *Jahrbuch des Vogelbeobachters* abzumalen – ein am Strand entlangtippelnder Sanderling oder eine Lumme mit ihren Eiern, die birnenförmig verzogen sind, damit sie nicht von hohen Klippen kullern –, doch da er sie niemandem zeigen konnte, hudelte er bei Einzelheiten im Gefieder oder vernachlässigte feinere Farbnuancen. Und natürlich war da immer der Fernseher: die beste aller Alternativen, wenn auch seltsam entfremdet, weil sonst niemand auf dem Sofa saß, mit dem er sich darüber hätte austauschen können.

Wäre Leonard ein anderer Mensch gewesen, hätte er sich vielleicht im Pub mit ein paar Freunden zum Darts, Domino, Karten- oder anderen Knastspielen getroffen, doch nichts vermittelte ihm derzeit ein intensiveres Einsamkeitsgefühl als die Vorstellung, sich in Gesellschaft von extrovertierten Menschen aufhalten zu müssen. In Zeiten wie diesen erkennen wir unsere wahren Freunde oder, wie in Leonards Fall, wenden wir uns unserem einzigen Freund zu. Und so, getrieben vom Wunsch, diesen trostlosen Teil des Abends zu vermeiden oder zu vertreiben, suchte Leonard regelmäßig Zuflucht in der Gesellschaft von Paul.

2

PARLEY VIEW

Paul wohnte noch mit seinen Eltern in dem Haus, wo er aufgewachsen war. Er hatte bereits mehr als dreißig seiner biblisch verbrieften siebzig Lebensjahre hinter sich, und Fremde, die gern ungefragt ihre Meinung kundtaten, mochten behaupten, ihm fehle es an »Elan« oder er wolle lediglich seine Eltern überdauern, um so ohne eigenes Zutun zum Hausbesitzer zu werden. Aber Paul war ein Mensch, an dem Tratsch dank seiner generellen Selbstvergessenheit komplett vorbeiging. In Wahrheit war er nie aus seinem Elternhaus ausgezogen, weil er Teil einer glücklichen Familie war und dies zu schätzen wusste, was vielleicht seltener vorkommt, als es sollte.

Sein Vater Peter hatte jahrelang als Ökonom gearbeitet, war aber jetzt im Ruhestand und lebte von der Rente, die ihm die unsichtbare Hand des Marktes zumaß. Sein Schädel war kahl, doch es sah aus, als hätte die Schwerkraft die seinem Haupt fehlenden Haare über die Kopfhaut zurück in seinen Körper gezogen, denn nun sprossen sie ihm stattdessen aus den Ohren, der Nase und den Brauen. Pauls Mutter Helen war Lehrerin und arbeitete in Altersteilzeit nur noch zwei Tage die Woche. Helen hatte Leonard zwei Jahre lang in der Grundschule unterrichtet. Damals hatte sie ihn oft für seine Zeichnungen gelobt und ihm versichert, er hätte »richtig Grips«, wenn er ihn nur anstrengen würde, eine der nettesten Arten, jemanden faul zu nennen. Wie alle Lehrerinnen, die ihren ehemaligen, mittlerweile erwachsenen Zöglingen begegnen, begrüßte sie Leonard stets mit aufrichtiger Freude.

Ihren Mann Peter hatte sie auf der Straße kennengelernt, als er ihr den Weg zu einer Kunstausstellung beschrieben und sie schließlich dorthin begleitet hatte. Sie hatten sich spontan so ineinander verliebt. Die Chemie bahnte den Weg zur Physik, dann zur Biologie, und schließlich wurden die beiden mit ihrem ersten Kind gesegnet, Pauls älterer Schwester Grace. Paul kam erst nach zwei schwierigen Fehlgeburten zur Welt, weshalb Helen ihn verständlicherweise als besonderes Geschenk betrachtete. Helen und Peter teilten immer noch die Nähe zweier Menschen, die viel miteinander durchgemacht hatten.

Auf Pauls Vorschlag hin hatten sie ihrem Haus den Namen »Parley View« gegeben, nach einem französischen Chanson, das er mal beim Rugbyspiel im Fernsehen gehört hatte. Helen war es wichtig, den Garten hinten vogelfreundlich und vorn bienenfreundlich zu gestalten, während Peter sich um das kümmerte, was er »häusliche Instandhaltung« nannte: Bilder aufhängen, Glühbirnen auswechseln und all die anderen Dinge, die man einem bedürftigen Haus angedeihen lassen konnte, ohne ernsthaft in Werkzeug zu investieren. Grace war schon lange ausgezogen und bereitete sich auf ihre bevorstehende Hochzeit vor, ein Projekt, das sie mit ihrer Mutter in allabendlichen Telefonaten abarbeitete, wobei Helens mütterlicher Beitrag meist daraus bestand, Grace zu lauschen und gelegentlich beruhigend »Ich weiß, Schatz, ich weiß« einzuwerfen.

Als Leonard an diesem Abend vor der Tür stand, begrüßte Peter ihn wie üblich mit freudestrahlender Miene.

»Nur herein, Leonard, nur herein.«

Vor dem Eintreten putzte sich Leonard unnötigerweise die Schuhe auf der Fußmatte ab, eher aus Anstand als aus hygienischen Gründen. Im Wohnzimmer legte Helen auf einem Teetablett ein Puzzle. Es sollte wohl ein impressionistisches Kunstwerk werden, aber bisher waren nur die Ränder fertig, weshalb es sich nicht genau erkennen ließ. Ihre Teetasse stand wackelig auf der Sofalehne, etwas, das Leonards Mutter nie erlaubt hätte. Peter und Helen setzten sich wieder auf ihre angestammten Plätze auf dem Sofa, auch sie fügten sich zusammen wie zwei Puzzleteile.

»Wie geht es dir, Leonard? Hast du zum Alltag zurückgefunden? Es gibt sicher noch eine Menge zu regeln«, sagte Helen, bemüht, die sensiblen Themen sofort sachte aus dem Weg zu räumen.

»Ich komme klar«, antwortete Leonard, ohne sich speziell auf den Alltag, die Trauer oder die zu regelnden Dinge zu beziehen.

»Schön, dich zu sehen ... greif zu.« Helen zeigte auf ein drei Wochen zu früh geschlachtetes Schokoladen-Osterei, offenbar suchte sie ihr schlechtes Gewissen zu beruhigen, indem sie es mit anderen teilte. Leonard nahm sich ein großes Stück, versuchte, sich davon eine bescheidenere Portion abzubrechen, beschloss dann aber doch, alles zu essen, nachdem es in seinen Schoß zerbröselt war. Im Fernsehen lief eine von Leonards Lieblingssendungen, die Quizsendung *University Challenge*, sie war auf Pause gestellt.

Peter saß für gewöhnlich in Habachtstellung davor und feuerte lautstark mögliche Lösungen ab, kaum dass ein Spieler den Buzzer betätigt hatte: »Thomas Cromwell, NEIN, Oliver Cromwell, NEIN ...«, und das alles, bevor ein unfassbar aufgeräumter Zwanzigjähriger »Kardinal Wolsey« antworten konnte. Das

Gegenstück zu Peters Maschinenpistole war Helens Heckenschützengewehr. Sie beschäftigte sich gern mit anderen Dingen – Kreuzworträtsel, Sudoku oder Puzzle, wie heute Abend – und tat, als würde sie nicht zuhören. Doch dann, bei irgendeiner obskuren Frage, die beide Teams ins Rudern brachte, lieferte sie aus dem Hinterhalt die richtige Antwort, ohne auch nur aufzuschauen. Für gewöhnlich handelte es sich dabei um etwas, das man nicht erraten konnte, wie ein Ereignis, das in einem Schaltjahr stattgefunden hatte, oder der Umstand, dass König Irgendwer der Soundsovielte einen Zwillingsbruder hatte. Sie tat, als wäre es ihr egal, dass sie mit ihrer kühl vorgetragenen Antwort gleich ein ganzes Dutzend von Peters hektisch hervorgestoßenen Rateversuchen abgeschossen hatte. Einmal hatte Peter eine Sendung aufgezeichnet und die ersten zwanzig Antworten auswendig gelernt, damit Helen später beim gemeinsamen Ansehen so richtig von den Socken wäre, was ihm dann auch gelungen war, obwohl wir nie erfahren werden, ob Helen tatsächlich darauf hereingefallen war oder sich einfach gefreut hatte, dass er sich nach so vielen Jahren noch immer solche Mühe machte, sie zu beeindrucken. Vor allem interessierten sich Peter und Helen aber für die Sendung, weil sie beide an die Jugend glaubten. Sie fieberten mit und verziehen den Teilnehmenden jegliche Selbstüberschätzung, denn in jedem intelligenten jungen Menschen, der das Beste aus einer guten Schulbildung machte, sahen sie etwas Reines, Makelloses.

»Wie läuft's auf der Arbeit, Leonard?«, fragte Peter. Als Rentner, der alles hinter sich hatte, bewahrte er sich noch ein gewisses Interesse an der Arbeitswelt.

»Ganz gut. Viel zu tun.«

»Welches Thema ist gerade dran? Dinosaurier? Meerestiere? Höhlenmenschen? Die Griechen?«

»Fast – die Römer. Und besonders ihre Zeit in Britannien und in den umliegenden Provinzen. Ist wirklich interessant. Die Schotten haben ihnen ganz schön zugesetzt.«

Leonard verfasste Lexika und andere Sachbücher für Kinder. Er schrieb sie zwar, galt aber nicht als ihr Autor. Diese Ehre wurde wie die Namensnennung auf dem Cover nur dem Akademiker zuteil, der letztlich für den Inhalt verantwortlich zeichnete. Leonards Aufgabe bestand darin, die wichtigsten Eckpunkte in knappen, prägnanten Sätzen zu vermitteln. Einigen Illustratoren gefiel Leonards Art, die Dinge kurz und bündig zusammenzufassen, und er hatte sich mittlerweile den Ruf erarbeitet, Fakten aus kindlicher Perspektive zu erklären. Die Arbeit passte zu ihm, er interessierte sich für alles, das Interesse verdiente, und spielte lieber eine Nebenrolle in der Geschichte der anderen, als in deren Mittelpunkt zu stehen. Außerdem vermittelte ihm der Status als Underdog, ungenannt und unbesungen, eine gewisse Glaubwürdigkeit, selbst wenn sein Einkommen etwas geringer ausfiel, als er es sich in seinem Alter gewünscht hätte. Er arbeitete für sich in einem riesigen Großraumbüro, das er sich mit Verlagsfremden und mit dem firmeneigenen, aber nicht minder verlagsfremden Verwaltungspersonal teilte. Das alles vermittelte ihm ein Gefühl und den Anschein von gesellschaftlicher Zugehörigkeit, obwohl er in Wirklichkeit zumeist allein arbeitete und seinen Gedanken nachhing. Die Illustratoren, die dem Verlag letztlich die Profite bescherten, fügten ihre Bilder erst hinzu, wenn Leonards Arbeit schon getan war, weshalb er so gut wie keinen Kontakt zu ihnen hatte. Seine Beziehungen zu den verantwortlichen Autoren waren rein beruflich und distanziert. Sie schickten ihm höfliche, aber wenig herzliche Mails mit ihren Kommentaren und Änderungswünschen. Leonard machte das nichts aus. Er hatte nicht vor, mit den Alphatieren des Unternehmens berufliche Freundschaften zu schließen.

»Du solltest die Illustrationen selbst übernehmen, Leonard – darin warst du immer gut. Dann musst du nur noch deinen tyrannischen Chef loswerden und die Bücher selbst verlegen. Du könntest auf die Bahamas auswandern und am Strand schreiben«, schlug Helen vor, die es sich zur Lebensaufgabe gemacht hatte, anderen behutsame Steilvorlagen zu liefern, die diese nur noch verwandeln mussten.

»Irgendwann vielleicht«, sagte Leonard. »Leider sind alle Sachbücher schon zigmal geschrieben worden, da gibt es kaum noch was Originelles zu sagen. Die Illustratoren sind immer auf dem neuesten Stand, während ich dazu verdonnert bin, die alten Themen zu beackern. Aber ich bin trotzdem recht zufrieden – die Vorstellung, dass Kinder diese Bücher lesen und sie spannend finden, macht mich froh.«

»Es gibt nichts Schöneres als ein lesendes Kind«, sagte Helen. »Ich weiß noch, wie Grace bäuchlings lesend auf dem Läufer lag und sich weder vom Fernseher noch von uns ablenken ließ. Ich habe noch kein Kind getroffen, das nicht gerne gelesen hätte, sofern es die Gelegenheit dazu hatte. Manchmal haben Eltern sich bei mir beklagt, ihr Kind würde keine Bücher lesen, und mein Rat an sie war stets derselbe: Wenn die Eltern lesen, folgt das Kind ihrem Beispiel. Wenn du sie zu etwas animieren willst, mach's ihnen vor.« Sie zeigte auf die Studierenden in der angehaltenen Quizsendung. »Ich wette, ihre Eltern haben Bücher gelesen«, fügte sie hinzu.

»Wo wir gerade bei Hochbegabten sind, kann es sein, dass Ihr Lieblingssohn nicht zu Hause ist?«, fragte Leonard.

»Oben – er hat uns gebeten, dich hochzuschicken«, sagte Peter, die Hand bereits zur Fernbedienung ausgestreckt. Als

Leonard aus dem Zimmer war, lief die Sendung weiter, und er hörte Peter rufen: »Magnesium!«

Oben war zwar Pauls Schlafzimmer, aber von Paul fehlte jede Spur. Unsicher, ob es Regeln für das Betreten des Schlafzimmers eines Erwachsenen in rein platonischer Absicht gab, blieb Leonard im Türrahmen stehen und verharrte dort so entspannt, wie es eben möglich war, wenn man mitanhören musste, wie der beste Freund nur ein paar Meter weiter seinen Darm entleerte. Er nutzte die Gelegenheit, sich Pauls Schlafzimmer genauer anzusehen, in dem er noch nie so richtig gewesen war. Nach dem zwölften Lebensjahr gibt es für Männer eigentlich keinen plausiblen Grund mehr, sich im Schlafzimmer eines Freundes aufzuhalten. Pauls Zimmer bestand aus einem bunten Mix verschiedener Lebensphasen, vereinzelte Faszinationsobjekte aus seiner Kindheit und Jugend sabotierten den halbherzigen Erwachsenenanstrich. Actionfiguren standen in Actionpose auf Regalen, auf denen Pauls Eltern sicher gern Weltliteratur gesehen hätten. Ein selbst gebasteltes Mobile mit einer Spitfire aus Pappe baumelte von der einzigen Lampe im Zimmer. Die Wände waren pastellgrün gestrichen, ein Farbton, den man fürs Kinderzimmer wählte, wenn man das Geschlecht des Nachwuchses nicht kannte. Vorhänge und Tagesdecke trugen ein Muster, wie es bei herkömmlichen Heimtextilien zu finden war: Blätter und dergleichen in verschiedenen Blau- und Grautönen. An den Wänden hingen Pauls eigene Kunstwerke, darunter ein leicht verwischtes Malen-nach-Zahlen-Porträt vom *Lachenden Kavalier* und ein anspruchsvolles Puzzle aus der Reihe *Wo ist Walter?*, zur Dokumentation seiner Leistung gerahmt und aufgehängt. Obwohl nicht unaufgeräumt, wirkte das Zimmer unordentlich, wie es oft vorkommt, wenn erwachsene Kinder noch zu Hause wohnen.

Paul kam aus dem Bad, in einen weißen flauschigen Bademantel gehüllt, den er mit einem weißen Gürtel zugebunden hatte, darunter trug er eine Jogginghose und Flipflops, an denen etwas Klopapier klebte. Er schüttelte die Handgelenke aus und trug jenen Gesichtsausdruck intensiver Konzentration, den man von Menschen kennt, die mit nassen Händen nach einem Handtuch suchen. Der Umstand, dass seine Kleidung ebenfalls aus Frottee bestand, hätte einen Geringeren vielleicht zu einem Kompromiss verleitet, aber Paul, der bereits die Herausforderung einer Toilettensitzung in Weiß gemeistert hatte, machte keine Anstalten, vor dieser weniger anspruchsvollen Hürde zu kapitulieren. Er löste sein Problem, indem er ein T-Shirt aus dem Wäschekorb fischte und sich die Hände daran abtrocknete, wobei er wohl davon ausging, dass Kleidungsstücke, die gerade noch sauber genug zum Tragen gewesen waren, sicher so schnell nicht schmutzig wurden, dass man sie vorm Waschen nicht zwischennutzen konnte. Erleichterung macht Freude, und so kam es, dass Paul seinen Freund, als er ihn bemerkte, mit aufrichtiger Herzlichkeit begrüßte.

»Hi, Leonard. Sie haben dich hochgeschickt. Sehr schön. Wie geht's?«

»Gut, danke. Was hat es mit dem Bademantel auf sich?«, fragte Leonard.

»Ach, ich habe mit Kampfsport angefangen. Wie sehe ich aus?«

»Täuschend echt, würde ich sagen. Wie bist du denn auf einmal da drauf gekommen? Gewalt passt irgendwie nicht zu dir.«

»Nee, meine Einstellung zur Gewalt ist immer noch dieselbe, aber Kampfsport ist ja auch eher Stillstand in Aktion. Ruhe mitten im Kampf. Klar ist körperlicher Einsatz gefragt, aber der Verstand bleibt ruhig und friedlich. Keine mentale Gewalt, keine böse Absicht, und die ist schließlich das Schlimmste an der Gewalt. Außerdem handelt es sich um Judo, da schlägt man niemandem ins Gesicht oder so was.«

»Und wie ist es so, sich mit Neandertalern herumzuwälzen? Ich dachte, du magst es nicht, wenn Leute dich anfassen, und erst recht nicht, dir die Knochen zu verbiegen.«

»Ja, da ist was dran. Ich hatte tatsächlich gehofft, auf diese Weise meine Angst vor körperlicher Nähe zu überwinden. Wie du sagtest, es handelt sich um eine der intimeren Kampfsportarten, deswegen tragen wir ja auch Übernachtungsklamotten statt beispielsweise schwarzer Krawatte. Aber ehrlich gesagt muss ich noch an meiner Fitness arbeiten. Mich macht ja schon die Treppe fertig, stell dir vor, was ein Schwarzgurt mit mir anstellt.«

Kaum hatte Paul den Satz beendet, ging er zu Boden und vollführte ein paar Liegestütze auf den Fäusten. Es knackte bedenklich, er fluchte, dann begann er von vorn, ein Breakdancer, der die Raupe macht.

»Wie viele davon musst du schaffen?«, fragte Leonard.

»Mein Sensei sagt, ich soll meine Grenzen überwinden. Wie Wasser soll ich sein. Im Kurs war es leichter, auf diesen weichen Matten, aber hier auf dem Holzboden ist das ziemlich schwierig. Vielleicht versuche ich es mal mit Antirutschsocken statt Flipflops.«

»Die Kluft steht dir aber. Ein weißer Gurt – das ist ziemlich beeindruckend. Was für Techniken hast du bis jetzt gelernt?«

»Bis jetzt kann ich nur sagen: Umgekehrt wird ein Schuh draus. Zuerst bringen sie dir bei, wie du eine Verzichtserklärung unterschreibst, und dann zeigen sie dir, wie du einen Sturz abfängst, damit du dich nicht verletzt, denn ob ich mich verletze oder nicht, hängt eher von mir selbst ab als von meinem Gegner. Dann haben wir Partnerübungen gemacht. Die meisten in meiner Gruppe sind größer als ich, deswegen war ich meist mit Verteidigung beschäftigt.«

»Damit schulst du sicher auch deine mentale Stärke. Kampfsport ist ja bekanntermaßen gut für das Einssein von Geist und Körper«, bemerkte Leonard, der für ein Kinderlexikon über die Olympischen Spiele mal was über die Kampfsportdisziplin geschrieben hatte, allerdings nur einen kurzen Absatz am Ende, irgendwo zwischen Schießen, Gewichtheben und einem Infokasten über Steroide.

»Witzig, dass du das sagst. Nach der Stunde hatte ich tatsächlich so ein Leichtigkeitsgefühl im Kopf, wie immer, wenn ich was Neues ausprobiere. Das war aber auch mein erstes Mal. Ich habe den Sensei gefragt, wie er mein Potenzial einschätzt, und er meinte, wenn ich Bademantel und Jogginghose gegen einen Gi – so nennt man einen echten Judoanzug – tauschen würde, wäre das schon mal ein erster Schritt. Ich vermute stark, dass man eine Menge Wettkämpfe gewinnen muss, bis der Mann einem Respekt zollt.«

Leonard bewunderte Paul dafür, dass er sich auf etwas einließ, das einer derart fremden Kultur entstammte, und nach einigem Nachdenken stimmte er ihm zu, dass es vermutlich besser wäre, einen echten Judo-Gi zu kaufen, denn so ein Bademantel war einfach zu flauschig, um einen erfahrenen Judoka zu beeindrucken.

»Wenn du noch trainierst, soll ich dann besser unten warten?«, fragte Leonard.

»Nein, ich mach später weiter. Lass uns auf ein Schwätzchen nach unten gehen.« Paul verknotete den weißen Frotteegürtel auf die gleiche Weise, wie er seine Schnürsenkel band.

Statt des Wohnzimmers wählte er die Küche, was er seine Eltern gleich wissen ließ. »Wir sind hier drin!«, rief er, woraufhin Helen fröhlich »Okay, Schatz!« antwortete. Er schaltete den Wasserkocher ein und verschwand in einer Nische, die sich an die Küche anschloss, vermutlich für die Speisekammer vorgesehen, doch in diesem Haus wurden darin nur Brettspiele aufbewahrt. Wie ein Sommelier auf der Suche nach dem passenden Jahrgang ließ Paul seinen Kennerblick über die abgewetzten Kanten der übereinandergestapelten Kartons wandern. Damit ließ er sich so lange Zeit, wie der Wasserkocher zum Brodeln brauchte, doch schließlich streckte er die Hand mit einem Karton aus dem Kabuff und rief von drinnen: »Das hier?« Es handelte sich um Yahtzee, was sie schon sehr lange nicht mehr gespielt hatten.

»Gut ausgesucht. Heute Abend bist du ja so richtig in fernöstlicher Stimmung. Willst dir einen Gi kaufen, kochst grünen Tee, wenn ich das richtig sehe, und jetzt spielen wir auch noch Yahtzee. Schlägst du eine neue Richtung ein im Leben? Findest du die westliche Zivilisation nicht mehr anregend genug? Ach, und ich hätte gern einen normalen Tee, bitte.«

»Ich glaube, ich muss ein bisschen tiefer in den kulturellen Kontext eintauchen, wenn ich beim Judo nächste Woche nicht wieder von ein paar sechzehnjährigen Mädchen vermöbelt werden will. In dieser ersten Stunde hat mir was Entscheidendes gefehlt. Mir ist noch nicht ganz klar, was einen Judoka eigentlich ausmacht, also abgesehen von Balance und den motorischen Fähigkeiten«, sagte Paul. »Tja, es ist schon eine Weile her, seit wir Yahtzee gespielt haben. Wie ging das noch mal?«

Paul breitete das Zubehör auf dem Tisch aus: eine casinorot bespannte, runde Würfelmatte mit erhöhten Rändern, vier (der eigentlich fünf) Würfel, ein schwarzer Becher, der beim

Schütteln der Würfel das typische hohle Klackern erzeugte, und ein Satz unglaublich komplizierter Spielblöcke, auf denen aufgelistet war, welche Augenkombinationen die Spieler erwürfeln mussten.

»Das kommt mir alles sehr fernöstlich vor«, sagte Leonard über das Spiel, das in Kanada erfunden und von den USA kommerzialisiert wurde.

»Wahrscheinlich wurde es zuerst während des Zweiten Weltkriegs von Kriegsgefangenen in japanischen Lagern gespielt. Weißt du noch, wie es geht? So allmählich fällt mir wieder ein, warum wir es so lange nicht mehr rausgeholt haben. Ich glaube, das letzte Mal haben wir aufgegeben und stattdessen Risiko gespielt, weil es uns weniger kompliziert vorkam, was einiges aussagt.« Paul wandelte auf dem schmalen Grat zwischen seiner Leidenschaft für Gesellschaftsspiele und seiner Abneigung gegen Spielregelheftchen.

Leonard erklärte ihm die Kurzversion, soweit er sich daran erinnern konnte. Paul, dem ebenfalls das »Blitzmerker-Gesicht« fehlte, nickte zwar, verstand aber nur Bahnhof.

»Fang einfach an, dann schauen wir weiter. Mir fällt es sicher wieder ein, wenn ich es erst sehe. Irgendwie sind diese Regeln für mich wie Kartenspiele, die verstehe ich auch nie. Ach, und ich hole uns am besten noch einen Würfel.« Paul verschwand im Kabuff und stibitzte einen Würfel aus einem anderen Karton, was echte Gesellschaftsspieler als Akt des Kannibalismus verurteilen würden.

Gemäß den Regeln schüttelte Leonard den Becher wie einen Cocktailshaker mit beiden Händen, sodass die Würfel darin herumklackerten. Er versuchte sich an einem Full House, warf aber fünf verschiedene Augenzahlen. Paul, der beschlossen hatte, ebenfalls ein Full House zu versuchen, stopfte sich hektisch den angebissenen Keks in den Mund, um zum Würfeln beide Hände freizuhaben. Seinen vor lauter Stress weit auseinanderklaffenden Bademantel hatte er bereits vollgekrümelt. Er warf zwei Zweien, eine Drei, eine Fünf und eine Sechs. Was das hieß, war ihm allerdings schleierhaft.

»Ah! Jetzt weiß ich wieder – muss ich nicht ›Yahtzee!‹ rufen?«, fragte er, weil ihm nichts Besseres einfiel.

»Eigentlich nicht. Ich glaube, du denkst an Bingo oder Uno«, sagte Leonard, bevor er Paul seine Kombination erklärte und ihn bei den nächsten Würfen unterstützte.

Da sie beide regelmäßig miteinander spielten und oft die Spiele wechselten, war es nicht weiter ungewöhnlich, dass es am Anfang zunächst eher schwerfällig lief. Das war völlig normal, schließlich muss sich jemand, der mit eingerosteten Fremdsprachenkenntnissen im Ausland eintrifft, auch erst mal wieder in die Landessprache einhören. Schon bald ging das Spiel seinen Gang, Würfel klackerten und fielen, und die beiden Freunde unterhielten sich angeregt über dieses und jenes, denn sie waren Freigeister und als solche an vielerlei Themen interessiert.

Paul, der die Welt für etwas Fantastisches hielt, begegnete ihr mit großer Faszination. Wissenschaftliche Erkenntnisse waren für ihn wie eine Sammlung an Legenden, manche erschienen ihm sogar so rätselhaft und undurchdringlich, dass sie eigentlich schon ins Reich der Mythen gehörten. Gern lieh er sich Ausgaben von *National Geographic* aus der Bücherei, manche schon Monate alt, aber das störte ihn nicht, wenn er Artikel über die Radiokarbonmethode oder die Perser las. Auf diese Weise hielt er sich über die Welt da draußen auf dem Laufenden und sich gleichzeitig von dem fern, was generell als »Tagesgeschehen« bezeichnet wurde. Leonard, ein Autodidakt, wie er im Buche stand, besaß ein Abonnement des *New Scientist,* ein Weihnachtsgeschenk seiner Mutter, das sie jedes Jahr für ihn erneuert hatte. Außerdem las er gern die Zeitschrift *Yesterday Today,* um sich über die neuesten Entwicklungen in der Geschichte des Altertums zu informieren. Für die beiden Freunde war die Korallenbleiche ebenso aktuell wie die letzte Wahl, die Entdeckung neuer Zwergplaneten so relevant wie das Elfmeterschießen in der Fußballübertragung des vergangenen Abends und Marco Polo genauso interessant wie die Promis auf dem roten Teppich. In ihren Unterhaltungen vereinigte sich das Yin von Leonards Leidenschaft für Faktenwissen mit dem Yang von Pauls Neugier.

»Erinnerst du dich an die Edvard-Munch-Ausstellung von letztem Jahr? Mit diesen schlimmen Bildern von kranken Kindern?«, fragte Paul.

»Aber sicher. Da am Kühlschrank hängt ja auch noch der Magnet von *Der Schrei,* den du dir damals als Andenken gekauft hast. Und ich weiß, dass es nicht jeder Künstler an eure Kühlschrankgalerie schafft.«

»Tja, ich habe heute einen Artikel über genau dieses Kunstwerk gelesen, und du wirst nicht glauben, was ich herausgefunden habe. Weißt du, was das Faszinierendste an diesem Bild ist?«, sagte Paul geheimnisvoll.

»Okay, lass mich überlegen. Der orangefarbene Hintergrund ist eine Anspielung auf den Ausbruch des Krakatau, oder? Meinst du das?«

»Interessant, aber nein.« Paul klackerte die ganze Zeit über mit dem Würfelbecher herum, was die Spannung noch weiter erhöhte.

»Okay, ich geb auf.«

»Die Figur auf dem Bild schreit gar nicht.« Paul kippte die

Würfel mit so viel Enthusiasmus auf die Matte, dass einer unter den Tisch rollte, leider eine Vier, die ihm nichts nutzte.

»Wirklich? Bist du sicher?«

»Hundertpro. Das ist nämlich gerade der Punkt. Die Figur hält sich die Ohren zu, damit sie den Schrei nicht hören muss. Ist das nicht faszinierend? Dass ein Bild so missverstanden wird und trotzdem so berühmt ist?«

»Echt? Ich muss zugeben, dass ich es selbst falsch beschrieben habe, in mehreren meiner Lexika. Aber egal. Wie interessant, das müssen wir bei der nächsten überarbeiteten Auflage ändern.«

Leonard würfelte und komplettierte seinen Viererpasch. Als er seinen Tee trank, der unversehens kalt geworden war, erwischte er nur die eklige Neige.

»Du hast gestern Abend nicht zufällig die Doku über Edwin Hubble gesehen?«, fragte Paul, jetzt so richtig in Fahrt. »Dad und ich haben sie nach dem Judo geschaut, während Mam mit Grace telefoniert hat. Ich muss zugeben, dass das Weltall für mich ohne Fernsehen ein Buch mit sieben Siegeln wäre. Dem Himmel sei Dank, dass es so viele enthusiastische Oxford-Dozenten gibt, die nebenbei diese ganzen BBC-Dokus machen – vermutlich verdienen sie sich damit ein bisschen Taschengeld. Fernsehen und das Weltall sind wie füreinander gemacht. Dad und ich waren so darin vertieft, dass wir eine ganze Toblerone verputzt haben – eine von den großen, die man nur am Flughafen kriegt.«

»Schade, dass ich die Sendung verpasst habe. Da gibt es etwas, das ich bei meinen Lexikoneinträgen nie so ganz genau erfasst habe, obwohl ich immer wieder darüber lese: wie sich das All ausdehnt und wieder in sich zusammenfällt«, gestand Leonard. »Ich meine, die physikalischen Zusammenhänge kann ich ansatzweise verstehen, aber es übersteigt meine Vorstellung, dass das Universum von etwas umgeben sein soll, das nicht das Universum ist und in das hinein es sich ausdehnt – oder ist es so, dass sich das Universum nicht ausdehnt, sondern das All? Wie soll man Kindern das erklären, ohne dass sich bei ihnen gleich eine Million unbeantwortete Fragen auftun? Ganz zu schweigen von den Ängsten, die jedes normale Kind empfinden muss, wenn es hört, dass das Universum wie ein Gummiband zurückschnellen und auf Nadelkopfgröße schrumpfen könnte. Wie können wir herumlaufen und unser alltägliches Leben führen, obwohl wir wissen, dass über unseren Köpfen solche Sachen passieren? Wenn wir uns mal klarmachen würden, dass das ganze Ding irgendwann auf einen winzigen Punkt zusammenschrumpfen wird, würden wir uns alle vermutlich nicht so anstellen. Wahrscheinlich muss man einfach der Wissenschaft vertrauen, ab einem bestimmten Punkt bleibt nichts anderes, als blind daran zu glauben, zumindest erlebe ich es so.«

Paul runzelte die Stirn. »Ehrlich gesagt finde ich die ganze Ausdehnung des Universums ziemlich entmutigend. Es scheint fast, als würde Mutter Natur alles von allem wegschieben. So richtig mütterlich ist das nicht. Das Universum mag sich ja ausdehnen, aber das tut es, um sich von uns zu entfernen, und damit lässt es uns im Stich und macht unsere Welt noch kleiner.«

Die beiden Freunde versanken in ausgedehntes Schweigen, was typisch war für die Art, wie sie einander mit ihrer Gesellschaft Trost spendeten. Sie konnten längere Zeit in kompletter Stille dasitzen und kehrten danach nicht etwa hastig zu ihrer früheren Aktivität zurück, sondern ließen ihr Schweigen auf ganz natürliche Weise ausklingen. Dieses Mal hatte Paul jedoch mit seiner spontanen Äußerung zur Astrophysik bei Leonard eine melancholische Saite zum Klingen gebracht. In den Wochen seit dem Tod seiner Mutter hatte er eine deutliche Schrumpfung seines persönlichen Universums bemerkt. Seine Abende blieben ungefüllt, seine sozialen Möglichkeiten eingeschränkt, und sein Verstand wandte sich immer weiter nach innen, einer vagen, traumgleichen Melancholie zu. Als Paul aufstand, um erneut den Wasserkocher einzuschalten und die Becher auszuwaschen, sprach Leonard dieses Thema an.

»Vielleicht bezieht sich das mit der Ausdehnung und dem Schrumpfen nicht nur aufs Universum«, sagte er. »Womöglich gilt das ja auch für uns, weißt schon, dass unser Alltag schrumpft, je älter wir werden.«

»Wie meinst du das?«

»Also als Kind kommt einem die Welt riesig vor, so groß, dass es einen mit Ehrfurcht erfüllt. Die Schule sah groß aus. Erwachsene auch. Die Zukunft. Aber ich habe das Gefühl, ich habe mich mit der Zeit immer mehr zurückgezogen, meine Welt kleiner gemacht. Ich sehe die Menschen rumrennen und frage mich: Wo wollen die alle hin? Wen treffen sie? Ihr Leben ist prallvoll. Ich versuche mich zu erinnern, ob mein Leben je so war.«

Paul überlegte einen Moment. »Ich glaube, ich weiß, was du meinst, aber ich hatte schon immer ein Problem mit der Größe der Welt. Ich habe über drei Jahrzehnte damit verbracht, mir einen sicheren Weg durch die Wildnis zu bahnen, genau wie du auch, zumindest teilweise. An manchen Stellen ist der Pfad vielleicht ein bisschen schmal, aber ist das wirklich so schlimm?«

»Es sind nicht nur die äußeren Umstände«, antwortete Leonard. »Ich spüre, dass auch ich schrumpfe. Ich komme mir stiller vor und, keine Ahnung, irgendwie unsichtbarer. Das ist wie Physik, eine Kraft, die mein Leben ständig nach innen zieht.

Ich habe die Dinge laufen lassen, und wenn ich jetzt nichts unternehme, führe ich irgendwann eine harmlose Randexistenz.«

»Das hat auch seine Vorteile. Wie du weißt, halte ich es mit Hippokrates: Ich möchte niemandem Schaden zufügen. Mir ist es lieber, mich im Hintergrund zu halten. So ähnlich wie bei der Verkehrserziehung: Ich warte erst mal, schau gut hin und höre zu, bevor ich loslege. Das hat bis jetzt immer gut funktioniert und mir einen friedlichen Umgang mit meinen Mitmenschen beschert. Es ist auf jeden Fall besser, als auf der Welt Spuren zu hinterlassen, die sie am Ende nur verunstalten«, sagte Paul.

»Ich habe nicht vor, mich an Geländer zu ketten oder Polizisten mit BHs zu bewerfen, falls du das meinst. Es gibt genug Menschen, die so was tun. Aber ich werde das Gefühl nicht los, dass ich die Türen und Fenster in meinem Leben ein bisschen aufschieben muss.«

Paul zögerte, er hatte seinen Keks zu lange über dem Tee gehalten und musste jetzt tatenlos zusehen, wie ein halbmondförmiges Stück davon abbröckelte und auf den Boden seines Bechers sank. »Das mag sein«, sagte er schließlich, »aber die Kunst besteht darin, genau zu erkennen, wie viel von der Welt man in sein Leben lassen kann, ohne davon überwältigt zu werden. Wie Edwin Hubble schon sagte, das Universum ist feindliches Terrain.«

»So ist es. Und manchmal weiß man nicht, ob man schreien oder sich lieber die Ohren zuhalten will«, sagte Leonard.

Womöglich lag es am Yahtzee, dass die beiden Männer eine dieser produktiven Unterhaltungen führten, bei denen ein Gedanke den nächsten befruchtete. Wäre es hier um reine Hypothesen gegangen, hätten sie das Thema den ganzen Abend weiterdiskutieren können. Weil die Dinge aber anders lagen, nutzten sie die willkürlich eintretende Unterhaltungspause dazu, sich auf sich selbst zu besinnen. Sogar unter engen Freunden gibt es immer noch Gedanken, die im Privaten heranreifen sollten.

Nachdem sie ihren Tee getrunken hatten, kamen beide zu der stillschweigenden Übereinkunft, den vergnüglichen, von wild vollgekritzelten Yahtzee-Zetteln begleiteten Spieleabend zu beenden und einander eine gute Nacht zu wünschen.

Leonard streckte den Kopf zur Wohnzimmertür herein, um sich von Pauls Eltern zu verabschieden. Helen hatte ihr Puzzle fertig – *Wasserlilien* von Monet, über das Bild hatte Leonard einen Lexikoneintrag für die Ausgabe *Welt der Kunst* geschrieben – und telefonierte nun mit Pauls Schwester Grace, sie sprachen über DJs für die Hochzeitsfeier. Peter hatte den Fernseher mit engelsgleicher Geduld erneut auf Pause gestellt und verabschiedete sich, indem er beide Daumen reckte.

Paul brachte Leonard zur Tür.

»Na dann, gute Nacht«, sagte Leonard.

»Gute Nacht, Leonard«, sagte Paul, das Revers seines Judo-Bademantels enger zugezogen, um sich nicht die Brust zu verkühlen.

Unversehens richteten beide den Blick auf ebenjenes tintenschwarze All, über das sie gerade noch gesprochen hatten, während der Mond wie eine riesige Taschenlampe die kreuz und quer über die Auffahrt kriechenden Schnecken beschien. Leonard trat über sie hinweg und machte sich auf den Heimweg, die ausgesprochenen Gedanken des vergangenen Abends im Gepäck: Dinge, von denen er nicht gewusst hatte, dass er sie wusste.

3

DIE RÖMER

Am nächsten Tag, auf der Arbeit, bemühte Leonard sich, sein Kapitel über die Römer in Britannien zu retten. Die überarbeitete Fassung der als Autorin verantwortlich zeichnenden Akademikerin war eingetroffen, ein veritables Blutbad. Nachdem Leonard alle Änderungen angenommen hatte, um überhaupt zu erkennen, woraus sie bestanden, stellte er fest, dass der Inhalt so geschrumpft war, dass er nun auf einem Glückskekszettel Platz finden würde.

Kommentare wie »Können wir hier was Originelleres finden?« oder »Würde man das wirklich so sagen?«, in denen vage Enttäuschung mitschwang, waren völlig normal für die verantwortlichen Akademiker, die vielleicht viel von ihrem Fachgebiet wussten, aber nichts vom kindlichen Verstand oder schriftstellerischen Gemüt. Für das Ping-Pong-Spiel mit den nachverfolgten Änderungen brauchte man ein ziemlich dickes Fell. Leonard hatte oft das Gefühl, man bezahle ihn für seine Duldsamkeit. Sein Bestes zu geben fiel ihm schwer, denn er wusste genau, was passieren würde: Man würde seine Ideen ablehnen, ohne sie zu verstehen, oder sie übernehmen, um sie als die eigenen auszugeben. Er versuchte, sich auf den einstigen Rat seiner Mutter zu besinnen, seine Arbeit zwar ernst, aber nie persönlich zu nehmen.

Im Allgemeinen waren Geschichtslexika für Kinder nicht so beliebt oder gut wie andere Sachbücher. Die besten Illustratoren wollten Bücher über Dinosaurier bebildern (sofern sie von Hand malten) oder Bücher übers Weltall (sofern sie Grafikprogramme verwendeten). Geschichtslexika waren offenbar nur für Illustratoren mit Einzeltalenten interessant. Es gab solche, die Menschen nur von vorn malen konnten, sodass ihre Figuren den Betrachter direkt anstarrten, was im Schlachtgetümmel und bei Kampfszenen ziemlich lächerlich wirkte. Andere waren nicht in der Lage, Menschen unterschiedlicher Nationalitäten zu zeichnen, und verlegten sich daher darauf, sämtliche Personen mit demselben, leicht grimmigen Ausdruck auszustatten, weil sie in ihrer Einfältigkeit erkannt zu haben meinten, dass wütende Menschen auf der ganzen Welt gleich aussähen.

Die Römer stellen eine besondere Herausforderung dar. Alles, was sich zwischen »vor Christus« und »nach Christus« abgespielt hat, kann man Kindern eigentlich nicht erklären. Denn eine Achse, auf der man die Zeit erst rückwärts bis null und dann wieder vorwärts erfasst, ist für Kinder, die Zeit an ihren Geburtstagen abmessen, unendlich verwirrend. Außerdem haben die Römer lange Namen, mit denen man sich nicht identifizieren kann, und die einzige Möglichkeit, das Problem mit den Namen zu überwinden, nämlich ihre Verballhornung, wurde leider bereits von Asterix und Monty Python verwendet. Ja, es gab die üblichen Klischees über die lateinische Sprache, Aquädukte, schnurgeraden Straßen und Sklaven, aber das alles hatte man schon so oft gehört, dass es gegen den Tyrannosaurus Rex oder die Explosion bei der Entstehung einer Supernova keine Chance hatte.

Leonards wahres Problem mit den Römern bestand jedoch

darin, dass sie es grundsätzlich auf Schwächere abgesehen hatten. Vierhundert Jahre lang hatten sie alle anderen gepiesackt und schließlich nur ihr Ende gefunden, weil sie selbst den Goten und Barbaren zum Opfer gefallen waren. Für Kinder ist eine solche Geschichte ziemlich beunruhigend. Eigentlich hofft man doch, dass so einem Piesacker ganz schnell der Garaus gemacht wird und er seine gerechte Strafe bekommt. In Wahrheit sind gerechte Strafen in der Geschichte der Menschheit aber leider Mangelware.

Weil ihm die Ideen ausgingen, nahm Leonard seine Noise-Cancelling-Kopfhörer ab, die ihn zuverlässig vor Lärm und menschlicher Gesellschaft schützten, und schlenderte in die Büroküche, um sich seinen vormittäglichen Becher Tee zu kochen, obwohl er es nicht mochte, verdruckst herumzustehen und Smalltalk zu machen, bis der Wasserkocher brodelte.

Als er sein Handy checkte, stellte er fest, dass er einen Anruf von einer Festnetznummer verpasst hatte, also ziemlich sicher von Paul, der kein Mobiltelefon hatte und gern endlos lange Nachrichten auf der Mailbox hinterließ:

Leonard, hallo. In einer Welt, in der die Menschen gegen Zahlen antreten müssen, scheint es mir, als würden die Zahlen stets gewinnen.

Am Anfang klang Paul oft kryptisch und epigrammatisch wie ein Autor bei seinem Debütroman.

Normalerweise bespreche ich heikle Angelegenheiten gern unter vier Augen, aber ich glaube, ich hinterlasse dir jetzt lieber eine Sprachnachricht, statt auf unser nächstes Treffen zu warten.

Leonard fiel auf, dass Paul wie immer einwandfreie Manieren an den Tag legte.

Meine Mutter und Grace haben bezüglich der Hochzeit alles durchgesprochen, in aller epischen Breite und bis ins letzte Detail, und wie sich herausstellte, wird es mit der Gästeliste ziemlich eng. Ich meine, es handelt sich hier um eine Hochzeit mit »ungefähr hundert Gästen«, so haben sie es mir jedenfalls erklärt, aber ich habe keine Ahnung ... *Piep*

Leonard war es gewohnt, dass Pauls Nachrichten den vorgegebenen Zeitrahmen sprengten und meist im Serienformat bei ihm eintrafen.

Tut mir leid, aber ich muss mich wirklich bemühen, schneller zur Sache zu kommen, daher hoffe ich, das klingt jetzt nicht zu brüsk.

Das letzte Wort war neu und leitete bei Paul gewöhnlich eine Ära ein, in der er es öfter verwenden würde.

Hundert bedeutet im Endeffekt fünfzig für die Braut und fünfzig für den Bräutigam, in Wahrheit aber fünfundzwanzig für jeden, plus deren Partner. Während es völlig hinnehmbar ist, dass diejenigen außerhalb des unmittelbaren Familienkreises nicht mehr dazuzählen, müssen sie, ich meine, müssen »wir« – man hat mich angewiesen, unbedingt »wir« zu benutzen – dafür sorgen, dass die Zahlen aufgehen, wie man so schön sagt. *Piep*

Während die nächste Sprachnachricht lud, bereitete sich Leonard mental auf eine Herabsetzung vor, eine Einladung zum Empfang nach der Hochzeit, was bedeuten würde, dass er die schönen Momente verpasste und stattdessen dem späten, versoffenen Teil der Feier beiwohnen müsste, den er verabscheute. Viel Spielraum blieb ihm nicht, das Hochzeitsgeschenk entsprechend zu verkleinern, ohne gekränkt zu wirken.

Also habe ich mich, beziehungsweise wir, uns gefragt, ob du planst, eine Begleitperson mitzubringen, weil ich schon zugesagt habe, dass ich aus unterschiedlichen Gründen am betreffenden Abend ohne Begleitung komme, und falls du dich in einer ähnlichen Situation befinden solltest, könnten wir die jeweilige Begleitperson füreinander sein, was zwei Plätze freimachen würde für Gäste, ohne die die gesamte Hochzeitsfeier etwas »angespannt« wäre, wie Grace es ausgedrückt hat. Unter diesen Umständen und angesichts der Tatsache, dass Grace mich noch nie um etwas gebeten hat, möchte ich ihr keine unnötigen Probleme machen, also könntest du vielleicht darüber nachdenken und mich bei Gelegenheit zurückrufen. Ich möchte nicht, dass du denkst … *Piep*

Keine weiteren Nachrichten. Die Entscheidung war leicht. Das letzte Mal, als Leonard für jemanden die Plus eins gegeben hatte, lag schon lange zurück. Genauer betrachtet stand er in letzter Zeit dermaßen neben sich, dass man ihn mittlerweile eher als »Minus eins« bezeichnen könnte. Es war ohnehin eher eine Formalität, dass die Einladung für ihn und eine Begleitperson ausgestellt war.

Als Leonard zurückrief, hatte er Helen am Apparat, der die

Angelegenheit zwar ein bisschen peinlich war, die seinen Vorschlag, als Pauls Begleitperson zu erscheinen, aber ohne Gegenrede akzeptierte. »Solange ich kein Kleid tragen und mit ihm tanzen muss ... Wer weiß, vielleicht bin ich deine neue Schwiegertochter!«, sagte Leonard munter.

»Danke für dein Verständnis, Leonard. Wir waren nicht sicher, wie wir dich am besten fragen sollten, daher bin ich heilfroh, dass es dir nichts ausmacht.«

»Überhaupt nicht, kein Problem. Bestell Gracie einen lieben Gruß von mir ... Hoffentlich ist sie nicht zu gestresst. Wir stehen alle hinter ihr.«

Als Leonard das Gespräch beendete, setzte er auch seine Munterkeitsmaske ab. Erst in der Büroküche, als er Helens aufrichtige Verlegenheit nachwirken ließ, begriff er, was gerade passiert war. Die »Begleitperson« auf seiner schon vor Wochen ausgestellten Einladung war sicher für seine arme Mutter gedacht. Dieser Gedanke versetzte ihm einen dumpfen Schlag, dem er nicht weiter nachspüren konnte, denn gleich darauf kam ein Mann in Chinos herein und gab missbilligende Geräusche von sich, weil alle Becher zum Einweichen in der Spüle standen. Leonard, der es plötzlich sehr eilig hatte, zu seinen Kopfhörern zurückzukehren, stellte die Teedose zurück und rührte ein letztes Mal in seiner spürbaren milchtrüben Einsamkeit herum, bevor er fluchtartig die Küche verließ.

4

GRACE

Wenn es einen Vorfall gibt, der die Beziehung zwischen Grace und Paul am besten charakterisiert, dann wohl der Folgende: Als Paul noch klein war, bekam er zum Geburtstag eine Karte mit fünf Euro. Den Geldschein stopfte er sich gleich in diese seltsame kleine Innentasche seiner Jeans, eng und unpraktisch, gerade breit genug für einen Finger. Grace, drei Jahre älter, zog mit ihm los, weil ihr kleiner Bruder sein Geld für diverse Süßigkeiten und Comics verbraten wollte. Auf dem Weg traf Paul einen Nachbarsjungen, einer dieser kleinen Angeber vom Fußballplatz, die ihn normalerweise ignorierten oder Schlimmeres, und rief ihm aufgeregt zu, weil er ihm endlich auch mal was Tolles zeigen konnte. Doch bei dem Versuch, den Geldschein aus der lächerlichen Tasche zu ziehen, riss Paul ihn glatt entzwei. Der andere Junge schnaubte verächtlich, versetzte seinem Fußball einen Tritt und jagte ihm hügelabwärts hinterher. Paul stand verdattert da, vor Enttäuschung wie gelähmt. Bevor er sein neuestes Missgeschick verarbeiten konnte, hatte Grace ihm schon den zerrissenen Schein abgenommen und ihn durch einen neuen ersetzt. Paul setzte dem Jungen sofort nach, vor lauter Begeisterung vergaß er sogar, sich bei Grace zu bedanken, die ihm rasch folgte, damit er nicht ohne zu schauen über die Straße rannte.

Wie alle Erstgeborenen war auch Grace eine Weile Einzelkind gewesen und hatte sich im warmen Licht ungeteilter elterlicher Liebe gesonnt, doch als Paul wegen einiger Zusatzuntersuchungen mit leichter Verzögerung aus der Klinik nach Hause kam, empfing Grace ihn mit aufrichtiger schwesterlicher Begeisterung. Als er laufen lernte, war Grace schon alt genug, um ohne elterliche Aufsicht ein bisschen auf ihn achtzugeben, was für gewöhnlich so aussah, dass sie ihn vor sich selbst rettete, denn er war so ein Junge, der seine Finger in den Türspalt oder den Kopf zwischen die Stäbe des Treppengeländers steckte oder Weingummis unzerkaut herunterschluckte.

In der Grundschule war Grace schlau, fleißig und folgsam, genau wie es sich für das Kind einer Lehrerin gehörte, doch ihr natürlicher Charme und ihr Sinn für Humor bewahrten sie vor den Schattenseiten des Daseins als Lehrerstochter. Dennoch war in ihrem Leben nicht alles eitel Sonnenschein. In den ersten Schuljahren war sie mit einem sanftmütigen, kreativen Jungen namens Frederick befreundet, der sich wunderbare Fantasiespiele ausdachte und mit ansteckender Begeisterung über Dinosaurier und das Weltall schwadronierte. (Er wies alle darauf hin, dass man nicht ins Weltall reisen müsste, weil wir uns bereits dort befänden. »Was glaubst du denn, wo die Erde ist, du dumme Nuss?«) Doch ein paar Jahre später wechselte Frederick auf eine andere Schule, und das, obwohl seine Eltern gar nicht umzogen. Grace war am Boden zerstört. Schlimmer noch, alle anderen in ihrer Klasse hatten sich zwischenzeitlich zu Grüppchen zusammengefunden, und Grace fand keinen Anschluss mehr. Die Mittagspause war ihr ein besonderer Gräuel, sie trödelte ewig mit ihrem Sandwich und Muffin herum, um möglichst wenig Zeit allein auf dem Schulhof verbringen zu müssen. Es ist klar zu erkennen, warum Grace zur langsamsten Esserin der Familie wurde – jede Familie hat so jemanden.

Wer einsam ist, bleibt meist allein. Ohne Freundeskreis war Grace auch für andere Kinder uninteressant, sodass sie unversehens als diejenige galt, die keine Freunde hatte. Sie verglich sich mit Paul, der auf dem Pausenhof für die Kleinen herumstromerte, stets allein, auf innerer Wanderschaft, doch im Gegensatz zu ihr mit der Situation völlig zufrieden und von seiner Selbstvergessenheit in Watte gepackt.

Während dieser Phase, die fast ein Jahr andauerte, sich aber ewig anfühlte wie das Osmanische Reich, vertrieb sich Grace auf dem Schulhof allein die Zeit, und manchmal rannte sie aus schierer Verzweiflung drauflos, als wollte sie die Illusion erzeugen, dass jemand hinter ihr herjagte. Einmal stolperte sie dabei und scheuerte sich auf dem harten Betonboden die Handflächen auf. Aus Angst, man könnte sie fragen, warum sie gerannt war, verbarg sie ihre blutenden, mit kleinen Steinchen gespickten Hände vor ihrer Lehrerin, die schmerzende Wunde versorgte sie später allein zu Hause, so gut es eben ging. Als Helen sie beim Zubettgehen danach fragte, wurde sie mit einer vagen Antwort abgewiesen, eine Reaktion, die sich viel später, in Graces Teenagerzeit, als festes Muster etablieren sollte.

Ein tragisches Ereignis veränderte Graces Schicksal. Ihr Tischnachbar Gary Crowe, ein neunjähriger Junge, der unbedingt Feuerwehrmann werden wollte, starb bei einem häuslichen Unfall. Sein Vater war Mechaniker und hatte in seiner Garage einen ausgebauten Motor an einer Winde aufgehängt. Weil er ein paar Ersatzteile besorgen musste, ließ er den hängenden Motor eine Weile unbeaufsichtigt. Gary wollte sich von der Kette schwingen und zog dabei an dem Motor, der im freien Fall auf ihn niedersauste. Garys Tod versetzte die ganze

Klasse in eine Art Schockzustand. Die Einzelheiten fanden Eingang in die Albträume aller Kinder, die ihn gekannt hatten, denn das, was Gary geschehen war, ließ sich nach dem Löschen der Nachttischlampe in lebhaften Bildern ausmalen. Zwei Dutzend Elternpaare verbrachten den nächsten Monat damit, ihren Sprösslingen ruhig zu erklären, dass es keinen Grund zur Sorge gebe, es sich lediglich um einen Unfall gehandelt habe und Betten, Häuser und Garagen sicher seien. Bis auf Weiteres blieb es den Kleinen glücklicherweise erspart, sich auch noch vorzustellen, was Garys Eltern gerade durchmachten.

Die Tragödie schweißte die Klasse zusammen und krempelte ihre soziale Struktur einmal komplett um. Spielplatzregeln galten nicht mehr, Cliquen brachen auseinander, jeder spielte mit jedem, aus einem unbewussten Überlebensinstinkt heraus überwanden die Kinder ihre Differenzen. Grace, die aufgrund dieser sozialen Veränderung förmlich auftaute, nutzte diese vermeintlich vorübergehende Gelegenheit weidlich aus, lachte über die Witze der anderen, spielte überall mit und unterdrückte ihre eigenen, weniger dringenden Wünsche zugunsten ihres dringlichsten Wunsches dazuzugehören.

Diese Freundinnen, die Grace in der Grundschule fand, waren eher »Überlebensfreundinnen« als echte Freundinnen – keine von ihnen würde an der Hochzeit teilnehmen –, doch sie halfen ihr, auf die Beine zu kommen und sich wieder zu mögen. Sie trugen sie auch noch durch die Zeit auf der weiterführenden Schule, wo sie ihre Persönlichkeit entwickelte, indem sie sich in den Kommunismus unter Studierenden, Inspector-Morse-Krimis und Alben von Judee Sill vertiefte und ausgedehnte Spaziergänge unternahm, die so ewig dauerten, dass andere Eltern sicher schon längst eine Vermisstenanzeige aufgegeben hätten. In ihrer Jugend zeigte sie sich experimentierfreudig, aber überwiegend gleichmütig. Es gab ein paar Gefühlsausbrüche und gelegentliches Türenknallen, doch es wirkte immer so, als wollte sie diese Dinge aus reiner Neugier auch mal ausprobieren – wenn man schon ein paar Freifahrscheine hatte, wäre es doch eine Schande, sie nicht zu benutzen.

In dieser Zeit hatte sie ein besonders schwieriges Verhältnis zu Helen. Grace hatte ihrer Mutter immer nahegestanden, die beiden verfügten über eine Art intuitiven Kommunikationskanal, über den sie Witze, Blicke, Andeutungen und Einsichten austauschten wie bei einer Doppelconférence, bei der beide auch den Part des anderen gelernt hatten und praktisch vorausahnen konnten. Irgendwann in ihrer Teenagerzeit schaltete Grace diesen Kanal jedoch auf stumm und ging stattdessen auf Empfang mit sich selbst. Es wurde zunehmend schwierig, von außen zu ihr durchzudringen und Verbindung aufzunehmen. Dabei war sie weder unglücklich noch mürrisch, sondern besann sich auf der Suche nach geistiger Nahrung einfach auf sich selbst, auf ihren heranreifenden Geschmack und ihre Neigungen, und an diesem Prozess konnte Helen einfach nicht teilhaben. Das, was Grace als neu erlebte, war genauso neu für ihre Eltern, denn sie war ihr erstes Kind, womöglich hatte Helen aber auch einfach den klassischen Lehrerinnenfehler begangen und sich eingebildet, ihr könnte in Sachen Kinder niemand mehr was vormachen. Je mehr Helen versuchte, zu ihrer Tochter durchzudringen, desto unfähiger schien sie, Grace zu verstehen.

Wie so oft, wenn sich ein Elternteil vergaloppiert, übernimmt der andere die Zügel, denn Kindererziehung ist ein Teamsport mit Einzelkämpfern. Peter, der selbst recht tiefsinnig und introvertiert sein konnte, kam Grace in dieser Zeit etwas näher. Er hatte ihr Leben immer schon mit Güte und Warmherzigkeit begleitet – hatte die braunen Stellen von ihrer Banane abgebissen oder ihr erlaubt, ihm die Härchen aus den Ohren zu zupfen –, sich aber meist mit einer elterlichen Nebenrolle zufriedengegeben und Helens Erziehungsmethoden nachgeahmt, statt eigene Wege zu gehen. Er war einfach introvertiert und zufrieden damit. Schweigen, Alleinsein und Stille erfüllten ihn mit neuer Energie. Es ging nicht darum, der Einsamkeit zu entfliehen, sondern sich mit ihr anzufreunden und sie auszuloten. Und so stellte Grace ihren Kanal während dieser Zeit auf Peter um, denn mit ihm konnte sie auf langen Autofahrten schweigen oder am Küchentisch Bücher lesen, ohne sich darüber austauschen zu müssen.

Obwohl Grace nicht zwingend derselben Meinung war, hieß es im Allgemeinen über sie, sie habe sich gut gemausert. Das liege daran, dass sie trotz ihrer Begabung mit beiden Beinen auf dem Boden geblieben und ihr Erfolg nicht dem Zufall, sondern harter Arbeit geschuldet sei. Dieses Kompliment entsprang einer Mentalität, die gemeinhin bei Menschen zu finden ist, die darauf achten, dass ihr Lob den Gelobten nicht besserstellt als sie selbst. Hätte man Grace damals gefragt, sie hätte vermutlich geantwortet, dass sie weder glücklich noch unglücklich sei, also ein Mensch wie jeder andere, und lediglich versuche, sich in ihrem Leben zurechtzufinden. In ihrer Collegezeit, als sie sich alle noch an Alkohol gewöhnen mussten, fragte man sie eines Abends auf der Geburtstagsfeier einer Freundin vor laufender Videokamera, was sie sich wünschen würde, wenn ihr alles freistünde. Ohne nachzudenken oder irgendwie witzig wirken zu wollen, gab sie eine Antwort, der ihre Freundinnen hinterher das Prädikat »typisch Grace« verliehen. Sie blickte direkt in die Linse der mittlerweile verschrotteten Videokamera und sagte: »Ich würde mir wünschen ... was gut für mich ist.«

5

MIT FREUNDLICHEN GRÜSSEN

Nach seiner Yahtzee-Unterhaltung mit Leonard verbrachte Paul ein paar ruhige Tage, was in seinem Alltag nicht weiter ungewöhnlich war. So blieb ihm viel Zeit, über Ausdehnung und Schrumpfen des Universums nachzudenken, wie es gegenwärtig im Mikrokosmos seines besten Freundes zu beobachten war. Hätte Edwin Hubble mit seinem Teleskop in Leonards Innenleben geblickt, hätte er wohl festgestellt, dass sich dort alles so verhielt, wie es das Universum vorgab. Für Paul war die Welt kompliziert und die Menschen sowohl Ursache als auch Opfer ihrer Komplexität. Die Gesellschaft betrachtete er wie einen Chemiebaukasten, voller potenziell explosiver Zutaten, die, so man sie mit gebührendem Respekt behandelte, faszinierende und lehrreiche Erkenntnisse liefern konnten, aber besser nicht in die Hände von Menschen geraten sollten, die nicht damit umzugehen wussten. Obwohl sein bisheriges Dasein weitgehend ruhig und ereignislos verlaufen war, hatten sich seine Lebensentscheidungen als goldrichtig erwiesen: Schon jetzt hatte Paul länger gelebt als Alexander der Große und hatte zudem weniger Feinde. Doch nun trieb ihn der Gedanke um, dass selbst er, egal, wie klein und nichtig er sich unter dem nächtlichen Sternenhimmel vorkommen mochte, denselben elementaren Kräften der Ausdehnung unterworfen war wie der Rest der Welt.

Das Universum würde also irgendwann an seine Tür klopfen. Und so kam es, dass ihn, als er beim spätmorgendlichen Frühstück mit Scones einen kurzen Artikel im kostenlosen Werbeblatt las, ein Gefühl von kosmischer Fügung erfüllte.

Das Blättchen namens *Community Voice* wurde an jeden Haushalt verteilt, da die Betreiber den Begriff »Werbung« großzügig auslegten und sich von den Verbotsschildern an den Briefkästen ebenjener Gemeinschaft, dessen Stimme sie zu sein behaupteten, nicht angesprochen fühlten. Typischerweise zeigte das Bild auf der Titelseite eine ältere Dame oder ein kleines Kind im Rollstuhl, die etwas hochhielten, was wir, die Betrachtenden, als unverschämten Brief der Behörden verstehen sollten. Die wütende Schlagzeile ließ dem Leser zudem keinerlei Interpretationsspielraum. Innen fanden sich schamlos als Artikel getarnte Werbeanzeigen, Bilder von Medaillenverleihungen, eine vom Gemeindearzt betreute Ratgeberseite und eine hilfreiche Übersicht über die Leerung der Mülltonnen, also welche jeweils an welchen Montagen geleert wurden, die für Restmüll oder die für Wertstoffe.

Pauls Aufmerksamkeit galt einem Artikel der Industrie- und Handelskammer, die er für eine Unterabteilung der Schreckenskammer des Wachsmuseums hielt, in der lebensecht wirkende Wachsfiguren von Unternehmern wie Richard Branson oder Uncle Ben ausgestellt wurden. Der Artikel widmete sich jedoch einem Anliegen, das Paul als Problem der modernen Zeit empfand. In der Welt, wie wir sie heute kennen, und vor allem in der modernen Geschäftswelt, korrespondiert man nurmehr ausschließlich über E-Mails. Jahrelange Bemühungen, den klügsten Köpfen aus Wirtschaft und Industrie beizubringen, wie man einen perfekten Geschäftsbrief formuliert, hatten sich letztlich als null und nichtig erwiesen, weil die hohe Kunst des guten

Ausdrucks dem technischen Fortschritt zum Opfer gefallen war. Das Verzeichnis der klassischen Grußformeln, dieser Dauerbrenner der Industrie- und Handelskammer, war nun vom Einstampfen bedroht. Der Verfasser des Artikels, ein gewisser Mr H. Means, Leiter des Ressorts Gemeindeangelegenheiten, hatte sich eingehend mit der Sache beschäftigt:

Die Formel »Sehr geehrte Damen und Herren« hat etwas Unverbindliches, man muss unweigerlich an Flaschenpost denken, denn sie adressiert Empfänger, ohne ihren Namen, ihre Anrede, ihr Geschlecht oder ihre Stellung zu kennen, und bemüht sich auch nicht, diese herauszufinden. Auch bleibt offen, ob sich der Verfasser an eine oder mehrere Personen richtet, ja überhaupt einen bestimmten Empfänger ansprechen will. Ein Metzgersgang zur Schnitzeljagd sozusagen.

Dass bei dieser Formel auch die Damenwelt berücksichtigt wurde, ist allein dem Umstand geschuldet, dass sich die Herren in ihren ledergepolsterten Salons einst auf dieses Zugeständnis einigten, nachdem sie festgestellt hatten, dass viele wichtige Briefe auch von Frauen gelesen wurden. Durch die ausschweifende Form entsteht der unfreiwillige Eindruck, der Verfasser wolle dem Empfänger die Möglichkeit offenhalten, den Brief je nach Lust und Laune mal als Mitglied der männlichen Bevölkerungsgruppe und mal als Teil der Frauenfraktion zu lesen. Des Weiteren wird heutzutage niemand mehr als »geehrter Herr« angesprochen, außer von besonders altmodischen Verkäufern, die ihre Kunden aber sicher nicht »verehren«. Die Anrede »geehrte Dame«, womöglich noch mit dem Zusatz »gnädige«

verwendet, wirkt so überzogen, dass man sie nur als theatralisch bezeichnen kann. Sogar die verbreitete Anrede »Liebe/Lieber« für Menschen, die einander nicht kennen, mutet an wie der Beginn einer Briefbeziehung, in der die Liebenden einander das Herz ausschütten, was im Schriftverkehr unter Mitgliedern der Industrie- und Handelskammer unwahrscheinlich ist. Aufgrund der oben genannten Erkenntnisse ist diese Grußformel also in sämtlichen Bestandteilen als kritisch zu bewerten.

Das wahre Problem liegt jedoch in der allgemeinen Unsicherheit und mangelnden Eleganz beim Abschluss einer Mail. Bis dato lautete die Empfehlung der Industrie- und Handelskammer, offizielle Anschreiben an unbekannte Empfänger mit »Hochachtungsvoll« zu beenden, obwohl manche Mitglieder kritisch anmerkten, dass sich ein unbekannter Empfänger nicht mit einer vermeintlich entgegengebrachten Hochachtung vertrage, überspitzt formuliert: »Ich zolle Ihnen meine volle Hochachtung, obwohl ich keine Ahnung habe, wer Sie sind.« Die heutige Form wurde in den Fünfzigerjahren eingeführt, damals beschloss man, die bis dahin übliche Formel »Ich verbleibe hochachtungsvoll« zu verknappen, weil man sie als »Anbiederung« erlebte. Einige Mitglieder der Kammer empfanden auch die Formel »Mit aufrichtigen Grüßen« als problematisch, denn sie fürchteten, einem Verfasser, der seine Aufrichtigkeit dermaßen betone, könne unterstellt werden, dass er normalerweise nicht ehrlich sei.

In Mails, die eher lässig daherkommen wollen, verwenden Unternehmer lockere Umgangsformen, doch keine der frei verwendeten abschließenden Grußformeln hat es bisher in den Kanon der Industrie- und Handelskammer geschafft.

»Herzliche Grüße« ist am weitesten verbreitet, aber viele empfinden diese Grußformel als schwächlich, lauwarm, wie einen feuchten Händedruck. In ihrer ursprünglichen Form lautete die Formel: »Herzliche Grüße an Frau und Kinder«, doch unsere Kammer hat schon vor vielen Jahren beschlossen, mit der Zeit zu gehen und sie entsprechend zu verkürzen.

Im internationalen Vergleich könnte man noch auf die USA verweisen, wo die geschäftliche Korrespondenz ja gern zackig und rüpelhaft ausfällt und man die Adressaten mittlerweile nur mehr mit »Hallo« anschreibt oder ganz auf Grußformeln verzichtet.

Im Artikel wurde behauptet, bei der Industrie- und Handelskammer herrsche aufgrund dieses Problems so großer Aufruhr, dass man mit der Angelegenheit nun an die Öffentlichkeit herantrete, in der Hoffnung, dass sich dort eine gute Lösung fände. Genau genommen hatte man zu einem landesweiten Wettbewerb aufgerufen, um die beste Grußformel für den Abschluss einer modernen Geschäftsmail zu ermitteln. Dem glücklichen Gewinner winkten ein Scheck über zehntausend Euro und eine kleine Skulptur. Paul, der weder das eine noch das andere besaß, fühlte sich nicht nur zur Teilnahme eingeladen, sondern regelrecht dazu berufen.

Da gute Ideen aufgrund der ihnen eigenen Leichtigkeit stets nach oben streben, war es nur folgerichtig, dass Paul sofort darauf zu sprechen kam, als Leonard sich am Abend zu einer Viererpartie Scrabble mit Peter und Helen einfand, ein mittlerweile fest etabliertes Sonntagabendritual, um den Blues vor einer neuen Arbeits- und Schulwoche zu vertreiben. Helen und Peter spielten schon seit Jahren Scrabble, angefangen hatte es damals, als sie gerade ihr erstes Haus gekauft und kein Geld mehr für abendliche Unternehmungen gehabt hatten. Sie spielten mit hohem Einsatz, der Verlierer musste dem Gewinner sinnliche Gelüste erfüllen, auf diese Weise bereicherten sie nicht nur ihren Wortschatz, sondern auch ihr Eheleben. Natürlich führte dies bei der Wortwahl zu einer gewissen Verruchtheit, was so weit ging, dass sie lieber kurze, aber erregende Varianten legten, selbst wenn sie mit harmloseren Kombinationen mehr Punkte hätten einsacken können. Als sie Eltern wurden, geriet diese doppeldeutige Variante zwar ins Abseits, doch ihre Leidenschaft für Gesellschaftsspiele (in ihrer eigentlichen Form) blieb unverändert, und sie wurden zum festen Bestandteil ihres Familienalltags.

An diesem Abend verlief das Spiel allerdings recht zäh, wie es bei Viererpartien oft vorkommt, weil man nicht mehr als einen Zug im Voraus planen kann. Helen beschwerte sich bitterlich, Peter belege grundsätzlich die Stellen, auf die sie ein Auge geworfen hatte. Peter fragte dauernd: »Bin ich dran?« Offenbar war er vom komplexen Ablauf bei vier Teilnehmern überfordert, die weder im noch gegen den Uhrzeigersinn spielten, sondern sich bei der Reihenfolge nach ihrem Geburtsjahr richteten, eine Regel, die sie schon Jahre zuvor eingeführt hatten, um in der Familie Rangeleien um strategische Sitzplätze zu vermeiden. Leonard zog den ganzen Abend lang nur Vokale, die weder ihm was brachten noch den anderen, die sie benötigten. Paul, wie immer in der Position des Schiedsrichters, war mit dem zerfledderten Scrabble-Wörterbuch und einem weiteren Wörterbuch bewaffnet. Einige Jahre zuvor hatten sie nach einem Vorfall, der als »Za-Ereignis« in die Annalen der Familiengeschichte eingegangen war, eine Hausregel eingeführt, nach der jedes Wort, das man legen wollte, im Zweifelsfall mit einem entsprechenden Eintrag im jeweiligen Wörterbuch belegt werden musste. Hätte diese Regel nämlich schon damals gegolten, hätte sich schnell gezeigt, dass »Za« kein gültiges Wort ist. Paul wandte sie mit eiserner Härte an, obwohl er selbst ihr am häufigsten zum Opfer fiel, ein Umstand, der wieder mal seine angeborene Fairness bewies.

Irgendwann, im Anschluss an eine umstrittene Toilettenpause, kam Paul auf das Thema des Tages zu sprechen, nämlich den Aufruf der Industrie- und Handelskammer, womit er unter den Anwesenden auf großes Interesse stieß. Während Helen gestand, Banalitäten wie »Auf bald« und »Bis dahin« zu verwenden, erklärte Peter, er sei da sehr konsequent und beende seine Korrespondenz immer nur mit seinem Vornamen »Peter«, nach dem Muster großer Poplegenden wie Morrissey oder Prince. Peter und Helen begaben sich daraufhin in ihr eigenes kleines Ehewurmloch, scherzten über die Länge seiner Grußformel und rissen allerlei Insiderwitze, die, da war Paul überzeugt, sicher nicht so unverfänglich waren, wie sie wirkten. Leonard, mit bekannter Tiefsinnigkeit, fühlte sich durch das Thema zum Nachdenken über seine eigenen Grußformeln im Mail-Verkehr angeregt. Normalerweise verwendete er »Mit freundlichen Grüßen«, doch jetzt erkannte er, dass das alles andere als perfekt war. Da er, offenbar der Einzige, der die Scrabble-Partie noch ernst nahm, das Spiel schon so gut wie verloren hatte, widmete er sich dem Thema mit entsprechendem Eifer.

»Ich glaube, du bist da einer großen Sache auf der Spur. Die Technik hat sich so rasant weiterentwickelt und ist heute allgegenwärtig, da draußen existiert tatsächlich eine ganze Galaxie an Kommunikationskonventionen, die dringend auf den neuesten Stand gebracht werden müssten. Grußformeln am Anfang und Ende einer Korrespondenz, Wünsche, Autoresponder und so weiter. Die Formulierung muss noch nicht mal sinnvoll sein, sondern einfach gut und richtig klingen, so war es ja schon immer.«

»Ich wäre für was Freundliches. E-Mails und Anschreiben sind immer so kalt und unpersönlich. Man braucht etwas, das die Sache netter macht«, sagte Helen.

»Schatz, wir sprechen hier von Geschäftsleuten, denen kannst du nicht im Ernst mit Emojis, Smileys und dergleichen kommen. Warum nicht gleich aufs Ganze gehen, die Briefe mit Marmelade bekleckern und dein Alter mitsamt halben Jahren drunterschreiben?« Es war ziemlich leichtsinnig von Peter, seine Frau dermaßen aufzuziehen, und er merkte gar nicht, dass er das soeben bei Helen erflirtete Wohlwollen damit unversehens verspielt hatte.

»Wenn du gewinnst, könntest du das Urheberrecht auf die Formel anmelden und jedes Mal kassieren, wenn sie jemand verwendet. Sogar, wenn es nur ein kleiner Obolus pro Brief wäre, langfristig betrachtet würde dir das ein hübsches Sümmchen einbringen«, schlug Leonard vor.

»Ich will damit kein Geld machen, sondern einen Beitrag für die Gesellschaft leisten. Was verbessern. So in der Art.« Paul hatte sein Bekenntnis zur Redlichkeit so aufrichtig vorgetragen, dass die anderen glatt Gänsehaut bekamen.

»Du könntest das Geld für einen wohltätigen Zweck spenden«, schlug Leonard vor, noch nicht bereit, sich vollständig von seiner Idee zu verabschieden.

Paul ließ vor Empörung fast die Konsonanten fallen. »Das wäre Geldsammeln, keine Wohltätigkeit. Völlig unterschiedliche Dinge. Wohltätigkeit führt zu einer Verbesserung, sowohl für den Gebenden als auch für den Empfangenden. Völlig zu Recht gilt sie als Tugend. Im Gegensatz zum Spenden oder für einen wohltätigen Zweck Geld sammeln oder ähnlichen Aktivitäten, denn da haben wir verschiedenste Motivationen und Wirkungen, manche sind gut, andere fragwürdig. Ich will einen sauberen, aufrichtigen Beitrag leisten, nichts Fadenscheiniges, das man noch erklären muss. Also keine Spenden sammeln.«

In seinem Berufsalltag war Leonard es gewohnt, dass seine Vorschläge nicht auf Gegenliebe stießen, doch Pauls negative Reaktion traf ihn unerwartet hart, kam sie doch nach Feierabend und obendrein von seinem lieben Freund. Peter, der offenbar anderer Meinung war als Paul, warf Leonard einen aufmunternden Blick zu, doch er bezog sich dabei eher auf die generelle Marktdynamik als auf Leonards konkreten Vorschlag.

Bevor das Gespräch abrutschte auf das Niveau dieser notorischen Radiosendungen zum Mitdiskutieren, bei denen so ziemlich jedes Thema mit zunehmend banaleren Argumenten zerredet wurde, klingelte das Telefon, es war – wie von allen zu Recht vermutet – Grace mit den neuesten Entwicklungen und Eventualitäten. Helen, die das Gespräch annahm, machte es sich mit untergeschlagenen Beinen auf dem Sofa bequem und allen anderen damit klar, dass sie nun eine ganze Weile lang anderweitig beschäftigt sein würde. Theoretisch hätte man natürlich einfach zu dritt weitermachen können, aber in der Welt des Scrabble ist ein solches Vorgehen tabu, daher ließ man das Spiel stillschweigend einschlafen, ohne einen Sieger zu ermitteln.

Es folgte allgemeines Gähnen, Räkeln, Auf-die-Uhr-Schauen und ähnliche Gesten, die die Auflösung einer Zusammenkunft einleiteten, dann erwähnte Leonard, dass ihm ein harter Arbeitstag bevorstehe, was weder gelogen war noch so richtig der Wahrheit entsprach, doch als der einzige Gast in der Runde fühlte er sich verpflichtet, seinen Abschied zu rechtfertigen. Paul musste früh hoch, um parat zu stehen, falls die Post ihn am Montagmorgen zur Schicht rief. Peter hatte zwar keine besonderen Pläne, fühlte sich aber durch Graces Anrufe immer etwas verwaist, weshalb er den Rest des Abends mit einer sinnvollen Tätigkeit ausfüllen wollte.

Paul brachte Leonard zur Tür und begleitete ihn noch hinaus auf die Auffahrt, um kurz nachzusehen, ob Jupiter und Merkur zu erkennen wären, was tatsächlich der Fall war. Die beiden Freunde verabschiedeten sich auf wenig spektakuläre Weise, was völlig normal war, wenn man sich regelmäßig sah.

Paul kehrte zurück ins Haus, tappte auf Socken über die kühlen Fliesen, um sich in der Küche ein Glas Wasser für die Nacht zu holen, bevor er nach oben in sein Zimmer ging. Im Bett, ein Bein wie immer zwecks besserer Abkühlung unter der Decke hervorgestreckt, spürte Paul, wie sich der Geist der Inspiration in sein Zimmer stahl. Auf der Schwelle zwischen Sinnieren und Schlaf stieg von dort, wo Ideen entstehen, eine solche in ihm auf. Er wandte sich nach links, schnappte sich den auf dem Nachttisch deponierten Bleistiftstummel und notierte sich eine perfekte Fassung seines Wettbewerbsbeitrags.

6

GRACE BEIM ESSEN

Grace hatte sich mitten in der Woche einen halben Tag freigenommen, um sich zum Mittagessen und anschließenden Spaziergang mit ihren Eltern zu treffen. Jetzt, da die beiden »im fortgeschrittenen Alter« waren, schaufelte Grace in ihrem Kalender immer wieder Termine für sie frei, als Wiedergutmachung für die Zeit der Achtlosigkeit, damals, in ihren Zwanzigern, als sie ihre Eltern irgendwo eingeschoben hatte, statt sich wirklich Zeit für sie zu nehmen. Peter und Helen waren die Gründe egal, sie verbrachten immer gern Zeit mit ihrer Tochter.

Grace blieben noch ein paar Minuten, um ihrem Dad schnell etwas aus dem Buchladen zu besorgen. Peter las viel, aber seit Kurzem fast nur noch Zeitungen oder Zeitschriften und kaum noch Romane oder Ratgeber. Beim Herumstöbern fiel ihr Blick auf einige Bücher, die sie gelesen hatte oder lesen wollte, und sie war kurz davor, eines zu kaufen, als Missionarsgeschenk, denn es wäre schön, wenn ihm dasselbe gefiele wie ihr. Im hinteren Teil des Ladens gab es eine eigene Abteilung für »Geschichte« und andere todernste Themen. Dieser Bereich schien so eine Art Spieleparadies für ältere Männer zu sein, wo ihre Frauen sie abgeben konnten, während sie ihre Einkäufe erledigten. Als Grace einen Wälzer über Stalingrad aus dem Regal wuchtete, kam ihr der Gedanke, dass es kein einfallsloseres Geschenk gab als ein dickes, gebundenes Standardwerk. Natürlich könnte sie ein Risiko eingehen und etwas Ausgefalleneres kaufen, die Kurzgeschichten eines neuen talentierten Schriftstellers aus Südamerika oder das mit Sexszenen angereicherte Debüt einer jungen Frau. Am Ende entschied sie sich für den Roman eines etablierten amerikanischen Schriftstellers mittleren Alters, die Ausgabe war vom Autor signiert, eine lukrative Investition, die den Käufer sicher schon in wenigen Jahren zum Millionär machen würde. Mit dem Gerechtigkeitssinn der Erstgeborenen suchte sie auch noch ein Geschenk für Helen aus, kein Problem, ein Kochbuch oder irgendwas übers Gärtnern – Grace wusste nicht, dass Helen dieser Bücher schon seit einiger Zeit überdrüssig war. In der Warteschlange vor der Kasse checkte sie kurz ihr Handy, ein paar Mails von einer Verteilerliste, aber nichts, das ihren Einsatz erforderte, hoffte sie zumindest.

Sie erreichte das Restaurant noch vor der vereinbarten Zeit und wählte einen Tisch auf der Empore. Sie hatte einen Italiener ausgewählt, eine Kompromisslösung, die für alle funktionierte. Helen probierte alles, doch Peter, als typischer Vertreter seiner Generation, hatte ständig Angst, nicht satt zu werden. Das Restaurant war gut besucht, aber nicht zu voll, es hatte die kurzlebige Phase des Hip-Seins offenbar gut überstanden. Als Grace ihre Eltern entdeckte, winkte sie ihnen zu.

»Hallo, Schatz! Hoffentlich hast du nicht zu lange gewartet«, sagte Helen.

»Überhaupt nicht. Schön, euch zu sehen.«

»Hi, Gracie«, sagte Peter mit vaterstolzem Lächeln. »Gut siehst du aus.«

Das stimmte tatsächlich. Grace hatte einen klaren, natürlichen Teint und genug Geld für modische, aber erschwingliche Kleidung, die sie mit großer Stilsicherheit wählte.

»Ich habe euch was mitgebracht. Dad, ich weiß, du hast einen anspruchsvollen Geschmack, aber das hier soll wirklich gut sein, und ich glaube, du kennst schon einen seiner Vorgängerromane, der, der den Preis gewonnen hat. Ich habe den Rückseitentext gelesen und mir gedacht, es könnte dir gefallen. Mam, dir habe ich das hier ausgesucht, es geht zwar um indische Küche, die dir nicht so zusagt, aber ich dachte, du findest trotzdem das eine oder andere interessante Rezept darin.«

»Ach, danke dir, Liebes, wie aufmerksam«, sagte Helen. »So, wie läuft es? Blumengestecke und Kuchen unter Dach und Fach?« Ein paar Lieferanten hatten Grace bereits versetzt, die Einzelheiten hatte sie bereits in mehreren abendlichen Telefonaten mit Helen durchgekaut.

»Ich glaube, jetzt ist alles okay. Ich habe einen wirklich guten Floristen gefunden. Er ist zwar nicht auf Hochzeiten spezialisiert, aber er hat genug Blumen auf Lager für die Bouquets und Altarsträuße. Die Bänke schmücken wir dann mit Schleifen und so. Mein Kuchenmann hat noch nicht zurückgerufen, dem muss ich nachher noch eine Nachricht schicken.« Grace legte ihr Handy auf den Tisch. »Tut mir leid! Ich habe den halben Tag frei, sie sollen mich nur im äußersten Notfall anrufen, aber ihr wisst ja selbst.«

»Wie geht's Andrew?«, fragte Peter. »Er freut sich hoffentlich schon sehr? Du kannst ihm ausrichten, dass ich mir jetzt einen Anzug besorgt habe. Er ist dunkelblau, also steht seinem lila Samtensemble nichts mehr im Weg.«

Grace trank grinsend ihr Wasser. »Danke, Dad, aber ich glaube, den Samtanzug sparen wir uns für die Flitterwochen auf.«

»Ihr beide solltet am Wochenende vorbeikommen«, sagte Peter. »Es ist schon ewig her, dass wir uns auf ein Schwätzchen getroffen haben. Ich habe gerade noch zu Mam gesagt, wie schön es wäre, wenn wir Andrew jetzt, da er um deine Hand angehalten hat, öfter zu sehen bekämen.«

»Er hat sicher viel um die Ohren ... die ganze Reiserei. Wann kommt er zurück?«, fragte Helen.

»Nicht vor nächster Woche. Er ist gerade in Amsterdam. Ihm steht zwar ein freier Tag pro Woche zu, aber es lohnt sich nicht, wenn er gleich danach wieder zurückfliegen muss, also skypen wir lieber abends. Ich frage ihn mal, wann er da ist, damit wir uns vor dem großen Tag zusammensetzen können. Unglaublich, dass es schon in zweieinhalb Wochen so weit ist. Aber ich habe alles gut im Griff. Die Sachen, die jetzt noch übrig sind, kann man erst kurz vorher erledigen. Wie geht es meinem Lieblingsbruder?«

»Bestens. Hält sich wacker. Er nimmt an einem von der Industrie- und Handelskammer ausgeschriebenen Wettbewerb teil, heute hat er seinen Beitrag abgeschickt. Sie suchen eine neue Grußformel für E-Mails. Ich richte ihm gern Grüße aus. Er muss sich noch um seinen Anzug kümmern, damit liege ich ihm schon die ganze Zeit in den Ohren. Er hat eine komische Größe, bei Marks & Spencer kriegt er den sicher nicht. Außerdem muss er darauf achten, dass die Schuhe zu seinem Gürtel passen. Aber Leonard ist übrigens einverstanden, als seine Begleitperson zu kommen.«

»Ah, super!«, sagte Grace. »Zahlenmäßig wird es langsam eng. Ich hatte ja gehofft, dass einige von der Arbeit absagen. Familie und Kollegen habe ich vorher noch nie gemischt.«

»Wir bemühen uns nach Kräften, dich nicht zu enttäuschen oder enttäuscht zu sein«, sagte Peter. »Wollen wir bestellen? Mag jemand eine Vorspeise?«

Auf der Speisekarte gab es eine Menge beliebter Gerichte, aber keine Pizza oder Spaghetti Bolognese.

»Ich bestelle eins von den Mittagsmenüs«, sagte Grace. »Hab schon ausgesucht. Auf der Arbeit sind sie übrigens wirklich großzügig. Ich vertrödele massenweise Zeit mit Internetrecherchen und privaten Telefonaten. Sie lassen es mir durchgehen, ich sollte wirklich nicht hoffen, dass jemand von ihnen absagt. Entschuldigt, ich quassele hier vor mich hin ... Wo waren wir? Ah, ja, also, ich nehme den Spargel mit Schinken und dann diese Trüffelgnocchi.«

»Notschi? Ich dachte, das spricht man Njnocki aus«, sagte Peter. »Ich glaube, ich nehme Suppe und Pasta. Die mit Hühnchen.«

»Ich nehme das Gleiche, aber lieber Bruschetta als Vorspeise und das Pilzrisotto«, sagte Helen.

»Das ist überhaupt nicht das Gleiche«, bemerkte Peter.

»Ich meinte, dass ich auch ein Mittagsmenü nehme, aber danke, dass du so genau aufpasst.«

Sie wurden von einem unglaublich gut aussehenden Kellner bedient, der ihre Bestellung mit offenkundiger italienischer Leidenschaft fürs Essen wiederholte, bevor er sie notierte, ohne Grace dabei auch nur eine Sekunde aus den Augen zu lassen.

»Ich glaube, der mochte dich«, sagte Peter, als der Mann gegangen war. »Kein schlechter Fang, mit dem ganzen steuerfreien Trinkgeld.«

»Vielleicht sollte Andrew mir einen zweiten Ehemann zugestehen, so oft, wie er auf Reisen ist.«

»Einer ist mehr als genug«, sagte Helen. »Ich kann nicht glauben, dass du tatsächlich heiratest. In unserer Familie lassen wir uns damit ja eigentlich viel Zeit. Ich habe das Feld jedenfalls gründlich beackert, bevor ich mir einen Mann gepflückt habe.«

»Ich wusste genau, wenn ich lange genug warte, würden die

Mädchen ihre Ansprüche schon auf mein Niveau runterschrauben«, sagte Peter.

»Nach der Verlobung hat es sich schon komisch angefühlt«, sagte Grace. »Ich wusste nie, wie ich Andrew nennen sollte, mein Freund war er ja nicht mehr, aber ›Verlobter‹ klingt so gestelzt. Ich weiß noch, wie ich im Pub vor der Toilette gestanden hab und beim Anblick des Wortes ›Besetzt‹ an einer Klotür laut loslachen musste. Ihr kennt doch diesen alten Spruch: Männer sind wie Toiletten, besetzt oder ... ihr wisst schon. Mein Andrew ist jetzt besetzt, hab ich gedacht. Wie albern.«

Die Vorspeisen kamen, serviert von einer Bedienung, die niemanden ansah, nicht mal Peter, als der sie um einen Salzstreuer bat.

Graces Handy vibrierte auf dem Tisch.

»Das ignoriere ich jetzt mal«, sagte sie, darauf bedacht, sich nicht ablenken zu lassen, aber nicht bereit, das Telefon einfach wegzulegen.

»Und? Habt ihr euch schon überlegt, wohin ihr fahren wollt? Jetzt, wo ihr nach so vielen Jahren endlich gemeinsame Freizeit habt, solltet ihr sie auch genießen«, sagte Grace. Sie lag ihren Eltern ständig damit in den Ohren, sie sollten Städtereisen unternehmen oder Urlaub in der Sonne machen, einfach mal Zeit ohne Paul verbringen, das würde ihnen guttun.

»Noch nichts geplant«, sagte Helen. »Wir freuen uns jetzt erst mal auf die Hochzeit. Im September dann vielleicht. Juli und August sind für deinen Vater einfach zu heiß, du weißt ja, dass er die Sonne nicht verträgt.«

»Gegen ein bisschen Farbe hätte ich allerdings nichts einzuwenden, etwas dunkler als Brillantweiß vielleicht, also mindestens Magnolie«, sagte Peter, während er seine ungesalzene Suppe löffelte.

»Hast du dir schon eine Aufgabe für deinen Bruder überlegt?«, fragte Helen. »Nichts Wichtiges natürlich, aber du weißt schon, um ihn ein bisschen in die Trauungszeremonie einzubinden.«

»Ja, klar wäre es schön, wenn er irgendwo mithilft, aber ich möchte, dass ihm das auch ein bisschen Spaß macht. Ihr wisst selbst, wie er ist, wenn man ihn zu etwas zwingt. Er latscht lustlos rum und zieht dabei ein Gesicht wie sieben Tage Regen, nicht mit Absicht, aber trotzdem. Außerdem will ich nicht, dass er sich den ganzen Vormittag verrückt macht, weil er Angst hat, er könnte alles vergeigen. Es muss nichts Großes sein, wichtig ist doch, dass wir diesen Tag gemeinsam verbringen.«

»Er könnte ein paar Fürbitten vortragen«, schlug Peter vor, der die Suppe ausgelöffelt hatte, bevor ihm das Salz gereicht wurde.

»Das passt nicht so gut, Paul ist kein großer Kirchgänger – und ich auch nicht, wenn ich ehrlich bin –, es macht ihn sicher nervös, nicht genau zu wissen, wo er sich hinstellen und wann er nach vorn kommen muss. Was, wenn ich ihn bitten würde, die Kollekte zu übernehmen? Im schlimmsten Fall stellt er sich ein bisschen ungeschickt an, aber eigentlich müsste es gutgehen.« Grace hatte ihren Spargel zwar bereits auf die Gabel geladen, gegessen hatte sie aber noch nichts.

»Das wird normalerweise von den beiden Müttern übernommen. Wie wäre es mit einer kurzen Lesung?«

»Da haben wir dasselbe Problem wie mit den Fürbitten und dem ganzen Hin und Her. Außerdem erstarrt er manchmal zur Salzsäule, wenn er vor Publikum steht. Ich glaube, das macht er nicht, weil er Angst hat, sondern weil ihn die Bühnenperspektive einfach fasziniert. Als würde ihm schlagartig klar werden, wie selten man vor so vielen Menschen steht, und deswegen kostet er diesen Moment einfach mal aus, bis jemand ihn von der Bühne holt. Ich habe das in der Schule erlebt, als er den Wissenschaftspreis gewonnen hat. Er hat dagestanden wie ein Ölgötze. Vielleicht bitte ich ihn einfach, die Gesangsbücher zu verteilen und die Leute zu fragen, ob sie zur Braut oder zum Bräutigam gehören, solche Sachen. Wie sie es bei Hochzeiten im Fernsehen machen.«

»Hm. Ist das nicht ein bisschen zu viel Gemenschel für ihn?«, fragte Peter mit Blick auf Graces Gabel.

»Wie wäre es, wenn Leonard ihm dabei hilft? Bisschen moralische Unterstützung kann nicht schaden. Schließlich begleiten sie einander, da kann man schon mal eine Ausnahme machen. Dein Essen wird kalt, Schatz!«, sagte Helen.

»Ich will aber nicht, dass er außen vor ist. Schließlich gehört er zum engsten Familienkreis, und er soll sich einbezogen fühlen«, sagte Grace, endlich mit vollem Mund.

»Ach, darüber freut er sich bestimmt«, sagte Helen. »Es wird so oder so ein großer Tag für ihn, aber gut, dass wir die Sache jetzt geklärt haben. Ich werde es ihm sagen und ihn noch mal an seinen Anzug erinnern. Peter hat ihm Geld dafür gegeben, aber es liegt in der Schublade, und Paul schiebt die Sache immer noch vor sich her, obwohl er eigentlich keine Ausrede mehr hat. Ich knöpfe ihn mir gleich mal vor, wenn ich wieder zu Hause bin. Gibt es eine bestimmte Farbe, die er tragen oder nicht tragen sollte?«

»Nein, er soll nehmen, was ihm gefällt. Bei Anlässen wie Vorstellungsgesprächen oder Präsentationen fühle ich mich in manchen Farben sicherer, kann gut sein, dass es bei ihm auch so ist. Aber das überlasse ich ganz ihm.«

»Da wäre ich lieber vorsichtig. Gute Entscheidungen trifft er nur bei Dingen, die ihm wichtig sind. Vielleicht solltest du ihn bitten, sich bei der Farbe an den Kleidern der Brautjungfern zu orientieren, oder verwechselt man ihn dann mit dem Trauzeugen?«

Die drei unterhielten sich oft auf diese Weise über Paul. Sie waren die Gummipuffer an den Rändern der Bowlingbahn, zwischen denen er gefahrlos herumschlingern konnte, während sie ihn verletzungsfrei zum Erfolg führten, egal wie klein und unscheinbar. Sie meinten es gut mit ihm, und womöglich war es sogar nötig, ihn auf diese Weise abzuschirmen. Doch wenn man jemanden liebt, erkennt man oft nicht, wann aus Fürsorglichkeit Bevormundung wird. Wie aufrichtig sie waren, zeigte sich auch daran, dass jeder von ihnen insgeheim zu hinterfragen begann, ob das Ausmaß ihrer Einmischung angemessen war. Wie kann man sicher sein, dass man einen positiven Einfluss auf das Leben des anderen hat? Woher will man wissen, ob das Leben des anderen nicht genauso gut weiterläuft, wenn man sich nicht einmischt? Wann wird aus Halten Festhalten? Nur weil Paul sich nicht gegen ihre Bemühungen wehrte, bewies das noch lange nicht, dass sie ihm damit halfen. Es konnte genauso gut sein, dass seine Unselbstständigkeit nicht der Grund für ihre Bevormundung war, sondern deren Folge.

Peter bezeichnete Paul gern als Helens »Mondfisch«. Vor Jahren, als die Kinder noch nicht auf der Welt waren, hatten Helen und Peter auf der Reise nach Monterey, Kalifornien, ein Aquarium besucht. Dass sie beide lieber Aquarien besuchten als Zoos, war ein weiteres Beispiel für die große Schnittmenge ihrer gemeinsamen Vorlieben. Zwischen den wendigen Riffhaien, exotischen Quallen und perfekt getarnten Rochen trieb eine Kreatur, die aussah wie ein abgetrennter Kopf: ein großer, schiefer, seitlich schwimmender Fisch mit leuchtender Haut und einem saumseligen Gesichtsausdruck. Der Mondfisch gefiele ihr am besten, sagte Helen damals. Peter hatte sie dabei genau angesehen und ihre ernste Miene bemerkt. Normalerweise hätte er sie damit aufgezogen, dass sie immer einen anderen Geschmack haben musste als andere, aber sogar er erkannte in jenem Moment, dass ihre Wahl zutiefst persönliche Gründe hatte. Peter verstand auch ohne Erklärung, dass sie den Mondfisch zum Liebling erklärt hatte, weil sie wusste, dass es sonst niemand tun würde. Die Vorstellung, es könnte auf der Welt ein Geschöpf geben, das von niemandem geliebt wurde, brach ihr fast das wunderbare Herz, und deswegen gab sie sich besondere Mühe, es zu lieben. So war es auch, als sie nach zwei Fehlgeburten einen Sohn auf die Welt brachte, der um sein Leben kämpfte. Nur überleben solle er, mehr werde sie nicht von ihm erwarten, werde nie mehr von ihm verlangen als das. Deswegen akzeptierte sie Paul so, wie er war, und ließ ihn auf seine Weise durchs Leben ziehen, ihr eigener Mondfisch.

Peter hatte seinen Vater im Alter von neun Jahren verloren, war also aufgewachsen, ohne zu lernen, wie Jungen und Männer sich zu verhalten hatten, daher nahm er sich stets zurück und wandte sich nach innen, statt sich in seiner Unsicherheit der Welt aufzudrängen. Bei Grace wussten sie bis zur Geburt nicht, welches Geschlecht ihr Kind haben würde, und Peter hatte sich die gesamte Schwangerschaft mit dem unguten Gefühl herumgeschlagen, dass sie womöglich einen Jungen bekämen. Er hatte ja nicht mal genug Männlichkeit für sich selbst, wie sollte er dann an seinen Sohn welche weitergeben? Wie erleichtert war er gewesen, als Grace auf die Welt kam, denn mit ihr konnte er das Vatersein wenigstens erst mal üben, bevor er sich der Aufgabe stellen musste, einen Jungen großzuziehen. Dann wurde Paul geboren, und es gab keine Zeit mehr für derlei abstrakte Probleme, denn die ersten Wochen waren eine Zeit der

Sorgen und Schlaflosigkeit. Später, während der Schulzeit, war Paul ein verletzliches Kind, er war zu klein für sein Alter und hatte kaum Freunde. Peter lebte in ständiger Angst, die anderen Kinder könnten seinen Sohn schikanieren, was bei ihm wiederum Schuldgefühle auslöste, denn er war nicht sicher, wem diese Angst eigentlich galt: Sorgte er sich um Paul oder lediglich um sich selbst, den Vater, der nicht wusste, wie er sein Kind in einem solchen Fall schützen sollte? Als Paul mit der Schule fertig war, hätte Peter vielleicht mehr unternehmen können, um ihm bei der Jobsuche zu helfen – Paul war gut in Naturwissenschaften und hatte eine rasche Auffassungsgabe, aber eben keinen klaren Berufswunsch. Statt ihm bei der Berufswahl zu helfen, beschloss Peter, sein Sohn solle seinen eigenen Weg finden, eine Suche, die sich im Endeffekt als ziellose Wanderung entpuppt hatte, weswegen er schließlich doch eingegriffen und Paul den Job bei der Post besorgt hatte. Dennoch wurde Peter das Gefühl nicht los, er hätte seinen Sohn in seiner Rolle als Vater mithilfe irgendwelcher, ihm unvertrauter Methoden – Gespräche von Mann zu Mann oder Angelausflüge vielleicht – besser auf das Leben vorbereiten sollen.

Als Paul aus der Klinik zu ihnen nach Hause kam, machten Helen und Peter ein großes Gewese um Grace, sie sei jetzt seine große Schwester, eine unglaublich wichtige Aufgabe. Ein paar Jahre später, Paul ging bereits zur Schule, nahm Helen Grace zur Seite und erklärte ihr, dass ihr als Schwester eines Jungen wie Paul besondere Verantwortung und Pflichten zukämen. Grace hatte sich diese Ansprache sehr zu Herzen genommen: Sie wollte perfekte Tochter und perfekte Schwester sein. Unbewusst und kommentarlos hatte sie die Rolle des Schutzengels übernommen, sie wachte über Wohl und Wehe ihres Bruders, in der Grundschule, in der weiterführenden Schule und sogar noch heute, obwohl sie beide längst erwachsen waren. Genau genommen hatte sie nie darüber nachgedacht, ob sie die ihr als junges Mädchen übertragene Verantwortung je wieder abgeben könnte. Während sie ihre Hochzeit plante und sich innerlich auf die Ehe vorbereitete, überlegte sie sogar, wie sie ihr neues Leben antreten könnte, ohne ihr altes zurückzulassen. Deswegen ermunterte Grace ihre Eltern so eifrig, Paul endlich loszulassen – denn damit wäre sie ebenfalls frei. Irgendwo hinter all ihren Gedanken und Überlegungen lauerte diese eine Frage: Wer würde sich um Paul kümmern, wenn ihre Eltern nicht mehr da waren, er aber immer noch nicht auf eigenen Beinen stand? Die Vorstellung, diese Aufgabe könnte ihr zufallen – realistisch betrachtet kam nur sie dafür infrage –, versetzte sie regelrecht in Panik. Weil sie nicht lebenslänglich an den Jungen gebunden sein wollte, dem sie als Dreijährige das erste Mal begegnet war, machte sie fieberhaft andere Pläne, band sich fester an Andrew, um der Verantwortung für ihren Bruder zu entkommen.

Ungeachtet dieser unterschwelligen Turbulenzen saßen Grace, Helen und Peter, die einander und Paul innig liebten, jetzt beisammen und plauderten bei italienischem Essen über Alltagsdinge. Es war eine lange Unterhaltung, während derer Grace ihr Mittagessen genoss, nachdenklich, aber unter dem wohlwollenden Blick ihrer Eltern, für die jeder Moment in Gesellschaft ihrer Tochter kostbar war. Beim Kaffee, als sie auf den Alltag in der Ehe zu sprechen kamen, fragte Grace sich laut, was Helens und Peters Partnerschaft so glücklich machte, eine unangenehme Frage, vor allem für Paare, die über die Jahre nicht gerade wenige Beziehungsstreitereien erlebt hatten.

Peter machte den Anfang. »Eine Sache fällt mir da ein«, sagte er, wobei er Helen demonstrativ zuzwinkerte.

»Dad, ich meine es ernst. Ich will es wirklich wissen. Wie kommt es, dass ihr noch zusammen seid, wo doch so viele Ehen in die Brüche gehen? Aber ihr seid vermutlich auch noch nicht ganz in Sicherheit, es gibt ja Paare, die halten so lange durch, bis die Kinder aus dem Haus oder beide in Rente sind und sie nach so vielen Jahren plötzlich jeden Tag aufeinanderhocken.«

»Also wenn du eine ehrliche Antwort willst«, setzte Helen an, »lautet meine, dass man den anderen zur Nummer eins machen muss, und zwar ernsthaft, nicht nur als Spruch auf der Valentinskarte. Die Beziehung muss an erster Stelle kommen, einem sogar wichtiger sein als die Kinder. Sonst versinkt man so in seiner Elternrolle, dass man seinen Partner oder seine Partnerin vergisst, und ehe man sich versieht, steckt man in der schlimmsten Situation fest, die es in einer Ehe geben kann: verheiratet und Kinder, aber zutiefst einsam. Klar, jeder ändert sich, und wenn das passiert, verliert man vorübergehend die Verbindung. Dann ist es wichtig, dass man wieder zueinanderfindet, aber – und das ist der Trick – nicht, indem man das Alte wieder aufwärmt, nein, man muss sich und seine Beziehung neu erfinden. Man beginnt also immer wieder was Neues, jedoch mit derselben Person. Im Augenblick kannst du wahrscheinlich wenig damit anfangen, aber im Verlauf deiner Ehe mit Andrew könnte es mal richtig wichtig werden.« Helen erklärte diese Dinge mit der Eindringlichkeit eines Menschen, der genau wusste, wovon er sprach. Ihr Ton war so ernst, dass Peter keinen Versuch unternahm, die Stimmung am Tisch wieder aufzuheitern, denn er verstand, dass die Worte seiner geliebten Frau aus tiefstem Herzen kamen.

»Danke, Mam. Das klingt schwierig. Als könnte man es leicht vermasseln.« Grace beugte sich vor, ihr Glas mit beiden Händen umklammert.

»Darüber musst du dir jetzt noch keine Sorgen machen, Liebes. Hör auf deine Intuition, auch in der Hektik des Alltags. Aber genug mit den ernsten Themen. Was ist mit unserem Spaziergang? Ich werde diesen Käsekuchen noch bereuen, wenn ich mich nächste Woche bei den Silver Slimmers auf die Waage stelle – in meinem Alter bezahlst du jeden Nachtisch doppelt.«

Helen bedeutete dem attraktiven Kellner, dass sie zahlen wollten, dann suchten sie ihre Siebensachen zusammen, bevor das unvermeidbare Hin und Her mit der Rechnung losging und Grace wie immer versuchte, sie ihrem Vater zu entwenden.

Das Märzwetter hatte sich noch nicht so richtig für eine Seite entschieden. Nach dem langen zähen Winter wirkte das gelegentlich hinter den Wolken hervorblitzende Sonnenlicht besonders grell. Untergehakt und satt blinzelten sie in Wind und Sonne, als tief in Graces Tasche ihr Handy vibrierte.

7

GELEGENTLICHER MONTAG

Paul erwachte, wie fast jeden Montag, knapp vorm Weckerklingeln um 6 Uhr. Ungefähr an drei Montagen im Monat erreichte ihn ein Anruf von der Post, die ihn gelegentlich als Aushilfe einsetzte, wenn irgendein Faulenzer nicht zur Frühschicht im Briefzentrum erschienen war, und Paul stand gern parat, um den Anruf schnell abzufangen, bevor dieser seine Eltern weckte. Helen und Peter blieben nach dem Zubettgehen gern noch lange wach, unterhielten sich im Dunkeln oder alberten herum wie zwei Kinder beim Zelten, daher schliefen sie morgens lange aus.

Als Erstes ging Paul sein Schreiben vom Vorabend noch einmal durch, um sich zu vergewissern, dass es auch am nächsten Morgen noch seinen Qualitätskriterien entsprach. Obwohl er damit zufrieden war, konnte er sich kaum vorstellen, dass er es tatsächlich selbst verfasst hatte. Die Worte waren ihm einfach zugeflogen, und nach ihrer Niederschrift hatte er gleich wieder an was anderes gedacht.

Er ging ins Bad, um den Morgenschleim auszuspucken und sich am Becken mit dem Lappen zu waschen, besonders den Bereich unter den Achseln und die Stellen, die Adam von Eva unterschieden. Sein Spiegelbild löste bei ihm immer etwas Befremden aus, es erinnerte ihn daran, wie wenig Platz er auf der

Welt einnahm. Paul sah immer recht gepflegt aus, vor allem in seiner Postbotenuniform, das adretteste Kleidungsstück, das er besaß. Wenn er sich nicht bald um einen Anzug bemühte, würde er sie zu Graces Hochzeit tragen müssen.

Er ging nach unten, um eine Weile der Stille und dem sanften Schrillen in seinem Ohr zu lauschen, das nur in solchen Momenten der Ruhe hörbar war. Es war nicht klar, ob es sich dabei um einen milden Tinnitus handelte, weil er jahrelang mit Kopfhörern auf seinem Zimmer Musik gehört hatte, oder einfach um das Geräusch des Nichts. Die atmosphärische Musik der Luft. Paul vermutete, dass es auf der Welt viele Menschen gab, die dieses Geräusch noch nie gehört hatten. Menschen mit prall gefülltem Terminkalender und nicht minder vollem Kopf.

Da die sanft von den Zweigen im Garten schaukelnden Vogelfuttersäulen leer waren, holte er Meisenknödel und Saatenmischung aus dem Eckschrank, denn er wusste, dass er sein Frühstück erst genießen konnte, wenn die Vögel versorgt waren. Um diese Jahreszeit waren sie richtig verfressen und platzten förmlich vor Fortpflanzungsdrang. Buchfinken, Meisen, Stare, Ringeltauben, Elstern und Krähen wechselten sich an der Futtersäule ab, entsprechend ihrer sprichwörtlichen Hackordnung. Zuerst hatte Paul gedacht, die großen Vögel würden ihre kleineren und aus gutem Grund extrem scheuen Artgenossen verjagen und ihnen das Futter wegfressen, bis er verstand, dass die Großen den Kleinen einen Dienst erwiesen: Sie sorgten für Sicherheit, denn dank ihrer Anwesenheit blieb der Futterplatz frei von Räubern. Paul zählte sich nicht zu den Ornithologen. Obwohl er Vögel gern beobachtete, sie auseinanderhalten konnte und mit Interesse an ihrem Leben teilnahm, war ihm die Sammlermentalität der Vogelkundler fremd, die ganze Listen abarbeiteten und Seltenheit höher werteten als Alltäglichkeit.

Für ihn waren Vögel genau wie er selbst Teil der Natur, daher begegnete er ihnen mit derselben Aufmerksamkeit, die er auch Verwandten entgegenbringen würde.

Paul war ein großer Anhänger von Routine, sie vermittelte ihm etwas Sicherheit in dieser sich ständig wandelnden, unsicheren Welt. Da er jeden Tag als neu erlebte, sah er keinen Sinn darin, die natürliche Willkür des Lebens durch persönliche Willkür zu verstärken. Sein Frühstück war jeden Morgen gleich: eine Schüssel mit drei Weetabix und einer Banane, mit dem Löffel zerteilt, und eine Tasse Kaffee, stark und süß. Während die meisten Menschen beim Mittag- oder Abendessen Abwechslung anstreben, ist man sich beim Frühstück auf der ganzen Welt einig, dass man ein System, einmal gefunden, am besten beibehält. Diese Vorgehensweise wandte Paul eigentlich auf alles an.

Da er das Haus am Morgen für sich hatte, zog er sich ins Wohnzimmer zurück und wartete neben dem Telefon. Geduld gehörte zu seinen Stärken. Geduldig sein hieß, den Dingen ihren Lauf zu lassen und darauf zu vertrauen, dass sich die Dinge ergaben, wie sie sollten, nicht weil man es so wollte, sondern weil es der natürlichen Ordnung entsprach. Just, als er sich den Fingernagel an der Zündfläche der Streichholzschachtel feilen wollte, klingelte das Telefon, und nachdem der Anrufer Paul sehr knapp und sehr männlich die nötigsten Informationen mitgeteilt hatte, schwang er sich aufs Rad und ließ sich auf der Fahrt zum Briefzentrum den Wind durch den Helm blasen. Mit seinem Job hatte er zwar keine Karriere gemacht, aber Paul gefiel sich in der Rolle des Gelegenheitspostboten, und er war stolz darauf, dass er damit keine Vollzeitstelle besetzte und einem anderen womöglich den lebensnotwendigen Arbeitsplatz wegnahm. Ähnlich wie eine Ergänzungsmarke mit kleinerem Nennwert dafür sorgte, dass übergroße Pakete ausreichend frankiert waren, ergänzte auch Paul die Belegschaft dort, wo sie nicht ausreichend besetzt war.

Im Briefzentrum, wo sein Postsack schon auf ihn wartete, herrschte gähnende Leere, die fest angestellten Postboten der Frühschicht waren schon losgezogen, sie wollten ihren Arbeitstag so schnell wie möglich beginnen – oder besser, hinter sich bringen. Hier, wo normalerweise hektisches Treiben herrschte, war es an diesem Tag so gut wie ausgestorben, aber es war immer noch eine gewisse Atmosphäre zu spüren, die sich einstellt, wenn ledige Männer mit einer klaren Meinung auf einem Haufen arbeiten. Paul begann, die Briefe den Fächern zuzuweisen, die den Straßen auf seiner Route entsprachen, um sie danach nach Hausnummern zu bündeln. Das Zustellgut in Gangfolge sortieren nannte man das. Wenn man eine Straße nicht kannte, wusste man auch nicht, in welches Fach man die Briefe sortieren sollte. Manche Straßen ging man am besten nach geraden und ungeraden Hausnummern ab, andere besser in numerischer Reihenfolge. In ländlicheren Gegenden, wo Häuser statt Nummern Namen trugen, war ein Zusteller ganz auf seine Ortskenntnis angewiesen, die so ein Gelegenheitspostbote natürlich nicht hatte. In den meisten Fällen wäre es vermutlich sinnvoller gewesen, die Briefe einen Tag liegen zu lassen, bis der betreffende Bote wieder im Dienst war, die Verzögerung fiel kaum ins Gewicht, weil heutzutage sowieso niemand mehr zeitkritische Korrespondenz mit der normalen Briefpost versandte. Aber so lief das nicht. Es galt das Motto: Sauberes Fach, sauberes Gewissen.

Es war ein schöner Frühlingsmorgen: hell und warm auf der Sonnenseite der Straße, doch auf diejenigen, die glaubten, es sei bereits Sommer und sie könnten ohne Hut herumlaufen, lauerte im Schatten die Gefahr, sich eine Kopfgrippe zu holen.

Schulkinder kreuzten Pauls Weg, gelegentlich auch ein verspäteter Lieferwagen. Es machte Paul Freude, dem zerstreuten Treiben der Menschen am frühen Morgen zuzusehen, doch sobald er in die Vororte kam, wurde es ruhiger. Obwohl Postboten eigentlich nicht über Gartenmauern klettern sollten, hielten sich nicht alle an diese Regel. Paul aber ging vor bis an jede Haustür und trottete dann brav wieder zur Straße zurück, um dieselbe Prozedur beim nächsten Haus zu wiederholen. Dabei hatte jedes Gartentor seine Eigenheiten.

Ein schwergewichtiger Geselle – Helen hätte ihn wohl als »korpulent« bezeichnet – hatte sich übers Gartentor gelehnt und platzte dabei fast aus seinem Rugbyshirt. »Rechnungen kannste gleich wieder mitnehmen.« In seinem Garten stand ein altes Sofa, und von einer Birke baumelte ein Autoreifen, an dem sich sein Staffordshire-Terrier abarbeitete.

»Ich bin nur die Vertretung, der Kollege ist morgen wieder da«, erwiderte Paul.

Eine Straße weiter musste er ein Päckchen ausliefern, aber die Empfänger waren nicht zu Hause, daher bat er die ältere Dame von nebenan, es entgegenzunehmen. »Die sind nie da. Die armen Kinder sind den ganzen Tag im Hort. Ich bring es ihnen später vorbei. Sie sind ein bisschen spät dran heute, oder?«

»Ich bin nur die Vertretung, der Kollege ist morgen wieder da.«

Mittagspause machte er nie, es wäre ihm peinlich gewesen, in der Postbotenuniform auf einer Bank sein Sandwich zu verspeisen. So was war nicht gern gesehen.

Paul drehte weiter seine Runde, die Tasche wurde leichter. Er ging einer Arbeit nach, die schon seit Jahrhunderten existierte, und zwar nahezu unverändert. Andere Berufstätige, die sich täglich mit Verantwortung und wichtigen Terminen herumschlugen, mochten Pauls Aufgabe als wenig fordernd betrachten. Weder musste er entscheiden, welches Körperteil man einem Patienten zuerst amputierte, noch die Lebensersparnisse eines Rentners investieren. Er stand nicht unter Druck, musste der Chefetage nicht erklären, warum das Unternehmen im vierten Quartal Verluste eingefahren hatte oder einem fiebernden Kleinkind kalten Karottenbrei füttern. Sein Job, an den wenigen Tagen, an denen er ihm nachkam, erforderte keine schwierigen Entscheidungen, es gab keine schlimmen Neuigkeiten, mit denen er seiner Familie die Stimmung beim Abendessen verderben könnte.

Doch Postangestellte wurden seit einiger Zeit mit gewalttätigen Ausrastern in Verbindung gebracht, in den USA gab es sogar einen entsprechenden Ausdruck: *going postal*. Wie konnte es dazu kommen bei einem derart friedlichen Beruf, der Schwätzchen mit Anwohnern beinhaltete und sich ausnahmslos als nützlich erwiesen hatte? Die meisten überarbeiteten mittelständischen Manager würden ihre spätabendlichen Telefonkonferenzen mit der US-Westküste liebend gern gegen das einfache Leben eines Briefträgers tauschen, um im wechselhaften Licht der Märzsonne durch die Straßen zu schlendern, allein mit ihren Gedanken. Leider kam den Büroangestellten mit ihren Fantasien nie die Frage in den Sinn, warum genau dieser Job selbst friedlichste Menschen zur Raserei treiben konnte. Wir Menschen schätzen unsere großen Denker doch vor unseren eigenen Gedanken haben wir eine Heidenangst, unser Denken kann uns sprichwörtlich das Fürchten lehren.

In Gefängnissen gilt die Isolationshaft als die grausamste Strafe, sie wird denen zuteil, die mit ihrem Verhalten gegen die ohnehin schon infernalischen Gesetze der Häftlingsgemeinschaft verstoßen. Was für ein entsetzliches Schicksal, mit seinen eigenen Gedanken allein zu sein. Ohne Ablenkung stößt ein Gedanke den nächsten an und löst so einen endlosen Monolog aus, der den Rest des Lebens überlagert, die Stille mit Missklang füllt, Ruhe mit Rastlosigkeit, Zukunftsvorstellungen mit Ängsten. Bestimmte Menschen, die es nicht gewohnt sind, täglich ihren Gedanken nachzuhängen, denken sich in der Isolation in den Wahnsinn.

Aber Pauls innerer Frieden war offenbar unerschütterlich, er blieb ruhig, wenn andere sich selbst oder ihren Mitmenschen schon längst den Krieg erklärt hätten. Worüber dachte er nach? Die Antwort war einfach: nichts. Paul war mit einer geistigen Ruhe gesegnet, die sich über die Jahre zu seiner natürlichen Grundhaltung entwickelt hatte. Sein Verstand funktionierte bestens, er verfügte über sämtliche geistigen Fähigkeiten, die man von einem gesunden, wenn auch leicht verschrobenen Mann in seinem Alter erwarten würde. Aber Paul hatte einfach kein Interesse an und auch keine Neigung zu geistiger Geschwätzigkeit. Er hatte keinen inneren Erzähler. Wenn er einen Hund sah, sah er einen Hund, ohne dass sein Verstand hinzufügte, dass er nicht an der Leine lief oder seine heraushängende Zunge wie ein Stück Fleisch aussah. Wenn er eine Krankenwagensirene hörte, hörte er nur die, er nahm keine Notiz vom Doppler-Effekt, fragte sich nicht, ob es sich um einen echten Notfall handelte oder der Fahrer nur schnell zum Essen nach Hause wollte. So blieb Paul den ganzen Tag bei klarem Verstand und ging jeglichem Ärger aus dem Weg, den die Welt zweifellos für diejenigen bereithielt, die ihn suchten.

Gegen Mittag hatte er seine Runde beendet und kehrte mit leerer Tasche zurück ins Zentrum. Da gab es noch einen letzten Brief, um den er sich kümmern musste. Er zog seinen Beitrag zum Wettbewerb aus der Brusttasche, frankierte den Umschlag mit diversen in seiner Geldbörse aufgesparten Marken und steckte ihn in den vor dem Zentrum aufgestellten Briefkasten. All das tat er ohne freudige Erregung oder nervöse Erwartungshaltung, sein Beitrag war ein Angebot. Es ging ihm nicht ums Gewinnen, er wollte nur helfen. Würde man eine andere Formulierung aussuchen, wäre das auch in Ordnung.

Als er heimkam, war niemand zu Hause. Peter und Helen hatten am Kühlschrank eine Nachricht hinterlassen, sie seien zum Gartencenter gefahren, um einen Buddha zu kaufen. Nachdem Paul die Küche vergeblich nach Leckereien abgesucht hatte, schmierte er sich ein Erdnussbuttersandwich und setzte sich damit auf den Platz, von dem aus er am Morgen die Vögel beobachtet hatte. Die Futtersäulen waren schon wieder leer.

Er beschloss, sich aufs Sofa zu legen, und entledigte sich auf die faule Art seiner Schuhe – er streifte sie einfach ab, ohne sie aufzubinden. Im Liegen kribbelten ihm nach seinem langen Morgenmarsch die Füße. Er schlief ein, es kümmerte ihn nicht, dass er später benommen aufwachen würde, wie es oft geschieht, wenn man sich mitten am Tag hinlegt. Um ihn herum ruhte das Haus in leerer, stiller Ausgeglichenheit.

8

AUFZUG NICHT BENUTZEN

Leonard war gerade dabei, seine Tastatur mit einer Büroklammer von Staubflusen zu befreien, als die nächsten Änderungswünsche der offiziellen Autorin eintrafen. Er hatte ihr einen Standardtext über die Nasen und Streitwagen der Römer geschickt, um sie zu beschäftigen, während er versuchte, sich bessere Ideen aus den Rippen zu leiern. Sie war begeistert, ihre Mail voll des Lobes. »Jetzt ist der Groschen gefallen«, schrieb sie wie eine Lehrerin an einen begriffsstutzigen Schüler, der endlich dieselben Grundkenntnisse erlernt hatte, die der Rest der Klasse schon lange draufhatte. Erwartungsgemäß zielten ihre Kommentare und Änderungswünsche darauf ab, den Text genauso klingen zu lassen wie alle anderen Bücher über die Römer. Es wäre leicht gewesen, sie zufriedenzustellen und den Rest des Buches im Blindflug runterzuhacken. Leonard hatte keine Freude daran, langweiliges Zeug zusammenzuschreiben, aber wenn die Verantwortlichen es so wollten, fügte er sich, denn Widerspruch war seiner Erfahrung nach meist Zeitverschwendung. Diese Werke wurden zu kommerziellen Zwecken verfasst, und er genoss bereits jetzt größere künstlerische Freiheit, als er je erwartet hätte, einfach weil er sich den Wünschen der Autorinnen und Autoren beugte und seine Kreativität für die Dinge aufsparte, die sie nicht bemerkten oder als unwichtig erachteten. Immer wenn er beim Inhalt klein beigeben musste, bemühte er sich, die Niederlage mit stilistischer Eleganz wettzumachen oder besondere Wendungen wie »Stielaugen« oder »Schwitzkasten« einzuschmuggeln, die Kinder vielleicht erfreuten oder ihre Fantasie anregten.

Dieses Mal bereitete es ihm allerdings Bauchschmerzen, einfach zu kapitulieren und sich der nächsten Aufgabe zuzuwenden. Er wollte sich nicht mit akkurat abgesteckten Infokästen zufriedengeben, hatte keine Lust, irgendeinem abgenudelten Gemeinplatz noch eine obskure Facette abzugewinnen. Dabei war es einerlei, ob diese Unlust seinem lang gehegten Groll gegen die Römer geschuldet war oder eine Folge der Veränderungen, die sich zweifellos in seinem Inneren abspielten, fest stand nur, dass er seiner Arbeit mit frischem Auftrieb und neuer Kreativität gegenüberstand. Manche Kinder lasen im Leben vielleicht nur ein einziges Buch über die Römer, und womöglich genau das hier. Was, wenn sie so ihr Interesse an Geschichte verloren? Oder schlimmer noch, was, wenn sie sich vom Beispiel der Römer ermutigt fühlten, sich zu kleinen Cäsaren des Spielplatzes aufzuschwingen und ebenjenen sanftmütigen, wissbegierigen Kindern das Leben schwerzumachen, die Leonard eigentlich mit seinen Büchern erreichen wollte? Nein, nein, nein, das wäre unerträglich. Es ließ sich nicht daran rütteln, dass die Römer gleich auf mehreren Kontinenten die Herrschaft an sich gerissen hatten, das war historisch genauso belegt wie ihr Beitrag zur Entwicklung der Zivilisationen des Altertums. Aber waren das nicht Themen für Historiker und Soziologen? Leonard wollte die Fantasie der Kinder anregen, sie neugierig machen auf die Welt. Das Leben würde ihnen noch früh genug Lektionen erteilen, wäre es nicht sinnvoll, ihnen vorher zu erlauben, ihre eigenen, ganz besonderen Vorstellungen davon zu entwickeln? War es nicht sogar seine Aufgabe, jenen Zauber heraufzubeschwören, mit dem so ein Lexikon sein kindliches Lesepublikum in seinen Bann schlägt – besonders wenn sie ihren Eltern daraus vorlasen?

Leonard konnte sich noch gut an sein erstes Lexikon erinnern, es hieß *Unsere Welt* und bestand aus mehreren Bänden, die seine Mutter ihm nach und nach schenkte, zu Weihnachten, zum Geburtstag, zu besonderen Anlässen und manchmal einfach so, um ihm eine Freude zu machen. Wie sehr hatte er sich danach gesehnt, alle Bände zu besitzen: *Unsere Künstler, Unsere Insekten, Unsere Säugetiere* und zwei Dutzend andere. Jeder neue Band begeisterte ihn, einfach so, ohne dass er wusste, was drinstand. Er las sie auf dem Rücksitz ihres Autos, im Supermarkt, am Esstisch und mit der Taschenlampe unter der Bettdecke. Enzyklopädien entführten die Lesenden in Welten, die Autoren mit kurzen, aufregenden Texten heraufbeschworen und Illustratoren mit eindrucksvollen Zeichnungen, lebensecht, aber nicht zu komplex, damit auch Siebenjährige sie abmalen konnten. Ja, diese Bücher vermittelten Faktenwissen, aber auf besondere Art: Sie erzählten Geschichten, und die Welt diente ihnen als Funke, an dem sich die kindliche Vorstellungskraft entzündete.

Früher hatte Leonard sich vorgestellt, die Autoren und Illustratoren seien furchtlose, unzertrennliche Freunde, die die in ihren Büchern beschriebenen Fakten selbst entdeckt hatten. Diese Bücher wirkten so persönlich, es war kaum vorstellbar, dass die Verfasser die von ihnen beschriebenen Tiere nicht mit eigenen Augen gesehen und nicht selbst mit Vertretern der von ihnen gezeichneten Völker am Lagerfeuer gesessen hatten. Als Kind hatten sie ihm gezeigt, wie die Welt sein könnte: Ein Abenteuer, auf das man sich voller Neugier einließ. Er hatte sich geschworen, alle die Dinge zu unternehmen, die dort beschrieben waren: den Mount Everest besteigen, Käfigtauchen mit Haien, auf einem Hochseil die Niagarafälle überqueren und sich ohne fremde Hilfe aus Treibsand befreien.

Doch als er vor Jahren eine Stelle als Korrektor angetreten hatte, traf er nicht auf die versponnenen Enthusiasten und Erklär-Onkel aus seiner Kindheit, sondern auf die Methoden einer mittlerweile hochprofessionalisierten Wissensindustrie, die ihn an eine Legebatterie erinnerte: Stockfotos, staubtrockene Fakten, Informationen mit Ausrufezeichen. Es ging zwar immer noch darum, Kinder zu begeistern, aber eben mit bunten, süßen Wissenshäppchen für den Zuckerrausch. Das Größte, Schnellste, Superekligste, geschrieben von Erwachsenen, die zu wissen glaubten, was Kinder lesen wollten. Die Bücher strotzten vor aufgemotzten Fahrzeugen, dem Weltall, Dinosauriern, dem menschlichen Körper, trotzdem gingen die Umsätze bei den Enzyklopädien unaufhaltsam nach unten. Heutzutage war man nicht mehr neugierig, sondern kaufte sich Bücher über Themen, für die man sich schon vorher interessiert hatte.

Leonard dachte an seine Mutter, die immer wieder neue Lexika für ihn aufgetrieben hatte, und zwar in der Zeit vor dem Internet, als sie dafür viele Buchläden durchstöbern musste. Er erinnerte sich daran, dass er als kleiner Junge unbedingt über das Gelesene hatte sprechen wollen, und sei es nur, weil er sonst vor Staunen zu platzen fürchtete. Seine Mutter hatte stets auf die gleiche Weise darauf reagiert: »Erzähl's mir«, hatte sie gesagt, zwei Worte, von denen Leonard hoffte, dass sie alle Eltern zu ihren Kindern sagen mochten. Damals, als seine Mutter ihm auf diese Weise ihre volle Aufmerksamkeit signalisiert hatte, waren die Worte nur so aus ihm hervorgesprudelt, jedes kleinste Detail hatte er ihr erzählt, damit sie genauso staunen würde wie er, hatte auf die Zeichnungen getippt, als wären sie der einzig nötige Beweis dafür, dass die Welt wahrhaft magisch war. In den letzten Wochen, da seine Mutter immer weiter aus seinem Leben zu verschwinden drohte, waren in ihm immer wieder Versatzstücke aus mehreren Jahrzehnten ihrer gemeinsamen Unterhaltungen aufgestiegen. Ein willkürlicher, ungeordneter geistiger Nachhall, noch nicht nostalgisch verklärt.

Kühn benutzte Leonard Strg-N, die Tastenkombination, mit der man hoffentlich lebensverändernde Abenteuer startete, und begann etwas, das er sich schon lange vorgenommen hatte. Das leere weiße Rechteck füllte sich mit Zeilen, so viele Ideen, so lange in ihm herangereift, sein eigenes Kindersachbuch über die Römer, in dem alles stehen würde, was er wusste über die Welt und ihre Menschen. Ihm war klar, dass er dieses besondere Buch, das ohne wütende, frontal aus dem Buch starrende Krieger auskommen sollte, selbst illustrieren müsste. Er war zwar ein bisschen aus der Übung, aber das stellte kein Problem dar, denn er hatte sich bei seiner Arbeit an den Büchern regelmäßig die passenden, breit angelegten Illustrationen vorgestellt und sich dann gewundert, wie öde und leblos die letztlich ausgewählten Darstellungen ausgefallen waren. Schlachtfeldszenen, die aussahen wie die Schaufensterauslage eines Kaufhauses, Krieger wie gelangweilte Supermodels und kühne Eroberer mit akkuratem Seitenscheitel, die mit Hollywoodlächeln Löwen erlegten. Warum keine Bilder zeichnen, die sich Kinder wie Poster ausreißen und an die Wand hängen wollten? Mit lebensechten Figuren aus fernen Zeiten, fremden Orten, in ihren heldenhaftesten Momenten aufs Papier gebannt?

Er fragte sich, wie römische Kinder gewesen sein mochten, ob sie ihren Eltern nahegestanden hatten. Wurde römischen Kindern, die außerhalb der Ehe geboren wurden, die gleiche

Fürsorge zuteil wie einst Romulus und Remus, den sagenhaften Gründern der Stadt Rom? Er erstellte eine Liste von Spielsachen, mit denen sich römische Kinder einst vergnügt hatten, Drachen und Schwerter, Dinge, die bis heute Spielzeugkisten füllten. Was hielten schüchterne römische Kinder von dem ganzen Expansionsdrang? Fühlten sie sich dem Reich verbunden oder löste Cäsar bei ihnen Albträume aus? Wie erging es den namenlosen Staatsdienern, wenn sich die Kaiser für ihre Arbeit feiern ließen, für ihre Bauwerke, von ihnen entworfen und konstruiert? Wie ging es den ungenannten genialen Schöpfern, wenn sie nach getaner Arbeit nach Hause kamen und mit ihren Kindern spielten, müde und mit schmerzenden Gliedern? Leonard dachte an die Sklaven, klüger als ihre Besitzer, die man in einer anderen Zeit bejubelt hätte wie heutzutage Blackadder, Jeeves oder Sir Humphrey. In seiner Fantasie wimmelte es von Bildern und Geschichten von Übersehenen, die, so gut es eben ging, im römischen Reich ihr Leben bestritten hatten. Ganz normale, wohlwollende, sanftmütige Menschen, die er immer nur wie Statisten behandelt hatte. Die Einzelheiten ihres Alltags waren ihm lediglich als Beispiel für die römische Lebensweise relevant erschienen. Sie waren für ihn nur das Thema, über das er zu schreiben hatte, aber keine lebendigen Wesen. Er hatte es versäumt, aus ihnen interessante Personen zu machen, die Kinder gern kennenlernen oder die sie sogar selbst gern sein wollten. Die ganze Zeit hatte er sie wie historische Schaufensterpuppen beschrieben, die allgemeine Fakten aus dieser Zeit verkörperten. Eine solche Darstellung war für Kinder bestimmt so frustrierend wie ein Spielzeugladen, in dem sämtliche Spielsachen in Kartons verstaut waren. Kinder sollten aus Büchern etwas mitnehmen, es hinaustragen zu ihren Freunden, um das Gelesene mit ihnen nachzuspielen.

Abgeschirmt von seinen Kopfhörern schlug er wie Mozart in die Tasten, komponierte seine eigene Version, ein Buch über die Menschen, die in der Geschichte unsichtbar geblieben waren. Er ging völlig auf in dieser Arbeit, in seiner Kreativität, frei von Zeit und Raum. Es war, als flögen ihm die Ideen einer ganzen Schulklasse zu, Kinder, die nur in seiner Fantasie existierten, alle wollten etwas beitragen, alle hatten ein Lieblingsthema, über das er schreiben sollte.

Es war wie ...

Eine Hand fuchtelte ihm vor dem Gesicht herum.

Es war wie ...

Wedelte hin und her wie ein Scheibenwischer.

Er blickte auf, direkt in das Gesicht einer jungen Frau, die neben ihm stand und die Lippen bewegte.

Leonard riss mit übertrieben ungeduldiger Geste die Kopfhörer runter.

»Kann ich Ihnen helfen?«, fragte er.

»Feueralarm. Wir müssen das Gebäude verlassen.« Die junge Frau mit dem grünen Pullover und kirschroten Haar lehnte sich zur Seite und zeigte mit beiden Daumen in eine Richtung, die sie als »da lang« bezeichnete.

»Feueralarm«, wiederholte sie. »Sie müssen hier raus. Um Ihr Leben rennen. Bitte. Tut mir sehr leid.«

»Brennt es wirklich oder ist das nur eine Übung?«

»Ich bin nicht befugt, diese Frage zu beantworten, und es ist auch egal, Sie müssen trotzdem hier raus. So sind die Regeln.«

»Ist wahrscheinlich nur eine Übung. Kommt öfter vor.«

»Das ist egal. Sie müssen gehen. Frauen und Kinder könnten sterben, während Sie hier mit mir diskutieren.«

»Ist schon gut, ich gehe das Risiko ein und bleibe hier.« Leonard griff nach seinen Kopfhörern.

»Neinneinneinneinneinneinnein«, sagte die junge Frau, es klang wie die C-Dur-Tonleiter. »Tut mir leid, aber das entscheiden nicht Sie.« Sie wies auf das Schild auf ihrer Neonweste, dort stand »Brandschutzbeauftragte«.

Mit einem Seufzer begab sich Leonard zur Tür.

»Keine Ursache! Ich habe Ihnen gern das Leben gerettet«, rief sie ihm nach.

Er drückte den Knopf, und während er auf den wohl langsamsten Aufzug der Welt wartete, versuchte er, die Gedanken an sein Buch wieder aufzugreifen, aber irgendwie war die Luft raus, wie bei einem Nieser, der sich ewig aufbaut und am Ende doch ausbleibt.

»Hey, hey, hey! Aufzug im Brandfall nicht benutzen! Das weiß doch jeder.« Die freundliche Brandschutzbeauftragte war ihm auf den Flur gefolgt, weil sie ihn offenbar als Querulanten ausgemacht hatte.

»Wie komme ich nach unten?«

»Die meisten Leute benutzen die Treppe, aber Sie können sich auch gern abseilen oder wie Spiderman an der Fassade runterklettern. Jetzt kommen Sie schon, machen Sie keinen Ärger. Widerstand gegen eine Brandschutzbeauftragte bringt sieben Jahre Unglück.«

»Sollten Sie nicht auch noch die anderen Stockwerke brandschützen?«

»Nein, ich bin ausschließlich für die dritte Etage zuständig. Andere Stockwerke haben weniger versierte Brandschutzbeauftragte, da werden die Opferzahlen sicher entsprechend hoch ausfallen. Können Sie sich nicht einfach wie alle anderen zum Sammelplatz an der Ecke zwischen Park und dem Museum begeben?«

Leonard tat, was man von ihm verlangte, doch kaum hatte

er sich in Bewegung gesetzt, blies sie in eine kleine Trillerpfeife, die sie um den Hals trug. Als er zusammenfuhr, kicherte sie.

Am Sammelplatz lief die Frau mit den kirschroten Haaren mit ihrem Klemmbrett herum und zählte alle durch, während die Leute von Etage drei miteinander plauderten, einige bedauerten, keinen Mantel mitgenommen zu haben, andere überlegten laut, ob sie sich vor der Rückkehr an den Arbeitsplatz noch einen Kaffee holen sollten.

Irgendwann legte die Frau ihre Hände wie ein Megafon an den Mund und dankte allen für die Kooperation. Während sich die Menge zurück ins Gebäude begab, flirteten einige der jüngeren Männer mit ihren älteren Kolleginnen, fragten scherzhaft, ob sie ihnen vor dem Feuertod vielleicht noch einen letzten Wunsch gewähren würden? Leonard kehrte an seinen Schreibtisch zurück und tippte etwas in den Computer, aber er hatte den Faden verloren und mit ihm die Inspiration. Also surfte er stattdessen ein bisschen im Internet, gedankenlos, hirnlos, deswegen gab er es schon bald wieder auf und beschloss stattdessen, sich einen Tee zu holen.

Als er in der Büroküche auf den Wasserkocher wartete und sein Spiegelbild in der Mikrowellentür betrachtete, fiel ihm auf, dass er bei seiner morgendlichen unkonzentrierten Rasur eine Stelle ausgelassen und, noch blöder, das Haus vor lauter Eile in seinem Schlafanzugoberteil mit Paisleymuster verlassen hatte. Er hatte sich vorgebeugt, um im untersten Schrank nach dem Zucker zu suchen, als hinter ihm ein schriller Piepston ertönte, der ihm einen derartigen Schrecken einjagte, der ihn sicher zwei Jahre seines Lebens kosten würde.

»Hallihallo! Wie schön, dass Sie das Feuer unbeschadet überstanden haben«, sagte die junge Frau mit dem kirschroten Haar, die Pfeife noch in der Hand.

»Wegen Ihnen habe ich fast einen Herzinfarkt gekriegt. Was machen Sie hier?«

»Ach, ich wollte nur kurz Hallo sagen. Eine Brandschutzbeauftragte muss wissen, wen sie schützt, könnte doch sein, dass sie irgendwann seine Verwandten benachrichtigen muss. Aber ich glaube, ich weiß schon, wer Sie sind«, gestand sie. »Sind Sie nicht Mark Baxter, BEd, Autor der Reihe *Fakten für Eilige*? Ich habe gesehen, wie Sie die Bücher geschrieben haben. Die Reihe ist super. Sie haben es echt drauf.«

Fakten für Eilige war eine fürs Massenpublikum produzierte Reihe schmaler Taschenbücher, die Leonard vor Jahren geschrieben und vor Kurzem für eine Neuauflage überarbeitet hatte. Ursprünglich hatte man geplant, in diesen Büchern nur Daten und Fakten aufzulisten und weitestgehend auf Text zu verzichten, aber Leonard hatte sich mit seiner ganzen Kreativität darangemacht, sie heimlich aufzuwerten, und heute galten sie als »zukünftige Klassiker«. Mark Baxter, BEd, dessen Namen auf dem Cover prangte, hatte bei all dem keinen Finger gerührt. Seine Praktikantinnen hatten Leonard die Änderungswünsche und Anmerkungen gemailt, während der gute Herr BEd verschiedene Konferenzen abklapperte und dabei vermutlich weitere Praktikantinnen flachlegte, wie es sein akademischer Titel zumindest suggerierte.

»O nein, ich bin nicht Mark Baxter. Er ist der offizielle Autor dieser Bücher, ich bin nur für den Inhalt verantwortlich. Er überlegt sich, was drinstehen soll, ich schreibe es für ihn.«

»Ach. Das ist ein Beruf?«

»Das hoffe ich zumindest.« Leonard hatte vielleicht ein bisschen zu empfindlich reagiert.

»So habe ich das nicht gemeint. Ich finde es nur unfair, dass Sie die ganze Arbeit machen und am Ende sein Name auf dem Buch steht. Sie sollten wenigstens als Co-Autor genannt werden.«

»So läuft das leider nicht.«

»Sie sind so eine Art *Ghostwriter*«, sagte sie mit Gruselstimme und offenbar unerschütterlichem Humor.

»Ja, so ein bisschen stimmt das wohl. Ich bleibe lieber im Hintergrund. Tja, jetzt muss ich aber wieder.«

»Klaro. Ich auch. Haben Sie den Zucker gefunden? Ach, egal, ich tunke ja lieber meinen Keks ein. Wollen Sie einen?«

»Nein, danke.« Leonard klopfte auf seinen leicht vorgewölbten Bauch und bereute die intime Geste sofort – und dann noch vor einer Frau!

»Okay, bis dann. Wir sehen uns beim nächsten Feueralarm«, sagte sie.

Leonard kehrte mit seinem Tee an den Arbeitsplatz zurück und tat, als würde er tippen. Zu viel für einen Tag: erst die Römer, dann die Feuerübung und jetzt noch eine Unterhaltung mit einer Frau. Tatsächlich lag sein letztes Gespräch mit einer Frau schon sehr lange zurück. An seinem Schreibtisch ließ er das Erlebte noch mal Revue passieren. Während er mit der Frau gesprochen hatte, war er gar nicht recht bei sich gewesen, sondern in Gedanken immer noch halb in sein Buchprojekt vertieft. Peinlich berührt rief er sich sämtliche Fettnäpfchen ins Gedächtnis, in die er getreten war: ihre witzigen Vorlagen nicht verwandelt, sich steif und hölzern benommen und sich auf seinen dämlichen, dämlichen Fettwanst geklopft. Was hatte er sich bloß dabei gedacht? Am liebsten hätte er sich gegen die Stirn geschlagen. Um sich von seiner Scham abzulenken, versuchte er, etwas über die Kinder von Gladiatoren zu schreiben, vor allem interessierte ihn die Frage, ob sie ihren Vätern beim Kämpfen zugesehen hatten, doch er konnte den Gedanken nicht abschütteln, dass er sich entsetzlich ungeschickt angestellt hatte. Es war ja nicht mal so, dass er glaubte, sie hätte ein Auge auf ihn geworfen; er wollte lediglich einen guten Eindruck hinterlassen. Sie hatte bei der Sache mit Mark Baxter, BEd, für ihn Partei ergriffen, das war doch ein gutes Zeichen, oder? Wieso hatte er ihr verstecktes Kompliment nicht erkannt? Sie hatte ihm einen Keks angeboten – meine Güte, einen Keks! Warum hatte er nicht einfach »Ja« gesagt und sich bedankt oder ihn ihr gleich aus der Hand gefressen oder angeboten, sich einen mit ihr zu teilen, auf der Stelle, damit sich am Ende ihre Lippen berührten wie bei *Susi und Strolch*? Und das Schlafanzugoberteil – ausgerechnet heute musste ihm so ein Missgeschick passieren!

Fand er sie attraktiv? Oder ging es nur darum, dass sie eine Frau war und er hätte bemerken müssen, dass sie mit ihm flirten wollte? Vielleicht handelte es sich dabei aber auch nur um dieses harmlose Bürogeplänkel zwischen Kolleginnen und Kollegen? Das konnte er nie so richtig unterscheiden.

Er versuchte, sich genauer an ihr Aussehen zu erinnern. Doch schüchtern zu sein hieß auch, Blickkontakt zu meiden, weswegen Leonard kein genaues Bild von ihr hatte. Typ Künstlerin, mit klugem, aber verletzlichem Blick? Wie lang war ihr Haar? Schulterlang, oder? Aber lockig oder einfach nur ein bisschen zerzaust? Ihre Hände: lackierte Nägel, abgekaut? Ringe oder Schmuck? Herrje, Ringe! Er hatte ja nicht mal genauer hingesehen, ob sie vielleicht einen Ehe- oder Verlobungsring trug. Wie konnte er das übersehen? Sie war bestimmt verheiratet. Verheiratete Frauen konnten sich Männern gegenüber ungezwungener benehmen, ohne dass es zu Missverständnissen kam, oder? Wie groß war sie? Schwierig: Als sie ihn ansprach, saß er auf seinem Stuhl, später stand sie hinter ihm und draußen mit etwas

Abstand zu ihm. Und in der Küche hatte sie sich an die Spüle gelehnt, wodurch sie vermutlich kleiner wirkte. Richtig groß war sie nicht, aber wie groß genau, konnte er nicht sagen. Ihr Akzent – hm, ihre Stimme war irgendwie ... ja wie? Quietschig? Sie hatte ständig lustige Stimmen nachgemacht. Die Gruselstimme und andere Scherze – war sie ein bisschen überdreht oder vielleicht nervös oder nett oder war es ihr einfach ein bisschen peinlich gewesen, ihm Anweisungen zu erteilen, obwohl sie viel jünger war und er fast so was wie eine Autoritätsperson?

Er versuchte, sich wieder auf die Arbeit zu konzentrieren. Die Gladiatoren. Ihre Kinder. Komm schon, Leonard, streng dein Hirn an! Jedes Mal, wenn er sich konzentrieren wollte, fiel ihm eine neue Ungeschicklichkeit ein. Er hatte sie nicht mal nach ihrem Namen gefragt. Wie konnte er so ungehobelt und egoistisch sein, ihr nicht die Hand zu geben und sie zu fragen, wie sie hieß? Tölpel! Seinen Namen hatte er auch nicht erwähnt. Hatte ihr nur gesagt, dass er nicht Mark Baxter war, was so ziemlich auf jeden hier zutraf, außer auf Mark Baxter, BEd, selbst. Und er hatte sie nichts Persönliches gefragt. Was hatte seine Mutter immer gesagt? »Leonard, wenn du mit anderen Menschen Freundschaft schließen willst, stell ihnen persönliche Fragen.«

Wäre er vorgewarnt gewesen, hätte er die Situation vielleicht besser bewältigt. Hätte er gewusst, dass heute der Tag sein würde, an dem eine junge Frau, eine echte, vermutlich attraktive Frau, mit ihm reden, mit ihm *scherzen* würde, hätte er sich vielleicht besser vorbereitet. Er hätte kein Schlafanzugoberteil getragen, sondern vielleicht ein schönes Hemd und einen Pullover über den Schultern, die Ärmel vorn zusammengeknotet, wie ein Siegertyp. Er hätte sich gründlich rasiert oder zumindest einen ordentlichen Dreitagebart getragen oder sich sogar einen Vollbart wachsen lassen wie so viele andere Männer im Büro. Dann sah er hinab auf seine Schuhe: bescheuerte schwarze Lederhalbschuhe, zu Jeans! Du liebe Güte!

Nicht zum ersten Mal wünschte er sich eine Löschtaste für solche Situationen. Sie hätte ihn von seiner besten Seite kennenlernen sollen. Leonard hatte sich bei Frauen noch nie große Chancen ausgerechnet, aber an seinen guten Tagen, wenn er seine beste Kleidung trug, frisch vom Frisör kam oder richtig gut geschlafen hatte, könnte er bei einer geduldigen Frau vielleicht etwas Eindruck machen, sofern sie über die Oberflächlichkeiten hinwegsehen und erkennen würde, dass er das Zeug dazu hatte, als Partner bei ihr in die Lehre zu gehen. Zugegeben, er hatte keinerlei Erfahrung, aber Potenzial war zweifellos vorhanden. Hoffentlich war sie auf eine gemischte Schule gegangen und nicht auf eine reine Mädchenschule, denn sonst hatte er verloren. Frauen aus Mädchenschulen begaben sich nämlich immer gleich auf die Suche nach dem perfekten Mann, ihrem Traumpartner. Im Gegensatz dazu waren Mädchen von einer gemischten Schule erst mal mit Rohmaterial zufrieden. Und Rohmaterial, ja, das war Leonard allemal. Ein nettes, warmherziges Mädchen könnte bei ihm möglicherweise Wunder bewirken. Ihre Freundinnen würden sie dann fragen: »Wo hast du den denn her? Hat der noch Brüder?« In Sachen Frauen hatte er zwar kein großes Selbstvertrauen, aber eine Menge Hoffnung. Viele Frauen, denen er begegnete, spielten in einer völlig anderen Liga als er, aber er hatte auch Paare gesehen, bei denen die Frau, eine *glückliche* Frau wohlgemerkt, mit einem Typen aus seiner Liga Händchen hielt. Einer, der ganz okay aussah und sie vielleicht zum Lachen brachte, oder bei dem sie sich nicht verbiegen müsste. Hatte er erst einen Anknüpfungspunkt gefunden, würde eine Frau jemandem wie ihm vielleicht eine Chance geben. Eine Chance, sie kennenzulernen. Nicht, dass er sie komplett umhauen würde – so einer war er nicht, das wusste er selbst –, aber sich ihrer Aufmerksamkeit versichern, damit sie sich womöglich mit der Zeit für ihn erwärmte und erkannte, dass er, den sie bislang übersehen hatte, tatsächlich derjenige war, nach dem sie immer gesucht hatte.

Leonards Verstand war völlig überreizt. Nach so langer Zeit des Darbens waren seine romantischen Gefühle plötzlich erwacht, mit den zu erwartenden verrückten Begleiterscheinungen. Es war sehr anstrengend. Verursachte sogar körperliche Beschwerden: Alle biologisch vorprogrammierten Prozesse liefen auf Hochtouren, ohne Rücksicht auf seine arme zerbrechliche Persönlichkeit.

Über die Römer hatte Leonard an diesem Tag jedenfalls nicht mehr viel zu sagen. Er machte etwas früher Feierabend, um sich mit Paul zu treffen, dem man aufgetragen hatte, sich einen Anzug für Graces Hochzeit zu kaufen – »vor Sonnenuntergang«, wie er erklärte –, und da die Geschäfte donnerstagabends länger geöffnet waren, hatte Leonard ihm dabei seine Hilfe angeboten.

Pauls Handylosigkeit führte unter anderem dazu, dass er stets pünktlich war. Man konnte sich sechs Monate im Voraus mit ihm zu einer bestimmten Zeit an einem bestimmten Ort verabreden, und er erschien zuverlässig zur ausgemachten Zeit am ausgemachten Treffpunkt, und zwar ohne Vorabbestätigung oder Ausreden in letzter Minute. Als Leonard etwas verfrüht eintraf, wartete Paul bereits auf ihn. Sie beschlossen, es bei Marks & Spencer zu versuchen, wo Leonard einen Anzug für die Beerdigung seiner Mutter gekauft hatte, den er auch auf der Hochzeit tragen wollte, allerdings mit einer farbenfroheren Krawatte.

»Also, was schwebt dir vor?«, fragte Leonard.

»Ach, ich schaue am besten erst mal, was sie so haben. Hoffentlich finde ich überhaupt einen, der mir passt. Ich liege ja ein bisschen dazwischen, von den Größen her.«

»Wann hast du das letzte Mal einen Anzug gekauft?«

»Abgesehen von dem Judo-Gi, den ich vor ein paar Tagen gekauft habe, ist dies mein erster.«

»Und welche Größe hast du?«

»Keine Ahnung. Hemden, die von der Breite her hinkommen, haben eigentlich immer zu lange Ärmel, und Hosen, die für meine kurzen Beine passen, sind meist in der Taille zu eng.«

»Unter Schneidern nennt man das ›Orang-Utan-Problem‹«, erklärte Leonard. »Wir bitten sie einfach, bei dir Maß zu nehmen.«

Sie sahen sich nach einem Verkäufer um, wie früher, als man noch für jede Abteilung Personal einstellte, um den Kunden zu helfen. Mehrere schwarz gekleidete und mit Namensschildchen dekorierte Damen mittleren Alters hasteten an ihnen vorbei:

»Tut mir leid, ich bediene gerade.«

»Tut mir leid, hab gerade Pause.«

»Tut mir leid, ich arbeite nicht hier.«

Schließlich beschlossen die beiden, es auf eigene Faust zu versuchen.

»Welche Farbe hattest du dir vorgestellt?«, fragte Leonard.

»Nicht blau, das ist wie meine Postuniform. Nicht schwarz, damit sehe ich aus, als würde ich in einer Ska-Band spielen. Nicht braun, ich bin ja kein Lehrer. Also vielleicht grau oder sogar anthrazit?« Paul hatte offenbar gründlich über das Anzugthema nachgedacht.

»Wie wäre es mit diesem Nadelstreifenanzug?«, schlug Leonard vor.

»Nee, Nadelstreifen trägt man im Büro, nicht zu einem feierlichen Anlass. Außerdem ist das hier ein Chalk-Stripe-Muster, kein klassischer Nadelstreifen.«

»Ich bin beeindruckt«, sagte Leonard. »Ehrlich gesagt hatte ich erwartet, dass bei dir Hopfen und Malz verloren wäre. Wieso kennst du dich so gut aus?«

»Ich glaube, meine Mutter denkt genauso wie du. Dabei ist es gar nicht schwer. Bei Männeranzügen gibt es keine allzu große Auswahl, und ich schau mich gern um. Wenn man ein bisschen darauf achtet, merkt man schnell, wer was trägt, selbst wenn man kein persönliches Interesse an Anzügen hat. Schauen wir uns diesen anthrazitfarbenen doch mal genauer an.«

Paul probierte ihn an, doch seine Voraussage erfüllte sich prompt.

»Vielleicht können sie ihn kürzen, enger machen und da den Saum rauslassen«, schlug Leonard vor.

»Du meinst, der würde perfekt passen, wenn er anders geschnitten wäre. Moment, hier ist ein Verkäufer.«

Paul stoppte einen jungen Mann, der aussah wie ein Elfjähriger und dem das Wort »Lagerist« förmlich auf die Stirn geschrieben stand.

»Haben Sie den hier auch in anderen Größen?«, fragte Paul.

»Ich glaube, wir haben nur das, was hier draußen hängt«, antwortete der junge Mann.

»Und was liegt dann im Lager?«, bohrte Paul nach, als wäre er ein Anwalt und der junge Mann vor Gericht.

»Vielleicht haben wir noch andere Größen, aber da müsste ich erst nachsehen«, sagte der Junge, als wäre er der Prophet und das Lager der Berg.

»Könnten Sie zuerst meine Maße nehmen? Damit Sie nicht umsonst ins Lager gehen. Es dauert auch nicht lang«, bat Paul.

Der Verkäufer kramte ein Maßband hervor und machte sich ans Werk, offenbar maß er nach einer selbst erfundenen Methode, die er sich just in diesem Moment ausgedacht hatte. »Ähm, ich würde sagen, Brustumfang ungefähr neunzig Zentimeter, kurz, Beinlänge ungefähr fünfundneunzig, auch kurz«, sagte der Verkäufer, womit er die Maße von E. T. beschrieben hatte.

»Vielleicht schauen wir uns am besten selbst ein bisschen um. Aber danke«, sagte Paul.

Der Junge verschwand durch ein paar Schwingtüren, um das Feld wieder den Erwachsenen zu überlassen.

Dank seiner methodischen Beharrlichkeit fand Paul schließlich einen schicken grauen Anzug. Das Sakko passte ihm gut, und nach einer kleinen Änderung würde auch die Hose sitzen. Er machte schon beim Anprobieren eine gute Figur darin, obwohl man in löchrigen Socken natürlich nur einen kleinen Vorgeschmack auf die vollständige Wirkung bekam.

»Welche Farbe soll das Hemd haben? Blau vielleicht?«, fragte Leonard.

»Wir gehen doch nicht auf einen Polizistenball. Weiß natürlich. Und die Krawatte, na mal schauen. Ich würde lila nehmen, das war immer Graces Lieblingsfarbe, als wir noch klein waren. Lila war das Papier des Schokobonbons, das sie von allen in der Quality-Street-Mischung am leckersten fand. Die gab's bei uns aber nur zu Weihnachten.«

»Ich besorge mir am besten auch gleich ein paar Sachen«, sagte Leonard, von Pauls Rundumschlag beeindruckt. »Ein weißes Hemd selbstverständlich und ... vielleicht diese schöne grüne Krawatte? Die ist nicht zu grell, oder?«

»Überhaupt nicht. Das ist das Grün von Birkenblättern, wenn die Sonne durchscheint«, sagte Paul in einer poetischen Anwandlung.

Während sie an der Kasse anstanden, schockverliebten sie sich in die dort an einem Ständer angebotenen Wochentagssocken im Siebenerpack und griffen beide zu. Leider war ihnen zu dem Zeitpunkt noch nicht klar, dass dieser vermeintliche Clou die tägliche Sockenwahl nicht etwa erleichtern, sondern sie zu einer echten Qual machen würde, weil sich die Paare wie so oft nach der ersten Wäsche trennen und ein Partner auf Nimmerwiedersehen verschwinden würde, sodass es fortan nur noch jeweils ein Exemplar pro Wochentag geben würde.

Auf dem Heimweg – Leonard war immer noch schwer beeindruckt von Pauls unvermutetem Expertenwissen – plauderten sie, die Pflichten des Abends erfüllt, nunmehr unbeschwert über die Allgemeinplätze des Lebens.

»Hast du Pläne für den Rest der Woche, jetzt, wo der Anzug gekauft ist?«, fragte Leonard.

»Mam hat vorgeschlagen, dass ich sie zum Krankenhaus begleite, wo sie ehrenamtlich arbeitet, vielleicht könnte ich ihr ein bisschen zur Hand gehen, meinte sie.«

»Echt toll von dir, dass du dich nebenbei noch als Herzchirurg engagierst. Musst du auch deine eigene Schere und Klebstoff mitbringen?«, fragte Leonard.

»Ich habe dein Buch *Der menschliche Körper* dabei, was soll da schon schiefgehen? Nein, Helen macht Krankenbesuche. Sie klappert die Stationen ab und fragt die Patientinnen, ob sie Lust auf ein Schwätzchen haben, und da hat sie mir vorgeschlagen mitzukommen. Ehrlich gesagt bin ich nicht sicher, ob ich ihr eine große Hilfe sein werde.«

»So hätte ich dich gar nicht eingeschätzt. Normalerweise redest du doch nicht gern mit Fremden«, sagte Leonard.

»Ich glaube, ich setz mich einfach hin und höre den Leuten

zu, statt ihnen was zu erzählen. Morgen soll ich anfangen. Und bei dir? Wie läuft's mit den Römern?«

»Ganz okay. Fürs Hauptbuch werde ich nur einen Standardtext verfassen, weil die Autorin es so will, doch ich habe angefangen, meine eigenen Ideen aufzuschreiben. Weiß noch nicht, was ich damit mache, aber ich hätte wirklich Lust, mein eigenes Buch zu schreiben. Offen gestanden verbringe ich momentan die bezahlte Arbeitszeit damit, meine eigenen Ideen zu entwickeln.«

»Du konntest schon immer gut schreiben, hast dich nur nie als Schriftsteller betrachtet und dein Licht unter den Scheffel gestellt. Niemand kennt sich mit Lexika besser aus als du. Woher kommen diese Selbstzweifel? Wenn ich ein Kind wäre, würde ich viel lieber deine Bücher lesen als die Kopfgeburten irgendeines ›Autors‹«, sagte Paul, der in Sachen Ermutigung ganz nach seiner Mutter kam.

»Ich wollte dir auch noch erzählen, dass ich mich heute mit einer jungen Frau unterhalten habe«, sagte Leonard. »Auf der Arbeit. Als Teil einer Feuerübung«, fügte er unsinnigerweise hinzu.

»Ah! Die gute alte Feuerübungsromanze«, rief Paul. »Wie heißt die Dame?«

»Weiß ich nicht.«

»Ist sie deine Kollegin?«

»Nicht direkt, aber ich denke, sie arbeitet im selben Gebäude wie ich.«

»Wie sah sie aus?«

»So ein bisschen kreativ, glaube ich.«

»Glaubst du? Hatte sie eine Wrestling-Maske auf? War es heute dunkel oder neblig im Büro?«

»Ich habe sie einfach nicht so genau angesehen.«

»Hat sie dich angefahren und dann Fahrerflucht begangen? Hast du dir zumindest ihr Nummernschild gemerkt? Wie kannst du so wenig über sie sagen? Weißt du wenigstens, ob sie flüssig, gasförmig oder fest war?«

»Ehrlich gesagt war es nicht mehr als ein kurzer Wortwechsel. Aber sie war nett, soweit ich mich erinnere«, sagte Leonard und begann, sich in sein Schneckenhaus zurückzuziehen.

»Verzeih, ich sollte darüber keine Witze machen. Ich wünsche dir viel Glück. Wenn du einen Rat brauchst, wie du's am besten vergeigst, wende dich an mich.«

»Mach ich, Kumpel.«

Die beiden Freunde trennten sich und gingen mit schwingenden Einkaufstaschen ihrer Wege, voller Vorfreude darauf, am nächsten Tag, Freitag, das erste Paar Wochentagssocken anzuziehen. Paul hatte einen stattlichen grauen Anzug, der geändert werden musste, und Leonard eine Krawatte in der Farbe von sonnendurchschienenen Birkenblättern. Rein zufällig war dies auch die Farbe des Pullovers, den die Brandschutzbeauftragte von Stockwerk 3 getragen hatte, sie hieß Shelley, war eins fünfundsechzig groß, hatte kirschrotes Haar, kaute an ihren rotlackierten Fingernägeln und war für die Aus- und Weiterbildung zuständig bei einem Unternehmen namens Physical Solutions Limited, das sich darauf spezialisierte, Pflegekräften zu zeigen, wie sie Patienten hoben, ohne sich den Rücken zu verrenken.

9

ROSEN IN DOSEN

Am nächsten Morgen stand Leonard früh auf und bügelte mit besonderer Sorgfalt sein bestes, neuestes Hemd. Dazu wählte er eine neue Cordhose, die ungetragen im Schrank gehangen hatte, weil Leonard befürchtet hatte, dass der entgegen der Norm unverdeckte Reißverschluss irgendein unbeabsichtigtes Signal aussenden könnte. Schuhtechnisch hatte er wenig Auswahl, entweder er trug seine Halbschuhe aus Leder oder alte Adidas-Sneakers, die er schon längst hatte wegwerfen wollen. Am Ende gab er sich trotzdem mit Letzteren zufrieden.

Kaum im Büro angekommen, versuchte er herauszufinden, an welchem Platz die junge Frau saß, doch er war zu früh dran und sie noch nicht da. Als erste Amtshandlung des Tages wollte er eigentlich versuchen, die beiden Unterhaltungen vom Vortag zu revidieren und so einen völlig neuen Eindruck zu hinterlassen, etwas, das er nur erreichen könnte, wenn er es sofort anging, bevor ihm seine Selbstzweifel den Garaus machten.

Aufmerksam beobachtete er, was seine männlichen Kollegen so trugen, denn so, hoffte er zumindest, könnte er vielleicht erkennen, wie Mann sich kleiden musste, um Frauen zu gefallen. Die meisten Männer, jung und schlank, konnten T-Shirts mit Rockband-Namen tragen, ohne darin wie ein aufgeblasener Luftballon auszusehen. Einige hatten ihre Mützen aufbehalten, ein Typ trug einen Ring am Daumen, sicher ein Versehen. Ein paar Mitarbeiter liefen tatsächlich ebenfalls in Schlafanzugoberteilen mit Paisleymuster herum. War Leonard womöglich Trendsetter geworden?

Zurück an seinem Platz und fest entschlossen, die verlorene Zeit vom Vortag wieder aufzuholen, musste sich Leonard zunächst durch seine Mails arbeiten. Sein Buch *Fabrik Natur – Alles über Photosynthese und Pollenflug* war zwar bereits Korrektur gelesen, doch die Änderungen mussten noch ein letztes Mal überprüft werden. Er nahm sich vor, die vielen Anfragen zu bearbeiten und erst danach, gegen Mittag, nach der jungen Frau Ausschau zu halten. Wenn sie noch nichts vorhatte, könnte Leonard nebenbei einfließen lassen, dass er ein Stück spazieren gehen wollte, vielleicht gab es auf der Bühne im Park ja sogar ein Konzert. Er setzte seine Kopfhörer auf und beantwortete ein Dutzend Mails, bei allen entschuldigte er sich für »die verspätete Antwort«.

Irgendwann, er beseitigte gerade einen Papierstau im Drucker, entdeckte er die Frau mit den kirschroten Haaren auf der gegenüberliegenden Seite des Großraumbüros. Sie wirkte gehetzt, unter Stress. Er hielt sich übertrieben lange am Drucker auf, um heimlich auszuspionieren, wo sie saß und ob sie für den Verlag arbeitete wie er, aber sie flitzte so hektisch zwischen den Büroelementen hin und her, dass er sie ständig aus den Augen verlor.

Bei seinen Mails kam er langsamer voran als geplant, weil die Empfänger auf seine Schreiben gleich wieder mit neuen Fragen reagierten oder ihm neue Aufgaben aufhalsten. Als er sich endlich durchgebissen hatte, war es bereits nach eins, und das Fenster für seine Mittagspläne bereits fast wieder geschlossen.

Er bemühte sich, betont lässig an der Stelle vorbeizuschlendern, wo er den Arbeitsplatz der jungen Frau vermutete, im Kopf hatte er sich schon ein Sprüchlein zurechtgelegt, etwas wie: »Na, heute schon einen Brand verhütet?«, das ihm helfen sollte, an der Stelle anzuknüpfen, wo sie am Vortag aufgehört hatten. Der Plan war, sie die gestrige Unterhaltung vergessen zu machen und sich stattdessen von seiner geselligen, liebenswerten Seite zu präsentieren.

Als er sich näherte, sah er, dass sich in dem für vier Personen abgeteilten Bereich noch zwei weitere Frauen befanden. Eine war am Telefon, offenbar versuchte sie, einen schwierigen Kunden zu beschwichtigen, die andere schnappte sich einen Stapel Unterlagen, wahrscheinlich war sie auf dem Weg zu einem Meeting.

»Hallihallo!«, sagte Leonard betont gut gelaunt.

Die beiden Frauen ignorierten ihn.

»Hi. Ich hätte mal eine Frage. Arbeitet an einem dieser Schreibtische eine junge Frau mit roten Haaren?«

»Ja, warum? Wir haben zu tun«, sagte die Frau, die auf dem Weg zum Meeting war.

»Ich wollte nur wissen, ob sie vielleicht gleich wiederkommt? Sie ist doch für den Brandschutz zuständig, da wollte ich sie noch was fragen. Ähm ... ich bin nämlich nicht sicher, ob man sein Handy zum Aufladen über Nacht eingesteckt lassen sollte.« Leonard war mit der Situation völlig überfordert.

»Blöde Frage«, sagte die Meeting-Frau und hastete davon, ohne ihn eines Blickes zu würdigen.

Leonard, der sich irgendwie stehen gelassen fühlte, aber noch nicht die Segel streichen wollte, beschloss, einfach in der Nähe zu bleiben, bis die andere Frau ihr Telefonat beendet hätte. Allerdings war er unsicher, ob er sich um Blickkontakt bemühen oder bei seiner Warterei lieber diskreter sein sollte, um sie nicht zu provozieren. Sie nahm ihm die Entscheidung ab, indem sie den Hörer aufknallte und dem Telefon beide Mittelfinger zeigte, bevor sie sich ihm zuwandte und »Was is?« fragte.

»Hallöchen. Man hat mir gesagt, ähm ... ich glaube, ich habe gesehen, wie die Brandschutzbeauftragte hier herumgelaufen ist, also die junge Frau, die gestern für den Brandschutz zuständig war, und ich bräuchte ihren Rat bei einer Brandschutzsache, mein Ladegerät wird manchmal sehr warm und ...«

»Shelley arbeitet nur vormittags«, unterbrach sie ihn.

»Ah, okay. Danke. Dann lass ich Sie besser weiterarbeiten«, sagte er, »und versuche, in der Zwischenzeit keinen Brand auszulösen«, fügte er hinzu, nicht bereit, das Thema Brandschutz schon wieder fallen zu lassen, schließlich war sein Potenzial für zwanglose Plaudereien noch nicht ganz ausgeschöpft.

Am Ende begnügte sich Leonard damit, allein ein bisschen frische Luft zu schnappen und ein paar gedankenversunkene Runden im Park zu drehen. Sein Bauch war zu erschöpft und mit Schmetterlingen gefüllt, um Hungergefühle zu entwickeln. Er fühlte sich ernüchtert und enttäuscht. Jetzt musste er bis Montag warten, um sie wiederzusehen und die Angelegenheit zu erklären. Seit dem Vortag war die Zeit ohnehin bereits im Schneckentempo vergangen, aber nun musste er obendrein ein langes, zähes Wochenende hinter sich bringen, bevor er einen neuen Versuch starten konnte, mit ihr zu sprechen. Ihre Kolleginnen hatten ihn garantiert bereits durchschaut. Sie würden sich vor ihr über ihn lustig machen. Auf keinen Fall könnte sie mit jemandem ausgehen, den ihre Kolleginnen für eine Witzfigur hielten.

Während er über all das nachgrübelte, knibbelte er an seinem Daumennagel. Sie arbeitete nur vormittags. Was hatte es damit auf sich? War das ein Teilzeitjob für sie? Ging sie am

Nachmittag noch woanders arbeiten oder brauchte sie die freie Zeit für was anderes? Was machte sie nachmittags? Mit ihrem Mann oder Freund ins Bett gehen?

Aber! Er kannte jetzt ihren Namen. Shelley. Hmm. Er sagte ihn ein paarmal laut vor sich hin. Eine junge Frau, die auf einer Bank am Ententeich ihr Sandwich aß, warf ihm einen strafenden Blick zu. Hatte er schon mal eine Shelley getroffen? War das überhaupt ihr richtiger Name? Hieß sie tatsächlich Shelley oder war das die Kurzform von Michelle oder Rochelle?

Als er um die Bühne lief, wo die Mitglieder einer Blaskapelle ihre Instrumente zusammenpackten, kreisten seine Gedanken in endlosen Schleifen um die Frage, wer sie sein mochte, Spekulationen, auf die er frühestens Montag eine Antwort erhalten würde. Sein Verstand schäumte wie eine geschüttelte Flasche Cola, aus der man beim Öffnen langsam und vorsichtig die Luft ablassen musste. Entnervt und mit leerem Magen kehrte er schließlich an seinen Schreibtisch zurück, wo er sich vergeblich bemühte, seine Arbeit am Buch über die Römer fortzusetzen. Weil seine Gedanken immer wieder abschweiften, warf er irgendwann das Handtuch und beschloss, Paul anzurufen, um ihm von seinen verwirrten Gefühlen zu erzählen. Es klingelte und klingelte, aber sein bester Freund ging nicht ans Telefon. Wie es aussah, war sein enger Vertrauter außer Haus. Leonard würde sich ohne seine Hilfe durch den Nachmittag kämpfen müssen.

Paul war zur selben Zeit auf dem Weg zum Krankenhaus, um seine Besuchsrunde zu absolvieren. Helen, die sich beim Frisör den Ansatz färben ließ, hatte ihn mit einer Mission auf seine erste Soloexpedition entsandt, er sollte den Schwestern in ihrem Auftrag Konfekt in Form einer Dose Cadbury's Roses überreichen.

Mit dem Enthusiasmus eines Mannes, dem man in der Angelegenheit keine Wahl gelassen hatte, zog er los und war schon fast am Park, als er bemerkte, dass er die Dose mit Konfekt vergessen hatte. Also drehte er um, holte die Roses aus der Nische unter der Treppe und machte sich ein zweites Mal auf den Weg.

An der Straßenecke blieb er stehen und beschloss, zum Überqueren der Fahrbahn die Hilfe der Schülerlotsin in Anspruch zu nehmen, die auf der gegenüberliegenden Seite gerade eine Horde Schulkinder zurückhielt. Die jedoch plauderte mit einem Erwachsenen und verpasste dabei mehrere günstige Gelegenheiten, die Kinder auf die andere Straßenseite zu geleiten. Während Paul auf seiner Seite auf die Schülerlotsin wartete, nahm er die Konfektdose genauer in Augenschein. Dabei fiel ihm auf, dass das Mindesthaltbarkeitsdatum schon lange verfallen war – über ein Jahr. Sein erster Gedanke galt dem Umstand, dass das Universum, das nun schon mehr oder weniger dreizehneinhalb Milliarden Jahre vor sich hin brummte, offenbar immer noch nach dem Zufallsprinzip arbeitete. Paul hätte dem Datum auf der Dose gar keine Beachtung geschenkt, wenn die Schülerlotsin sich nicht verquatscht hätte, und die wiederum hätte er gar nicht hier angetroffen, wenn er nicht an einem Wochentag unterwegs gewesen wäre. Es war obendrein untypisch für Paul, sich dermaßen eingehend mit dem Datum auf einer Konfektdose zu beschäftigen, weil er einfach davon ausging, dass alles seine Richtigkeit hatte und ihn außerdem die feineren Bedeutungsnuancen und unnötige Tiefsinnigkeit des Wortes »Mindesthaltbarkeit« verwirrten. Wie dem auch sei, das Universum, das Paul in Sachen Alter und Weisheit haushoch überlegen war, hatte es für nötig erachtet, sich durch einen Zufall zu offenbaren, daher akzeptierte Paul die unbeabsichtigte Entdeckung einfach als Wink des Schicksals.

Hätte Isaac Newton an diesem Freitagmittag auf die Schülerlotsin gewartet, hätte er sicher angemerkt, dass jede Aktion gleichzeitig eine gleich große, aber entgegengerichtete Reaktion erzeugt, und mit dieser Newton'schen Geisteshaltung plante Paul seinen nächsten Schritt. Nachdem er schon einmal umdrehen musste, hatte er keine Lust, ein zweites Mal nach Hause zurückzukehren. Es war außerdem klar, dass er das Personal vom St. Matthew's weder mit altem Konfekt vergiften noch mit leeren Händen auftauchen würde, nachdem seine Mutter den Krankenschwestern explizit versprochen hatte, dass ihr Sohn die Süßigkeiten bei seinem nächsten Besuch mitbringen würde.

Paul, normalerweise eher phlegmatischer Natur, so gut wie nie wütend und nicht nachtragend, spürte seinen Gleichmut bröckeln. Er war sich natürlich völlig im Klaren, dass seine liebe Mutter keinerlei Schuld traf, sie war wie immer so auch in diesem Fall gütig und fürsorglich, in all ihrem Denken und Tun. Es ärgerte und verstörte ihn, dass hier ein Unrecht geschehen war, begangen von ebenjenem Gar-nicht-Super-Markt (dieses sarkastische Wortspiel war ihm gerade eingefallen), wo seine Mutter das Konfekt gekauft hatte. Diesem garstigen Großunternehmen war es offenbar egal, welch schlimmen Schaden es dem engagierten Pflegepersonal zufügen könnte, das auf den Fluren der staatlichen Krankenhäuser wandelte, um die schwächsten und schutzlosesten Bürger dieses Landes zu versorgen. Paul wollte (im Namen seiner Mutter), dass diese tapferen Pflegerinnen und Pfleger in den bescheidenen Luxus kämen, einen Toffeebarren oder Karamelltraum zu genießen, ohne sich gleich danach über das preiswerteste Modell aus der Badkeramikserie für den Klinikbedarf beugen zu müssen. Allein der Gedanke konnte selbst beim friedvollsten Menschen finsterste Gefühle erregen, die einem Shakespeare-Drama in nichts nachstanden.

Paul war eigentlich ein Mensch, der die Wildwasser des Lebens an sich vorbeiströmen ließ, doch dieser Vorfall löste bei ihm einen kleinlichen Bekehrungseifer aus, den man oft bei Menschen antraf, die sich für andere empörten.

Am Supermarkt blieb er stehen, musterte angewidert die leeren Versprechungen von Kundenzufriedenheit, die ihm von den großen Werbeplakaten auf dem Parkplatz entgegenbrüllten, und betrachtete das (zugegebenermaßen unschuldige) Gebäude mit dem Gefühl, dem Ruf seines Schicksals zu folgen. Er marschierte hinein und wandte sich sofort an die erste Mitarbeiterin, die ihm über den Weg lief, doch die wimmelte ihn ab, sie habe jetzt Pause. Eine zweite Mitarbeiterin behauptete, sie bediene gerade, was Paul sofort als windige Ausrede erkannte.

Ihm kam der Gedanke, dass er vermutlich bei seinen Geschlechtsgenossen mehr Erfolg hätte, daher wandte er sich an einen der Bubis, die er oft zwischen den Regalen herumhampeln sah. »Ich möchte mich über diese Dose Roses beschweren«, sagte Paul mit so großer Bestimmtheit, dass er sogar das R rollte.

»Ähm, ich bin für Kosmetiktücher und Küchenrollen zuständig. Sie müssen in die Süßwarenabteilung«, erwiderte der Bubi mit einer Geste in unbestimmte Richtung.

Paul, der seinen Ärger nicht vorzeitig an der falschen Person abreagieren wollte, wies sein Gegenüber nicht darauf hin, dass seine Information wenig hilfreich war, sondern begab sich geschäftsmäßig in den angezeigten Gang. Dort traf er einen weiteren Kindsmann, der Ostereier aus einem Einkaufswagen in die Regale sortierte, wobei er vorher mit seinem Kugelschreiber die Großhandelsverpackung durchstieß.

»Verzeihung, ich möchte mich über diese Dose Roses beschweren.«

»Ähm, ja gut. Was ist denn mit den Dingern?«

»Das Haltbarkeitsdatum ist um mehr als ein Jahr überschritten. Was sagen Sie dazu?«

Der Mann kapitulierte umgehend. »Nehmen Sie sich einfach eine neue Dose von da drüben«, sagte er.

»Es geht mir nicht nur um das Konfekt, sondern ums *Prinzip*«, sagte Paul.

»Möchten Sie mit dem, ähm, Filialleiter sprechen?«

»Bitte. Das möchte ich in der Tat.«

Der Junge verschwand durch eine dieser merkwürdigen Plastiktüren, die anscheinend nur von Supermärkten verwendet wurden. Er kam lange nicht zurück. Eine Frau, die in der Nähe stehen geblieben war, weil sie offenbar ein gutes Gespür für sich anbahnende Spektakel hatte, kam jetzt näher. Sie trug einen augenscheinlich selbst gestrickten Pullover und eine Baskenmütze. Ihr Einkaufskorb war bereits voller Süßigkeiten, was ihr in dieser gerade auf ihren Höhepunkt zusteuernden Angelegenheit eine gewisse Anwesenheitsberechtigung verlieh. »Was ist denn passiert, Herzchen?«

»Ich – also eigentlich meine Mutter – habe das hier als kleine Aufmerksamkeit für die lieben Schwestern und ihre leidenden Patienten im Krankenhaus gekauft, und jetzt merke ich, dass dieses Konfekt schon über ein Jahr abgelaufen ist! Das finde ich unglaublich. Dagegen muss was unternommen werden!«, sagte Paul.

»Ganz recht, Herzchen. Das hätte leicht in einer Katastrophe enden können. Aber das ist denen hier scheißegal«, sagte die Frau. »Scheiß. Egal.«

Eine weitere Gleichgesinnte, eine untersetzte Dame im Jogginganzug – Paul nahm an, dass sie an Kugelstoßwettkämpfen teilnahm oder irgendeiner anderen sportlichen Aktivität nachging, bei der Korpulenz von Vorteil ist –, schloss sich dem Chor an. »Ich wette, von den Waren hier ist die Hälfte abgelaufen. Die jubeln uns doch alles unter. Ich wäre nie auf die Idee gekommen, das Datum auf der Schokolade zu überprüfen. Bei Brot oder Milch, klar, da schaut man nach, aber bei Süßigkeiten?«

»Ja, gut, dass Sie das gesehen haben«, fügte die Selbstgestrickte hinzu, obwohl sie durch ihre Körpersprache ausdrückte, dass sie einer anderen Schokoladenesserklasse angehörte als die Kugelstoßerin.

Der Junge kehrte in Begleitung eines Kollegen zurück, der aussah wie die Fußballexperten im Fernsehen: schlecht sitzender Anzug, mit Gel fixierter Seitenscheitel, er war sicher ein echter Sportskumpel gewesen, damals, in seiner Jugend.

»Sind Sie der Mann mit den Roses? Ich bin der Filialleiter. Wie kann ich Ihnen helfen?«

»Ich – also eigentlich meine Mutter – habe diese Roses gekauft, als Aufmerksamkeit für die lieben Menschen im Krankenhaus, und dann habe ich gesehen, dass sie schon über ein Jahr abgelaufen sind. Unter den Schwestern und Patienten – manche von denen haben es schon mit dem Magen – hätte ich damit unvorstellbares Leid auslösen können. Eine Aufmerksamkeit wäre ihnen durch diese Unaufmerksamkeit zum Verhängnis geworden – und zwar ohne, dass ich oder meine Mutter etwas dafür könnten, wenn ich das noch hinzufügen darf.«

»Ich hab hier mal Brot gekauft und zu Hause gesehen, dass es total verschimmelt war«, warf die Selbstgestrickte ein.

»Ja, und ich habe einen Sechserpack Bier gekauft und zu Hause gemerkt, dass eine Dose fehlte«, fügte die Kugelstoßerin hinzu.

»Sind Sie sicher, dass das Konfekt hier gekauft wurde?«, fragte der Filialleiter. »Haben Sie einen Kassenbon?«

»Natürlich bin ich sicher. Meine Mutter kauft schon seit

Jahren hier ein, nie woanders«, erwiderte Paul. »Wenn Sie Beweise wollen, können wir sie gern vor Gericht vorlegen!« Mit diesem kleinen Schnörkel erntete er zustimmendes Nicken in der Runde. Mittlerweile hatte sich eine kleine Gruppe Schaulustiger versammelt, von denen einigen die blanke Missbilligung im verzerrten Gesicht stand.

»Haben Sie das Konfekt bereits probiert? Schmeckt es verdorben? Manchmal sind Produkte nämlich noch weit über ihr Ablaufdatum hinaus genießbar, wissen Sie, im Prinzip ist das Datum nur als Richtwert gedacht.«

»Probiert? Zum Glück nicht! Ich würde mich vor Schmerzen auf den Badezimmerfliesen winden, im Fieberwahn, und mich an der Schüssel festklammern, als hinge mein Leben davon ab«, erwiderte Paul in aller übertriebenen Anschaulichkeit.

Die Schaulustigen hatten sich indessen zu einem engen Kreis zusammengeschlossen, an den Paul nun mit neu entdecktem politischen Eifer appellierte. Die Selbstgestrickte, heftig nickend und Beifall heischend in die Runde blickend, hatte die Rolle der Augenzeugin übernommen.

»Hätten Sie was dagegen, wenn ich ein Bonbon aus der Dose probiere, um festzustellen, ob sie noch gut sind?«, fragte der Filialleiter.

»Tun Sie sich keinen Zwang an«, erwiderte Paul, der ahnte, dass sich die Geschichte dem Ende zuneigte.

Der Filialleiter streckte die Hand nach der Dose aus. Im Vertrauen auf eine Reaktion wandte Paul sich der Meute zu.

Der Mann erwartete, eine Dose Konfekt zu öffnen, deren Inhalt noch bestens genießbar wäre. Aber er irrte sich.

Paul erwartete, in der Dose einen halb geschmolzenen, verdorbenen Haufen Konfekt zu erblicken. Aber er irrte sich ebenfalls.

Die Meute erwartete ein Ende oder eine Auflösung des Spektakels, was ihnen umgehend beschert werden sollte.

Der Filialleiter stemmte den Deckel auf, der sich mit einem lang gezogenen Ploppen löste.

Im Inneren war deutlich zu sehen, dass die Dose bis zum Rand gefüllt war, allerdings nicht mit verdorbenem Konfekt in unterschiedlichem Aggregatzustand, sondern mit Helens Nähutensilien.

Die Kugelstoßerin brach in wieherndes Gelächter aus und ließ dabei einen Speichelregen auf Pauls Jacke niedergehen.

Einige kicherten, aber der überwiegende Rest der Meute zerstreute sich rasch, gleich nachdem sich Paul als unerhörter Zeitverschwender entpuppt hatte. Die Selbstgestrickte ließ ihn ebenfalls umgehend fallen, eine Vorgehensweise, mit der Strickende wohlvertraut waren.

Einen scheinbar endlos langen Moment stand Paul stocksteif da, er hatte das verstörende Gefühl, seinen Körper vorübergehend verlassen zu haben.

»Tja, das kann jedem mal passieren«, bemerkte der Filialleiter großherzig. Unter normalen Umständen hätte er sich vermutlich ganz toll gefühlt, weil er einen kleinen Betrug aufgedeckt hatte. Aber der entsetzte Ausdruck in Pauls Gesicht, seine erstarrte Miene und der zu Worten geformte Mund, der keinen Ton hervorbrachte, zeigten dem Mann nur zu deutlich, dass er es hier mit einem Menschen zu tun hatte, dessen Leben von Tragikomik geprägt war.

»Macht alles nichts. Ich bin froh, dass niemand zu Schaden gekommen ist«, sagte er aufmunternd. »Wissen Sie was? Nehmen Sie sich doch ein Osterei mit. Gratis. Als Geste der Kulanz. Wir hoffen, Sie bald wieder hier begrüßen zu dürfen.« Mit diesen Worten verschwand der Filialleiter durch die Plastiktür.

Paul stand noch eine Weile allein unter dem flackernden Neonlicht, ein Schoko-Osterei in der einen, die Dose mit Nähutensilien in der anderen Hand, während der Jugendliche sich wieder daranmachte, mit seinem Kugelschreiber Löcher in die Plastikfolie der Großverpackungen zu stechen.

Weder erinnerte sich Paul daran, was er als Nächstes gesagt, noch wie er den Laden verlassen und in Trance den Heimweg zurückgelegt hatte.

Er deponierte die Dose, das Osterei und seinen Schlüssel neben den Briefen im Flur und schlich mit hängenden Schultern ins rückwärtige Zimmer, wo Helen mit aufgefrischtem Ansatz gerade seine neue Anzughose über eine Stuhllehne drapierte. »Wie geht's, Schatz? Wie war's im Krankenhaus?«

»Am Ende bin ich gar nicht hingegangen«, gestand er kleinlaut. »Ich hol's am Wochenende nach.«

»Ah, okay. Vergiss die Süßigkeiten nicht. Tut mir leid, dass ich losgegangen bin, ohne dir zu sagen, wo sie stehen, aber mir ist erst auf halbem Weg zum Frisör eingefallen, dass ich sie noch im Kofferraum hatte.«

»Kein Problem. Wahrscheinlich besser so.«

»Ich wollte gerade deine Hochzeitshose umnähen, aber ich finde meine Nähdose nicht«, sagte Helen.

»Steht auf der Flurkommode.«

»Ach, gut. Ich muss direkt daran vorbeigelaufen sein. Du hast wirklich Adleraugen.«

Paul setzte sich niedergeschlagen aufs Sofa, wo er den Rest des Abends von seinem Fehlschlag gelähmt verharrte und aus dem Fenster sah, wo ein Auto nach dem anderen über einen Handschuh fuhr, den jemand auf der Fahrbahn verloren hatte.

10

DAS WOCHENENDE RUMKRIEGEN

An jenem Samstag wurde Grace um die gleiche Uhrzeit wach wie an allen anderen Tagen. Ihr Körper hatte sich so sehr ans frühe Aufstehen für die Arbeit gewöhnt, dass sie stets um die gleiche Zeit munter wurde, obwohl sie dringend Schlaf brauchte und ihren Körper im Neun-Minuten-Takt, also jeweils nach den durch die Snooze-Funktion definierten Schlummerintervallen, zum Weiterschlafen animierte. Sie war am Abend zuvor mit ein paar Kolleginnen aus gewesen und zwar nicht allzu spät zurückgekehrt, hatte aber nichts zu Abend gegessen und war hungrig ins Bett gefallen, statt wie versprochen Andrew im Hotel in Amsterdam anzurufen. Allerdings fand sie jetzt, am nächsten Morgen, auf ihrem Handy auch keine verpassten Anrufe von ihm.

Langsam schälte sie sich aus dem Bett und schlappte gemächlich durch die Wohnung, um Vorhänge und Fenster zu öffnen, Licht rein, verbrauchte Luft raus, neues Leben in die Bude, in der sie sich in dieser Woche der Überstunden und späten Feierabende kaum aufgehalten hatte. Weil sie keine Lust hatte, ihren gemütlichen Vormittag zu unterbrechen, entschied sie sich gegen einen Ausflug in den Supermarkt und setzte sich stattdessen an den Küchentisch, wo sie ein improvisiertes Frühstück aus Tee (kein Kaffee mehr da), Weetabix (kein Müsli mehr da) und Knäckebrot (keine Bagels mehr da) aß und dabei auf ihrem Handy die Nachrichten las.

Draußen war es warm und sonnig, das gute Wetter setzte sie unter Druck, etwas zu unternehmen. Grace wäre ein grauer Regentag lieber gewesen. Ein Tag zum Fernsehen. Ein Tag zum Rummuddeln. Das Telefonat mit Andrew saß ihr im Nacken, genau wie die Schuldgefühle, die sie empfand, weil sie keine Lust hatte, ihn anzurufen. Mit jedem Tag, den die Hochzeit näher rückte, lastete der Druck, verliebt zu sein und bei ihren Telefonaten mit ihm verliebt zu klingen, stärker auf ihr. Selbstverständlich liebte sie ihn, aber sie wünschte sich einfach die Zeiten zurück, als diese Liebe normal, alltäglich und natürlich war und nicht diese Disneyversion, die die Welt anscheinend von einer Braut erwartete. Offen gestanden wollte sie einfach, dass er hier neben ihr saß, mit ihr in einträchtigem Schweigen das Plan-B-Frühstück genoss und sie danach ihrem schlechten Film überließ, während er im Hintergrund irgendwas anderes machte. Denn genau das liebte sie an ihm: dass er sie einfach ignorierte und in Ruhe ließ, bis sie bereit war, ihn einzubeziehen, und dann, und nur dann, mit ihm zu schwatzen und zu lachen und als Paar herumzualbern.

Zum ersten Mal seit Wochen war ihr Kalender frei von Terminen und Verpflichtungen. Sie hatte keine Zeit gehabt, sich zu verabreden, und sich insgeheim auf ein ruhiges Wochenende gefreut, doch jetzt, da es so weit war, gähnte vor ihr eine riesige Leere. Statt sich der entspannten Planlosigkeit hingeben zu können, erfüllte sie schon bald die vertraute Rastlosigkeit. Sie sollte unbedingt aufräumen und putzen, aber sie hatte die ganze Woche wirklich hart gearbeitet. Einerseits hatte sie das Gefühl, sich bewegen zu müssen, Schwimmen oder Joggen, andererseits war sie faul und kam nicht richtig in die Gänge.

Die Vorstellung, sich bei einem Buch oder seichten Film gehen zu lassen, war recht verlockend, aber sie konnte sich auf nichts konzentrieren, sämtliche Möglichkeiten erschienen ihr langweilig. Auch hatte sie keine Lust auf Galeriebesuch, Kino, Wochenmarkt oder sonstige gemeinschaftsbildende Freizeitaktivitäten, die die Stadt an diesem Wochenende veranstaltete.

Früher, in Parley View, hätte sie einfach zufrieden auf dem Läufer im Wohnzimmer gelegen und gelesen, während ihr Dad nach oben gerufen hätte, ob Paul wisse, wo er irgendeinen beliebigen Haushaltsgegenstand finden könne, und Paul genauso laut eine vage Vermutung zurückgerufen hätte. Nach einer Weile hätte ihre Mutter dann genug gehabt von der Hin- und Herbrüllerei, und ihnen aus ihrem geliebten Garten die Antwort zugerufen. Grace vermisste es, die einzige ruhige Person in einem quirligen Haushalt zu sein.

Sie schickte Andrew eine kurze Nachricht, entschuldigte sich dafür, sich am Vorabend nicht mehr gemeldet zu haben, und ließ ihn wissen, dass sie gleich rausgehen und ihn später anrufen würde. Zwei Küsschen, G. Dann kuschelte sie sich zurück aufs Sofa und zupfte Hornhaut vom Knöchel ihres kleinen Zehs, eine groteske Beschäftigung, die sie gerade deshalb so faszinierte.

Ihr Handy vibrierte. Andrew hatte geantwortet.

Tut mir leid, kann gerade nicht. Bin auf Besichtigungstour in einem Käsemuseum. Teil der organisierten Mitarbeiterbespaßung. Schau, was aus mir wird, wenn du nicht da bist. XX A

Sie lachte kurz erleichtert auf. Andrew hatte nicht nur ihre Zeilen gelesen, sondern darin auch ihr Bedürfnis nach ein bisschen Zuneigungsvorschuss erkannt. Mit dem ersten Lächeln dieses Tages schnipste sie den abgezupften Hautfetzen in den Kamin und rief ihre Mutter an, die sagte, klar, komm später vorbei, wenn ich aus dem Krankenhaus zurück bin. Kaum hatte sie einen Plan, schienen die vielen zähen Stunden des Tages zu schrumpfen, daher nahm sich Grace die Liste der noch offenen Hochzeitserledigungen vor und konzentrierte sich schließlich auf eine der unzähligen Aufgaben, die ihr im Kopf herumwirbelten.

Als Helen das Telefonat beendet hatte, rief sie erneut nach oben, um Paul zur Eile zu ermahnen. Paul, den Multitasking überforderte, hielt erneut beim Zuknöpfen seiner Jeans inne, um seiner Mutter zu antworten. Das hier war schon sein zweiter Versuch, jedem Knopf das jeweilige Loch zuzuordnen, seinen ersten hatte er als gescheitert erklärt, nachdem am Ende ein Knopf ohne Loch übrig geblieben war. Helen hatte bemerkt, dass Pauls Enthusiasmus für den Krankenhausbesuch zunehmend verflogen war, und zwar seit dem Nachmittag, als er unverrichteter Dinge wieder heimgekommen war, daher wollte sie nicht zu viel Zeit verstreichen lassen, um ihn nicht zu weiteren Ausreden zu ermutigen.

Paul selbst hatte sich – wie es oft der Fall war – nach einer Nacht schon wieder mit dem Drama um die falsche Konfektdose ausgesöhnt und konnte sogar über seine Fehleinschätzung lachen, aber er war noch nicht so weit, seiner Mutter davon zu erzählen, weil er fürchtete, dass sie schnell Teil des Familiengeschichtenfundus werden könnte, und in der nahmen seine Abenteuer bereits eindeutig zu viel Raum ein.

Die beiden fuhren in Helens kleinem Fiat Punto, Paul wie immer hinten, wie es seine ungewöhnliche Vorliebe war, und zwar hinter Helen, selbst wenn sie nur zu zweit im Auto saßen und er dadurch wirkte wie ein Dritte-Welt-Diktator und Helen wie seine Chauffeurin. Geschwindigkeit war ihm unangenehm, und wenn er vorn saß, wurde er praktisch mit der Nase darauf gestoßen, dass sie eigentlich nichts anderes waren als zwei Körper, die in der erlaubten Höchstgeschwindigkeit dahinsausten. Er hatte es außerdem gern, wenn während der Fahrt alle Fenster offen waren, und zwar unabhängig vom Wetter. Als Kind hatte er sich immer gewundert, warum Marathonläufern nie die Luft ausging, und sich außerdem grundsätzlich gefragt, wie viel ein Mensch brauchte, um einen Marathon zu laufen – säckeweise Luft vermutlich. Auf seine Frage hatte sein Vater geantwortet, dass er mal überprüfen solle, wie viel Luft er auf längeren Autofahrten einatmen könne, was Peter damals für eine kreative Möglichkeit gehalten hatte, seinen kleinen Sohn für eine Weile ruhigzustellen. Helen, die sich beim Autofahren eigentlich gern unterhielt, machte bei Paul eine Ausnahme und überließ ihn ganz der frischen Luft.

Im Krankenhaus meldeten sie sich bei der Stationsschwester, der Paul die Roses überreichte und ihr erklärte, dass das Konfekt eher für die Schwestern gedacht sei als für die Patienten. Die Schwester bedankte sich für seine Zuvorkommenheit und stellte die Dose in einen leeren Aktenschrank, während sie erklärte, dass die Frauen auf der Station der Bikinifigur wegen während der Fastenzeit weitgehend auf Süßigkeiten verzichteten.

Die Patientinnen auf der Station, die sie besuchten, sahen nicht besonders krank aus, es waren überwiegend ältere Damen im Schlafanzug. Die erste Patientin teilte ihnen in Gossensprache mit, dass sie sich gleich wieder verziehen könnten, und beschimpfte Helen als »scheinheilige Mistbiene«, von der sie sich auf keinen Fall anfassen lasse, offenbar verwechselte sie sie mit der Dame von der Kirchengemeinde, die unter geneigten Genesenden die Kommunion austeilte.

Die zweite Frau schlief, sie hing an einem Tropf. Sie war blass, ihr schütteres weißes Haar sah aus wie der Inhalt einer Daunendecke. Helen nahm ihr das Kreuzworträtselheft aus dem Schoß, steckte die Kappe zurück auf ihren Stift und legte beides neben die vielen Karten und Kinderzeichnungen auf ihrem Nachtschränkchen. Helen freute sich, dass es offenbar Menschen gab, die sich um diese gebrechliche kranke Frau kümmerten und sorgten.

Die dritte Frau, eine grellrote Brille mit trapezförmigen Gläsern auf der Nase, tippte Nachrichten in ihr Handy. Sie trug einen rosafarbenen Seidenschlafanzug mit einem Muster aus Reihern und Pagoden.

»Ach, hallo! Holen Sie mich zum CT ab? Ich dachte, das wäre erst heute Abend«, rief sie.

»Nein, wir sind einfach gekommen, um mit Ihnen zu plaudern, sofern Sie das möchten. Sollen wir uns ein bisschen zu Ihnen setzen?«

»Gern. Machen Sie es sich bequem. Es gibt nur einen Stuhl, aber auf dem Bett ist noch Platz, wenn es Ihnen nichts ausmacht, mein Lieber«, sagte sie zu Paul. Der setzte sich ans Bettende neben ihre unter der Decke hervorlugenden Zehen, die aussahen wie freigelegte Baumwurzeln.

»Ist das nicht entzückend von Ihnen, Kranke zu besuchen, die hier liegen müssen? Wie schön, dass es Menschen wie Sie gibt auf der Welt. Meine Kinder sind alle groß, wahrscheinlich so alt wie der junge Mann hier«, sagte sie, den Finger auf Paul gerichtet, »aber sie sind alle weg: London, Sydney, einer reist noch um die Welt, keine Ahnung, was er mal machen will. Er schickt mir Nachrichten, und wir skypen – dank meiner ausgewanderten Kinder bin ich auf dem neuesten Stand der Technik –, aber das ist nicht dasselbe, als wenn man sie bei sich hat. Haben Sie Kinder?«, fragte sie Helen.

»Habe ich, und glücklicherweise ganz in der Nähe. Dieses Prachtexemplar hier ist mein Sohn«, Paul winkte der Frau zu, »und ich habe noch eine Tochter, die Ostern heiraten wird. Ich bin übrigens Helen.«

»Schön, Sie kennenzulernen, Helen. Ich bin Barbara oder Barb, aber bitte nennen Sie mich nicht Babs oder Barbie. Eine Osterhochzeit? Ich wusste gar nicht, dass sie das erlauben. Die von der Kirche, meine ich, obwohl, wer veranstaltet heutzutage noch kirchliche Trauungen? Wahrscheinlich heiratet sie in einem schönen Hotel oder so was. Ist auch völlig egal, wo, Hauptsache, die Menschen lieben sich.«

»Die Trauung findet tatsächlich in einer Kirche statt«, sagte Helen. »Obwohl Grace nicht religiös ist, also weiß ich gar nicht, warum sie sich die Mühe machen. Am Ostermontag, das geht, wie sie uns sagten. Wahrscheinlich gibt's Ostereier zum Essen. Aber genug von uns: Wie lange sind Sie denn schon hier, Barbara?« Helen hielt sich an die Goldene Regel: Lass die Menschen über sich selbst sprechen.

»Ach, da muss ich glatt überlegen«, sagte Barbara. »Seit Mittwoch. Und nach dem CT, das hoffentlich heute gemacht wird, muss ich noch einen Tag drinbleiben. Es wäre an sich gar nicht so schlimm, aber vom vielen Liegen kriege ich solche Rückenschmerzen, und die anderen Frauen hier haben ihre Fernseher alle laut gestellt, das mag ich nicht. Ich versuche, aufzustehen und kleine Spaziergänge zu machen, zum Laden oder raus in den Sinnesgarten, aber die Tage ziehen sich. Mein Leben lang habe ich mich nach freier Zeit gesehnt, um Bücher zu lesen oder mich einfach zu entspannen, aber jetzt, wo ich hier bin, finde ich einfach keine Ruhe«, sagte Barbara. »Ihr Sohn redet nicht viel, hm?«

»Aber du bist ein guter Zuhörer, nicht wahr?« Helen nickte Paul ermutigend zu.

»Ihre Brille gefällt mir. Ist das eine Designerbrille?«, fragte Paul prompt.

»Ach, die. Hab ich mir vom Optometrie-College anfertigen lassen. Die machen einem das Gestell, wie man es haben will, und es ist billiger als beim Optiker. Das hier habe ich selbst entworfen. Eigentlich wollte ich damit wie eine Architektin aussehen, aber für den Look bin ich wohl einfach zu dick – dafür muss man so ein Hungerhaken sein, mit schwarzem Rollkragenpullover.«

»Nehmen Sie sich was Schönes vor für die Zeit danach – vielleicht eine Übernachtung in einem tollen Hotel oder einen Wellness-Aufenthalt.« Mit diesem Vorschlag zeigte Helen, dass sie Erfahrung im Umgang mit Kranken hatte, denn Plänesschmieden half ihnen dabei, sich wieder auf etwas zu freuen.

»Seit dem Tod meines Mannes bin ich ein bisschen abgekommen von Hotels«, sagte Barbara. »Das ist schon wieder fünf Jahre her, meine Güte, wie die Zeit rast. Hotels sind für Paare gedacht. Wer will schon allein in einem riesigen Luxusbett schlafen? Aber ein bisschen shoppen gehen, das könnte ich mir gönnen. Seit ich hier liege, habe ich gemerkt, dass meine Schlafanzüge eigentlich alle hinüber sind.«

»Aber der, den Sie anhaben, ist doch schön. So ein bisschen chinesisch«, sagte Helen.

»Mir gefallen die Reiher«, sagte Paul, dem immer das Hirn einfror, wenn er Smalltalk machen sollte.

»Den hat Tom mir geschenkt. Mein Mann. Das war damals in Japan. Er hatte die Nase voll davon, dass ich immer seine Schlafanzüge getragen habe, da hat er mir den hier gekauft. Er sieht toll aus, aber er ist zu leicht und rutscht mir immer runter – ich will ja nicht, dass die alten Knaben auf dem Gang einen Herzinfarkt kriegen.«

»Wie alt sind Ihre Kinder?«, fragte Helen.

»Linda, meine Älteste, ist fünfunddreißig und lebt in Australien. Sie ist Tierärztin und hat einen Mann geheiratet, der sein eigenes kleines Unternehmen betreibt – er organisiert Konzerte und so was. Ich bin rübergeflogen und hab sie besucht. Ihr Haus ist riesig, aber in Australien herrscht ja auch kein Platzmangel. Joyce ist zweiunddreißig, sie wohnt in London, arbeitet für eine Bank, aber keine, die man kennt. Joyce hat schon immer hart gearbeitet. Ben reist durch die Weltgeschichte – er ist gerade dreißig geworden. Vorher hatte er noch keine fernen exotischen Länder besucht, aber nach der Schule hat er sich ein Jahr freigenommen und ist mit Freunden los, die sind alle wieder zurückgekehrt, aber er ist einfach weitergereist. Ich nehme an, er hat ein Mädchen kennengelernt, mir erzählt er ja nichts. Sie haben Glück, dass Ihre noch in der Nähe sind. Ich fand es schlimm, als sie gegangen sind, aber Sie wissen ja, wie das ist mit der Jugend, sie wollen alle die Welt sehen, und man kann sie nicht aufhalten. Was machen Ihre denn so?«

»Ich bin Postbote. Gelegenheitspostbote. Ich springe ein, wenn die anderen krank sind, so was«, antwortete Paul selbst.

»Ach, wie nett. Viel frische Luft und nicht zu viele Hunde, hoffe ich.«

»Wenn ich im Garten einen gefährlichen Hund sehe, schreibe ich einfach *freilaufender Hund* auf den Brief und nehme ihn wieder mit ins Briefzentrum. Viel schlimmer sind streunende Hunde, die auf der Straße herumlaufen und gern Jagd auf mich und mein Fahrrad machen.«

»Und was machen Sie in einem solchen Fall?«, fragte Barbara.

»Schneller in die Pedale treten«, sagte Paul, und erntete damit ungewollt einen Lacher.

»Meine Tochter Grace arbeitet für ein großes US-Unternehmen. Wir wissen nicht hundertprozentig, was sie da macht, obwohl sie es uns schon zigmal erklärt hat. Irgendwas mit Computern, obwohl sie nicht direkt mit denen arbeitet, Logistik und Projektmanagement gehören dazu. Was uns auffällt, ist, dass sie oft zu spät kommt, wenn wir sie einladen, und ständig ans Handy geht. Wir sind es gewohnt, aber eigentlich finden wir, dass sie zu viel arbeitet. Diese Unternehmen erwarten, dass man für seinen Job alles andere links liegen lässt.«

»Und ist Ihr Mann noch fit und munter?«, fragte Barbara.

»Ja, Gott sei Dank. Er ist in Rente. Peter heißt er«, sagte Helen sanft, weil sie ahnte, dass dies für Barbara ein sensibles Thema war.

»Es ist wunderbar, wenn man gemeinsam in Rente gehen kann. Tom und ich hatten eine Menge Pläne, aber im Leben gibt es keine Garantien. Wenn ich eines gelernt habe, dann, dass die Menschen auf der Stirn eine unsichtbare Zahl tragen, die Anzahl der Male, die man sich wiedersieht. Das kann eine Null sein, eine Eins oder Tausend, aber es ist eine Zahl. Die Zeit, die wir miteinander haben, ist nicht unbegrenzt. Ich will nicht morbide klingen. Es ist wichtig, dass wir die Menschen wertschätzen, so lange uns noch Zeit dazu bleibt. Vertröste sie nicht auf später. Verschiebe es nicht, weil du denkst, du kannst es ja irgendwann nachholen. Ich vermisse ihn schrecklich, aber wir haben uns immer Zeit füreinander genommen. Wir sind gereist.

egangen. Haben viel Zeit damit verbracht, einander ein- nur anzusehen, und obwohl er mir jeden Tag fehlt, weiß ich, dass ich das Beste aus der Zeit gemacht habe, die ich mit ihm hatte.«

»Da stimme ich Ihnen voll und ganz zu, Barbara. Gibt es noch etwas, das wir für Sie tun können? Die Stunde ist fast rum, und ich fürchte, wir müssen langsam aufbrechen«, sagte Helen.

»Nein, gar nichts, danke, Helen. Es war sehr nett von Ihnen, mir Gesellschaft zu leisten. Wenn Sie das nächste Mal Ihre Runde drehen, bin ich hoffentlich schon wieder zu Hause, aber es war mir ein Vergnügen, Sie kennenzulernen – und Sie auch, junger Mann. Halten Sie bloß die jungen Dinger auf Abstand, damit Sie sich um Ihre Mutter kümmern können«, sagte Barbara mit einem an Helen gerichteten Augenzwinkern.

»Frauen respektieren meinen Wunsch nach Abstand meist, ohne dass ich Sie darauf hinweisen muss«, sagte Paul.

Helen bemerkte, dass die Frau mit dem Kreuzworträtselheft im Nachbarbett mittlerweile wieder wach war. Zwei kleine Kinder kletterten auf den Stuhl neben ihrem Bett und taten lauthals ihre Neuigkeiten kund, während die Eltern ihr das Kissen richteten und ihr Nachtschränkchen aufräumten.

Auf dem Weg hinaus rief die dritte Frau Helen »Scheinheilige Mistbiene!« hinterher.

Als sie nach Hause zurückkehrten, fanden sie Grace auf dem Sofa im Wohnzimmer vor, sie hatte es sich mit dem Kopf auf Peters Schoß bequem gemacht, ganz Papas Tochter.

»Hallo, ihr beiden! Wie ist es dir ergangen? Es ist hoffentlich niemand gestorben?«, scherzte Grace, als Paul ihr einen Kuss auf die Wange aufdrückte.

»Nein, sie haben uns nur zu den Gesunden gelassen. Es war ganz okay«, sagte Paul.

»Er hat sich prima gemacht. Ich glaube, ältere Menschen mögen dich. Du bist ein guter Zuhörer«, sagte Helen. »Was treibt ihr beide hier eigentlich? Faulenzen?«

»Ich helfe Dad bei seiner Hochzeitsrede. Erinnere ihn an meine vielen Stärken und verrate ihm Andrews große Schwächen und Fehler. Ich befürchte allerdings, dass die Rede an manchen Stellen nicht ganz salonfähig sein könnte – du kennst ja Dad und seinen Humor.«

»Ich werde so taktvoll sein wie immer«, verteidigte Peter sich.

Zum ersten Mal seit Langem verbrachten die vier einen gemeinsamen Abend, saßen beieinander, plauderten und kochten. Das Abendessen war ein großes Lirum-Larum-Sammelsurium, danach schauten sie die letzte Folge der Inspector-Morse-Serie, *The Remorseful Day*. Es war Graces und Helens Lieblingsfolge, und sie hatten sie sich über die Jahre bestimmt schon ein halbes Dutzend Mal angesehen.

Am Ende des Abends beschloss Grace, bei ihrer glücklichen Familie in ihrem alten Zimmer zu übernachten, obwohl es noch gar nicht so spät war und ihre eigene Wohnung nicht weit entfernt. Und von dort aus, in einem von ihrer Mutter geborgten Schlafanzug, rief sie Andrew an, hocherfreut, seine Stimme zu hören, mit ihm zu flüstern und zu kichern, in ihrem alten Kinderzimmer, das erste Mal seit Jahren, dass sie wieder in einem Einzelbett schlief.

11

SHELLEY

Es traf auf Leonard ebenso zu wie auf den Rest von uns: Egal, wie sehr wir sie auch planen und uns wappnen, die Romantik tritt in unser Leben, wenn wir sie am wenigsten erwarten.

Leonard hatte sich das ganze Wochenende vorbereitet. Er war zum zweiten Mal in dieser Woche in die Stadt gegangen, um sich neue Klamotten zu kaufen, und trotz der Unentschlossenheit, die sich bei Menschen mittleren Alters einstellt, die sozusagen zwischen zwei Kleidungsstilen festhingen – zu alt für lässig, zu jung für seriös –, war es ihm gelungen, seinen Look aufzupeppen, wenn auch nur mit unterschiedlichen Variationen des Pullover-und-Jeans-Themas. Wenngleich ihm klar war, dass sein Kleidungsstil weder als besonders gewagt noch als angesagt hervorstechen würde, vermittelte er ihm doch etwas Selbstvertrauen, denn er wusste, dass die Natur sich generell auf die Seite derjenigen schlug, die etwas Neues ausprobierten. Am Wochenende hatte er sich ein paar Einstiegssätze durch den Kopf gehen lassen, mit denen er das Gespräch beginnen könnte, dabei auch gleich Shelleys potenzielle Antworten und verschiedene Gegenantworten durchgespielt, mit denen er besonders glänzen, aber nicht zu neunmalklug oder blasiert rüberkommen könnte. Es gefiel ihm, dass sie so positiv und lebendig war, und er wollte passend reagieren.

Am Montagmorgen im Büro ging er zunächst auf die Toilette, um im Spiegel noch ein letztes Mal die wichtigsten Mimikvarianten zu proben, bevor er in den Ring stieg. Eigentlich wollte er sich nur ein bisschen frisch machen, hatte sich den Schwall Wasser aber vor lauter Aufregung nicht ins Gesicht, sondern wie ein Kleinkind auf den Latz gespritzt. Weil ihm nichts anderes übrig blieb, ging er auf die Knie, um sich unter dem Handtrockner die Brust zu trocknen, und während er sich den angenehm warmen Luftstrom schließlich auch übers Gesicht streifen ließ, indem er den Kopf sanft von einer Seite zur anderen bewegte, vergaß er komplett, wo er sich befand. Erst als der Luftstrom versiegte, bemerkte er über sich einen jungen Mann mit Bart und Paisley-Schlafanzugoberteil, der darauf wartete, sich die Hände zu trocken, seinen Schritt ungefähr auf Augenhöhe.

Mit noch immer klatschnassen Händen wartete Leonard auf den Lift. Als die Tür aufglitt, entdeckte er Shelley ganz hinten in der Ecke, sie trug ihren Fahrradhelm und wurde von der zur Stoßzeit besonders dichten Menge der Aufzugsbenutzer eingezwängt. Leonard winkte ihr mit seinen nassen Händen zu, die mittlerweile eher verschwitzt aussahen, und trat in den Aufzug. Sie lächelte freundlich zurück, als wollte sie sagen: »Ist das nicht schräg?« Weil der Lift so voll war, dass sich die Aufzugtüren nicht schließen konnten, richteten sich sämtliche Blicke auf Leonard, schließlich war er als Letzter eingestiegen, und offenbar erwartete man, dass er als Erster wieder ausstieg. Zunächst blieb er hart und drückte auf den Schließknopf, aber nichts geschah. Die Türen zuckten mehrere Male, bewegten sich aber nicht weiter. Ausgerechnet in diesem Moment klingelte Leonards Handy und verriet der ganzen Welt damit, dass er als Einziger noch den Crazy-Frog-Klingelton verwendete, den er schon längst geändert hätte, wenn er dazu gekommen wäre. Zuerst versuchte er einfach, das Klingeln zu ignorieren, aber es schien ewig weiterzugehen. Statt auf die Mailbox zu sprechen, rief die Person immer wieder an. Das Patt wurde erst aufgelöst, als ein Mann, der offenbar Leonards Schulter im Mund hatte, murmelte: »Wollen Sie nicht rangehen?«

»Huch! Ist das meins? Ach, ja, klar. Entschuldigt mich eine Sekunde, Leute«, sagte er, während er den Lift verließ, ganz so, als wäre er überzeugt, dass ihn jemand vermissen würde. Shelley machte Anstalten, ihm zu winken, konnte aber im Gedränge ihre Arme nicht heben. Kaum war Leonard ausgestiegen, glitten die Türen mühelos zu und demonstrierten für alle sichtbar, wer der Schuldige gewesen war.

Er zog das Handy hervor und nahm den Anruf entgegen; Crazy Frog hatte ausgeschnurrt.

»Leonard, hi, ich bin's«, sagte Paul. »Rate mal, was passiert ist.«

»Was?«, erwiderte Leonard mit kaum verhohlenem Missmut.

»Ich wurde ausgewählt! Meine Grußformel steht jetzt auf der Shortlist der Industrie- und Handelskammer. Ich muss zur Verleihung und all das. Ist das nicht aufregend? Gerade als ich meine Schicht antreten wollte, kam unser Briefträger zu mir rüber und hat mir ein Einschreiben überreicht, an mich höchstpersönlich adressiert. Ich musste sogar unterschreiben. Ich hab noch nie irgendwas gewonnen. Da bin ich gleich nach Hause, um der Familie Bescheid zu geben, und dachte, ich ruf dich am besten auch sofort an, bevor ich wieder zurückgehe und meine Runde antrete.«

Leonards Ärger verpuffte etwas, als er hörte, dass Paul auch ihm als Erster die Neuigkeiten erzählen wollte. Wenn es eines gab, woran sich die innige Zuneigung der beiden Freunde ablesen ließ, dann war es der Enthusiasmus, mit dem sie ihre Freude über gute Nachrichten teilten, gewiss, dass jeder dem anderen nur das Allerbeste wünschte. »Das sind ja großartige Neuigkeiten, alter Kumpel! Ich freue mich riesig für dich. Dürfen wir auch zur Preisverleihung kommen?«

»Ich sehe nicht, was dagegenspricht. Vielleicht könnten wir dazu unsere Hochzeitsanzüge anziehen. Ich weiß, dass du viel zu tun hast auf der Arbeit, also halte ich dich nicht länger auf. Viel Glück mit deiner Verführerin heute.«

»Okay, ich melde mich später. Ach, welchen Vorschlag hattest du überhaupt eingereicht?«

»Ha! Um das zu erfahren, musst du schon bis zur Preisverleihung warten. Erst da wird das Geheimnis gelüftet«, erwiderte Paul.

Nachdem Leonard die Treppe zu seinem Stockwerk erklommen hatte, war er ein wenig außer Atem. Während andere ihren Feierabend im Fitnessstudio oder bei der Boxgymnastik verbrachten, vergnügte er sich mit Brettspielen, was sich in einer schlechten Kondition niederschlug. Als er endlich am Arbeitsplatz eintraf, entdeckte er ein Post-it an seinem Monitor, mit einer Nachricht in wunderschönster Handschrift. *Brauchen Sie Tipps in Sachen Brandschutz?*

Obwohl er das Anbringen von Klebezetteln auf Touchscreen-Monitoren eigentlich missbilligte, ließ er diesmal Fünfe gerade sein und empfand sogar so etwas wie Zuversicht, als er die Nachricht vom Bildschirm zupfte und ins hinterste Fach seiner Geldbörse schob, wo er sonst Kassenbons und Quittungen aufbewahrte. Er schaute hinüber zu ihrem Schreibtisch, doch der Blick wurde ihm von einer Stellwand versperrt, die als allgemeine Pinnwand und für Hinweise zur Vermeidung unnötiger Druckaufträge verwendet wurde.

Er trommelte mit den Fingern auf die Tischplatte. War es so weit? War der Moment gekommen? Die Nachricht ein Zeichen, eine Einladung, oder hatte man ihr einfach gesagt, dass ein Typ namens Leonard angeblich Informationen zum Thema Feuerverhütung brauchte, und sie kam pflichtbewusst ihrer Aufgabe als Brandschutzbeauftragte nach? Der Mut sank ihm wie ein Aufzug im freien Fall. Adrenalin schnurrte wie Crazy Frog durch seinen Körper. Mach schon, mach schon, mach schon, wiederholte er im Geiste.

Sollte er einfach noch mal zu ihrem Schreibtisch rüberschlendern? Oder würden ihre Kolleginnen ihn dann für einen Stalker halten? Vielleicht könnte er einfach den Feueralarm auslösen? War das eine gute oder eine schlechte Idee? Musste man dafür Strafe zahlen, wie beim unnötigen Betätigen der Notbremse im Zug? Würde er sie damit womöglich verärgern? Was, wenn er einfach entspannt zur guten alten Pinnwand schlappte wie jemand mit einem prallvollen Terminkalender, der einfach mal nachschauen will, was so abgeht im nächsten Monat?

Das war immer schon sein größtes Problem gewesen. In den letzten Jahren war Leonard beim Versuch, seine wenigen Frauenbekanntschaften zu vertiefen, regelmäßig an dem schwindelerregenden Abgrund zwischen »ein netter Kerl sein« und »amouröse Annäherungsversuche wagen« gescheitert. Er hatte eine Riesenangst vor einem Fehltritt, der ihn wie einen notgeilen Bock wirken ließ, hinter dessen freundlicher Fassade sich ein eiskalter Triebtäter verbarg. Es war immer seine größte Schwäche gewesen, dass er die Dinge nicht zu Ende brachte, sich nicht auf jede noch so geringe Chance stürzte. Für einen Mann, der sich schon bei Kleinigkeiten nicht entscheiden konnte – einmal an der Kinokasse war er von der Wahl zwischen drei Filmen dermaßen überfordert gewesen, dass er am Ende einfach gegangen war –, war die Planung des nächsten romantischen Schachzugs eine wahre Herkulesaufgabe. All seine Strategien und Überlegungen waren vergebens. Wie ein Stürmer, der im Pokalfinale versagt, oder ein Tennisspieler, der bei seinem ersten Grand Slam einen Doppelfehler macht, erstarrte Leonard in dem Moment, wenn sein Einsatz gefragt war.

Was jedoch nur wenige wussten: Verfasser von Enzyklopädien haben vielleicht noch kein Mammut aus einer Teergrube gezogen oder mit einer Magnetschwebebahn Rekordgeschwindigkeiten erzielt, aber im Alltag können auch sie zu Helden werden. Leonard schaltete seinen Computer ein, doch statt sein Passwort einzugeben (H1L3onard6!), tippte er dreimal willkürlich gewählte, falsche Kombinationen ein und sperrte sich damit aus. Ohne weiteren Verzug griff er zum Hörer und rief den Helpdesk an, also Greg, der auf der anderen Seite des Großraumbüros saß, nur ein paar Yucca-Palmen von Shelleys Vierer-Arbeitsplatz entfernt.

»Hi, Greg, Leonard hier.«

»Lenny-Baby. Leon-hart. Len, mein Män. Alles fit im Schritt?«

»Ich hab mich ausgesperrt. Kannst du mich wieder freischalten? Ich komm auch zu dir rüber, wenn das leichter ist«, schlug Leonard vor.

»Nicht nötig, Kumpel. Das krieg ich schon …«

Aber Leonard hatte bereits aufgelegt, war aufgestanden und zu Greg rübermarschiert, bevor der seinen Satz beenden konnte. Im Vorbeigehen rief er Shelley, am Telefon, aber glücklicherweise allein, ein munteres »Hallo!« zu.

»Hi, Greg. Ich dachte, ich komm am besten zu dir rüber, hab's gerade ein bisschen eilig. Ich und meine Wurstfinger, hm? Kannst du das Passwort schnell zurücksetzen? Danke, ich weiß, dass du viel zu tun hast.«

Greg war gerade dabei, die Hälften seines Mini-Baguettes mit Butter zu bestreichen und es dann mit Thunfisch aus der kurz zuvor geöffneten Dose zu füllen. Es war noch nicht mal neun Uhr.

»Okidoki«, sagte er. »Kann sich nur um Stunden handeln. Mach's dir gemütlich, *Compadre*«, sagte Greg.

Leonard setzte eine fragende Miene auf und zeigte auf einen leeren Arbeitsplatz in Shelleys Ecke. Shelley hob den Daumen. Sie beendete das Telefonat mit »Kein Problem. Ja, genau. Mein Vorgesetzter ruft Sie heute Nachmittag zurück«.

»Noch ein zufriedener Kunde?«, fragte Leonard.

»Die Leute sind schon auf hundertachtzig, wenn sie zu mir durchgestellt werden. Ich bin die Anlaufstelle für aussichtslose Fälle, deshalb kann ich meinen Anrufern eigentlich nur ein offenes Ohr bieten. Aber sag mal, wie ich höre, habe ich dich zum echten Brandschutzfan gemacht. Willkommen im Club!«, sagte Shelley.

»Oh, du meinst meine Frage von vor ein paar Tagen? Kein großes Ding«, sagte Leonard und verwendete zusätzlich zum unkomplizierteren Du zum ersten Mal einen Ausdruck, den er nie im Leben in Erwägung gezogen hätte. »Es ist nur so, dass der Stecker beim Handy-Aufladen immer so heiß wird, und ich wollte nur sichergehen, dass dir das keine Probleme macht. Oder den anderen Brandschutzbeauftragten natürlich.«

»War Google wieder kaputt?«

»Ich hab nachgeschaut, wollte aber auch nicht gegen irgendwelche Unternehmensvorschriften verstoßen. Und so weiter und so fort«, improvisierte er.

»Wenn du meine Meinung als Brandschutzbeauftragte wissen willst, würde ich dir raten, es nicht über Nacht eingestöpselt zu lassen. Das ist nämlich schlecht für die Umwelt.«

»Absolut. Ich benutze immer die grüne Tonne. Werfe mein Papier immer da rein«, erklärte Leonard. »Aber ich versuche sowieso, so wenig wie möglich auszudrucken«, fügte er hinzu, den Finger auf die Trennwand gerichtet.

Shelley lachte kurz auf, beschloss dann aber, ihn nicht weiter aufzuziehen. »Ich wollte dich um einen Gefallen bitten«, sagte sie stattdessen.

Nur zu, ich tue alles, egal, was es ist, dachte er.

»Wirklich? Hoffentlich nichts Heikles?«, fragte er

»Nein. Eigentlich nicht. Könntest du mir die hier signieren? Bei uns zu Hause sind das die absoluten Favoriten « Sie zog ein paar Bücher aus der Reihe *Fakten für Eilige* hervor, auf denen jeweils Mark Baxter, BEd, als alleiniger Autor ausgewiesen wurde, die aber allesamt von Leonard verfasst worden waren. Sie hielt drei Bände in der Hand: *Der menschliche Körper*, *Vögel* und *Hauptstädte der Welt*, bei allen waren die Ecken des Einbands nach außen gebogen, und die Buchrücken zeigten vom wiederholten Lesen bereits Falten.

»Natürlich. Mich hat noch nie jemand darum gebeten, ein Buch zu signieren. Das ist ein schönes Gefühl.« Das erste Mal seit der Veröffentlichung blätterte er darin herum. Sie hatte recht, die Bücher waren gut. Randvoll mit knackigen Beschreibungen und Enthusiasmus.

»Wie wär's mit einem Tauschhandel? Wenn ich diese Bücher für dich signiere, würdest du vielleicht überlegen, ob du mich heute Mittag im Park treffen magst? Es sei denn, du hast andere Pläne, das wäre völlig in Ordnung. Ich meine, kein Problem, ich signiere die Bücher trotzdem für dich, aber wenn du Zeit hättest und Lust, dann wäre ein gemeinsames Mittagessen ganz schön, und falls es dir heute nicht passt, dann vielleicht an einem anderen Tag oder nächste Woche oder nach

Ostern, ich bin da ziemlich flexibel. Das Essen geht auf mich, obwohl, wenn wir in den Park gehen, könnten wir uns vorher ein Sandwich holen oder so was. Vielleicht überlegst du's dir einfach und sagst mir dann, was dir am besten passt.« Leonard hielt inne, um Luft zu holen und nicht endlos weiterzureden.

»Das wäre toll. Heute habe ich zufällig nichts vor, obwohl ich um zwei gehen muss, wenn das für dich passt?«, antwortete Shelley.

»Großartig. Klar, du gehst einfach, wenn du losmusst. Großartig, großartig«, sagte Leonard, der sein erleichtertes Lächeln nicht verbergen konnte.

»Ach, die Bücher. Für wen ist die Widmung?«, fragte Leonard, obwohl er den Namen doch eigentlich schon kannte.

»Für Patrick, bitte«, sagte Shelley.

»Ähm, okay. Patrick«, sagte Leonard enttäuscht.

Wer zum Teufel ist Patrick?, dachte er.

»Das ist mein Sohn. Er ist sieben. Wir lesen dauernd Bücher. Also eigentlich liest er sie zuerst allein, dann liest er sie mir vor. Er hat es gar nicht glauben wollen, als ich ihm erzählt habe, dass der Mann, der diese Bücher geschrieben hat, bei mir im Büro arbeitet. Ähm, übrigens habe ich ihm gesagt, du wärst Mark Baxter, BEd – also signierst du am besten mit diesem Namen.«

»Ach so«, sagte Leonard etwas vor den Kopf gestoßen.

»Das war ein Witz! Natürlich unterschreibst du mit deinem Namen. Gott! Wäre das nicht grässlich, wenn ich dich bitten würde, dich als dieser Pseudoautor auszugeben? Also ehrlich. Ich heiße übrigens Shelley. Schön, dich kennenzulernen.«

Sie streckte ihm mit aufgesetzter Förmlichkeit die Finger entgegen, als erwarte sie einen Handkuss. Leonard zögerte etwas und fragte sich kurz, ob sie tatsächlich einen Handkuss erwartete, den er ihr natürlich geben würde, aber dann lachte sie erneut und zog die Hand wieder zurück.

»Ich bin Leonard. Nicht Mark. Ohne BEd. Gut. Am besten signiere ich die hier mal. Lass mich überlegen, was ich dazuschreibe.«

Nachdem er eine Widmung für Patrick in die Bücher geschrieben hatte, gab er sie Shelley zurück.

»Hier ist dein neues Passwort, Lensie«, sagte Greg und drückte ihm einen Zettel in die Hand. *Aff3npimm3l!* stand darauf.

»Okay, danke, Greg. Danke, Shelley. Wir sehen uns um eins. Ich hol dich hier ab, passt das?«

»Klar. Um eins hier bei mir. Vielen Dank für die Widmung. Patrick wird sich freuen.«

Leonard kehrte an seinen Arbeitsplatz zurück und brach auf dem Stuhl zusammen. Noch nie in seinem Leben hatte er in so kurzer Zeit einen derart rasanten Fortschritt in seinem Liebesleben gemacht. Es hatte ihn einiges gekostet. Woher sollte er die Kraft für Runde zwei in der Mittagspause nehmen?

Und Patrick? Nun, das erklärte die Halbtagsstelle und den übereilten Aufbruch um vierzehn Uhr. Eine Frau mit einem Sohn. Damit hatte er nicht gerechnet. Was, wenn alles gut lief? In ein paar Wochen könnte er schon Vater sein. Das ging sehr schnell. War der echte Vater noch auf der Bildfläche? War Shelley ernsthaft an ihm interessiert oder suchte sie nur nach jemandem, der sich mit Patrick verstand? Vom Lexikonschreiben zum Kindergroßziehen ist es ein großer Sprung, zumindest wenn die Zwischenschritte wegfallen. Okay: Ganz ruhig, Leonard. Schön alles der Reihe nach. Konzentrier dich auf das Hier und Jetzt.

Um Punkt eins holte Leonard Shelley an ihrem Schreibtisch ab und bot an, ihr die Taschen zu tragen. Wie alle Leute, die zur t radelten, hatte sie viel zu viel Zeugs dabei, und unter ih- chreibtisch lag noch mehr Krimskrams. Fieberhaft überlegte er, ob es in der Nähe eine angesagte Sandwichbar gab, bei der sie sich Proviant für den Park holen könnten. Schon jetzt verstellte er sich ein bisschen, wie es viele zu Beginn einer Beziehung tun. Er wählte eine Hipster-Sandwichbar namens Bite Me!, vor der sich bereits eine lange Schlange gebildet hatte. Vor ihnen warteten mehrere bärtige junge Männer in Paisley-Schlafanzugoberteilen auf ihre Veggie Specials.

»An Vegetariern herrscht wohl kein Mangel. Kein Wunder, dass die in diese Skinny-Jeans passen. Tragen diese Typen etwa Frauenjeans? Meine Güte!«, murmelte Leonard selbstvergessen.

Shelley lächelte nur.

Als sie endlich dran waren, bestellten sie bei einem Mädchen, das sich das Wort »Cutie« auf den Nacken tätowiert hatte.

»Hmm. Also ich nehme das Meat Feast, bitte«, bestellte Leonard einen Wrap, der so ziemlich alles enthielt, was der Stall hergab. Mit Hummus natürlich. »Und was möchtest du, Shelley? Ich lade dich ein.«

»Danke. Ich nehme das Veggie Special.« Sie stupste Leonard in die Seite. »Und ich muss gestehen, dass ich ebenfalls Frauenjeans trage. Das ist hoffentlich okay?«

Leonard entschuldigte sich für seinen Veggie-Patzer.

»Das ist mir so rausgerutscht, ich hab's nicht so gemeint. Tut mir leid. Macht es dir was aus, dass ich Fleisch esse?«

»Kein Problem«, sagte sie. »Ich bin da nicht empfindlich. Komm, wir setzen uns auf eine Bank und stellen einander lauter zutiefst persönliche Fragen, ja?«

»Nicht zu tief, hoffe ich. Sonst muss ich noch interessante Antworten erfinden«, antwortete Leonard.

Auf dem Weg plauderten sie einfach drauflos, Leonard machte sich ganz gut, ihre anfängliche Angespanntheit löste sich so weit, dass sie einander sogar damit aufzogen. Es machte ihm nichts aus, den Ernsthaften zu spielen, während sie mit ihrem überdrehten Humor parierte, den er langsam kapierte. Sie fanden eine kleine Bank in der Nähe des Ententeichs, auf dem allerdings keine Enten, sondern nur Teichhühner und ein paar dösende Schwäne schwammen.

»Willst du mal probieren?«, fragte sie.

»Nein, danke. Von meinem brauche ich dir ja wohl gar nicht erst anbieten.«

»Richtig.«

»Obwohl alle Tiere in diesem Wrap Vegetarier sind, oder waren. Ist das vielleicht eine Kompromisslösung?«

»Gut zu wissen, dass keine Fleischfresser drinstecken. Also keine Löwen oder Tiger.« Shelley sah zu den Teichvögeln hinüber. »Sollen wir sie mit ein bisschen Brot oder Wrap füttern?«, fragte sie.

»Besser nicht. Es hat keinen Nährwert und tut ihnen nicht gut«, sagte Leonard.

»Natürlich. Ich darf nicht vergessen, dass du ein wandelndes Lexikon bist. Wahrscheinlich kannst du mir sogar sagen, woher sie kommen und wie groß ihre Eier sind und alles. Komm, erzähl mir was, das ich noch nie gehört habe.« Sie war richtig aufgekratzt.

»Hmm. Wie wäre es damit: Diese Vögel würden lieber aufgetaute Tiefkühlerbsen fressen.«

»Ach!« Sie lachte, oder besser: trompetete. »Ich hab welche dabei! In meiner Tasche. Also eigentlich ist es Mischgemüse. Das habe ich auf dem Weg zur Arbeit gekauft und wollte es heute kochen. Wie wäre es, wenn wir ihnen ein paar Erbsen hinwerfen?« Sie kramte in ihrer Tasche herum, nahm ein paar Sachen raus, um an das Gemüse zu kommen: Ziegenmilch, Getreideburger, Sojajoghurt und grüne Linsen.

»Wenn du magst. Aber was wird dann aus deinem Abendessen?«

»Kein Problem. Patrick mag sowieso kein Gemüse. Der freut sich, wenn es Würstchen mit Baked Beans gibt.«

Sie traten an den Teich und warfen ein bisschen Gemüse hinein. Die Karotten waren noch nicht ganz aufgetaut und sanken sofort, aber die Erbsen und Maiskörner trieben an der Oberfläche und wurden sofort weggepickt. Shelley zielte so, dass die weniger aufdringlichen Vögel auch etwas abbekamen, denn sie verfügte über einen ausgeprägten Sinn für Gerechtigkeit, den sie hier offenbarte. Als die Tüte leer war, knautschte sie sie zusammen, hielt Leonard einen Muffin hin und fragte rundheraus: »Ist das ein Mittagessen oder ein erstes Kennenlernen oder was?«

»Ich habe keine Ahnung, wie man es nennt. Klar ist nur, dass ich dich gern besser kennenlernen würde. Wenn es für dich passt, meine ich natürlich. Ich schreibe kein Lexikon über dich oder so was, und ich bin auch in anderen Dingen gut, nicht nur in der Faktenrecherche. Also von mir aus können wir gern öfter Vögel mit Gemüse füttern oder einfach Zeit miteinander verbringen.«

Sie waren aufgestanden und drehten plaudernd ihre Runden, was Shelleys ursprüngliche Frage etwas entschärfte. Leonard verriet ihr sein Alter und erzählte ihr, dass er hier aufgewachsen und Einzelkind sei, und schließlich sogar, dass seine Mutter vor ein paar Wochen gestorben war, eine Wegmarke, die zeigte, wo er sich in seinem Leben gerade befand.

»O Leonard, das tut mir so leid.« Es war das erste Mal, dass sie ihn mit Namen angesprochen hatte. »Sicher trauerst du noch. Das ist so traurig. Du vermisst sie bestimmt furchtbar.«

Für Leonard war dies das erste Gespräch, das er über die ganze Sache geführt hatte. Dass er es bei seiner ersten Verabredung mit einer Frau führte, die er sehr mochte, war entweder ein schlechtes Zeichen oder ein gutes.

»Ich vermisse sie tatsächlich«, sagte er, seltsam unfähig, seine Gefühle herunterzuspielen.

Shelley übernahm die Zügel. »Okay, jetzt bin ich dran. Ich bin siebenundzwanzig, fast achtundzwanzig. Mein Job gefällt mir ebenso wenig wie die Kunden, aber ich mag meine Kolleginnen. Früher war ich auf der Kunstakademie, aber das habe ich abgebrochen. Ich habe einen Sohn, Patrick, er ist sieben. Wenn dir das unangenehm ist, kein Problem. ›Kein Ding‹, wie du vielleicht sagen würdest. Er ist ungefähr so groß, hat lockiges rotbraunes Haar, grüne Augen und trägt eine *Star Wars*-Brille. Über sich selbst sagt er immer, er habe ›ganz viel Fantasie und ganz viel Herz‹, und das ist die absolute Wahrheit. Sein Vater ist in der Versenkung verschwunden – damit haben wir das gleich mal aus der Welt geschafft. Irgendwann würde ich gern zurückkehren an die Kunstakademie, aber bis dahin male ich aus Spaß, obwohl ich mein Talent nicht mehr richtig weiterentwickelt habe. Ich mag laute Musik, aber sie muss auch gute Texte haben. Nicht unbedingt klug, nur irgendwie mit Seele.«

Die Stunde bis zwei Uhr, wenn Shelley sich, wie sie es ausdrückte, »in einen Kürbis verwandeln« würde, war die kürzeste Stunde in Leonards Leben. Sie quatschten und quatschten, eine angeregte Unterhaltung und, wenn Leonard nicht alles täuschte, ein Beginn. Ihr Gespräch verlief, wenn auch nicht glatt, dann zumindest nicht im Sande, immer wieder fanden sie neue

Anknüpfungspunkte und so etwas wie einen gemeinsamen Rhythmus. Sie hakten einander nicht unter, hielten einander nicht an den Händen, aber es schien, als würden sie sehr eng nebeneinander herlaufen, denn gelegentlich berührten sich sogar zufällig ihre Ellbogen. Er trug ihre Tasche, doch sie war die Stärkere von beiden. Während die Zeit lief und schließlich verstrichen war, gab Leonard seine sorgfältig ausgeheckten Pläne nicht nur auf, er vergaß sogar, dass er sie je geschmiedet hatte. Kurz vor zwei begleitete er sie zurück zu ihrem Fahrrad.

»So«, sagte sie.

»*So, La, Ti, Do*«, sang Leonard und ging bei der höchsten Note auf die Zehenspitzen, bis er fast umfiel. Dass er damit Shelleys Humor imitierte, bemerkte er nicht. Sie zum Lachen zu bringen war seine neueste Lieblingsbeschäftigung.

»So, mein liebes wandelndes Lexikon. Ich muss los.«

»Ja, natürlich. Was meinst du? Wie ist es gelaufen?«

Sie schnaubte vor Lachen, bis ihr eine Rotzblase aus der Nase stieg, die sie sofort mit ihren behandschuhten Fingern bedeckte.

»Ah! Das ist super.« Sie seufzte ein paarmal, um nach dem Gelächter wieder zu Atem zu kommen. »Es war wirklich schön. Danke.«

Sein Einsatz.

»Tja. Dann. Könnten wir uns wiedersehen? Zum Mittagessen oder so?«

»Ihr Männer. Denkt immer nur ans Essen. Donnerstags habe ich frei, da könnten wir uns abends treffen, falls du das gemeint hast.«

»Großartig, großartig. Ich war nicht sicher, wie es mit deinem Sohn ist und so. Das ist großartig. Ja, Donnerstag bin ich frei.« Wie an jedem anderen Abend der Woche. »Sollen wir uns so um ... acht am Kirchturm in der Stadt treffen?«, schlug er vor.

»Ah, der Kirchturm. Du alter Romantiker. Okay. Bis dann. Du darfst aussuchen, was wir unternehmen. Mal sehen ob du mich so richtig umhauen kannst.«

»Ja. Okay. Mach ich.« Hmmm, dachte er.

»Dann sehen wir uns zur verabredeten Zeit dort.«

Sollte er sie küssen oder so was? Was tun? Was tun?

Als sie sich den Helm aufsetzte, beugte er sich umständlich vor und umarmte sie.

»Hoppla, Casanova. Nicht so stürmisch! Hier«, und sie drückte ihm wie zur Anleitung einen Kuss auf die Wange. Auf subtile Art hatte sie damit gezeigt, was sie beide wussten, nämlich dass sie sich mit solchen Dingen etwas besser auskannte als er.

Sie ließ ihre Fahrradklingel ein paarmal schrillen, dann fuhr sie los.

Leonard blieb stehen, atmete aus und winkte ihr nach, bis sie im Verkehr verschwunden war. »Mannomann«, sagte er laut. Mannomann.

Als Shelley nach Haus kam, schaute sie als Erstes nach, was Leonard in die Bücher geschrieben hatte:

Lieber Patrick,

alles in dem Buch ist wahr. Die Welt ist wirklich fantastisch. Du musst deiner Mutter alles darüber erzählen.

Dein Leonard
(Der echte Autor)

12

GRACIE LOVES ANDY

Es war nicht so gelaufen, wie Grace sich das vorgestellt hatte. Andrews Flug hätte an diesem Abend um acht landen sollen, deswegen hatte Grace sich den halben Tag freigenommen, um nach einem Entspannungsbad vielleicht noch ein neues Parfüm oder neue Ohrringe zu kaufen und dann ein schönes Abendessen zu kochen. Das japanische Kochbuch, das sie zu Weihnachten erworben hatte, musste noch eingeweiht werden, und Grace hatte mit dem Gedanken gespielt, daraus etwas zuzubereiten, als Vorgeschmack auf ihre Flitterwochen zur Kirschblüte in Kyoto. Sie hatten eine Woche fest gebucht, danach wollten sie noch vierzehn Tage im Land herumreisen. Im Vorfeld der Hochzeit hatte Grace viel um die Ohren gehabt, deshalb sehnte sie sich vor allem nach ein bisschen Ruhe und Zeit für sich und Andrew. Seit Monaten hatten beide hart gearbeitet, und die drei Wochen Hochzeitsreise waren teuer erkauft, denn damit war ihr Jahresurlaub so gut wie verbraucht. Abgesehen von ein paar Tagen an Weihnachten und zwei verlängerten Wochenenden – beide bereits für die Hochzeitsfeiern von Freunden reserviert – hätten sie danach eigentlich außer samstags und sonntags keine gemeinsame Freizeit mehr. Durch Andrews Reisetätigkeit – kurze Geschäftsreisen in die Finanzzentren Europas, wo er Powerpoint-Präsentationen hielt oder über sich ergehen ließ – blieben für Erholung und Gemeinsamkeit nur die Wochenenden übrig. Samstags schlief Andrew meist länger – schließlich war er erst um eine Zeitzone nach Osten und dann wieder nach Westen verfrachtet worden –, daher genoss Grace ihr Frühstück allein oder ging eine Runde joggen. Erst gegen Mittag synchronisierten sie sich und schmiedeten Pläne fürs gemeinsame Wochenende.

Als Grace sich jetzt für Andrews Rückkehr von seiner letzten Geschäftsreise vor der Hochzeit vorbereitete – ein besonderer Anlass, der den offiziellen Start in ihre gemeinsame Zukunft markierte –, lief auf der Arbeit alles schief, wie immer, wenn sie mal früher gehen wollte. Irgendein Missverständnis hatte dazu geführt, dass eine Bestellung nicht nach US-System nummeriert worden war, woraufhin die Logistikabteilung in den Staaten die Wände hochging. Grace musste die Zeitverschiebung abwarten, um die Leute wieder runterzuholen und ihnen das verwendete Nummerierungssystem zu erklären. Die Telefonkonferenz hatte sich ewig hingezogen, und am Ende waren sich alle einig, dass ein Entscheider die Sache klären müsse. Da aber kein solcher zu erreichen war, hatte Grace schlussendlich als Wiedergutmachung für die vergeudete Zeit angeboten, bis zu einer finalen Entscheidung beide Systeme zu verwenden. Nachdem Grace das Gespräch endlich mit einem beherzten *»Thanks, you guys!«* und *»Enjoy your breakfast!«* beendet hatte, war klar, dass sie ihr Entspannungsbad mal wieder abhaken konnte, dabei hatte sie sich schon so lange darauf gefreut, eigentlich schon, seit sie beschlossen hatten, in ihrem Haus statt einer Duschkabine eine Wanne einzubauen. Als sie schließlich den Heimweg antrat, war von dem freien Nachmittag, für den sie einen kostbaren halben Urlaubstag geopfert hatte, nichts mehr übrig, und ihre Kollegen dachten vermutlich, dass sie auf ihre Kosten früh Feierabend machte.

Sie war enttäuscht, dass sich ihre Pläne zerschlagen hatten, nicht nur Andrews wegen. Sinn und Zweck des ganzen Tamtams war nämlich gewesen, ein bisschen Gefühl in die ermüdenden Hochzeitsvorbereitungen zu bringen. Grace hatte gehofft, ein romantischer Abend könnte ihr helfen, inmitten der Hektik zu ihrem alten, seligen Verliebtheitsgefühl zurückzufinden und endlich ein bisschen freudige Erregung zu entwickeln, schließlich stand ihre Hochzeit unmittelbar bevor. Stattdessen war sie nur müde und hatte vom Organisieren die Schnauze voll. Sie wünschte sich den Tag der Trauung herbei, denn dann wäre sie endlich keine Hochzeitsplanerin mehr, sondern nur noch Braut.

Grace war es gewohnt, Dinge geradezurücken und Wogen zu glätten, schließlich hatte sie während ihrer gesamten Karriere nichts anderes gemacht, aber die Hochzeitsplanung war eine ganz andere Nummer. Auf der Arbeit hatte Grace nämlich den nötigen Abstand, sie wusste, dass die Dinge nie ganz glattliefen, egal, wie akribisch man ein Projekt auch plante. Sie selbst hatte mal gesagt, dass sie ohne Krisen arbeitslos wäre. Sie wollte ihren Job gut machen, und zwar so gut, dass sie es nicht nötig hatte, nach Lob zu heischen. Aber bei der Hochzeitsplanung reagierte sie plötzlich empfindlich, verlor bei den kleinsten Unwägbarkeiten die Fassung. Die Unzuverlässigkeit der Kartendruckereien, Tortenbäcker und anderer Ein-Mann-Betriebe im Hochzeitsbusiness regten sie auf, und sie ärgerte sich, auf deren treuherzigen Versprechungen und süßlichen Angebote reingefallen zu sein. Dann waren da noch die unverschämten Nachforderungen der Caterer, Hotels, Bands und DJs, die alle darauf aus waren, dem glücklichen Paar an ihrem besonderen Tag möglichst viel Geld aus dem Kreuz zu leiern. Vor allem aber vermisste sie die Verhandlungsmacht und unternehmerische Stoßkraft, die sie im Beruf so erfolgreich machten. Ehrlich gesagt war sie auch ein bisschen sauer und gekränkt, dass Andrew ihr fast, ja, so ziemlich alle Entscheidungen überlassen hatte. Klar, sie hatte ihm gesagt, dass sie das gern übernehmen würde, und ja, sie hatte ziemlich genaue Vorstellungen, wie alles zu laufen hatte, und wollte ihn auf keinen Fall zwingen, seine Meinung an ihre Erwartungen anzupassen. Aber sie hätte es schön gefunden, es *geschätzt*, wenn er sich darum bemüht hätte, auch einen Part zu übernehmen, um ihr zu zeigen, dass ihm die Details genauso wichtig waren wie ihr. Stattdessen fühlte es sich an, als wäre sie die Braut und er nur ein Gast.

Sie hatte sich geschworen, nicht über dieses Thema nachzugrübeln, wenn sie müde war. Davon bekam sie nur schlechte Laune, ihre schlechte Laune würde sich einen Blitzableiter suchen, und wenn sie nicht aufpasste, würde sie Andrew in Angriffslaune am Flughafen abholen und dem Abend passiv-aggressiv die Luft abschnüren.

Auf dem Heimweg machte Grace auf der Suche nach einem neuen Oberteil oder einer Jeans eine Stippvisite bei einigen Läden, wollte irgendwas Neues kaufen, egal was, Hauptsache, ihre Laune besserte sich. Doch die Hochzeitsplanung hatte sie knickrig gemacht, Wohlfühlshoppen funktionierte nicht mehr. In einer ihrer Lieblingsboutiquen entdeckte sie eine wunderbar geschnittene Jacke, die so viel kostete wie die Hochzeitstorte, und eine Tasche, die fast so teuer war wie die Frisörin, die ihr am Tag der Trauung die Hochsteckfrisur machte und sie schminkte. Am Ende kaufte sie eine Zeitschrift und eine Tüte Popcorn für den Heimweg in der Bahn.

Grace wollte Andrew auf besondere Weise am Flughafen empfangen, nämlich genauso, wie Peter und Helen es gemacht hatten, damals, als Grace noch Studentin war und von ihrem Sommerjob zurückkehrte. Sie hatten mit einem kitschigen selbst gemalten Schild in der Halle gestanden, ihr Name war in bunten Lettern geschrieben. Als sie im Kreis ihrer Freundinnen durch die Schiebetür in die Ankunftshalle getreten war, hatte sie sich zwar ein bisschen geniert, aber ihre Eltern trotzdem dafür geliebt.

Zu Hause sprang sie schnell unter die Dusche, danach checkte sie ihr Handy nach Mitteilungen von Andrew, vielleicht hatte er Verspätung. Er hatte nur kurz geschrieben: *Starten gleich, bis bald, x.*

Grace und Andrew hatten sich vor drei Jahren beim Badminton-Kurs kennengelernt. Er war zwar Anfänger, hatte sich aber beim Auffrischungskurs angemeldet, »so schwer kann das schließlich nicht sein«. Grace hatte als Jugendliche gespielt und gehörte eigentlich in den Kurs für Fortgeschrittene, doch nach vielen Jahren ohne Training fühlte sie sich etwas eingerostet und wollte sich im Auffrischungskurs erst mal wieder rantasten. Bei ihrem ersten Trainingsspiel, das Andrew nicht ganz ernst zu nehmen schien, weil er ständig Witze riss, hatte sie ihn haushoch besiegt. Beim nächsten Match legte er sich dann so richtig ins Zeug, aber sie schlug ihn erneut. Sosehr er auch ackerte, gegen ihre Technik hatte er keine Chance. Irgendwann streckte er sich zu weit vor und furzte laut in seine Shorts, woraufhin sich das Spiel in Gelächter auflöste und sie sich mit viel Neckerei dem eigentlichen Sinn ihrer Begegnung zuwandten. Wie zu erwarten, fragte er sie, ob sie mit ihm ausgehen wolle, damit hatte es sich mit Badminton, stattdessen gingen sie in den Pub und widmeten sich ihren Drinks und dem Flirten.

Andrew stammte aus einer guten Familie, hatte eine gute Schule besucht, kam aus einer guten Gegend und hatte einen guten Job: Dinge, die Grace unwillentlich beeindruckten – »ihr Sicherheit vermittelten« traf es vielleicht besser. Er war nicht besonders materialistisch, aber es war ihm wichtig, den Eindruck zu erwecken, er sei erfolgreich genug, um es sich leisten zu können, über solchen Dingen zu stehen. Zuerst hatte Grace den Drang verspürt, ihn aufzuziehen, nicht nur gutmütig, denn er, der mit zwei älteren Schwestern aufgewachsen war, hatte zu Hause immer im Mittelpunkt gestanden und war keinen Spott gewohnt. Doch Andrew sollte sich als treuer Gefährte erweisen. Ihre Beziehung war noch jung, als Grace an Pfeifferschem Drüsenfieber erkrankte. Andrew hätte die Krankheit wunderbar als Ausrede nutzen können, sich von ihr fernzuhalten, doch er besuchte sie täglich, brachte ihr neue Pyjamas mit und las ihr Inspector-Morse-Krimis vor – die frühen, als Morse noch Lancia fuhr –, es war ihm egal, was seine Freunde über all die lustigen Abende berichteten, die er verpasste. Als Grace ihre Krankheit überstanden hatte, war ihre Beziehung gereift, war intim und wahrhaftig geworden, und das alles nur durch Herumsitzen und miteinander Reden.

Manchmal fragte sie sich, ob Andrew nicht ein bisschen zu konventionell für sie war. Er hatte keinen ausgeprägten Musikgeschmack, las gern Sportlerbiografien, mochte Pubs und Rugby, und seine politischen Ansichten bestanden im Wesentlichen aus der Meinung, die Leute sollten sich nicht so anstellen, sondern einfach mal die Ärmel hochkrempeln, das hatte er schließlich auch gemacht. Grace war im Herzen noch immer kommunistische Studentin und hatte eine verborgene rebellische Seite. Sie hatte Geschmack und war stolz darauf: experimentelle Alben von Laurie Anderson, die klügere Musik machte als all die jungen Kerle; diese Porträts von Lucien Freud, auf denen die Gemalten aussahen wie depressive Charakterdar-

; lange, gemächliche Filme von Satyajit Ray, die ihr erst das Herz brachen und es dann mit Glück erfüllten, und Reisen an ungewöhnliche Orte. Es war ihr mehr als einmal in den Sinn gekommen, dass Andrew, der Sportsfreund, für eine langfristige Beziehung einfach nicht der Richtige war, und in den ersten Monaten hatte sie ihn immer wieder abgewiesen, ihn absichtlich provoziert, damit er endlich zugab, dass ihre unterschiedlichen Interessen ein Warnsignal waren. Doch trotz dieser Vorbehalte liebte Grace ihn dafür, dass er keine Ansprüche an sie stellte und nicht ihrer Fürsorge bedurfte. Er war nicht kompliziert, hatte keine Probleme, Fimmel oder Abhängigkeiten. Nicht mal von Grace war er abhängig. Sie wusste, dass er in seinem Leben glücklich geworden wäre, egal, wie sich die Dinge zwischen ihnen entwickelt hätten, und das vermittelte ihr ein Gefühl von Freiheit. Sie fand es attraktiv, in ihrer Beziehung keine zusätzliche Last tragen zu müssen und sich um sich selbst kümmern zu können.

Für Andrew war Grace einfach anders als alle andere Frauen, ja, als alle Menschen, die er je gekannt hatte. Er hatte sich stets für die perfekten Mädchen interessiert, solche, die aussahen und sprachen, als wäre es nur eine Frage der Zeit, bis sich ihre Lebensträume erfüllten. Mit Grace hatte er eine Frau kennengelernt, die das alles durchschaute. Sie war scharfsinnig, ohne zu urteilen, aufgeschlossen, aber nicht naiv, vollkommen in allem, was sie anfing, aber nicht vollkommen besessen davon. Es gefiel ihm, dass sie Bücher las, um darin abzutauchen, und nicht, um über sie zu urteilen. Es kam ihm vor, als würde sie ihr Leben mit einer gewissen Dringlichkeit führen, so als hätte sie eine Mission. Ihre Liebe hatte aber vor allem deswegen Bestand, weil ihre Werte bezüglich der wichtigen Dinge, also den Herzensangelegenheiten, die eine Partnerschaft erhalten und antreiben, untrennbar miteinander verwoben waren. Sie liebten ihre Eltern und hatten eine glückliche, wenn auch nicht unkomplizierte Kindheit erlebt. Sie beide hatten den Wunsch, eine Familie zu gründen. Sie schätzten einander für ihr gegenseitiges Verständnis, dass man innige Liebe füreinander empfinden und jeder trotzdem innerhalb der Beziehung einen privaten, unantastbaren Rückzugsraum haben konnte. Das Bedürfnis danach war Grace tatsächlich erst bewusst geworden, als sie diesen Rückzugsraum in ihrer Beziehung zu Andrew gefunden hatte, und Andrew ging es mit ihr genauso.

Sie hatten beide jeweils einen Reigen monogamer Beziehungen hinter sich, obwohl keiner von ihnen mit ihren Verflossenen zusammengelebt hatte. Grace hatte zwar diverse Teenagerromanzen durchgespielt, aber erst auf dem College eine erste ernsthafte Beziehung erlebt. David, sagte sie immer, sei von allen ihr »lustigster« Freund gewesen. Er brachte sie zum Lachen, brachte ihre Freundinnen zum Lachen und war, unfassbar, immer zu allem bereit. Er hatte ein Zimmer an der Uni und alles, was so ein Zimmer suggerierte. Sie nahm ihn nicht so richtig ernst, sie hatten einfach Spaß miteinander, wie es junge Leute tun sollten, es aber häufig nicht taten. Während der ganzen Zeit, die sie zusammen waren, nannte sie ihn nicht mal explizit ihren Freund. Als er zu seinem Auslandsjahr aufbrach, trennten sie sich. Erst als sich der Sommer vor ihr auftat wie ein großes gähnendes Loch, bemerkte sie, wie sehr sie ihn vermisste, und sie verstand, dass sie ihre Gefühle für ihn nicht erkannt hatte, weil sie damit beschäftigt gewesen war, so fröhlich und sorglos zu wirken wie er. Vor lauter Wetteifern um Unverbindlichkeit hatte sie sich nicht eingestanden, wie ernst die Beziehung für sie gewesen war. Zuletzt hatte sie von ihm gehört, dass er in Indien unterwegs sei.

Jean-Michel war ihr anderer Collegefreund gewesen, den sie sich eigentlich nur zugelegt hatte, um während der Abschlussprüfungen nicht durchzudrehen, der ihr aber letztlich ständig auf der Pelle gehangen und sie permanent gefragt hatte, was sie gerade dachte, was für sie ungefähr so gewesen war, als hätte man sie mit dem Kopf unter Wasser getaucht. Sie konnte sich nicht dazu durchringen, ihn abzuservieren, nicht zuletzt, weil sie fürchtete, er würde danach noch mehr klammern, um die Trennung zu verarbeiten. Daher beschloss sie, einfach auf Distanz zu gehen, damit er sie verlassen würde. Damit provozierte sie ihn allerdings nur, noch öfter bei ihr aufzukreuzen, damit sie sich *ausquatschen* könnten, denn er betrachtete sich mittlerweile als ihr Ratgeber in schweren Zeiten. Die kreative Niedertracht, mit der sie ihn behandelte, widerte sie dermaßen an, dass sie sich auf einer Party betrank und ihn vor den gemeinsamen Freunden mit einem anderen betrog. Doch der arme Kerl verließ sie daraufhin nicht etwa, nein, er verzieh ihr und bot an, mit ihr »daran zu arbeiten«. Nach der Trennung schrieb er ihr ellenlange Briefe, in denen er beteuerte, keinen Hass zu empfinden, er wünsche ihr nur, dass sie glücklich werden möge. Das war sehr nett von ihm, falls er es wirklich so meinte, aber Grace, die oft knauserte, wo sie großzügig sein könnte, betrachtete dies lediglich als seinen Versuch, ihre Beziehung doch noch für ein Hollywood-Ende warmzuhalten. Zuletzt hatte sie von ihm gehört, dass er in London arbeite und erfolgreich sei.

Geoff hatte ihr so richtig das Herz gebrochen. Ein klarer K. O., auch ohne die Punktetabelle der Ringrichter. Sie waren über ein Jahr zusammen gewesen, damals, in dieser unbeschwerten Lebensphase Mitte zwanzig, als sie gut verdienten und ihr Geld nur für eigene Belange ausgeben konnten. An den Wochenenden feierten sie rauschende Feste, schossen sich auf legendären Besäufnissen weg, immer auf dem Sprung zum nächsten großen Ding. Während dieser Zeit war Grace Teil seines riesigen Freundeskreises gewesen. Geoff hatte einen echten Job in der Telekommunikationsbranche, war aber auch in der Underground-Musikszene aktiv und kannte irgendwie jeden. Grace hatte zum ersten Mal einen Freund, der mit seinen sozialen Kontakten in einer anderen Liga spielte als sie. Er war der Mann mit dem Gras, der wusste, wie man einen Joint baute. Er hatte einen Schlafzimmerblick und sagte »Yo, man«, ohne lächerlich zu klingen. Er war kreativ und spielte Gitarre in einem halben Dutzend Bands, die als Kollektive ihre Musik selbst herausbrachten. Sie unternahmen gemeinsame Reisen: Kurztrips nach Rom und London, Urlaube mit anderen Leuten in einem Ferienhaus am Meer, wo sie aufgesetzte politische Diskussionen führten. Der Betrug war letztlich rein sexuell gewesen. Irgendwann hatte sie erfahren, dass er sie unverhohlen mit anderen Frauen aus der Szene betrogen hatte. Zur Entschuldigung hatte er behauptet, er würde damit nur einen »Drang befriedigen«. Das war das Ende gewesen, sofort und definitiv. Im Nachhinein wünschte Grace sich zwar, sie wäre damals einfach ausgeflippt und hätte ihn fertiggemacht, doch an jenem Abend hatte sie sich sang- und klanglos wie ein verhuschtes Mäuschen davongeschlichen, so entgeistert war sie gewesen von seiner krassen Schamlosigkeit. Mit gebrochenem Herzen war sie in ein Taxi gestiegen und hatte sich damit von der Szene, der Clique, der Dynamik und einem ganzen Lebensabschnitt verabschiedet. Mit fast väterlicher Geduld hatte Geoff ihr erklärt, ihre Liebe, die ihr mächtig genug vorgekommen war, um damit die ganze Welt zu erobern, sei ein albernes Puppentheater gewesen, das nur sie allein für echt gehalten habe. Immer wieder gingen ihr diese Worte durch den Kopf, jagten ihre Gedanken vor sich her, alles kreiste umeinander. Sie zog sich zurück nach Parley View, weinte über zwei Monate lang in jedem Zimmer, während Helen sie mit Hühnersuppe und mütterlichem Trost umsorgte und Peter ihr über die angespannte Stirn strich, wenn sie mit dem Kopf auf seinem Schoß lag. Und jeden Abend begleitete Paul – der liebe, gute Paul – sie auf ihren Spaziergängen.

Es ging auf und ab, aber irgendwann hatte Grace sich tatsächlich erholt, ihr Leben verlief in normaleren Bahnen, allerdings auf Anfängerstufe. Alles musste neu erlernt werden. Sie hatte nie wieder ein Wort mit Geoff gewechselt, ihn nie wiedergesehen, aber im Geiste so ziemlich jede Unterhaltung zwischen ihnen durchgespielt, vom großzügigen Loslassen bis zum kleinteiligen, rachsüchtigen Angriff auf seinen Charakter. Nichts davon hatte sich je erfüllt. Von seinem Tod erfuhr sie erst Jahre später, von einer jungen Frau, die mit ihm in einer Band gespielt hatte. Er hatte an einer Bushaltestelle gewartet, als ein am Steuer eingeschlafener Betrunkener mit dem Auto von der Fahrbahn abgekommen war und ihn totgefahren hatte. Er hinterließ eine Freundin und zwei Söhne.

Es mag durchaus stimmen, dass einem das Herz erst gebrochen werden muss, damit man es wirklich öffnen kann. Die tiefe Verletzung, die Geoff ihr zugefügt hatte, lehrte sie, wie viel bei einer Beziehung auf dem Spiel stand. Grace hatte den Fehler gemacht, ihm ihre ergebene Liebe zu schenken: eine aufopferungsvolle, vergötternde Liebe, die sie für echt gehalten hatte. Doch jetzt wusste und verstand sie so viel mehr. Selbst als Häufchen Elend hatte sie den schwachen tapferen Schlag ihres gebrochenen Herzens gespürt. In ihren einsamsten Momenten hatte es weitergeschlagen, unbeirrt, im dunkelsten Winkel ihrer Brust. Weil sie wusste, dass ihr Herz immer, immer lebendig sein würde und nicht erst durch die Liebe zum Leben erweckt werden musste, fühlte sie sich unbesiegbar. Ihr Herz war wie eine Kapelle, die dem Bombenhagel des Blitzkriegs getrotzt hatte und jetzt unter Gottes Segen stand.

Grace lernte andere Männer kennen, hatte ein paar Techtelmechtel, hielt sich aber davor zurück, so etwas wie eine Beziehung einzugehen. Es lag nicht daran, dass sie den Männern nicht mehr traute – die Trennung war hart gewesen, hatte sie verletzt, aber Grace hielt nichts davon, das Leben an den Erfahrungen der Vergangenheit auszurichten –, sie hatte einfach mittlerweile festgestellt, dass sie ein ziemlich besonderer Mensch mit einem ziemlich besonderen und strapazierfähigen Herzen war und allein dunkle Zeiten durchstehen und überleben konnte. An Männern, die keine ähnliche Prüfung durchlitten hatten, zeigte sie wenig Interesse. Oberflächliche Männer, die mit ihr reden wollten, blablabla, die ganze Nacht hindurch, fand sie jetzt nur noch kindisch. Deswegen hatte sie sich Mark verbunden gefühlt.

Mark war eigentlich nicht ihr Typ gewesen. Nervös und ungeschickt, seine ganze Art, sein Humor, alles war irgendwie falsch. Mark war ein Computernerd: introvertiert, kaum Interessen oder Freunde. Aber er hatte ebenfalls eine lebensverändernde Trennung durchlitten, war von einem Mädchen enttäuscht worden, das in einer anderen Liga gespielt und ihn schließlich fallen gelassen hatte. Wie Geoff war auch Marks Ex kaltblütig gewesen, eine Mörderin, die eine glückliche Beziehung beerdigt und so tut, als hätte es sie nie gegeben. Mark hatte weder eine Familie, die ihn umhegte, noch verfügte er über Graces Gefühlsspektrum, daher stillte er seinen Schmerz mit Alkohol und Trostkäufen, was ihm schließlich eine riesige Kreditkartenrechnung bescherte. Er war schlau genug gewesen, sich zusammenzureißen, bevor er sein Leben unwiderruflich an die Wand gefahren hatte, doch er konnte mit zahlreichen Anekdoten und Nahtoderfahrungen aufwarten. Er und Grace führten wunderbar therapeutische Unterhaltungen bis tief in die Nacht hinein, bis sie noch völlig bekleidet und leer gequatscht nebeneinander einschliefen. Natürlich wussten beide, dass die Sache nicht von Dauer sein würde. Es war ein Übungsverhältnis, eine Beziehung mit Stützrädern, getragen von ihrer stillen Übereinkunft, einander nicht zu verletzen. Sie trennten sich in aller Freundschaft, als Mark ein Jobangebot in Rotterdam bekam, und Grace in ihn drang, die Gelegenheit zu ergreifen. Sie verabschiedeten sich auf klassische Weise mit Umarmung und Kuss auf die Wange am Flughafen, nicht wie Liebende, sondern eher wie Geschwister. Mark war der einzige Ex-Freund, mit dem Grace noch gelegentlich Kontakt hatte. Er war immer noch Single.

Andrew hatte sich bei seiner Vergangenheit immer ein bisschen bedeckt gehalten. Er behauptete, das, was sich zwischen ihm und seinen Ex-Freundinnen abgespielt hatte, sollte privat bleiben, das wäre besser für sie. Aber Grace kannte ihn lange genug, um sich aus diversen Versatzstücken ein eigenes Bild zu machen, das sie allerdings nie mit Andrew abglich. Sie wusste, dass er auf der weiterführenden Schule eine langjährige Freundin namens Rebecca hatte, eine weibliche Version von Andrew – in den USA hätte man die beiden vermutlich zu Prom King und Queen gekürt. Sie trennten sich, als sie auf unterschiedliche Universitäten gingen und dort neue Welten entdeckten. Auf der Uni hatte er einige Freundinnen, die meisten wohl aus praktischen Gründen, um ein Bett zum Übernachten auf dem Campus zu haben. In seinen Zwanzigern hatte er offenbar seinen Junggesellenstatus ausgekostet, obwohl in diesem Zusammenhang immer wieder zwei Namen aufgetaucht waren und Grace ihm ein paar Einzelheiten dazu entlockt hatte.

Der erste Name lautete Rachel, sie war anscheinend die Einzige, für die er ernsthaft Gefühle, vielleicht sogar Liebe empfunden hatte. Rachel war die Ex eines Unifreundes. Sie und Andrew waren wohl ein Jahr zusammen gewesen. Die vollständige Geschichte hatte Grace nie erfahren, doch sie ging davon aus, dass sie sich getrennt hatten, weil er ihr untreu geworden war, denn er sprach mit großer Zärtlichkeit über die Zeit ihres Zusammenseins, doch wenn es um ihr Ende ging, blieb er vage. Er gab lediglich zu, dass er ein paar Fehler gemacht habe, die ihn dazu gebracht hatten, mal gründlich mit sich ins Gericht zu gehen.

Die andere Freundin hieß Lucy, die Einzige unter seinen Eroberungen, die er auf der Arbeit kennengelernt hatte. Was bei einer Weihnachtsfeier im Büro begonnen hatte, mündete in einer trinkfreudigen, hemmungslosen Beziehung. Grace hatte den Eindruck, dass Andrew und Lucy sich damals nicht etwa mit Eltern- oder Museumsbesuchen beschäftigt hatten, sondern mit einer ganz anderen Kunst, deren Beherrschung einer Frau bei ihrem zukünftigen Lebenspartner nur recht sein kann. Das Verhältnis hatte sich bald ausgebrannt, Lucy verließ das Unternehmen, um irgendwo anders eine bessere Stelle anzutreten. Für Grace war Lucy die Einzige unter Andrews Verflossenen, zu der er besser keinen Kontakt mehr halten sollte.

Jetzt war Grace endlich auf dem Weg zum Flughafen, ein bisschen zu spät, den Fuß ein bisschen zu schwer auf dem Gas. Sie drehte die Musik auf – Sparks, *Propaganda* – und ließ das Fenster herunter, der kühlende Luftzug fegte wie ein Laubbläser durch ihr überreiztes Hirn. Obwohl Berufsverkehr herrschte, kam sie gut durch, denn die meisten wollten in die entgegengesetzte Richtung.

Sie betrat die Ankunftshalle, einen A4-Zettel mit der Aufschrift ROBERT DOWNEY JUNIOR in der Hand, mit Lippenstift geschrieben, ein Insiderwitz über ihren Lieblingsstar, mit dem Andrew null Ähnlichkeit hatte. Diesen Zettel würde sie zur Begrüßung wie ein Abholschild hochhalten. Doch zunächst lehnte sich Grace an ein überflüssiges Absperrgitter und beobachtete die Leute. Im Flughafen war nicht viel los, Männer in roten Polohemden schoben leere Rollstühle herum, Reisende besprühten sich im Duty-Free-Bereich mit Parfüm oder Aftershave. Ein Typ saß auf einem erhöhten Sitz wie auf einem Thron und ließ sich die Schuhe polieren; sich öffentlich die Schuhe putzen zu lassen, dachte Grace, war ein Luxus, den sich echt nur eitle Schnösel gönnten. Im leeren Gepäckladen tippte ein verschlafener Verkäufer Nachrichten in sein Handy, von allen Menschen, die sich am Flughafen aufhielten, langweilte er sich sichtlich am meisten. Kein Wunder, dachte Grace, wer kommt schon mit seinen Klamotten auf dem Arm zum Flughafen, um sich hier sein Gepäckstück zu kaufen?

Flughäfen hatten immer eine einschläfernde Wirkung auf Grace, doch sie war froh um die tote Zeit, denn sie brachte ihr etwas Rast und Ruhe nach diesem hektischen Tag. Auf dem Handy, das sie in der Tasche gelassen hatte, befanden sich mehrere Mails und verpasste Anrufe, Symbole einer von Ungeduld suggerierten Dringlichkeit, die jetzt nach ihrer Aufmerksamkeit verlangten. Doch statt es automatisch aus der Tasche zu ziehen, weil sie es gewohnt war, ständig was in den Fingern zu haben, ließ sie es diesmal stecken, denn sie wollte die gerade erst entstandene Schutzglocke der Ruhe nicht schon wieder zerstören. Irgendwann trat Andrew in seinem zerknitterten Anzug durch die Schiebetüren, müde und unrasiert, aber attraktiv. Grace stieß einen anerkennenden Pfiff aus, bevor sie sich kaputtlachte. Als Andrew sie entdeckte, strahlte er vor Überraschung übers ganze Gesicht. Bevor sie auch nur ein Wort wechselten, genossen sie ihren ersten Kuss seit einer gefühlten Ewigkeit.

»Wie schön, dich zu sehen, Weinfahne«, sagte sie.

»Dito. Ich habe nur eine Miniflasche getrunken, damit ich besser einschlafen konnte. Der Typ hinter mir hat mir die ganze Zeit seine Knie in den Rücken gerammt. Danke, dass du mich abholst – eine schöne Überraschung. Aber du hast meinen Namen falsch geschrieben«, sagte er mit Blick auf das Schild.

»Du hast Glück, dass Robert Downey Junior noch bei den Schneekugeln im Duty-Free-Shop rumtrödelt. Wenn du nicht vor ihm hier aufgetaucht wärst, hättest du deine Chance verpasst.«

»Wie ist es dir ergangen? Ich hatte solche Sehnsucht nach dir. Mann, es tut so gut, dass die ganzen Geschäftsreisen erst mal vorbei sind! Ich kann keine Bullet Points mehr sehen. Wie schön zu wissen, dass mein nächster Flug nach Kyoto geht, und zwar in Begleitung meiner Frau.«

»Bis jetzt habe ich noch nichts unterschrieben.«

So ging es noch eine Weile weiter, während sie händchenhaltend zum Auto schlenderten, ein Moment der Zweisamkeit, wie Grace sie gern öfter erlebt hätte. Als sie vom Parkplatz fuhren, verirrten sie sich erst mal im neuen Verkehrsführungssystem, aus dem sie schließlich nur herauskamen, indem sie unter empörtem Hupen eines Gelenkbusfahrers die Busspur missbrauchten.

Bei Sakura, einem japanischen Schnellrestaurant, deckten sie sich mit *cha han*, Udonnudeln, Fisch- und Gemüsetempura und Sashimi ein, viel zu viel, wie es leicht geschieht, wenn man mit leerem Magen einkauft. Nachdem sie sich beim Getränkeladen noch eine Flasche Wein und eine Tüte Kartoffelchips geholt hatten, stand ihrem Abend auf dem Sofa nichts mehr im Weg.

»In Amsterdam sind wir abends in ein Restaurant gegangen, um noch mal über das Meeting zu sprechen«, erzählte Andrew beim Essen auf dem Sofa. »An der Gracht vor dem Restaurant war eine Baustelle, von da ist wohl eine Maus reingekommen, sie ist vor aller Augen zwischen den Tischen hindurchgerannt, aber als ich die Kellnerin darauf aufmerksam gemacht hab, meinte die nur: ›Ach, das machen sie immer‹, mit einer abwertenden Handbewegung, als wäre das alles keine große Sache. Unglaublich! Den anderen war es auch egal. Ich war der Einzige, den das völlig fertiggemacht hat. Hab mir die Hosenbeine in die Socken gestopft und starr am Tisch gesessen. Stell dir vor, wie es bei denen in der Küche ausgesehen hat!«

»Uhh, wie eklig! Das hätte ich nicht ausgehalten. Du solltest ihnen eine schlechte Bewertung geben«, sagte Grace, während sie mit den Stäbchen am Boden der Nudelbox herumstocherte und am Ende doch die Gabel nahm.

»Lohnt sich nicht. Wenn denen die Mäuse egal sind, scheren sie sich auch nicht um schlechte Bewertungen.«

»Wie war es eigentlich im Käsemuseum? Hast du mir was mitgebracht?«

»Nein, tut mir leid – es ist nämlich gar nicht so leicht, für eine Frau den passenden Käse zu finden. Ich hätte gern noch mehr von Amsterdam gesehen, aber die Kollegen wollten lieber saufen gehen. Bei solchen Reisen kommt bei mir nie Urlaubsstimmung auf.«

»Ja, klar. Männer jammern gern darüber, wie entbehrungsreich und anstrengend ihre Geschäftsreisen sind.«

»Ich lebe ja unterwegs eigentlich eher wie ein Mönch, aber

ich weiß, was du meinst. Manche Kerle führen sich auf, als hätten sie Landgang. Besonders die Älteren. Ich find's toll, dass ich einen ganzen Monat ohne diese Meetings vor mir habe. Einfach nur Spaß haben. Wie geht's übrigens deiner Familie?«

»Gut, bestens. Ich versuche sie dazu zu überreden, in den Urlaub zu fahren. Nicht nur so einen Kurztrip mit Museumsbesuch und so, sondern eine richtige Traumreise. Dad hat immer noch das Geld von der Rentenversicherung, das sollte er ausgeben, um mit meiner Mutter auf große Fahrt zu gehen. Aber sie wimmeln mich ständig ab. Ich glaube, sie haben Angst, dass mein Bruder nicht allein klarkommt, dabei ist er doch ein erwachsener Mann.«

»Wie wäre es, wenn er zu uns kommt? Nur für die paar Nächte, wenn sie nicht da sind?«, schlug Andrew vor, während er nach gemüsefreien Tempura-Resten suchte.

»Aber wir sind doch auch nicht da. Und selbst wenn wir nicht im Urlaub wären, käme das nicht infrage. Wir müssen aufhören, ihn wie ein Baby zu betüdeln. Es ist wichtig, ihn auch mal aus seiner Komfortzone zu holen. Wer weiß, was die Zukunft bringt? Irgendwann wird er gezwungen sein, allein klarzukommen. Er gondelt munter in seinem kleinen Lebenskarussell herum: Er geht nur zwei oder drei Tage im Monat arbeiten, hat keinerlei Vorstellung von Geld und Verantwortung und, noch schlimmer, er verdonnert Mam und Dad auf ewig dazu, Eltern zu sein. Sie haben ihre Aufgabe erfüllt und es verdient, ihren Ruhestand zu genießen, ohne sich ständig um ihn kümmern zu müssen.«

»Bist du da nicht ein bisschen harsch? Er tut doch niemandem was, und deine Eltern scheinen mit der Situation zufrieden zu sein«, sagte Andrew.

»Und wenn meine Eltern im Alter Unterstützung brauchen?«,

fragte Grace. »Es wird so weit kommen, in ein paar Jahren werden wir uns um sie kümmern müssen. Und wer wird das wieder stemmen? Die heilige Grace, klarer Fall. Und du ebenfalls. Mein Bruder wird keine Hilfe sein, vermutlich werden wir auch noch die Verantwortung für ihn übernehmen müssen. Wir sollten unsere Zukunft planen, uns ein gemeinsames Leben aufbauen, all so was, aber ich weiß genau, worauf es hinauslaufen wird. Alle unsere Familienprobleme werden vor unserer Haustür landen. Deswegen müssen wir jetzt etwas dagegen unternehmen. Sonst wird unsere Zukunft ziemlich genau so aussehen wie unsere Vergangenheit. Übrigens haben sie uns Sonntag zum Essen eingeladen, und ich habe zugesagt, ohne dich zu fragen, weil ich weiß, dass du mich liebst und willst, dass ich glücklich bin.« Grace hielt inne, die Gabel über den Nudeln. »Tut mir leid, dass ich mich bei dir auskotze. Wenn du nicht da bist, gehen mir diese Gedanken ständig im Kopf herum. Ignorier mich einfach. Es geht mir einfach besser, wenn ich das alles laut aussprechen kann.«

»Kein Problem«, sagte Andrew. »Das ist gutes Training für meine zukünftigen Aufgaben als Ehemann, denn nach der Hochzeit bin ich gesetzlich verpflichtet, dir zuzuhören. Und natürlich komme ich am Sonntag mit zu deinen Eltern, habe sie ja schon ewig nicht mehr gesehen. Ich wollte deinem Vater sowieso eine Karte besorgen, damit wir uns gemeinsam ein Spiel ansehen können.«

»Gute Idee. Er muss echt mehr unter Leute. Es gibt zwar noch ein paar ehemalige Kollegen, mit denen er sich gelegentlich trifft, und er hilft hier und da ehrenamtlich aus, aber ansonsten kommt er nicht raus. Er sollte sich eine regelmäßige Freizeitbeschäftigung zulegen, bei der er neue Leute kennenlernt. Man muss sich im Leben immer wieder neu erfinden, seinen

Freundeskreis umkrempeln, aber er hat sich daran gewöhnt, den ganzen Tag vor sich hin zu wurschteln«, sagte Grace.

»Ich überleg mal, ob es etwas gibt, das ich mit ihm unternehmen kann, mein Dad ist allerdings genauso. Spielt ein bisschen Golf und hilft gelegentlich bei der Kreditgenossenschaft aus, aber seine Kontakte pflegt er überhaupt nicht. Meine Mutter ist da viel besser aufgestellt. Sie arbeitet ehrenamtlich in der Gemeinde, engagiert sich bei der Nachbarschaftshilfe, all solche Sachen. Ist schon witzig, sie ist die ganzen Jahre über zu Hause geblieben, aber jetzt ist sie viel umtriebiger als er. Ich glaube, er ist es gewohnt, dass seine Angestellten alles für ihn erledigen, und dadurch hat er immer viel organisierter gewirkt, als er es in Wahrheit ist.«

Sie plauderten noch eine Weile und vertilgten die Reste. Eine zweite Flasche Wein wäre nicht schlecht gewesen, aber vielleicht auch nicht, schließlich war es mitten in der Woche. Sie trugen alles in die Küche, huschten auf Zehenspitzen über die kalten Fliesen und stellten das schmutzige Geschirr in die Spüle, dort musste es bis zum nächsten Tag warten, genau wie der unausgepackte Koffer und die verpassten Anrufe.

Grace widmete sich einer abgekürzten Version ihrer Badezimmerroutine, dann legte sie sich neben Andrew, der in der Zwischenzeit fast eingeschlafen war. Sie kuschelte sich an seinen warmen Körper – seine hohe Körpertemperatur hatte von Beginn ihrer gemeinsamen Zeit an zu einem seiner vielen Wettbewerbsvorteile gezählt – und plauderte, den Kopf auf seine Brust gelegt, weiter über dieses und jenes. Ein oder zwei Dinge von ihrer langen Liste der Erledigungen gingen ihr dabei zwar noch durch den Kopf, aber sie konnte sie schnell loslassen, den inneren Reißverschluss zuziehen und sich ganz ihrer gemütlichen, schläfrigen Zufriedenheit hingeben.

13

MRS HAWTHORN

Als Paul erwachte, kam er sich vor wie mit Klettverschluss ans Bett gefesselt. Sein ganzer Körper schmerzte, jeder Muskel brannte, vom Nacken bis in die Wade. Beim Judo-Anfängerkurs hatten sie sich nur kurz mit sanften Aufwärmübungen aufgehalten und waren rasch zum ernsten Teil der Stunde übergegangen, hatten Hüft- und Schulterwurf trainiert. Man hatte Paul mit einem Partner zusammengespannt, der wie eine Mülltonne gebaut war, dessen Ohren wie Blumenkohl aussahen und der sich die Finger wie Michael Jackson mit Tape umwickelt hatte. Er hieß Laszlo und sprach kein Englisch, was kein Problem war, denn er ließ Paul sowieso kaum Zeit für Smalltalk, während er ihn durch die Gegend schleuderte wie ein Pizzabäcker seinen Teig. Es war nicht ganz klar, ob der Sensei Paul verwechselt hatte oder ihn vergraulen wollte, fest stand jedenfalls, dass es sich bei der Partnerwahl um eine eklatante Fehlentscheidung handelte. Selbst wenn Laszlo einfach stillstand und sich nicht wehrte, kriegte Paul kaum ein Bein von der Matte, und am Ende klammerte er sich vor lauter Verzweiflung an seinem Gegner fest wie ein notgeiler Corgi.

Der Abend hatte schon schlecht angefangen, als Paul sich ein Veilchen eingehandelt hatte, nicht im Kampf, sondern von einer der schweren Matten, die beim Rausziehen aus dem Regal gerutscht und auf seinem Gesicht gelandet war. Danach hatte er einen Anpfiff kassiert, weil er dem Sensei mit seinen ungeschnittenen Fußnägeln die Wade zerkratzt hatte, als der ihm zeigen wollte, welche Bewegungen er üben sollte. Nachdem der Sensei mitangesehen hatte, wie Laszlo Paul eine Stunde lang als Schlenkerpuppe missbrauchte, teilte er ihm mit, er mache Fortschritte, müsse aber noch an seiner Einstellung arbeiten. Wie um seine Aussage zu illustrieren, wies der Sensei dabei auf den Teefleck auf Pauls Judo-Gi.

Zu Hause fiel Paul sofort ins Bett und schlief zwölf Stunden, zu lädiert und erschöpft, um vorher zu duschen oder sich die Zähne zu putzen. Als Helen ihn am nächsten Morgen mit einem Türklopfen an seinen morgendlichen Einsatz auf der Krankenstation erinnerte, konnte er keinen Muskel rühren. Am liebsten hätte er zurückgerufen, dass er wohl in der Notaufnahme besser aufgehoben sei, aber selbst seine Zunge versagte ihm den Dienst. Irgendwann gelang es ihm dann doch, sich aus dem Bett zu schälen und wie ein steifer Cowboy ins Bad zu staksen.

Seine Versuche, am Frühstückstisch das Herz seiner Mutter zu erweichen, schlugen fehl. Helen, die Pauls Kampfsportambitionen ohnehin kritisch betrachtete, hatte nicht vor, mit Judo verbundene Befindlichkeiten als Ausrede gelten zu lassen.

»Komm schon! Du hast selbst gesagt, dass Wohltätigkeit ein gewisses Maß an Opferbereitschaft erfordert«, sagte Helen. »Du kannst nicht einfach abspringen, wenn es dir nicht passt. Gerade bei hilfsbedürftigen Menschen fällt es besonders ins Gewicht, wenn man sie im Stich lässt. Du hast schon einen Besuch versäumt, also kein Wenn und Aber, auf geht's!«

»Deine Mutter hat recht«, fügte Peter hinzu. »Wenn du hierbleibst, musst du mir helfen, den Dachboden auszumisten und das ganze schwere Zeug auf die Mülldeponie zu bringen. Keine angenehme Aufgabe bei Muskelkater – davon kann ich ein Liedchen singen!«

Paul gab sich geschlagen. Mit dem Erziehungsansatz der liebevollen Strenge hatte er zur Genüge Bekanntschaft gemacht.

»Gut, aber nimm mich nicht zu hart ran. Alte Damen oder Betten herumschleppen ist heute nicht angesagt. Mein Körper streikt.«

»Ehrlich gesagt bin ich von diesen Judo-Stunden nicht gerade begeistert«, sagte Helen. »Für deine Preisverleihung bei der Industrie- und Handelskammer am Samstag wirst du mit einem dicken blauen Auge antreten. Auf den Fotos wirst du aussehen wie ein Schläger.«

»Welche Fotos?«, fragte Paul. »Keiner hat was von Fotos gesagt.«

»Mag sein, aber sie haben garantiert jemanden von der Regionalzeitung da oder einen, der sich um deren Newsletter kümmert. Du solltest stolz darauf sein, dass du in die engere Auswahl gekommen bist. Wir sind es jedenfalls, oder, Peter?«

»Ich find's super. Am Anfang habe ich es nicht so ernst genommen, aber jetzt? Es ist wirklich toll, dass du unter den drei Favoriten bist. Welchen Vorschlag hattest du eigentlich eingereicht?«

»Du musst schon auf die Verleihung warten. Erst dann wird das Geheimnis gelüftet. Vielleicht gewinne ich ja auch gar nicht«, sagte Paul. »Ich hoffe, die machen nicht zu viel Aufhebens«, fügte er besorgt hinzu.

»Genieß es einfach. Solche Gelegenheiten hat man nicht oft. Und wir sind alle dabei, um dich zu unterstützen.« Peter wollte nicht, dass Paul sich vorab zu sehr über Eventualitäten sorgte, vor allem nicht über das, was er am meisten verabscheute: ein Riesenbrimborium.

»Wir müssen langsam los. Bis später, Liebling.« Helen küsste Peter auf die Stirn. Als Mann mit kahlem Schädel tröstete er sich mit der Vorstellung, dass Glatzköpfige öfter auf den Kopf geküsst wurden als Männer mit Haaren.

Im Krankenhaus machte Helen Paul einen Vorschlag. »Sollen wir heute mal getrennt unsere Runde drehen, jeder für sich? Wir wollen doch, dass alle einen Besuch erhalten, und wenn wir zu zweit auftauchen, ist das für manche Patienten vielleicht zu viel.«

Paul ließ die Schultern hängen. Seine Konversationsstrategie war heute etwas im Eimer, und er war nicht sicher, ob er mit seinem Standardrepertoire, also Bemerkungen übers Wetter und Fragen übers Krankenhausessen, eine Stunde ausfüllen könnte.

Schon beim Betreten der Station wurde Helen von der Patientin im ersten Bett begrüßt. »Scheinheilige Mistbiene, scher dich um deinen eigenen Dreck!«, brüllte sie, weil sie Helen offenbar immer noch für die Kommunionshelferin hielt.

»Warum kümmerst du dich nicht um diese Dame«, schlug Helen vor und versetzte Paul einen sanften Schubser.

Bevor er antworten konnte, hatte Helen sich schon darangemacht, das Kissen der Frau im mittleren Bett zurechtzurücken; sie schlief inmitten einer Ansammlung von frischen Blumensträußen und selbst gemalten Genesungskarten. Dann ging sie weiter zu Barbara, die man immer noch nicht entlassen hatte.

»Hallo, Helen! Wie schön, Sie wiederzusehen«, sagte Barbara. »Ich fürchte, mein CT war nicht ganz in Ordnung, deshalb muss ich noch für ein paar Untersuchungen hierbleiben. Hoffentlich ist es nichts Schlimmes, die sagen einem ja nichts. Wie schön, jemanden zum Reden zu haben, ich habe diese langweiligen Kreuzworträtsel wirklich satt«, sagte sie und zeigte mit dem Daumen auf die anderen Patientinnen. »Diese beiden hier sind zu nichts zu gebrauchen.«

Und schon waren Helen und Barbara mittendrin im »Geplauder«, wie Paul es nannte: nahtlos aneinandergereihte persönliche Anekdoten, Bemerkungen und Bewertungen, hin und her, die Mikrowechsel jeweils mit einer Routine ausgeführt, wie sie nur Frauen mittleren Alters oder Rapper beherrschten. Paul hingegen stand am ersten Bett, seinen Mantel noch angezogen, seine Möglichkeiten beschränkt.

»Haben Sie was dagegen, wenn ich mich setze, meine Liebe?«, fragte er. Kaum waren die Worte heraus, bereute er seine Wahl der Anrede »meine Liebe«, die er von seiner Mutter übernommen hatte, die aber aus dem Munde eines Mannes ziemlich seltsam klang.

Er bekam keine Antwort.

Nachdem er einen Stuhl herangezogen und sich umständlich darauf niedergelassen hatte, bemerkte er erst, wie sehr sein Körper schmerzte und wie angenehm es war, zu schweigen und einfach dazusitzen. Seine Mutter und Barbara sorgten für ein rhythmisches Hintergrundgeräusch, das man leicht ausblenden konnte, ansonsten war es ruhig auf der Station. Keine hastenden Schwestern, keine dröhnenden Fernseher, keine fluchenden oder weinenden oder verwirrte Fragen stellende Patienten. Er saß reglos auf seinem Stuhl und leistete der Frau in der Ruhe Gesellschaft. Auf der Patientenkarte an ihrem Bett stand, dass sie Mrs Hawthorn hieß. Mrs Olivia Hawthorn. Paul war gut darin, ohne viel nachzudenken am Platz zu verharren und einfach den Geräuschen der Umgebung zu lauschen. Zeit war ihm eigentlich unwichtig, weder zog sie sich, noch lief sie ihm davon. Zeit war einfach da, wo er war. Ein sanfter Luftzug strich durchs Zimmer, der Geruch des Tagesgerichts, irgendwie nach Soße, unbestimmt. Er saß da, ohne zu kommentieren oder zu fragen, tat nichts, um eine Verbindung herzustellen, konnte so aber auch keinen falschen Ton anschlagen.

Nach ungefähr zwanzig Minuten streckte Mrs Hawthorn die Hand aus und legte sie in Pauls, den Blick jedoch immer noch stur geradeaus gerichtet. Sie drückte ihm ganz leicht die Finger. Er nahm ihre Hand sanft entgegen, ohne sich um Blickkontakt zu bemühen oder ihre Beweggründe zu hinterfragen. Ihre Haut war weich und dünn. So verharrten sie, Hand in Hand, für die restlichen vierzig Minuten, in stummer Behaglichkeit. Als die Besuchszeit fast verstrichen war, kehrte Helen zurück. Mrs Hawthorn war fest eingeschlafen, Pauls Hand immer noch ergriffen.

»Ihr beide habt euch ja offenbar bestens verstanden. Wie hast du sie so milde gestimmt? Mir schleudert sie immer nur Beschimpfungen entgegen«, fragte Helen auf dem Weg zum Parkplatz.

»Nichts hab ich gemacht. Überhaupt nichts«, antwortete Paul, der nie übermäßig über solche Dinge nachdachte.

Als sie wieder zu Hause waren, rief Paul Leonard auf der Arbeit an. Sie hatten sich für den Abend zum Monopoly verabredet, aber Paul tat immer noch alles weh, er war hundemüde und wollte Leonard deswegen ein weniger anstrengendes Spiel vorschlagen, so was wie Vier gewinnt oder Schiffe versenken.

»Hallo, alter Freund. Wie geht's, wie steht's? Du freust dich bestimmt schon auf die Preisverleihung«, antwortete Leonard munter.

»Holla, bist du gut gelaunt! Ich hingegen befinde mich leider noch in einer Art Erholungsphase. Ich wollte dich um einen

Gefallen bitten. Die Judosession gestern Abend war ziemlich heftig, und ich bin nicht so gut in Form wie sonst, deswegen wollte ich fragen, ob wir heute Abend was Einfacheres als Monopoly spielen könnten – Vier gewinnt vielleicht? Entschuldige die kurzfristige Planänderung, aber Judo ist echt anstrengend, wenn man den Dreh noch nicht ganz raushat.«

»Ah, verstehe. Hmm, das ist jetzt ein bisschen blöd ...«

»Wenn es ein Problem ist, belassen wir es einfach beim Monopoly«, unterbrach Paul. »Ich will dich nicht vor den Kopf stoßen.«

»Nein, darum geht es nicht. Es ist nur ... ich wollte dich deswegen auch schon anrufen. Also. Ich habe mich für heute Abend mit Shelley verabredet und dabei vergessen, dass wir uns ja auch treffen wollten ...«

»Aha. Verstehe. Na, das ist was anderes. Dann ist es ja vielleicht b...«

»Es tut mir echt leid, ich will dich ebenso wenig vor den Kopf stoßen, die Schuld liegt ganz bei mir. Es ist nur so, dass Shelley und ich nicht so leicht einen Abendtermin ausmachen können, weil Patrick ...«

»Wer ist Patrick?«

»Ach, das ist ihr Sohn, er ist s...«

»Ein Sohn! Ha, das wusste ich gar nicht. Meine Güte, du machst ja gleich Nägel mit Köpfen ... Ach, egal, ich bin sicher, das wird schon irgendwie laufen. Dann verschieben wir es vielleicht besser auf einen anderen Abend.«

»Ja, jeder andere Abend geht. Und danke für dein Verständnis. Du weißt ja selbst, dass sich eine solche Gelegenheit für mich nicht oft ergibt, und es ist mir wirklich wichtig. Können wir uns dafür morgen Abend treffen?«

»Hm, warte. Ich glaube, morgen habe ich schon was vor«,

log Paul, etwas gekränkt, »dann sehen wir uns vielleicht am Samstag bei der Preisverleihung, falls du da noch Zeit hast?«

»Die würde ich um nichts in der Welt verpassen wollen. Ich drücke dir fest die Daumen. Und das nächste Mal darfst du dir aussuchen, was wir spielen. Da werde ich mich ganz nach dir richten.«

Nachdem er aufgelegt hatte, rieb sich Paul nachdenklich übers stoppelige Kinn. Seine anfängliche Enttäuschung über die Absage war rasch verflogen, als er erkannt hatte, dass es bei der Unterhaltung um etwas viel Weitreichenderes gegangen war. Zweifellos und bemerkenswerterweise hatte Leonard endlich das gewagt, was er einst als einen »kleinen Schritt für einen Mann« bezeichnet hatte. Zuerst hatte er angefangen, nebenbei an seinem Buch über die Römer zu arbeiten, und jetzt kam eine Freundin. Die Freundin hatte einen Sohn, der zu Leonards Sohn werden könnte, wenn alles gut lief. Man stelle sich das vor! Obwohl Paul sich für seinen Freund freute, war ihm nicht entgangen, dass sich die Dinge um ihn herum ohne ihn weiterentwickelten. Diese Erkenntnis traf ihn unerwartet hart. Er begann, die einzelnen Teile zusammenzufügen. Grace würde bald verheiratet sein und vermutlich eine Familie gründen. Seine Eltern waren so gut wie in Rente und sprachen unentwegt über eine große Reise, im Besonderen über eine große Reise *ohne ihn*. Judo hatte sich schwieriger als erwartet herausgestellt. Seine Beschäftigung bei der Post – so geringfügig sie auch war – würde über kurz oder lang von Drohnen oder Robotern übernommen werden. Was blieb ihm dann noch? Er konnte doch nicht den Rest seines Lebens damit verbringen, Vögel zu füttern und Mrs Hawthorn die Hand zu halten. Und er könnte sich sicherlich nicht jeden Abend alleine mit Gesellschaftsspielen die Zeit vertreiben. Die meisten davon erforderten vier Spieler, dass er sie nur mit Leonard spielte, war ohnehin schon eine Notlösung.

Als Paul sich auf dem Sofa ausstreckte, spürte er seine Grenzen. Er war gerade groß genug, um den Platz zwischen den beiden Lehnen auszufüllen. Als er alle Teile aufgereiht hatte – Leonard, Grace, seine Eltern und seine persönlichen Umstände –, erkannte er ein vertrautes Muster. Vier gewinnt. Das Spiel war aus.

14

HAPPY MEAL

Als Leonard das Gespräch beendet hatte, kam er sich irgendwie schäbig vor, er hatte Gewissensbisse und das Gefühl, seinen besten und einzigen wahren Freund im Stich gelassen zu haben. Einen Mann, der ihm in allen Lebenslagen zur Seite gestanden hatte, der in seinem (zugegebenermaßen nicht besonders ausgefüllten) Alltag immer ein Eckchen für Leonard reserviert hatte. Ihre Freundschaft war mehr als die bequeme Verbindung zweier introvertierter, alleinstehender Männer, die ansonsten wenig Auswahl hatten – sie war ein Pakt. Ein Pakt gegen die Unrast und Achtlosigkeit, die den Rest der Welt erfasst hatten. Ein Pakt der Bescheidenheit gegen Konkurrenzgerangel und Getöse.

Problematisch war nur, dass Leonard in ihrem Lebensstil eine Schwachstelle entdeckt hatte. Alles funktionierte wunderbar, solange es blieb, wie es war. Verlief alles in seinen Bahnen, zu Hause und auf der Arbeit, bot der Alltag Erfüllung, war es sicher möglich, sich mit ihrer besonderen Freundschaft eine Insel der Sanftheit zu erhalten. Doch sobald Veränderungen eintreten, sobald Mitmenschen sich zurückziehen oder ganz verschwinden, wie es unweigerlich geschieht, verschieben sich auf dem eigenen Kompass die Fixpunkte Nord, Süd, Ost und West. Man bleibt allein zurück und muss sich entscheiden, in die echte Welt *einzutreten*, mit allen damit verbundenen Risiken, oder sich von ihr fernhalten. Leonards Instinkt riet ihm zur Abschottung in einem sicheren Kokon. Aber so ein Kokon ist ein in sich geschlossener Raum. Alleinsein und Frieden sind nichts Besonderes mehr, wenn sie keinen Gegenpol haben. In einem hektischen – oder zumindest hektischeren – Alltag bietet die stille Reflexion dem Erleben einen Resonanzraum. Aber das Leben absichtlich vom *Er*leben abzukoppeln und sich vor seinen Realitäten zu verstecken, nein, das war nichts Besonderes. Das war einfach eine Form der Angst, die zur lebensbeschränkenden Einsamkeit führte, die immer weiter anwuchs, bis sie so groß war, dass sie die Haustür blockierte, Gespräche erstickte und sich wie eine Schallschutzscheibe vor die anderen schob. Davon abgesehen ging Leonard gerade auf, dass ihm der Rückzug von den anderen nicht einmal Frieden brachte. Je mehr er sich von ihnen distanzierte, desto unergründlicher und verwirrender erlebte er sie. Vor lauter Distanz verlor er den Blick auf das Gesamtbild. Wenn er nicht aufpasste, wäre er bald ein moralinsaurer, selbstgerechter Sonderling, wie dieser Mann mit dem eibekleckerten Pullover, der im Supermarkt Selbstgespräche führte. Er hatte sogar festgestellt, dass er Leuten weniger kritisch begegnete, wenn er sich auf sie einließ. Die Menschen waren nämlich gar nicht so schlecht. Jedenfalls nicht alle. Vielleicht lag darin gerade die Kunst: die richtigen Menschen zu finden, sie zu erkennen und zu wissen, wie man ihnen Wertschätzung entgegenbrachte, sobald man sie gefunden hatte.

Was jedoch seine Freundschaft zu Paul betraf, brachten ihn diese Erkenntnisse in die Zwickmühle. Er war nicht sicher, ob Paul die gleichen Sprünge gemacht hatte. Was, wenn Paul beschlossen hatte, einfach so weiterzumachen, Tag für Tag durch sein Leben zu schlappen, ohne sich darum zu sche das Universum schrumpfte? Der Gedanke, er könnte se Freund entwachsen, schmerzte Leonard ebenso wie die Vo stellung, dass sich ihre Freundschaft zu einer verkehrten Reise nach Jerusalem entwickeln könnte, der Letzte ohne Platz gewann den Preis: ein stetig schrumpfendes Leben im Rückzug.

Doch Leonard schwor sich, mit allen Kräften zu verhindern, dass sein Wachstum zu Lasten seines Freundes ging. Die aufkeimende Romanze mit Shelley sollte seiner Freundschaft zu Paul keinen Abbruch tun. Es wäre das letzte Mal, dass er Paul aus Gedankenlosigkeit versetzte oder ihm gegenüber wortbrüchig wurde. Von jetzt an würde er besonders darauf achten, ihn in seine Pläne einzubinden und seinen Freund vielleicht sogar sanft, auf unbemerkte Weise – wie genau, wusste er noch nicht –, dazu zu bewegen, sein Leben ebenfalls zu öffnen.

Noch etwas hatte Leonard klar erkannt: Er hatte eine kleine, aber durchaus realistische Chance, an Shelleys Leben teilhaben zu können, und sie an seinem. Das Ziel seiner Reise kannte er ebenso wenig wie die Antwort auf die Fragen zu ihrem siebenjährigen Sohn, die er vorübergehend auf Eis gelegt hatte. Fest stand aber, dass er sich seine Chance nicht durch Zögern, Zaudern und Selbstzweifel verbauen wollte. Dieses Mal würde er handeln – und die Risiken tragen.

Die ganze Woche über hatte er Pläne geschmiedet für ihre erste Abendverabredung, sehr zu Lasten seiner Arbeit am Buch über die Römer. Statt etwas Ausgefallenes auszuprobieren, hatte er lieber einen Tisch in einem schönen Restaurant reserviert, ruhig, geschmackvoll, aber nicht zu teuer, falls sie darauf bestand, die Rechnung zu teilen; kein Hipster-Lokal. Auf dem Heimweg von der Arbeit kam er immer an einem netten kleinen Italiener vorbei, der auch ein paar vegetarische

Gerichte auf der Karte hatte, der schien ihm genau richtig. Nach dem Essen würde er einen Spaziergang vorschlagen, und wenn alles gut lief, könnte man noch irgendwo einkehren, für einen Absacker, freundschaftliches Geplauder, vielleicht auch mehr.

Obwohl beim Shoppen immer noch zögerlich, hatte er sich einen neuen Designerduft gegönnt, die in winzigen goldenen Lettern unten auf der dunklen maskulinen Flasche aufgedruckten Worte »pour femmes« waren ihm allerdings erst aufgefallen, nachdem er sich bereits großzügig die Wangen damit eingerieben hatte. Wenn sie den Duft nicht kannte, würde er bei ihr vielleicht als unisex durchgehen. Schließlich war er auch darauf hereingefallen, wieso sollte es dann nicht bei ihr funktionieren?, dachte er mit einem Optimismus, der seinem Realismus gerade weit vorausgaloppierte.

Nachdem Leonard aus dem Haus gehetzt war, traf er fast eine halbe Stunde zu früh am vereinbarten Treffpunkt ein. Dort hatten sich bereits weitere auf Hochglanz geschniegelte und gebügelte Kandidaten eingefunden, die hoffnungsvoll auf ihr Date warteten. Die Kälte, seine Nervosität und die neue, etwas zu enge Jeans verdichteten in ihm die Vermutung, dass seine Blase nicht bis acht Uhr durchhalten würde. Also ging er zum McDonald's über die Straße, die einfachste und naheliegendste Lösung. Doch nachdem er die Toilette gefunden hatte, musste er feststellen, dass die Kabinentüren abgeschlossen waren.

»Nur für Kunden«, ertönte eine tiefe Männerstimme hinter und über ihm. Als Leonard sich umwandte, stand er vor einem Sicherheitsmann, der so groß war wie Mount Rushmore.

»Ach, verstehe. Wie wäre es, wenn ich hier etwas esse?«, schlug Leonard vor.

»Dazu sind Restaurants gemeinhin da. Aber das müssten Sie tun, bevor Sie die Toilette aufsuchen«, bemerkte Mount Rushmore, ohne eine Miene zu verziehen.

Leonard trat an einen Schalter, wo eine fröhliche Verkäuferin seine Bestellung erwartete.

»Hi. Welcher Burger ist am billigsten?«, fragte Leonard.

»Das wäre unser Burger ohne alles«, sagte die Verkäuferin.

»Gut, dann nehme ich so einen. Und ein 7Up dazu.«

»Wir haben nur Sprite. In Ordnung?«

»Sprite, 7Up, ist doch das Gleiche. Ja, Sprite ist in Ordnung.«

»Es wäre eigentlich günstiger, wenn Sie unser Menü nehmen. Und eine Portion Pommes gibt's dazu noch obendrauf.«

Es wurde langsam lächerlich, aber die Logik der Verkäuferin war nicht von der Hand zu weisen.

»Na gut. Könnte ich jetzt bitte Ihre Toilette benutzen?«, fragte Leonard, während er von einem Bein aufs andere trat.

»Aber sicher. Der Code für die Tür steht auf ihrem Beleg. Ihre Bestellung ist in einer Minute fertig.«

»Alles klar, bin gleich zurück.«

Leonard kehrte wie neugeboren von der Toilette zurück. Die Verkäuferin drückte ihm ein Tablett mit seiner Bestellung in die Hand. Ein Happy Meal für Kinder, wie sich herausstellte, mit dem neuesten Disney-Spielzeug dazu. Jetzt, frisch erleichtert, wusste er mit dem Fastfood nichts anzufangen, aber es wäre eine Schande, es wegzuwerfen, daher beschloss er, ein paar Bissen zu riskieren, aber nicht zu viel, damit noch Platz für das Essen im Restaurant blieb. Vielleicht war es gar keine schlechte Idee, nicht völlig ausgehungert zu einer Verabredung zu erscheinen, schließlich wollte er nicht, dass Shelley ihn für einen Vielfraß hielt.

Er setzte sich und öffnete die Happy-Meal-Box. Der Burger

war ziemlich flach und die Pommesportion so winzig, dass er keine Sorge hatte, sich damit den Appetit zu verderben. Er hatte gerade angefangen, als jemand neben ihm ans Fenster klopfte. Es war dunkel draußen, sodass er nur sein Spiegelbild sah, daher ignorierte er es und aß weiter. Es klopfte erneut, dieses Mal erkannte er zwei schemenhafte Hände, die offenbar winkten. Er drückte das Gesicht an die Scheibe, und da, das Gesicht gegen seines gedrückt und nur durch die Doppelglasscheibe getrennt, war Shelley. Sie lächelte.

Auch sie war zu früh eingetroffen, und als sie aus dem Bus ausgestiegen war, hatte sie Leonard entdeckt, ausgerechnet bei McDonald's, wo er sich gerade über ein Happy Meal hermachte. Sie kam durch die Schiebetüren herein, ließ ein paar Jugendliche vorbei und setzte sich dann zu ihm ans Fenster.

»Ich muss schon sagen, du weißt, wie man eine Frau überrascht. Hier soll unser erstes Treffen stattfinden?«, fragte sie.

»Auf keinen Fall!«, entgegnete Leonard ein wenig zu nachdrücklich.

»Puh! Da bin ich aber froh. Okay, was dann? Isst du heute zweimal zu Abend oder wolltest du unbedingt wissen, welches Spielzeug im Happy Meal steckt?«

»Es ist nur irgendein Fisch aus einem Zeichentrickfilm von D…«

»Einer von den Fischen aus *Findet Nemo* oder wie auch immer der neueste Teil der Serie heißt. Patrick hat ein paar davon. Diese Spielzeuge verursachen so viel Müll. Sorry, falls du die sammelst oder so was.«

»O Gott, nein! Ich weiß, das sieht seltsam aus, aber ich musste dringend aufs Klo, und dann ist Mount Rushmore da drüben aufget…«

»Wer?«

»Mount Rushmore. Der Typ da hinten ist so groß und massig, dass ich gleich an den Berg denken musste, besonders an das Gesicht von Thomas Jefferson. Er hat sich vor mir aufgebaut und mir mitgeteilt, dass ich etwas verzehren müsste, wenn ich aufs Klo wolle, und deswegen habe ich das kleinste und billigste Essen gekauft, das sie hatten, und dann habe ich mir überlegt, es wäre Verschwendung, es einfach wegzuwerfen, und mir vorgenommen, nur ein bisschen davon zu essen, und wie du siehst, habe ich es kaum angerührt. So war das.«

Er holte tief Luft und sah sie an, während sie mit seltsam verständnisloser Miene in seinen Pommes herumstocherte.

»Ich verstehe, glaube ich zumindest. Das Essen war für deine Blase. Damit kann ich leben. Gut, können wir jetzt mit dem offiziellen Teil unserer Verabredung anfangen?«

»Das wäre toll. Hallo, übrigens.«

Leonard beugte sich vor und drückte ihr einen flüchtigen Kuss auf die Wange.

»Du riechst gut. Erinnert mich an einen Duft, den ich zu Hause habe. Komm, lass uns das wegwerfen«, sagte Shelley, entsorgte die Reste und steckte das Nemo-Spielzeug in ihre Tasche.

Beim Italiener führte sie der Kellner an einen Tisch in einer kleinen Nische. Am anderen Ende spielte einer Klavier, romantische Improvisationen, die sich angenehm einfügten in die Unterhaltungsgeräusche der Gäste, Paare verschiedenster Altersgruppen. Leonard hatte den Eindruck, dass sie sich aus unterschiedlichen Gründen eingefunden hatten, einige hatten hier vielleicht ihr erstes Rendezvous, manche feierten ihren Hochzeitstag, für andere war dies ihr Stammrestaurant.

»Was für ein schönes Restaurant!«, sagte Shelley. »Wie hast du es gefunden?«

»Ach, ich bin öfter hier vorbeigekommen und fand es irgendwie nett. Hab es aber selbst noch nie ausprobiert«, antwortete Leonard, obwohl er eigentlich sagen wollte: Beim Anblick dieses Italieners habe ich mir vorgenommen, die Frau, die ich einmal kennenlernen werde – sofern das je passieren würde –, in dieses Restaurant zum ersten Date einzuladen.

Als Shelley ihren Mantel auszog, bemerkte er ihr wunderschönes ärmelloses grünes Spitzenkleid. Ihr Haar war etwas dunkler als sonst, frisch geschnitten und hinters Ohr geschoben, und sie war leicht geschminkt – so hatte er sie noch nie gesehen. Als er bemerkte, wie sie beim Lesen der Speisekarte lautlos die Lippen bewegte, sagte er: »Du siehst wunderschön aus, Shelley«, obwohl er das eigentlich nur gedacht hatte.

Sie lächelte leicht befangen.

»Danke. Du siehst auch sehr gut aus. Schöne Jacke. Hach, das ist so wunderbar, findest du nicht?« Ob sie sich dabei auf das Restaurant, ihr Date oder einfach alles bezog, war nicht klar. »Hm, sie haben viele vegetarische Gerichte, das ist gut.«

»Wie bist du eigentlich zur Vegetarierin geworden? Aus Tierschutzgründen oder wegen der Gesundheit?«

»Nein, einfach so. Vor ein paar Jahren hatte ich eine Lebensmittelvergiftung, aufgewärmtes Hackfleisch, und als die vorbei war, ist mir beim Gedanken an Fleisch immer schlecht geworden, also habe ich zwei Monate lang darauf verzichtet und danach nie wieder damit angefangen. Ich will übrigens niemanden bekehren, nur dass du's weißt. Wenn du dir ein Steak bestellst, mache ich dir keine Vorwürfe. Patrick isst Fleisch, also eigentlich Würstchen, aber die zählen ja auch dazu, und wenn Fleisch übrig ist, esse ich es auf. Wie du schon gesagt hast, Fleisch wegzuwerfen geht gar nicht – dann ist ein Tier umsonst gestorben.«

»Woher bekommst du ausreichend Proteine?«, fragte Leonard.

»Ah ja, das gute alte Protein. Ich weiß, dass ihr Fleischfresser nachts wachliegt und euch Sorgen über die Proteinversorgung der Vegetarier macht. Meine Kollegin Margaret, die sich von Zigaretten, Popcorn und Diet Coke ernährt, hat mir erst letzte Woche einen Vortrag über Proteine gehalten. Ich habe ihr versichert, dass sie sich keine Sorgen machen muss, Silberrücken sind auch Vegetarier und sterben nicht davon. Sie musste erst mal eine Bildersuche im Internet starten, um sich ein paar Gorillamännchen anzusehen, danach war sie offenbar zufrieden. Also jedenfalls, wenn ich bei unserm Date zusammenbreche, mach dir keinen Kopf, hol mir einfach ein paar Proteine von McDonald's.«

Herrlich, wie sie lachte, sich gerade noch bis zum Satzende beherrschen konnte, bevor sie losprustete.

»Okay, okay, verstanden«, sagte Leonard. »Ich würde dir gern mal ein vegetarisches Essen kochen. Zu Hause ernähre ich mich oft fleischlos.« Dabei dachte er an die Ofenpommes und die Eiscreme in seinem Gefrierfach.

Sie bestellten. Shelley wählte einen Salat mit getrockneten Tomaten, dazu Pilzrisotto; Leonard nahm Minestrone, gefolgt von einem nicht genau spezifizierten Ragout. Sein Hunger war nach dem Appetithappen bei McDonald's keineswegs bezähmt. Shelley bestellte ein Glas Prosecco, den sie wohl schneller als gewollt trank, was Leonard erleichterte, offenbar war auch sie ein bisschen nervös. Er nahm ein Bier, das ganze Drumherum beim Wein überforderte ihn einfach: das Schlückchen vorab, um festzustellen, ob er korkt, und wenn nicht, das weise Lächeln, ganz der Mann von Welt.

Nachdem Shelley einen zweiten Prosecco geordert hatte,

plauderten sie zum Warmlaufen erst mal über ihre Familie – zwei Brüder und eine zweieiige Zwillingsschwester –, sein Interesse an Enzyklopädien und den unangenehmen Typen, der Shelley im Bus auf dem Weg in die Stadt angequatscht hatte, weil sie angeblich aussah wie eine aus dem Fernsehen, worin Leonard ein verstecktes Kompliment sehen wollte, aber Shelley war da eher skeptisch.

Als die Vorspeise vor ihnen stand, schlug Shelley ein kleines Quiz vor.

»Also, mein Lieber. Es ist wohl an der Zeit, ein bisschen mehr über dich zu erfahren. Ich weiß, wo du arbeitest, dass dein Schreibtisch ziemlich aufgeräumt ist und du eine Vorliebe für Fleisch und Lexika hast. Vielleicht sollten wir noch ein paar Lücken füllen. Und nur damit du's weißt, es wird nicht wehtun, und dieses Quiz beruht auf Gegenseitigkeit. Okay, auf geht's!«

Leonard verspannte sich sofort.

»Du bist eindeutig jemand, der gern Bücher liest. Wie heißt dein absolutes Lieblingsbuch?«

»Hm, da muss ich überlegen ... *Die Chronik des zwanzigsten Jahrhunderts*«, antwortete er entspannt.

»Ähm, die was?«

»Die Chronik. Das ist eigentlich eine Sammlung der wichtigsten Zeitungsartikel aus dem zwanzigsten Jahrhundert. Jedem Monat ist eine Seite gewidmet, ergibt also ... zwölfhundert Seiten. Es ist faszinierend – man kann darin lesen, was zu einem bestimmten Zeitpunkt in der Vergangenheit passiert ist. Als Kind war ich begeistert davon, und ich lese es heute noch gern, vor allem auf dem ... ähm, wenn ich es mir bequem mache. Und du? Was ist dein Lieblingsbuch?«

»Moment noch. Ich wollte eigentlich wissen, welchen Roman du gern gelesen hast oder so was. Ein Buch, das mir was über dich verrät. Also bitte kein Telefonbuch oder was auch immer das ist.«

Leonard lachte. Er deutete ihre geschäftsmäßige Herangehensweise als ein gutes Zeichen. Offenbar meinte sie es ernst mit ihm.

»Wenn das deine Spielregeln sind, dann würde ich sagen *Moby-Dick*. Ja, *Moby-Dick*. Ein Klassiker. Ein echter Brocken, aber ja, das wäre mein Favorit.«

»Handelt es sich dabei nicht eigentlich um ein Sachbuch über den Walfang mit ein bisschen Erzählung drumherum?«

»Wenn man es genau nimmt, liegst du vielleicht nicht ganz falsch. Aber ich meine es ernst, es geht mir nicht darum, deiner Frage auszuweichen. Ich mag Sachbücher. Das dürfte dich eigentlich nicht überraschen. Und du?«

»Im Moment komme ich kaum noch dazu, Bücher zu lesen. Aber ein Roman, den ich über die ganzen Jahre hinweg nie vergessen habe, ist *Die Mühle am Floss* – vermutlich, weil ich mich ein bisschen mit Maggie Tulliver identifiziere.«

»Das kann ich gut nachvollziehen. Nicht, dass ich mich mit Moby-Dick als Tier identifiziere, ich glaube, er und ich, wir sind komplett verschieden. *Die Mühle am Floss* habe ich nicht gelesen, aber ich glaube, das Buch liegt irgendwo bei mir zu Hause rum. Ich hätte gar nicht erwartet, dass du dir einen Klassiker aussuchst.«

»Wieso nicht? Sehe ich *ungebildet* aus?«

»Nein, deswegen nicht, natürlich nicht. Du bist nur so … keine Ahnung … so lebhaft. Ich hätte etwas anderes erwartet, irgendwas Modernes wie Salinger. Nicht, dass ich das schlecht gefunden hätte oder so, es ist nur …«

»Ich habe auch eine tiefgründige Seite – und keine Scheu vor Fußnoten.«

»Das habe ich nie bezweifelt.«

»Okay, welche Musik magst du am liebsten?«, wollte Shelley wissen.

»Das ist leicht.«

»Sag an.«

Leonard überlegte fieberhaft, aber ihm wollte einfach keine coole Band einfallen.

»Dürfen es auch *Greatest Hits* sein?«

Sie blickte zur Decke, vielleicht weil sie dort den Gott für Pasta und Pizza vermutete.

»Haha! Das war ein Witz! Mein Lieblingsmusikstück ist *Pie Jesu* aus Faurés *Requiem*. Ein Choral für die Götter! Wenn du ihn nicht bereits kennst, musst du ihn dir anhören.«

»O ja! Choräle sind so rein und unverstellt. Ich bin nicht religiös, aber auf Kirchenmusik stehe ich total.«

»Mir geht's so bei der Kunst. Gottesdienste mag ich nicht, aber Kirchen finde ich schön. Viel schöner als Kunstgalerien. Und, welches Musikstück gefällt dir am besten?«

»Ich fürchte, mein Geschmack ist nicht ganz so kultiviert. PJ Harvey ist meine absolute Favoritin, vor allem ihr erstes Album. Sie ist so klug und poetisch, aber auch ein bisschen rebellisch. Davon kann man sich eine Scheibe abschneiden.« Shelley trank einen weiteren Schluck Prosecco und hob dabei die Brauen, um ihre Aussage zu unterstreichen.

Und so ging es weiter, hin und her. Sie tauschten sich über ihre Vorlieben aus – ein unverfänglicher Spaß, der ihnen trotzdem ermöglichte, einander näher kennenzulernen. Die folgenden fünf Fragen beantwortete Leonard wie folgt: *Alles über Eva*, Peru, Steak, Leonard Bernstein, Schlangen und zwölf. Shelleys Antworten lauteten: *Der Untermieter*, Bhutan, Marzipan, Shelley Duvall, Motten und sieben.

Beim Dessert, der Alkohol zeigte langsam Wirkung, ging es dann ans Eingemachte.

»Warum hast du dein Kunststudium abgebrochen?«, fragte Leonard.

»Die knappe Antwort lautet: Weil ich mit Patrick schwanger geworden bin. Die ausführliche Antwort: Ich war eine begeisterte Studentin. Es war echt schwer gewesen, einen Platz an der Kunstakademie zu ergattern, und an der Schule hatte ich eine faule, unmotivierte Kunstlehrerin, die mir weisgemacht hat, meine Arbeiten seien nicht gut, nicht originell genug. Damals hätte ich fast aufgegeben, aber mein Dad hat meine ganzen alten Arbeiten hervorgekramt, sie zusammengestellt und mir damit so lange in den Ohren gelegen, bis ich es versucht habe. Am wichtigsten aber war, dass er mir keinen Stress gemacht hat wegen der anderen Hausaufgaben, und am Ende hatte ich tatsächlich eine ziemlich gute Mappe zusammen, von der ich mir allerdings nicht viel erwartete, denn ich wusste nicht, wie hoch die Standards an der Akademie waren, schließlich kannte ich niemanden sonst, der sich dort beworben hatte. Ich weiß noch, dass ich den Briefträger schon auf der Straße abgepasst und ihm den Antwortbrief praktisch aus der Tasche geholt habe. Der arme Teufel hat mich zwar darauf hingewiesen, dass er mir auf offener Straße keine Briefe übergeben dürfe, aber das war mir egal. Meine Familie war ganz aus dem Häuschen. Mein Vater hat gleich bei der Schule angerufen, und meiner Kunstlehrerin mit ziemlich … blumiger Sprache die Meinung gegeigt.

Das erste Jahr an der Akademie war großartig, endlich hatte ich Leute, mit denen ich was anfangen konnte. Kreative, schrille, durchgeknallte Leute. Voller Ideen, voller Energie. Auch außerhalb der Akademie hatten wir Spaß miteinander, lauter Partys und Besäufnisse und einfach verrückte Sachen. Auf jeden Fall hab ich was mit meinem Tutor für Bildende Künste angefangen. Er war nur ein paar Jahre älter als ich – Stanley Prince heißt er. Mittlerweile ist er ein angesehener Künstler. Ich hab ihn Prince Stanley genannt. Wenn eine Party aufs Ende zuging, sind wir irgendwie immer zueinander gedriftet, dann haben wir ein paarmal die Nacht miteinander verbracht, und tja, du hattest sicher Biologie in der Schule, manchmal, wenn ein Mann und eine Frau verliebt sind, bla, bla, bla. Er hat ein bisschen hysterisch auf die Schwangerschaft reagiert, seinen Job hingeschmissen, mich verlassen und mir – aus der Ferne, versteht sich – klargemacht, dass er mich nach besten Kräften unterstützen würde. Meine Reaktion kannst du dir vorstellen. Es überrascht wohl kaum, dass wir danach nur wenig Kontakt miteinander hatten. Einige meiner Freunde haben mir heftige Vorwürfe gemacht, weil Stanley angeblich wegen mir die Akademie verlassen musste, das war echt schwierig für mich. Am Ende habe ich die Ausbildung abgebrochen. Mein Dad wollte, dass ich es durchziehe, aber man hatte mir gerade das Herz gebrochen, und für die Rolle der Superwoman fehlte mir die Kraft, so ganz allein. Nach Patricks Geburt habe ich mir eine Auszeit genommen, bin erst vor ein paar Jahren ins Berufsleben eingestiegen. Überwiegend Büroarbeit. Wenigstens hat mich mein Sohn wieder zum Zeichnen gebracht. Er malt für sein Leben gern, das machen wir oft zusammen – ist unser Ding. Er malt tatsächlich gern die Bilder aus deinen Büchern ab, wir beide mögen das. Manche sind gut, andere nicht so. Es gibt eine Menge wütender Menschen in deinen Büchern, ist dir das schon mal aufgefallen?«

»Haha! Ja, stimmt. Ehrlich gesagt arbeite ich gerade an was Neuem. Ein kleines privates Nebenprojekt sozusagen, aber es ist noch nicht sehr weit fortgeschritten, und ich möchte dir nicht zu viel verraten, das bringt Unglück.«

»Ach, komm schon! Verrat mir zumindest die Grundidee.«

»Da gibt es eigentlich nicht viel zu verraten. Ich saß mal wieder an einem Standardlexikon über die Römer, du weißt schon, Streitwagen, Straßen ...«

»... Nasen, Aquädukte, ich weiß Bescheid. Und?«

»Genau. Also habe ich kurzerhand beschlossen, mich mehr auf die menschlichen Aspekte zu konzentrieren. Ein echtes Kindersachbuch, in dem es nur um Kinder geht. Also schreibe ich über einen römischen Jungen und seinen Alltag. Alle Fakten sind korrekt recherchiert, aber wie eine Geschichte erzählt. Vielleicht gebe ich ihm einen Namen, eine Familie, Spielzeug, Freunde. Schreibe über seine Ängste und andere Aspekte seines Lebens, mit denen Kinder sich identifizieren können. Ich bin nicht sicher, ob es funktioniert ...«

»Das ist eine echt tolle Idee. Du könntest eine ganze Reihe daraus machen. Kinder würden sich da so richtig reinstürzen. Oh, das ist so super! Wird es veröffentlicht?«

»Weiß ich nicht. Ehrlich gesagt bist du die Erste, der ich davon erzählt habe. Ich wollte auch die Illustrationen selbst anfertigen, aber das vor dir zuzugeben ist mir ein bisschen peinlich, denn ich habe keinerlei künstlerische Ausbildung.«

»Sei doch nicht albern! Du solltest unbedingt versuchen, was daraus zu machen. Das klingt nach einer sehr originellen Idee, und ich kann mir keinen Besseren als dich dafür vorstellen. Mach was aus deinem Talent. Nicht so wie ich, bei mir bleibt alles in der Schublade.«

»Es wäre wirklich schön, wenn du dich wieder dafür begeistern könntest. Ich würde deine Bilder wahnsinnig gern sehen, falls du sie mir zeigen magst«, sagte Leonard, erleichtert, die Aufmerksamkeit von sich abzulenken. Komplimente war er nicht gewohnt.

»Mal sehen«, sagte Shelley.

Während er ihr zuhörte, fühlte er sich von ihrer Aufgeschlossenheit und ihrem Enthusiasmus immer stärker in den Bann gezogen. Ihr Leben war so anders als seins. Er mochte sie wirklich sehr. Auf einmal platzte er mit einer Frage heraus, die er gar nicht hatte stellen wollen: Was sah sie nur in ihm?

»Ich will nicht wie ein Loser klingen, aber du weißt schon, was ich meine. Also eigentlich möchte ich nur wissen, ob du dir vorstellen kannst, etwas anzufangen oder wie auch immer man das ausdrückt. Und wenn ja, dann mit mir? Oder bin ich nur ein Freund oder etwas ähnlich enttäuschend Platonisches?«

»Wenn du mich das so offen fragst«, setzte sie an, »also es ist doch seltsam – wir arbeiten monatelang im selben Stockwerk, und nichts ist passiert. Am Anfang habe ich lange keine Notiz von dir genommen. Hab dich zwar irgendwie erkannt, aber immer übersehen. Keine Ahnung, warum. Jedenfalls ist es so, dass ich viel Zeit mit Patrick verbringe, und dann lese ich natürlich das, was ihm gefällt, wir lesen gemeinsam, und deine Bücher, tja, die sind einfach völlig anders. Sie sind bezaubernd, im wahrsten Sinne des Wortes. Er ist ganz begeistert davon. Es kommt mir immer vor, als stammten sie aus einer anderen Zeit, noch richtig für Kinder geschrieben. Sie sind warmherzig. In unserer Familie bist du so was wie ein Star, und als ich mir zusammengereimt hatte, dass du das bist – oder Mark Baxter, BEd, aber in Wahrheit bist du es ja –, wie könnte ich mich da nicht für dich interessieren? Als ich dich dann kennenlernte, fand ich dich … keine Ahnung … richtig sanftmütig, und nach all den Sachen, die ich in meinem Leben so angestellt habe, und den Leuten, die mir dabei begegnet sind, darunter ein paar wirklich selbstbewusste Kerle – nimm das bitte nicht persönlich, du weißt sicher, was ich meine, du willst nicht irgendwas darstellen, du bist einfach echt –, habe ich gemerkt, wie schwer es ist, wahre Sanftmütigkeit zu finden auf der Welt. Aber du bist so jemand, ein wahrhaft sanftmütiger Mensch. Ich weiß, das klingt wie ein platonisches Kompliment, aber ich versuche, so aufrichtig zu sein wie möglich. Ergibt das einen Sinn, oder spreche ich nur fließend Prosecco?«

Er wusste genau, was sie meinte.

»Ich bin sehr froh, dass du es so siehst«, sagte er.

»Und warum interessierst du dich für mich?«, fragte sie.

Er überlegte kurz, um es treffend auszudrücken.

»Ich finde dich einfach atemberaubend«, sagte er schließlich schlicht und ergreifend.

Aus unerfindlichen Gründen war es schon lange her, seit jemand Shelley ohne List oder Hintergedanken ein solches Kompliment gemacht hatte. Leonards Aufrichtigkeit war völlig ungekünstelt und deshalb geradezu vollkommen. »Jetzt kommen mir glatt die Tränen«, sagte sie.

Das Dessert war verzehrt, der Kaffee bestellt und getrunken, sie redeten und redeten. Irgendwann winkte Shelley aber dann doch den Kellner herbei.

»Ich lade dich übrigens gern ein, aber ich will dich nicht beleidigen«, sagte Leonard.

»Alles gut. Du musstest ja schon fürs Happy Meal blechen, da kann ich dich das Essen hier unmöglich auch noch zahlen lassen. Wie wär's, wenn du mir stattdessen irgendwann mal ein vegetarisches Essen kochst?«

»Jederzeit. Wann immer du magst.«

Sie teilten sich die Rechnung und legten ein üppiges Trinkgeld drauf, aus Großzügigkeit und weil es Glück brachte.

Sie hakten sich unter, schlenderten plaudernd zum Taxistand und warteten dort, von der kühlen Luft wieder nüchtern, aber immer noch in ihr angeregtes Gespräch vertieft. Als Shelleys Taxi kam, entschuldigte sie sich noch mal, dass sie so früh gehen musste, sie müsse ihre Schwester ablösen, die Patrick hütete, dann stellte sie sich vor ihn.

»Das ist übrigens der Moment, wo du mich wie ein Gentleman küsst«, sagte sie, zu ihm aufblickend.

Leonard blieb seinem Entschluss treu, sich bietende Gelegenheiten beim Schopf zu packen.

»Bis dann«, sagte sie. »Übertreib es nicht mit den Proteinen.«

»Gute Nacht, Shelley. Das war wirklich ein schöner Abend. Danke dafür.«

Sie winkte ihm lächelnd aus dem Taxifenster zu und wedelte dann mit dem Disney-Plastikfisch, als hätte sie sich gerade wieder daran erinnert, dass sie ihn eingesteckt hatte. Leonard winkte zurück, bis das Taxi den Kreisverkehr am Naturhistorischen Museum umrundet hatte und verschwunden war. Um seine gute Laune noch ein wenig auszukosten, beschloss er, nach Hause zu laufen, die Nacht war klar, sein Herz beschwingt, und über ihm lag nur das weite All.

15

REISEPLÄNE

Es ist heutzutage kaum vorstellbar, dass es einst eine Zeit gab, als man keine Handys hatte und keine Textnachrichten schrieb, sondern miteinander kommunizierte, indem man Zettel mit Magneten an Kühlschränken befestigte. Auf diese Weise hinterließen Familien einander Anweisungen fürs Abendessen, Teenager teilten ihren Eltern mit, wo sie waren, unglückliche Ehefrauen reichten die Scheidung ein – alle taten dies mithilfe kurzer, im Stil Hemingways verfasster Mitteilungen, die auf Augenhöhe mit bunten magnetischen Buchstaben befestigt waren. So verbreitet war diese Vorgehensweise, dass die wachsende Beliebtheit digitaler Kurznachrichten unter Kühlschrankherstellern eine regelrechte Panik auslöste. Als man seine Kurznachrichten dann auch noch gratis versenden durfte, zog die Gesellschaft für automatisch kühlende Geräte und Anwendungen, kurz GAGA, kurzerhand vor den Obersten Gerichtshof, um ihr Recht auf das Bestreiten ihres Lebensunterhalts einzuklagen.

Mittels einer solchen altertümlichen Mitteilungsmethode erfuhr Helen an jenem Samstagmorgen, dass Paul früh aufgestanden war, um Mrs Hawthorn auf eigene Faust im Krankenhaus zu besuchen. Es liegt in der Natur des Mediums, dass es nicht genug Platz für Erklärungen bietet, daher blieb Helen lediglich die Vermutung, dass Paul vor lauter Aufregung über die bevorstehende Preisverleihung am frühen Morgen wach gelegen hatte und sich mit dem Krankenhausbesuch von seiner Nervosität ablenken wollte. Wie Helen selbst oft bemerkt hatte, gab es keine bessere Methode, sich die Sorgen zu vertreiben, als sich der anderer anzunehmen.

Helen nahm den Zettel vom Kühlschrank und faltete ihn in Gedanken zu einem kleinen Viereck zusammen. Wenn Paul auf diese Weise die Initiative ergriff, gab sich Helen meist Mühe, ihn entgegen ihrer Natur nicht zu ermutigen, wusste sie doch aus Erfahrung, dass solch enthusiastische Unternehmungen oft mit Ungeschicklichkeiten und gemischten Ergebnissen einhergingen. Es war Paul aber hoch anzurechnen, dass er seine schwindende Bereitschaft und soziale Scheu überwunden hatte und weiterhin seine Krankenhausbesuche absolvierte. Er und Mrs Hawthorn hatten im friedlichen Miteinander eine Gemeinsamkeit gefunden, sie hielten sich still an den Händen wie die Figuren in Larkins Gedicht *An Arundel Tomb.* Überraschenderweise hatte Paul auch einen Weg gefunden, mit der schwatzhaften Barbara umzugehen, deren teilweise ungefilterte Art jemanden wie ihn normalerweise in die Flucht getrieben hätte. Helen erklärte es sich damit, dass er ungefähr so alt war wie Barbaras Kinder, was ausreichend Vertrautheit erweckte, um damit ein halbstündiges Schwätzchen zu füllen. Barbara war es wiederum hoch anzurechnen, wie schnell sie verstanden hatte, dass Paul Konversation lieber nebenher betrieb, während er sich einer Konzentration erfordernden Hauptbeschäftigung wie dem Damespiel oder Reise-Scrabble widmete, bei der weder Augenkontakt noch Suggestivfragen nötig waren.

Helen war davon ausgegangen, dass sie ständig an Paul würde hinreden müssen, um ihn zu seinen Einsätzen im Krankenhaus zu bewegen, ihr war allerdings auch nichts Besseres eingefallen, womit sie ihn sonst aus dem Haus locken könnte, damit er sich irgendwo nützlich machte. Dass er jetzt auf eigene Faust losgezogen war, hätte sie eigentlich als Zeichen dafür werten sollen, dass der von ihr ins Rollen gebrachte Stein seinen Weg nun von allein fortsetzen würde. Helen hatte sich allerdings angewöhnt, nicht zu viel zu erwarten, denn sie war überzeugt, dass Paul nie ganz eigenständig sein würde. Gelegentlich kam er diesem Ziel so verheißungsvoll nah, dass sie Hoffnung schöpfte – ein neues Hobby, lautes Nachdenken über einen Vollzeitjob, hingeworfene Bemerkungen über die Möglichkeit, eine Wohnung zu mieten –, aber wie so viele Menschen war auch Paul damit zufrieden, über Vorhaben zu sprechen, statt sie tatsächlich anzugehen. Ideen führten zu halb garen Umsetzungsversuchen und endeten in einem Gefühlsbad der Enttäuschung, das wiederum zum Rückzug führte und ihm bestätigte, dass es keiner Veränderung bedurfte. Dieser Kreislauf setzte sich scheinbar immer wieder aufs Neue in Bewegung. Derweil wurden Helen und Peter älter. Das Haus war abbezahlt und eigentlich zu groß für sie. Ein perfektes Symbol für das Alter, so ein Haus voll ungenutzter Räume, die sorgfältig geputzt und entstaubt werden mussten. Helen und Peter hatten Freunde, die ihre gemeinsamen Pläne immer wieder aufgeschoben hatten, bis sie schließlich zu krank waren oder ein Partner verstorben war. Andere arbeiteten weiter, aus Geldgründen oder weil sie das mit Anonymität und Statusverlust einhergehende Rentnerdasein nicht ertragen konnten. Sie und Peter hingegen sehnten sich danach, die alte Beziehung wiederaufleben zu lassen, die sie vor dem Elterndasein geführt hatten. Nach den jahrelangen Sorgen um Geld und die Kinder träumten sie davon, als Rentner zu ihrem alten Leben zurückzufinden, eine kurze Phase der Sorglosigkeit, bevor das Unausweichliche geschah.

Und doch konnte Helen ihren Sohn nicht ganz loslassen. Schon so lange lebte er nun mit ihnen unter einem Dach und hatte Spannungen in ihrer Beziehung zu Peter ausgeglichen, die sich sonst vielleicht entladen hätten. Zwei Personen, die in einem großen Haus herumgeisterten, kamen sich gern mal ins Gehege; im Gegensatz zur landläufigen Annahme war viel Zeit mitnichten ein Mittel gegen Ungeduld. Helen begründete den Umstand, dass sie immer noch zwei Tage die Woche arbeitete, damit, dass sie nicht vor ihrem Renteneintrittsalter aufhören wolle, doch in Wahrheit war sie einfach noch nicht bereit, ihre Fantasievorstellung vom offenen, zwanglosen Alltag mit Peter der Realitätsprüfung zu unterziehen. Paul brachte Routine in ihr Leben und hatte sich als Talisman gegen den feinen Film der Einsamkeit erwiesen, der sich in einem leeren Haus leicht festsetzte. Weil Paul im Haus herumwuselte, stets bereit, mit ihr zu plaudern oder etwas zu unternehmen, fühlte Helen sich nicht ausgeschlossen, wenn sie ihrem Mann Peter den Rückzugsraum gab, den er so dringend brauchte.

»Guten Morgen, Liebes«, sagte Peter, als er später in die Küche kam. Als er noch gearbeitet hatte, war es ihm wichtig gewesen, samstags immer auszuschlafen, doch er hatte seine Routine auch im Ruhestand beibehalten. »Wie hast du geschlafen?«, fragte er, drückte Helen einen Kuss aufs Haar und folgte ihrem Blick über die Spüle hinaus in den Garten.

»Gut, danke, mein Lieber. Ist deine Nase verstopft? Du hast in der Nacht ein bisschen geschnarcht«, sagte Helen.

»Es ist Frühling. Wahrscheinlich schon Heuschnupfen. Hast du unseren Sohn und Erben schon gesehen? Wenn er noch schläft, mache ich erst mal nur für uns beide Porridge.«

»Nur zu. Er hat uns eine Nachricht hinterlassen – er ist ins Krankenhaus gegangen, um die Patientinnen zu besuchen. Auf eigene Faust.«

»Ich bin beeindruckt. Gut so! Vielleicht hast du da tatsächlich was in Gang gesetzt«, sagte Peter, während er die Haferflocken abmaß.

Sie genossen ihr übliches Samstagsfrühstück, beide im Schlafanzug, Peter widmete sich den noch ungelesenen Artikeln der Vortagszeitung. Nach einer Weile schaltete Helen das Radio ein, um die Stille mit ein bisschen Plauderei zu füllen, worauf Peter allerdings lieber verzichtet hätte.

Helen betrachtete die Futtersäulen im Garten hinter dem Haus, die Paul offenbar heute Morgen wieder aufgefüllt hatte. Einige Buchfinken taten sich an Körnern und Samen gütlich, während sich ein Dohlenpärchen an den Meisenknödeln abarbeitete. »Hast du noch mal über unsere Reise nachgedacht?«, fragte sie. »Sobald die Hochzeit überstanden ist, sind wir ziemlich flexibel. Vielleicht sollten wir beide etwas Besonderes unternehmen.«

»Da musst du mich nicht zweimal fragen. Ich bin dabei, aber ich dachte, du wolltest erst überlegen und es mit unserem Herrn Filius besprechen? So ein Langstreckenflug ist nichts für ihn.«

»Ich weiß, aber ich habe über das nachgedacht, was Grace gesagt hat. Vielleicht wäre es gut für ihn, wenn wir ohne ihn Urlaub machen.«

»Da stimme ich voll zu. Wo würdest du denn gern hin? Also langweilige Kreuzfahrten oder Busreisen würde ich lieber nicht machen. Außerhalb von Europa? Die Staaten vielleicht oder irgendwas Exotischeres? Argentinien oder Vietnam?«

»Hm, eher nicht Asien. Grace fliegt doch schon nach Kyoto, dann denkt sie womöglich, dass wir sie verfolgen.«

»Weißt du, Asien ist ziemlich groß, obwohl es auf der Karte nur so klein aussieht.« Peter hielt die Hände nur einen Spaltbreit voneinander entfernt und lachte.

Als der Porridge aufkochte, schaltete Helen den Herd ab. »Lass mich in Ruhe darüber nachdenken. Und am besten sagen wir noch nichts. Wir wollen ja nicht unnötig die Pferde scheu machen.«

16

INDUSTRIE- UND HANDELSKAMMER

Paul kehrte gut gelaunt aus dem Krankenhaus zurück. Er ließ die Schlüssel auf den Flurtisch fallen und schlenderte in die Küche, um seiner Mutter einen Kuss auf die Wange und einen im Supermarkt erstandenen Strauß Chrysanthemen in die Hand zu drücken. Die Samstagszeitungen für seinen Vater packte er mit einem satten Klatscher auf den Tisch.

Die Besuchsrunde war gut gelaufen. Bei seinem Eintreffen hatte Mrs Hawthorn geschlafen, daher hatte er sich erst mal mit Barbara unterhalten, denn das Bett in der Mitte war leer gewesen, obwohl zuvor offenbar jemand darin gelegen hatte. Paul erzählte ihr alles über die Preisverleihung und dachte sogar daran, sich nach ihren erwachsenen Kindern zu erkundigen, und zwar während einer Partie Schiffe versenken, die Reiseversion, extra von ihm mitgebracht, weil er bei einer früheren Gelegenheit festgestellt hatte, dass Scrabble sie streitlustig machte. Bevor er ging, sah er noch mal nach Mrs Hawthorn, die immer noch schlief, obwohl sie jetzt einen Schlauch im Arm hatte und an einem Tropf hing. Wie immer setzte er sich auf den Stuhl neben ihrem Bett und genoss die Ruhe, die gelegentlich von ihren flachen, leicht rasselnden Atemzügen unterbrochen wurde. Als sie erwachte und ihn an ihrem Bett vorfand, streckte sie schwach die Hand aus und legte sie in seine. So verharrten sie eine Weile, vielleicht zwanzig Minuten, bis sie wieder weggedämmert war. Bevor er sich auf den Heimweg machte, legte Paul ihre Hand sachte auf die Bettdecke zurück und schob das Glas Wasser von der Kante in die Mitte ihres Nachttischs.

Er verließ das Krankenhaus mit neuem Selbstbewusstsein und Unabhängigkeitsgefühl. Das blieb auch so, als er wieder zu Hause war und sich für die Preisverleihung fertig machte, beim Rasieren pfiff er sogar, im Bad sang er vor sich hin, willkürliche Sequenzen – *la-di-da, la-da-da* – aus irgendwelchen Musicals. Sein Veilchen hatte sich etwas beruhigt und von dunkelblau ins Gelbliche verfärbt. Doch bei komplexen, empfindsamen Menschen wie Paul genügte bereits eine Kleinigkeit, um sie aus der Bahn zu werfen. Den Wind aus den Segeln nahm ihm in diesem Fall die Feststellung, dass sein neues, extra für die Hochzeit gekauftes Hemd – das er zusammen mit seinem nagelneuen Anzug anprobierte – Umschlagmanschetten hatte. Umschlagmanschetten erforderten Manschettenknöpfe, die er nicht besaß und sich deshalb von seinem Vater leihen musste, was ihn natürlich befangen machte, denn solche Dinge konnte man leicht verlieren. Nicht zu vernachlässigen war auch die für den Einsatz ebenjener Knöpfe erforderliche Fummelei, ein Ding der Unmöglichkeit für jemanden wie Paul, der zwei linke Hände hatte. Er setzte sich in Hose und Socken auf die Bettkante und betrachtete das Hemd mit seinen lächerlichen, weit offen stehenden Umschlägen wie ein flügellahmes Abbild seiner Selbst.

Es blieb ihm nichts übrig, als sich halb angezogen nach unten zu begeben, um seinen Vater um die Manschettenknöpfe zu bitten, denn er war nicht bereit, in Peters privaten Schubladen herumzuwühlen. Dann musste er seine Mutter bitten, ihm beim

Zumachen zu helfen, was sie nur zu gern tat und ihm sogar versicherte, dass ihm das nicht peinlich sein müsse, sie würde es bei seinem Vater nicht anders machen. Doch es half nichts. Pauls Enthusiasmus war verflogen, entwichen wie die Luft aus einem Ballon. Als sie zur Preisverleihung losfuhren, saß Paul bei heruntergelassenem Fenster still und sozial völlig ausgelaugt auf der Rückbank.

Leonard holten sie auf dem Weg zur Ortsmitte ab, wo die Preisverleihung stattfinden sollte, und zwar um fünfzehn Uhr, auf dem Höhepunkt eines Nachmittags voller Veranstaltungen, die unter der Bezeichnung »Gemeindefest« firmierten. Nachdem Leonard seine Haustür abgeschlossen hatte, stieg er, ebenfalls sichtlich nervös, zu ihnen ins Auto. Aus seiner beschwingten Laune heraus hatte er Shelley eine Nachricht geschickt und sie gefragt, ob sie mitkommen wolle zur Preisverleihung. Jetzt, da er sich seiner Position als ihr Freund sicher war, wollte er sie den anderen vorstellen und ein wenig mit ihr angeben. Sie hatte ihm mit einem bedauernden »Nein« geantwortet, sie könne leider nicht kommen, schließlich müsse sie auf Patrick aufpassen. Leonard, der sich nicht so leicht entmutigen ließ, schlug vor, sie solle Patrick einfach mitbringen, es sei auf dem Fest sicher einiges für Kinder geboten. Sie schrieb zurück – etwas angespannt, wie Leonard zu erkennen meinte –, sie halte es für verfrüht, dass Patrick und Leonard sich kennenlernten, außerdem habe sie ihrem Sohn bereits etwas anderes versprochen, was sich nicht ohne Weiteres absagen ließ. Leonard antwortete kurz, aber verständnisvoll, und schlug für Montag ein Treffen zum Mittagessen vor, um zu überspielen, wie sehr es ihn kränkte, dass sie ihn auf die hinteren Ränge verwiesen hatte.

So saßen die beiden Männer also auf der Rückbank, beide gaben sich schweigend ihrem Selbstmitleid hin. Nachdem sowohl

Leonard als auch Paul angesichts des abgesagten Monopoly-Abends beim anderen eine gewisse Frostigkeit erwartete, erkannte keiner von beiden den wahren Grund für die Missstimmung des anderen, was diese nur verstärkte.

Sie kamen ein bisschen zu spät zur Verleihung, weswegen es im Saal bereits voll und sehr laut war. Bei der Ankündigung hatte man ausgelobt, dem Publikum die »klügsten Köpfe aus Wirtschaft und Industrie der Region« zu präsentieren, aber das »Fest« hatte ungefähr so viel Flair wie jede x-beliebige Gemeindeveranstaltung. Das Hauptaugenmerk lag darauf, die kleinen und mittelständischen Betriebe der Gegend zu bewerben und zwar mithilfe von Info-Ständen, diesem zeitlosen Medium des Marketing. Ein Pizzarestaurant aus der Nachbarschaft demonstrierte vor Publikum, wie man Teig ausrollte, während der Verkäufer eines Unternehmens für Velux-Fenster zwei junge Mädchen anschnauzte, sie sollten sofort die Finger aus dem Scharnier des Demonstrationsmodells nehmen. Im äußersten Winkel des Saals verbarg sich der Stand der Stadtbibliothek, wo die preisgekrönten Werke des Kindermalwettbewerbs ausgestellt wurden, deren Gewinner man am Vormittag verkündet hatte. Die Bilder zeigten einen Welpen, der mit traurigem Blick aus dem Fenster sah, einen Leuchtturm im Sturm, Ronaldo und etwas, das wohl die Mona Lisa sein sollte, aber vermutlich eher Ähnlichkeit mit der jungen Künstlerin selbst hatte. In der gegenüberliegenden Ecke kämpfte eine Frau, die Gesichtsmalerei und Ballontiere basteln anbot, gerade mit einem heulenden, sichtlich übermüdeten Jungen, dem sie ein Spiderman-Gesicht malen wollte. Mittendrin stand ein Typ mit Baskenmütze, das Gesicht weiß angemalt, eine schwarze Clownsträne auf der Wange, und wartete auf sein nächstes Opfer, ein willkürlich ausgewählter Besucher, dessen Bewegungen er pantomimisch imitierte. Die Väter, im Allgemeinen als Spaßvögel der Familie bekannt, machten mit und überspielten ihre Verlegenheit mit Gelächter. Doch dann trat der Pantomime auf Paul zu und starrte ihn an, in der Hoffnung, bei ihm eine Reaktion hervorzurufen, die er nachäffen könnte. Paul starrte einfach stumm zurück, weil er in seinem Gegenüber einen Gleichgesinnten zu erkennen meinte, jemand, der genauso gern still war wie er selbst. Irgendwann deutete der Pantomime auf Pauls Namensschild, auf dem »Ehrengast« stand, und als dieser seinem Blick folgend das Kinn senkte, schnipste der Mann ihm ins Gesicht und rannte stumm über seinen alten Trick kichernd davon.

Helen und Peter schlenderten an den Ständen vorbei, hin und her gerissen zwischen Neugier und Abneigung gegen den verkaufseifrigen Smalltalk der Standbetreiber. Die Organisatorin von der Industrie- und Handelskammer eilte auf Paul zu, »Endlich habe ich Sie gefunden!« rufend, und: »Kommen Sie mit, ich möchte, dass Sie unseren neuen Präsidenten kennenlernen – er ist frisch ernannt worden. Da drüben steht er, der Mann mit der Amtskette. In ein paar Minuten wird er den Gewinner verkünden, wenn er das Podium betritt, begeben Sie sich bitte an die Seite der Bühne.«

Paul wurde dem Präsidenten der Kammer vorgestellt, ein Mann namens Mike Brine, dem auch Mike's Bike's gehörte, das Fahrradgeschäft mit dem Deppenapostroph, das sich auf der Hauptstraße neben dem Bahnhof befand. Mike ließ sich mit großem Enthusiasmus über die Ausschreibung aus und merkte an, es sei bei der Auswahl der Gewinner weniger um die Anzahl der Einsendungen als um deren Qualität gegangen, bevor er Paul offenbarte, dass tatsächlich alle drei eingegangenen Einsendungen prämiert worden seien. Links neben Paul standen die anderen Nominierten. Carol, die einen Schönheitssalon führte und Mitglied bei der Industrie- und Handelskammer war, hatte sich kurzfristig zur Teilnahme entschlossen, weil sie wusste, dass es nicht genügend Einreichungen gab und sie der Kammer die Blamage ersparen wollte. Ihr Beitrag – »Bitte zögern Sie nicht, mich zu kontaktieren« – sei laut Urteil der Jury »zwar nicht besonders originell, aber durchaus pragmatisch und statthaft«. Sie fand, dieses Urteil bestätige ihren bereits etablierten Ruf als zuverlässige Person. Der andere Kandidat hieß Dermot und war Taxifahrer – und nicht *Taxidermist*, wie Paul zunächst fälschlicherweise verstanden hatte; er hatte nur wegen des Preisgelds teilgenommen, was auch der Grund war, weswegen er, wie er prahlte, an so gut wie jedem Wettbewerb teilnahm. Sein Vorschlag – »Lass von dir hören!« – war umstritten, ein Jurymitglied hatte ihn sogar als »knapp, direkt und idiotisch« bezeichnet.

Die Organisatorin trat ans Mikrofon und bat das Publikum um Applaus für »unseren neuen Präsidenten«, wobei sie vergaß, dass es sich lediglich um den Präsidenten der Kammer handelte und nicht um ein gewähltes Staatsoberhaupt. Mike von Mike's Bike's stimmte einen übertriebenen Lobgesang auf die »wahnsinnig inspirierende« Veranstaltung an, die sicherlich noch Jahre in aller Munde sein würde, bevor er darauf hinwies, dass im Wort Gemeinschaft auch »Gemeinsamkeit« stecke. Während seiner Ansprache stand der Pantomime neben ihm und fuchtelte mit den Händen herum, es sah aus wie Gebärdensprache, handelte sich aber schlichtweg um Verarschung. Mike, der das alles vor lauter Würdentragen gar nicht bemerkte, bemühte sich nach besten Kräften darum, dramatische Spannung zu erzeugen, indem er die Nominierten in umgekehrter Reihenfolge zu ihrer Platzierung auf die Bühne rief.

Den dritten Platz belegte – wenig überraschend – Dermot der Taxifahrer, der für seine Idee einen Korb voller Fahrradutensilien bekam, inklusive eines Reifenpannensets und einer knappen Radlerhose mit Polster zur Vermeidung schmerzhafter Sattelreibung. Carol bekam den zweiten Preis, eine Schönheitsbehandlung ihrer Wahl in ihrem eigenen Salon, etwas, das Präsident Mike als »Win-win-Preis« bezeichnete.

Durch Ausschlussverfahren gelangte Paul zu der Erkenntnis, dass er der Sieger war, noch bevor sein Name bekannt gegeben wurde. Helen und Peter hatten ebenfalls »zwei und zwei zusammengezählt« und schlossen ihn stolz in die Arme. Leonard, der von seinem schriftstellerischen Gespür profitierte, gesellte sich dazu, aller Unmut war vergessen, und sie feierten den Sieg mit festem Handschlag und breitem Grinsen.

Paul erklomm die Stufen des Siegertreppchens, als man das bühnenbreite Banner mit seinem Siegerbeitrag entrollte – wir danken *Perfecto Print: Ihre Worte. Unser Versprechen.* für die freundliche Spende. Darauf stand:

ES WIRD EMPFOHLEN, OBIGES ZU BEACHTEN.

Klassisch Paul. Er ging davon aus, dass der Empfänger lediglich Interesse an der vorangegangenen Nachricht hatte, und wies auf deren Wichtigkeit hin, ließ ihm aber eine Hintertür offen, falls er der Empfehlung nicht folgen wollte. Am besten war jedoch, dass hier nichts zum ursprünglichen Anschreiben hinzugefügt wurde, denn Abschiedsformeln sollten ja nur dafür sorgen, dass ein Brief nicht abrupt endet. Die Jury der Industrie- und Handelskammer empfand tiefe Erleichterung darüber, in der doch sehr begrenzten Auswahl der Einsendungen einen derart klugen und preiswürdigen Beitrag gefunden zu haben. Es gab großen Beifall und sogar vereinzelte Jubelrufe, ein paar Gäste traten näher, um die Formel genauer in Augenschein zu nehmen, während andere sie laut wiederholten, um sich an den Klang zu gewöhnen. Vereinzelte, besonders gewiefte Geschäftsleute hingen schon am Handy und wiesen ihre Teams an der Basis an, ihre Textbausteine entsprechend anzupassen, damit sie die Ersten wären, die mit der neuen Formel an den Start gingen. Im Saal herrschte muntere Feierlaune, doch auch ein wenig Verwirrung, weil Präsident Mike es versäumt hatte, den Nichteingeweihten im Publikum zu erklären, worum es bei der Ausschreibung eigentlich gegangen war. Der Pantomime fing den Moment mit seiner Darstellung wunderbar ein, sie war allerdings so komplex, dass sie sich hier gar nicht in Worte fassen lässt.

Präsident Mike überreichte Paul einen riesigen, natürlich nicht echten Scheck über zehntausend Euro und die Trophäe einer abgetrennten Hand, die eine Feder in den Fingern hielt. Dann forderte er Paul dazu auf, ein paar Worte zu sagen, während der Pantomime sich als Übersetzer positionierte.

Paul trat ans Mikrofon und ließ den Blick über die Gesichter der unter ihm versammelten Gäste wandern. Sie wirkten so glücklich und angeregt, obwohl sie gar nicht recht wussten, was da oben eigentlich vor sich ging, bereit, zu applaudieren und zu jubeln, einfach so zum Spaß. Stumm stand er da, starrte in die Menge, die zunehmend ruhiger wurde, weil jeder auf seine Ansprache wartete. Präsident Mike, die geborene Führungspersönlichkeit, ging davon aus, dass es sich bei Pauls Schweigen um akutes Lampenfieber handelte, und flüsterte: »Danken Sie einfach allen und wünschen Sie Ihnen viel Spaß.« Doch Paul stand einfach da, unbewegt, stumm. Der Pantomime setzte sich auf den Bühnenrand, kratzte sich mit theatralischer Geste den

Kopf und schaute auf seine Fantasieuhr. Schließlich ergriff Mike, ganz der Profi, das Mikro, dankte allen und überspielte die peinliche Situation, indem er erklärte, der Sieger sei so überwältigt, dass ihm die Worte fehlten.

Als Paul von der Bühne trat, nahm er erneut die Glückwünsche seiner Familie entgegen, aber jetzt kamen auch Mitglieder der Kammer und andere Gratulanten hinzu. Leonard hob besonders hervor, wie sehr ihn am Siegersatz die Leichtigkeit des Ausdrucks beeindruckt habe, was Paul besonders viel bedeutete, denn Leonard war nicht nur sein bester Freund, sondern auch ein professioneller Autor, der wusste, wovon er sprach.

Ein Reporter der Gemeindezeitung bat Paul um eine Reaktion, die er in seinem Advertorial über die Veranstaltung zitieren könne, erntete aber nur Schweigen. Der Pantomime stand hinter ihm und strich sich mit dem Finger über die Lippen, als wollte er sie versiegeln, und mimte dann seine eigene Erhängung mit einem Fantasiestrick, bevor er sich mit einer sprechenden Geste enthauptete. Der Reporter fragte: »Soll das ein Witz sein?«, aber Paul reagierte immer noch nicht, er stand einfach da und genoss die Zuwendungen wie ein warmes Bad. In der folgenden Woche sollte ein zweiseitiger Artikel über die Preisverleihung erscheinen, mit einem großen Foto von Paul und dem sprechenden Titel »Ein Satz sagt mehr als tausend Worte«. Im Artikel fanden sich längere Zitate von Paul, der die großartige Arbeit der Industrie- und Handelskammer lobte, ausgedrückt in Worten, die Präsident Mike verfasst und dem Reporter per E-Mail zugeschickt hatte.

Nachdem die Verleihung über die Bühne war, gingen auch die anderen Festivitäten zu Ende, weil der Saal schnell umgebaut werden musste, denn schon in ein paar Stunden sollte dort eine alkoholfreie Teenie-Disko stattfinden.

Während Leonard Peter dabei half, den riesigen Pappscheck im Kofferraum zu verstauen, was den Ausbau der Hutablage erforderte, setzte sich Paul auf die Treppe neben den Pantomimen, der aus seiner Rolle geschlüpft war, um zu rauchen und mit Paul zu plaudern. Sie hatten einander offenbar eine Menge zu erzählen, denn am Ende schlugen die beiden ein, und der Mann gab Paul eine Visitenkarte. Leonard hatte beschlossen heimzulaufen, um einen klaren Kopf zu bekommen, also fuhren die anderen direkt nach Hause, Peter am Steuer war in Hochstimmung, als hätten sie die Fußballweltmeisterschaft gewonnen. Der Mann des Tages, in seinem neuen Anzug auf der Rückbank, genoss den frischen Fahrtwind, der durchs offene Fenster hereinströmte, und fühlte sich wie seine Umschlagmanschette, frei und gelöst.

17

ABENDESSEN MIT DER FAMILIE

Nach einem denkwürdigen Tag bei der Preisverleihung strömten Helen, Peter und Paul in ausgelassener Feierlaune ins Haus. Da Grace und Andrew für den nächsten Tag zum Sonntagsessen eingeladen waren, hatten sie eigentlich vorgehabt, die Speisen vorzubereiten und alles in Ordnung zu bringen. Stattdessen kosteten sie ihre Hochstimmung aus, suchten einen geeigneten Platz für den riesigen Pappscheck, öffneten eine Dose Konfekt und sahen sich gemeinsam *Broadway Danny Rose* an.

Daher gab es Sonntagmorgen kein Ausschlafen, sondern alle meldeten sich bereit zum Dienst, um das ganze Haus auf Vordermann zu bringen. Aufgaben wurden verteilt und die dafür zu verwendende Zeit genau bemessen, denn man wollte Grace und Andrew bei ihrem Eintreffen am späteren Nachmittag mit entspannter Ordnung und heißen Speisen empfangen.

Der Schlüssel zum Erfolg lag natürlich darin, sich nicht in die Quere zu kommen. Helen, für die Zubereitung des Hauptgerichts zuständig, war in der Früh aufgebrochen, um im Supermarkt ein paar wichtige Zutaten zu besorgen, sobald dieser seine Türen öffnete, Dinge wie Salz und Salbei, die man so selten kaufte, dass man nicht rechtzeitig merkte, wenn sie zur Neige gingen. Peter war Herrscher über Vor- und Nachspeise, Ersteres ein Salat mit Walnüssen und Ziegenkäse, den er nach Eintreffen der Gäste in Echtzeit zubereiten würde, Letzteres Dosenobst mit Vanilleeis, ein Dessert aus Kindertagen, das Grace sicher erfreuen würde und außerdem das Problem löste, dass Peter am Abend zuvor den Film angeschaut hatte, statt sich um die eigentlich geplante Baiser-Torte zu kümmern. Paul war der Mann für die Mülleimer – das schloss auch die kleinen Abfallkörbe in den Schlafzimmern und die Treteimer in den Badezimmern ein – und sollte außerdem den Tisch decken, zwei Aufgaben, mit denen er schon seit seiner Kindheit betraut war.

Grace und Andrew hatten ein paar hektische Tage hinter sich. Obwohl sie sich vorgenommen hatten, in ihrem Zeitplan auch Platz für ein paar romantische Stunden freizulassen, waren sie stattdessen mit dem Auto rumgedüst und hatten all die Kleinigkeiten geholt und geliefert, die eine Hochzeit letztlich zum Erfolg machten. Auf der To-do-Liste stand: 1 dicke, aber duftlose Hochzeitskerze besorgen; Schmuckschleifen für Kirchenbänke binden; 1 feinen Stift für die Unterzeichnung der Heiratsurkunde kaufen; bunte Schilder malen und aufhängen, um den Gästen den Weg zur etwas abgelegenen Kirche zu weisen, und Kleidung für die Flitterwochen in Kyoto besorgen.

Grace war schon am Morgen mit leerem Magen zum Joggen aufgebrochen und hatte die Rückrunde gehend zurückgelegt, weil sie die Kräfte verlassen hatten. Danach war sie wieder ins Bett geschlüpft, eigentlich nur für eine halbe Stunde, aber sie war eingeschlafen, und Andrew hatte sie nicht geweckt. So kam es, dass ihr nach dem späten Aufstehen die Zeit davonlief und sie sich abhetzen musste, schlecht gelaunt und von Muskelkater geplagt. Auf der Fahrt zu Graces Eltern gerieten sie sich dann auch noch in die Haare. Andrew beschuldigte sie, jedes verdammte Mal zu spät zu kommen, worauf sie erwiderte, dass er sie verdammt noch mal hätte früher wecken sollen, schließlich sei er doch so verdammt sicher gewesen, dass sie keinen verdammten Wecker brauche. Sie trafen mit einer halben Stunde Verspätung ein, weil sie unterwegs noch auf dem letzten Drücker Wein und Blumen kaufen mussten. Doch als Peter ihnen die Tür öffnete, präsentierten sie ein Bild der innigen, glücklichen Verbundenheit, genau wie Peter und Helen, obwohl die beiden gerade genauso im Clinch lagen, allerdings war es bei ihnen um den Zustand der Vorspeise gegangen.

»Schön, dich zu sehen, Schatz«, sagte Helen zur Begrüßung, als Grace ihr mit hingehauchtem Wangenkuss die Blumen überreichte. »Ach, das ist doch nicht nötig, aber die sind wirklich hübsch. Hi, Andrew, mein Lieber – wir freuen uns, dass du auch kommen konntest. Ihr habt sicher viel um die Ohren.«

Andrew ließ sich umarmen. »Ich freu mich, dich zu sehen, Helen«, sagte er. »Verzeih, dass ich mich so lange nicht habe blicken lassen – ich war viel auf Reisen, und du weißt ja, wie es ist. Wie ist es euch so ergangen?«

»Gut, bestens. Kommt doch rein. Hier, ich nehme eure Mäntel. Ihr habt ganz recht, es ist noch recht frisch da draußen, selbst in der Sonne«, sagte Helen, während sie den Treppenpfosten unter den Mänteln begrub.

Paul hatte es sich nach getaner Arbeit gerade mit einer Ausgabe des *National Geographic* aus der Stadtbibliothek auf dem Sofa bequem gemacht.

»Und hier ist er, der Mann der Stunde! Lass dich umarmen!«, rief Grace. »Ich freue mich sehr für dich. Gut gemacht. Ich nehme an, wir werden dein Meisterwerk ab jetzt unter jeder Geschäftsmail lesen.«

»Ja, könnte sein«, sagte Paul. »Gut siehst du aus. Hoffentlich hast du nicht zu viel zu tun mit der Hochzeit und allem. Hi, Andrew. Bitte, komm doch rein. Wie geht's dir?«

»Alles gut, danke. Fein, dich zu sehen«, sagte Andrew und hatte Paul schon auf männliche Art in die Schulter geknufft, bevor der reagieren konnte. »Gratuliere zu deinem Preis. Wie war das noch: ›Danke, dass sie Obiges zur Kenntnis nehmen‹ oder so ähnlich? Gratulation. Das werden wir jetzt alle benutzen müssen. Du wirst berühmt sein.«

»Ach, ich weiß nicht«, sagte Paul. »Dad kommt gleich. Er ist der Herr der Vorspeisen, ich glaube, er bezwingt gerade die Rapunzeln oder so.«

Grace verschwand in die Küche und bot ihre Hilfe an, während sie in der obersten Schublade nach dem guten Messer kramte.

»Entspann dich, Schatz, ich komm hier schon klar«, sagte Peter. »Dem scharfen Blick deiner Mutter entgeht nichts, es ist alles unter Kontrolle. Du könntest den Wein aufmachen, wenn du magst. Am besten den Guten von euch, nicht den mit dem Schraubverschluss – der kommt aus Kolumbien! Wer trinkt bitte Wein aus Kolumbien?«

Grace nahm die Getränkebestellungen auf und raunte Andrew auf dem Weg zurück in die Küche zu, dass sie fahren würde, falls er Alkohol trinken wolle, woraufhin er sie auf die Stirn küsste und erklärte, es sei schon okay, er werde fahren, und im Nu herrschte wieder Friede, Freude, Eierkuchen zwischen den beiden.

»Zu Tisch!«, rief Helen, das Fenster für die Begrüßungsdrinks war leider schon wieder geschlossen, dank Graces und Andrews Verspätung, die Helen beim Timing fürs Hähnchen unter Druck gesetzt hatte. Sie nahmen ohne Tischordnung ihre Plätze ein, nur Helen bat sich aus, neben der Tür zu sitzen, von dort aus könne sie leichter servieren. Vor Jahren hatte Helen mal mit dem Gedanken gespielt, die Wand zwischen Esszimmer und Küche einzureißen, um einen offenen Wohn- und Essbereich zu schaffen, aber Peter hatte sie gebeten, davon abzusehen, weil er beim Essen nicht auf Waschmaschine und Trockner blicken wollte. Sie hatte nachgegeben, bedauerte es aber regelmäßig, dass die Küche vom Rest des Wohn- und Essbereichs im Erdgeschoss abgetrennt war, denn so waren Schwätzchen beim Kochen unmöglich, und man musste beim Auftragen der Speisen immer einen Umweg absolvieren. Peter machte das nichts aus, er konnte unter Zuhilfenahme von Daumen und kleinen Fingern wie ein Kellner vier Vorspeisenteller elegant balancieren. Er, der Meister des faulen Transports, konnte sogar mit dem Hinterteil Türklinken öffnen, sie mit dem Ellbogen wieder schließen und den Lichtschalter mit dem Kinn betätigen. Dieses Mal nahm er allerdings Pauls Hilfe in Anspruch, peinlich darum bemüht, nach Helens scharfem Anpfiff nicht auch noch was zu verschütten.

Während sich die Familie über die Vorspeise hermachte – alle waren ausgehungert, denn sie hatten seit dem Vormittag nichts mehr gegessen, um sich den Appetit nicht zu verderben –, brachte Grace ihre Mutter auf den neuesten Stand in Sachen Hochzeitsvorbereitungen.

»Also der Konditor hat Karfreitag geschlossen, aber wenn ich ihm eine Nachricht aufs Handy schicke, sperrt er extra für mich den Laden auf und übergibt mir die Torte, denn wenn wir das gute Stück bis Freitag nicht beim Hotel abliefern, müssten wir bis Montag warten, weil nämlich deren Experte für Hochzeitsfeiern am Wochenende freihat, und nur dem kann ich die Torte anvertrauen«, erklärte Grace.

»Das kann ich für dich machen, wenn du willst«, bot Peter an.

»Nee, danke, alles gut, Dad – es ist besser, wenn ich das mache, dann kann ich gleich kontrollieren, ob alles wie bestellt ausgeführt wurde, und mich vor Montag noch ein letztes Mal mit dem Hotelpersonal abstimmen. Der Florist sollte die Bouquets am Sonntagabend fertig haben, aber wegen Ostern hat er familiäre Verpflichtungen, deswegen konnte er mir keine genaue Abholzeit nennen, was dem allgemeinen Eindruck entspricht, der Mann hat sich schon die ganze Zeit über nicht gerade als zuverlässig erwiesen. Ich hoffe nur, dass wir am großen Tag nicht auf Tankstellensträuße ausweichen müssen. Wenn ich an den Traualtar trete, will ich nicht nach Diesel stinken wie eine Truckerbraut. Passt es dir noch, die Kollekte durchzuführen, Mam? Du machst das ja mit Andrews Mutter zusammen.«

»Selbstverständlich. Ich freue mich schon darauf, deine Eltern wiederzusehen, Andrew. Das letzte Treffen ist schon so lange her. Wir hätten sie gern vorher zu uns eingeladen, aber nun«, sagte Helen.

»Sie freuen sich auch schon, Helen«, erwiderte Andrew. »Mam hat eine gewisse Scheu vor Menschenansammlungen, daher ist sie heilfroh, dass sie sich an dich halten kann. Ihr sitzt am selben Tisch, da könnt ihr euch ausgiebig unterhalten.«

»Wie geht es deinem Dad?«, fragte Peter. »Spielt er immer noch ohne Sonnencreme Golf?«

»Ja, ein paarmal pro Woche, mit seinen alten Geschäftsfreunden. Ständig fragt er, ob ich auch spielen will, aber ich konnte mich nie so recht dafür begeistern. Vielleicht sollte ich trotzdem mal mitgehen, aber er macht so einen Wettkampf draus, entspannter Vater-Sohn-Nachmittag geht anders. Spielst du Golf, Peter?«

»Ich hab mal mit Helen Minigolf gespielt. Aber ich habe verloren und musste Strafe zahlen«, sagte Peter grinsend und knuffte Helen in die Seite.

»Hör auf! Die Geschichten aus unserem Nähkästchen gehen

niemanden etwas an. Hör nicht auf ihn, Andrew, er mag keine Spiele, die er nicht gut beherrscht«, sagte Helen.

»Das stimmt«, warf Paul ein. »Wir haben einen ganzen Stapel Spiele, die er nur einmal ausprobiert und danach nie wieder ausgepackt hat. Er mag Quizspiele, aber das sind eigentlich gar keine Spiele. Trivial Pursuit und so was. Da kann ich auch gleich eine Prüfung absolvieren.« Paul war Purist und ein strenger Verfechter der Devise, dass Spielerfolg durch Geschicklichkeit im jeweiligen Spiel erreicht werden sollte und nicht mithilfe irgendwelcher außerhalb des Spiels erworbener Kenntnisse – das empfand er nämlich schlichtweg als Schummelei.

Die hungrigen Gäste hatten mit der Vorspeise kurzen Prozess gemacht, sogar Grace, die langsame Esserin in der Familie, die auch den mitgebrachten Wein genoss.

Helen stand auf, um das Hähnchen aus dem Ofen zu holen, wehrte Graces Hilfsangebot mit einer ungeduldigen Handbewegung ab und schenkte ihr stattdessen Wein nach. »Entspann dich! Du bist die ganze Woche rumgehetzt. Lass dich heute mal verwöhnen. Komm, Peter, zeig mal, wie gut du dich als Kellner machst, wenn du eine Hauptspeise servieren musst.«

»Schau dir das gut an, Andrew. So wird es laufen. Kaum hast du den Ring am Finger, wirst du Teil ihres Hauspersonals«, sagte Peter, woraufhin Helen ihm mit dem Geschirrtuch eins überzog. Nachdem beide in der Küche verschwunden waren, trank Grace einen Schluck Wein und wandte sich an Paul, der dem Alkohol weniger zugetan war.

»Erzähl uns mal, wie's gestern war. Hast du eine Siegertrophäe bekommen oder so was?«

»Ja, habe ich tatsächlich. Sie steht da drüben – eine abgetrennte Hand!«, sagte er mit Geisterstimme und zeigte Richtung Kamin. »Außerdem gab es ein Preisgeld.«

»Nee, sag bloß! Wie viel?«, fragten Grace und Andrew wie aus einem Munde.

»Gar nicht mal wenig – zehntausend.«

»Aber hallo!«, rief Grace ehrlich überrascht. »Das ist eine stolze Summe. Wow! Jetzt ärgere ich mich fast, dass ich nicht auch teilgenommen habe.«

»Ich hab sogar einen Riesenscheck bekommen. Er ist oben. Dad hat versprochen, ihn zu rahmen. Der ist natürlich nicht echt, der Scheck. Man kann ihn nicht zur Bank bringen, aber das habe ich erst herausgefunden, als der Präsident am Ende der Veranstaltung den richtigen Scheck überreicht hat.«

»Der Präsident war da?«, fragte Andrew ehrfürchtig.

»Ha, nein, nicht *der* Präsident. Nur Mike Brine, der Präsident der Industrie- und Handelskammer. Ihm gehört Mike's Bike's an der Hauptstraße.«

»Der Laden mit dem Deppenapostroph?«, fragte Grace.

»Genau der. Mike ist eigentlich ein ganz netter Kerl. Er trägt sogar eine Amtskette und so. Die nehmen das alles richtig ernst.«

»Sieht ganz so aus. Zehntausend sind kein Witz«, sagte Grace.

»Und, was hast du mit dem Geld vor?«, fragte Andrew.

»Ach, weiß nicht. Hab ich noch nicht drüber nachgedacht.«

»Echt nicht? Hast du nicht deswegen beim Wettbewerb mitgemacht? Gibt es nichts, was du dir gönnen willst?«, fragte Andrew, der sein Interesse am Geld etwas zu deutlich zur Schau stellte.

»Nö, eigentlich nicht. Ich war gar nicht darauf aus zu gewinnen. Sie hatten ein Problem, und ich dachte, ich wüsste da eine Lösung. So viele nützliche Talente hab ich ja nicht – wie du sicher weißt –, aber in diesem Fall hatte ich das Gefühl, ich könnte mich einbringen, und damit lag ich offenbar richtig. Das mit dem Geld war eigentlich ihre Idee. Sie wollten einen großen Auftritt, und ihr wisst ja, wie diese Geschäftsleute sind, bei denen dreht sich alles nur ums Geld«, sagte Paul.

»Ja, aber du solltest dir trotzdem Gedanken machen. Ich meine, das ist ein kleines Vermögen. Damit könntest du richtig was anfangen.« Grace hatte bereits ihr zweites Glas Wein intus, und der Schock über die Höhe des Preisgelds erforderte Nachschub.

»Ich bin es nicht gewohnt, Geld zu haben, daher will ich es nicht verschwenden. Am besten bringe ich es zur Bank und spare es für schlechte Zeiten auf. Man weiß ja nie.« Paul war nicht gewillt, weiter darüber nachzudenken.

»Aber, aber, du musst dir wirklich Gedanken machen. Ich meine, wenn man fair sein möchte, haben Mam und Dad sich die ganzen Jahre hier um dich gekümmert und dich nie darum gebeten, etwas dazuzugeben, also solltest du dabei vielleicht auch an andere denken, oder? Ihnen eine schöne Überraschung bereiten? Sie verlangen keine Miete von dir, und Dad hat dir den Hochzeitsanzug bezahlt, deinen Verdienst von der Post behältst du für dich, und jetzt, wo du ein bisschen Geld hast, willst du es vergammeln lassen, bei irgendeiner Sparkasse oder …«

»… Bank?«, fügte Andrew hinzu.

»Danke, ja, Bank«, zischte Grace verärgert über die Unterbrechung. »Meinst du nicht, dass du mal ein bisschen ernsthafter an die Dinge herangehen solltest? Unser Leben geht weiter. Ich werde heiraten, Dad ist im Ruhestand, Mam wird in einem Jahr ebenfalls in Rente gehen, aber du wohnst immer noch zu Haus, spielst Wer ist es? oder was auch immer und arbeitest zweimal im Monat, bis – ja was? Wird sich das je ändern? Wirst du dich je ändern? Hier ist deine Chance, aus den Startlöchern zu kommen oder wie auch immer man das ausdrücken möchte.« Nachdem Grace ein weiteres Mal nachgeschenkt hatte, schüttelte sie ungläubig die leere Flasche, als vermutete sie ein

Leck. »Denk einfach mal drüber nach. Versprich's mir. Bitte.« Sie hielt inne und versuchte ihren Ärger über Paul in den Griff zu bekommen.

»Okay, versprochen«, sagte Paul. Er war nicht sicher, womit er Graces Unmut erregt hatte, und etwas verstört über ihren scharfen Ton. Als Phlegmatiker war er so gut wie nie empört und immer bereit, den Umständen die Schuld oder seinem Gegenüber einen Vertrauensbonus zu geben. Er hatte erwartet, dass Grace sich für ihn freuen würde. Es war ihm nur darum gegangen, der Industrie- und Handelskammer mit einer einfachen Formulierung zu helfen, ein offenbar verzwicktes Problem zu lösen. Das hätte er auch ohne Preisgeld und Trophäe getan. Wie beim Scrabble, wenn er eine von den anderen übersehene Lücke erspähte, hatte er einfach eine Lösung parat gehabt, was selten genug vorkam. Er hätte gar kein Problem damit, seinen Eltern einen Teil des Preisgelds zu geben, es war ihm einfach nicht in den Sinn gekommen, dass sie sich überhaupt dafür interessierten. Seit Dad im Ruhestand war, hatte er seine Abfindung nicht angerührt. Es schien, als hätte Peter keine Ahnung, wofür er das Geld ausgeben sollte, außer für eine Reise, aber Helen konnte sich irgendwie nicht dazu durchringen. Vielleicht könnte er den Urlaub bezahlen? Zielte Grace womöglich darauf ab? Oder wollte sie Hilfe bei der Hochzeit? Grace und Andrew hatten gute Jobs, aber Hochzeiten waren nicht billig, und sie hatten schon ein paarmal von Sparmaßnahmen gesprochen, außerdem war das ganze Fiasko mit der Anzahl der Gäste und ihren Begleitpersonen sicherlich auch dem lieben Geld geschuldet. Das könnte es sein! In diesem Fall würde er sogar verstehen, warum Grace sich so aufregte. Sie hatte alles unter großem Druck organisiert, und jetzt überstiegen die Kosten ihr Budget. Klar, das war es! Aber als einziger Bruder würde er seine Schwester selbstverständlich nicht hängen lassen. Er würde anbieten, ihr mit etwas Geld unter die Arme zu greifen. Am besten tat er so, als würde er es ihr nur leihen, denn sie wäre sicher zu stolz, um es als Geschenk anzunehmen. Danach würde er den Zuschuss einfach nicht mehr erwähnen, und sollte sie je versuchen, ihn zurückzuzahlen, würde er einfach abwinken und behaupten, er habe es schon längst vergessen, und das sollte sie auch tun.

»So!« Helen kam mit strahlender Miene und von der Küchenhitze glänzendem Gesicht ins Esszimmer zurück. »Verzeiht, dass ich einfach so verschwunden bin, aber ich hoffe, ihr stimmt mir alle zu, dass sich das Warten gelohnt hat.« Zuerst reichte sie Grace und Andrew ihre Teller, Hähnchenschenkel, in Gänseschmalz gebackene Kartoffeln, gebuttertes Wurzelgemüse, dazu, getrennt serviert, Salbeifüllung und Pilzsoße. Peter folgte ihr mit den restlichen drei Tellern und holte dann noch die Butter aus der Küche, die Paul vergessen hatte.

»Guten Appetit!«, sagte Helen. »Habt ihr schon alles von der Preisverleihung gestern gehört? Wir sind so stolz auf ihn. All die Geschäftsleute waren ganz wild darauf, dir die Hand zu schütteln, hab ich recht?«, sagte Helen an Paul gewandt, der sich noch nicht wieder ganz gefangen hatte. »Wir werden deine Formulierung noch jahrelang lesen. Und uns dabei nicht nur an dein Talent erinnern, sondern auch an den schönen Tag, den wir mit dir verbracht haben.«

Ihre Fröhlichkeit war aufrichtig, ein Zeichen dafür, dass ihr hier, im Kreis ihrer Familie, nach diesem besonderen Tag und bei der Aussicht auf den kommenden, ebenso besonderen Tag, das Herz aufging. Es machte sie glücklich, ihrer Familie ein gutes Essen zu kochen, ihren beiden erwachsenen Kindern, die sich so gut entwickelt hatten.

18

HI, MARK!

Leonard hatte die Schlussredaktion des vom Verlag herausgegebenen Sachbuchs über die Römer beendet. Herausgekommen war ein kompetentes Kompendium trockener Fakten und Abhandlungen, in klarem, wenn auch leblosem Stil präsentiert. Zweifellos würde es zahllosen, wenig bemerkenswerten Schulprojekten auf die Sprünge helfen, von Aushilfslehrerinnen und -lehrern in deren Freizeit korrigiert und mit mehr oder weniger derselben Note versehen. Nun hatte Leonard endlich Zeit, sich seinem eigenen Buch über dasselbe Thema zu widmen, von dem eine fast fertige Version in der obersten Schublade lag, und zwar seit dem glücklichen Tag, als Shelley seiner Einladung zum Parkspaziergang gefolgt war. Die gegenwärtige Fassung handelte vom Alltag eines römischen Jungen. Beim genaueren Durchlesen fiel ihm jetzt jedoch auf, dass der Junge schablonenhaft wirkte, irgendwie eindimensional und ohne Persönlichkeit. Mit so einer eher holzschnittartigen Figur wollten Kinder garantiert keine Fantasiereisen durch die Zeit unternehmen oder überhaupt Zeit verbringen, schließlich war nicht mal zu erkennen, was diesem Jungen Freude machte oder welche Hobbys er hatte. Leonard musste ihm Leben einhauchen. Damit dies gelang, brauchte er eine echte Person, für die er schrieb, jemand, der ihn motivierte, eine Art idealisierter Leser, an den er sich mit seinen humorvollen oder von Gefühlen getragenen Passagen richtete. Aus diesem Grund hatte er beschlossen, das Buch für Shelleys kleinen Sohn Patrick zu schreiben und seinen jungen römischen Helden Patrius zu nennen.

Und da eröffnete sich ihm plötzlich ein bunter Reigen an Möglichkeiten. Als Leonard sich ausmalte, wie Patrick auf sein römisches Abbild reagieren würde, regte ihn das augenblicklich dazu an, das Buch mit interessanten, aufregenden, lebensechten Fakten zu bereichern. Statt sich mit trockenen Belanglosigkeiten abzugeben, die in irgendwelchen Schultaschen versauern würden, präsentierte er Fakten als Vektoren des Lebens, Botschaften aus der Vergangenheit. Leonard malte ein Bild von Patrius, wie er in seiner Toga zur Schule ging, eine Bulla um den Hals, zum Schutz vor dem Bösen. Er zeigte Patrius mit seinen Spielsachen, in einer Zeit, bevor es Weihnachten und den Weihnachtsmann gab, obwohl er sich fragte, ob Patrick sich eine derart desolate Ära überhaupt vorstellen konnte. Auf Leonards Zeichnungen würfelte Patrius mit echten Knochen, Patrius' Mutter widmete er gleich eine Doppelseite, sie hatte nach vielen Siegen als Gladiatorin ihre Freiheit errungen. Auf der nächsten Seite befand sich eine ausklappbare Übersicht über den Inhalt von Patrius' Brotzeitdose: eine Scheibe Emmerbrot, einige Datteln und eine lilafarbene Karotte. Aber Leonard wollte seinen kleinen Helden auch mit ganz alltäglichen Charakterzügen ausstatten, die weniger mit seiner Zeit und dem Römischen Reich zu tun hatten als mit Leonards Vorstellung von dem, was ein Junge empfinden mochte, wenn er mit einer besonderen Mutter wie Shelley aufwuchs. So beschrieb er Patrius als jemanden, der sich die größte Mühe gab und so viel arbeitete, wie er konnte, obwohl er lieber gefaulenzt hätte. Patrius malte und sang jeden Tag. Er stellte viele Fragen und gab seiner

Mutter Widerreden, wofür sie ihn ausschimpfte, obwohl sie insgeheim stolz darauf war und sich daran erfreute, dass Eigensinn offenbar in der Familie lag. Patrius ging meist ein bisschen zu spät zu Bett, aber immer zum Arzt, wenn er krank war, außerdem war er froh, als ihm die Milchzähne ausfielen. Am wichtigsten war Leonard aber, zu zeigen, dass Patrius zu einer Familie gehörte. Auf Leonards Illustrationen wirkte er nicht besonders groß, hatte lockiges rötlichbraunes Haar, grüne Augen und trug – obwohl historisch nicht belegt – eine *Star Wars*-Brille. Ein Infokasten beschrieb ihn als jemanden mit »ganz viel Herz und ganz viel Fantasie«.

Leonard hatte genug Bücher begleitet, um zu wissen, dass er mit diesem Material einen Pitch wagen konnte. Das Problem war nur, dass er noch nie ein eigenes Projekt gepitcht hatte. Diesen Teil überließ er den verantwortlichen Autoren und erfuhr erst hinterher, ob das Unternehmen daraus ein Buch machen würde oder nicht. Nach kurzem Nachdenken beschloss er, das Risiko einzugehen und seinen Pitch mitsamt einer Leseprobe an die einzige Person zu schicken, die ihm dafür geeignet erschien:

An: himark@markbaxterbed.com

Hi, Mark,

ich hoffe, es geht dir gut. Wie ich höre, bist du in Sachen Konferenzen gerade sehr gefragt, daher will ich dich auch gar nicht lange aufhalten, aber ich arbeite gerade an einem Projekt, das dich vielleicht interessieren könnte …

Leonard gab sich alle Mühe, sein Projekt mit größtem Respekt an Mark Baxter, BEd, zu pitchen, weil er hoffte, mit dessen Hilfe den Sprung vom Auftragsschreiberling zum anerkannten Autor zu schaffen. Das erforderte Fingerspitzengefühl, denn im Endeffekt bat er Mark darum, sich selbst zu umgehen und das Buch unter Leonards Namen zu veröffentlichen. Aber Mark – lang genug dabei, um zu wissen, wie der Hase lief – wäre sicher gewitzt genug, sich eine Beteiligung und Nennung zu sichern, obwohl er nur Mails weiterleitete. Leonard hatte keine Lust, mit harten Bandagen zu kämpfen. Er beendete die Mail mit der neuen, vom Unternehmen offiziell eingeführten Abschiedsformel für Mails:

Es wird empfohlen, Obiges zu beachten.
Leonard

Dann klickte er auf »Senden« und kam sich augenblicklich vor, als hätte er eine Wasserbombe über die Ligusterhecke des Nachbarn geworfen. Jetzt, da der Pitch draußen war, musste Leonard den Turbo einschalten, falls Mark Baxter, BEd, tatsächlich Interesse an dem Buch haben sollte und das gesamte Manuskript zu sehen verlangte. Erst jetzt bemerkte Leonard, dass die vier Uhren in seinem Blickfeld – Armbanduhr, Handy, Computer und Bürotelefon – unterschiedliche Zeiten anzeigten, also war er etwas zu früh, pünktlich oder ein bisschen zu spät dran für seine Mittagsverabredung mit Shelley. Leonard hatte ausgemacht, sie am Fahrradständer zu treffen, um Helpdesk-Gregs lästigen Sprüchen aus dem Weg zu gehen. Er konnte es kaum erwarten, ihr von seiner Idee vom Buch für und über Patrick zu erzählen und ihr zu gestehen, dass er sich dank ihrer Ermutigung getraut hatte, es dem berühmten Mark Baxter, BEd, zu schicken. Seit sie in sein Leben getreten war, hatte sie ihm nur Gutes gebracht.

Shelley wartete bereits auf ihn. Wie üblich war sie wie ein Packesel mit ihrem Fahrradzubehör beladen.

»Hey, wie geht's?«, fragte er. »Hier, das nehme ich. Wie war dein Vormittag – und natürlich, wie war eigentlich dein Wochenende?«

»Ganz okay. Hab mit Patrick rumgehangen. Er hat sich im Haus ein bisschen gelangweilt, wollte aber auch nicht raus. Das hat er manchmal. Nach einer Schulwoche sind Kinder oft erschöpft, aber ich konnte ihn auch nicht die ganze Zeit auf der Bude hocken und Lego spielen lassen, also sind wir ins Kino.«

»Irgendwas Gutes? Habt ihr den Film vom Happy Meal geschaut?«

»Nee. Da hab ich gar nicht dran gedacht. Wir haben uns den neuesten Teil von *Fart of Darkness* angesehen, weißt schon, das Übliche, lauter Witze für die Eltern, die Kinder nicht verstehen. Ich bin dabei weggedämmert, und er wollte gehen, sobald er seine Süßigkeiten aufgefuttert hatte. Man konnte ihm irgendwie nichts recht machen. Wie war's bei dir – wie ist es deinem Freund bei der Preisverleihung ergangen?«

»Oh, gut, ja, richtig gut. Er hat tatsächlich gewonnen. Hat eine Trophäe bekommen, eine abgetrennte Hand, und einen Riesenscheck über zehntausend Euro, den wir kaum in den Kofferraum bekommen haben.«

»Wow! Was für ein Preis! Werden diese Riesenschecks von den Banken akzeptiert?«

»Nö. Sie haben ihm natürlich auch einen echten Scheck überreicht. Den Großen lässt er sich aber einrahmen.«

»Was hat er mit dem Geld vor?«

»Schwer zu sagen. Er hatte noch nie viel Geld, und es interessiert ihn auch nicht besonders. Seine Schwester heiratet Ostermontag, er hat überlegt, sie vielleicht ein bisschen finanziell zu unterstützen. Die Feier findet im Whitehorn Castle statt, das ist sicher nicht billig. Sie haben die Anzahl der Gäste auf ein Minimum beschränkt, deswegen musste ich leider auf meine Begleitung verzichten.«

Sie waren ein Stück gelaufen, als die Unterhaltung langsam versiegte. Wenn er mit Paul zusammen war, konnte Leonard solche Schweigephasen spielend überbrücken, aber bei Shelley lagen die Dinge anders. Bisweilen kam es ihm vor, als müsste er die Unterhaltung wie einen Wagen den Berg hinaufschieben, um sie zum Laufen zu bringen.

»Wo gehen wir eigentlich hin?«, fragte Shelley. »Hast du eine Idee?«

»Wie wäre es mit den Moorleichen?«, schlug Leonard vor.

»Okay. Die habe ich noch nie besichtigt. Ist das gruselig?«

»Ach, nein, das kann ich mir nicht vorstellen. Nur ein paar zerfledderte Leichen. Aber ihre Gesichter kann man genau erkennen, manche haben sogar noch Haare auf dem Kopf.«

»Okay. Klingt interessant, aber wie romantisch das ist, kann ich erst einschätzen, wenn ich sie gesehen habe.« Sie rang sich ein Lächeln ab.

Wieder kam die Unterhaltung zum Stillstand. Leonard fiel auf, dass Shelley bei ihren Treffen oft Tempo und Stimmung vorgab. War sie munter und gut gelaunt, lief alles prima, aber wenn sie schwieg, wurde es schwierig zwischen ihnen.

»Alles okay?«, fragte er, als sie sich dem Museum näherten.

»Hmmm. Nicht ganz. Nein, eigentlich gar nicht. Ich möchte dich was fragen. Aber es ist ein bisschen heikel.«

Leonard hatte das Gefühl, als würde ihm etwas über den Bauch huschen. »Nur zu.«

»Es geht um Patrick. Oder besser, um mich und Patrick. Ich finde es schön, wenn wir uns treffen, du und ich, meine ich, und es gefällt mir, dass wir nichts überstürzen, aber ich habe über deine Nachricht nachgedacht, deinen Vorschlag, Patrick kennenzulernen. Das hat mich etwas unvorbereitet getroffen. Ehrlich gesagt war ich nicht sicher, wie du das gemeint hast. Deshalb, tja, wollte ich dich danach fragen.«

»Ach so. Offen gestanden habe ich auch nicht so genau drüber nachgedacht. Ich hatte mich nur gefragt, ob du vielleicht Lust hättest mitzukommen, und wenn du wolltest, hättest du Patrick natürlich auch gern mitbringen können. Nicht mehr, nicht weniger. Keine Hintergedanken.«

Sie standen mittlerweile vor dem Eingang. Leonard hatte das Gefühl, einer Prüfung unterzogen zu werden, verstand aber die Frage nicht.

»Patrick ist meine ganze Welt, Leonard. Ich habe mein Leben danach ausgerichtet, für ihn sorgen zu können. Und deshalb will ich ihn nicht durcheinanderbringen.«

»Ja, sicher, klar.«

»Was ich damit meine, ist, dass ich ihn nicht einfach einem Mann vorstellen kann, nur weil ich mich ein paarmal mit ihm getroffen habe.«

Diese Aussage machte Leonard einiges klar, und zwar auf brutale Weise.

»Ich verstehe. Natürlich. Es liegt mir fern, mich zwischen dich und Patrick zu drängen. Ich wollte nur nett sein.«

»Das weiß ich doch. Ich will dir auch gar keine Vorwürfe machen. Es ist alles nicht so einfach, ich kann ihm nicht sagen, wer du bist, dass du seine Lieblingsbücher schreibst, denn wenn er dich kennenlernt und es zwischen euch nicht funktioniert, fühlt er sich im Stich gelassen und ungeliebt, und das will ich auf jeden Fall vermeiden. Ich kann ihn auch nicht einfach mitnehmen, ohne ihm zu erklären, wer du bist. Also nicht nur, wie du heißt und dass du Bücher schreibst, sondern auch, wer du für mich bist, und besonders, wer du für ihn sein könntest. Verstehst du? Verstehst du auch, warum mir das wichtig ist?«

Eine Gruppe italienischer Studenten drängte sich zwischen sie, alle trugen Daunenjacken und Skinny-Jeans. Es dauerte eine Weile, bis die quasselnden Teenager an ihnen vorbeigezogen waren. Shelley versuchte, Leonards Blick durch die Lücken hindurch aufzufangen, ihre Miene war traurig und sanft. Als sie schließlich wieder voreinander standen, hätte Leonard etwas sagen oder tun oder auf andere Weise zeigen können, dass er nachvollziehen, ja aufrichtig verstanden hatte, worum es Shelley ging. Sie hatte ein Stresssignal ausgesendet, das ohne Gegenreaktion wieder zu ihr zurückkehrte. Leonard wusste, dass etwas Wichtiges geschehen war, aber es fehlte ihm an Erfahrung und Sicherheit, um mit der von ihm erwarteten Feinsinnigkeit zu reagieren.

»Also, wollen wir reingehen? Die Moorleichen werden langsam ungeduldig«, sagte er stattdessen. Er spürte förmlich, wie lächerlich er wirkte. Ein großes Kind in einem Gespräch für Erwachsene. Aufgeflogen.

»Ich werde jetzt gehen, Leonard.« Shelley sah ihn ein letztes Mal mit ihren traurigen, seelenvollen Augen an.

»Oh, ja, okay. Dann vielleicht ein anderes Mal«, sagte Leonard panisch, wie gelähmt. Völlig überfordert.

Shelley nahm ihm die Radlerutensilien ab.

»Auf Wiedersehen, Leonard.«

Er stand an der Tür zur Ausstellung und sah ihr dabei zu, wie sie sich ihre Radleraccessoires an- und überzog, eine Tätigkeit, die der kinoreifen Dramatik völlig unangemessen schien. Mit verkrampftem, tapferem Lächeln stieg sie auf ihr Rad und fuhr davon. Leonard stand wie angewurzelt da, im Moment gefangen, und sah untätig zu, wie sie sich entfernte, weg von ihm.

Leonard, völlig aufgelöst, bewegte sich mit dem dringenden Bedürfnis nach einem ruhigen Ort, an dem er sich wieder besinnen könnte, in Richtung Ausstellungssaal, wo er sich in einer dunklen Ecke allein auf eine Bank setzte. Neben ihm lag in einer Vitrine ein zweitausend Jahre alter Toter aus dem Moor, verewigt in der Haltung, die er eingenommen hatte, als sein Leben eine plötzliche Wendung genommen hatte.

19

SPIEL DES LEBENS

Nachdem er zu Abend gegessen hatte, schleppte Leonard sich schweren Herzens zu Paul, um in der unkomplizierten Gesellschaft seines Freundes in Parley View ein paar Stunden mit Spielen zu verbringen. Deren Erfinder, die guten Menschen von Milton Bradley, waren Pioniere der Kindergartenbewegung, und viele ihrer über die Jahre hinweg auf den Markt gebrachten Spiele mit dem bekannten MB-Logo verfolgten das Ziel einer sanften moralischen Erbauung. Das traf besonders auf das Spiel des Lebens zu, ein fröhliches, buntes Brettspiel, bei dem die Teilnehmenden gegeneinander antraten und dabei die Höhen und Tiefen durchlebten, die die Herren Milton und Bradley als Lebenswirklichkeiten betrachteten. Für Leonard hatte dieses Spiel seit Kurzem neue Bedeutung erlangt. In den letzten Wochen hatte er nicht nur seine Mutter verloren, ein Haus geerbt, seiner Karriere eine neue Richtung verpasst, sondern auch die bemerkenswerteste Frau seines Lebens getroffen und vermutlich wieder verloren. Als er seine Figur jetzt übers Brett schob – ein Auto mit leerem Beifahrersitz und ohne blaue oder rosafarbene Stecker auf der Rückbank –, konnte er die Höhen und Tiefen seiner Zukunft deutlich erkennen.

Paul, der die Privatsphäre nachdenklicher Menschen respektierte und längere Schweigephasen in Leonards Gesellschaft normalerweise genossen hätte, machte sich aber nun doch Sorgen um seinen niedergeschlagenen Freund. Irgendwann griff Leonard sogar statt zu Schokokeksen oder feinem Gebäck zu einem trockenen Mürbekeks, was Paul ganz klar zeigte, dass irgendwas nicht stimmte.

»Ist was?«, fragte er.

»Wie bitte?« Leonard wirkte, als wäre er gerade aus dem Nebel aufgetaucht.

»›Ist was?‹, habe ich gefragt. Du bist irgendwie anders als sonst. So kenne ich dich gar nicht. Zweimal hast du die Chance verpasst, ein Statussymbol zu kaufen, und mich außerdem nicht zur Kasse gebeten. Dir scheint es überhaupt nichts auszumachen, Geld bei einer Expedition zu verlieren, um den Yeti zu finden, und Mürbekekse zu essen, die offen gestanden ein bisschen angeschimmelt schmecken.«

»Du hast recht, heute Abend stehe ich wirklich neben mir. Ich hatte gehofft, dass meine Laune sich bessern würde, aber ... tut mir leid, ich hatte einen schwierigen Tag.«

»Verstehe. Spinnen sie wieder, die Römer?«

»Nein, die Römer sind friedlich, das Projekt läuft tatsächlich ganz gut. Es geht um Shelley. Wir hatten eine ... ein kleines Problem, und ich glaube, ich habe sie vielleicht verloren.«

»Ach. Was ist passiert?«

»Ich weiß es nicht.«

»Wie meinst du das?«

»Ich meine, ich weiß nicht, was passiert ist.«

»Wenn du nicht weißt, was passiert ist, woher willst du dann wissen, dass es passiert ist? Ich verstehe das nicht«, sagte Paul. »Und wenn du es nicht weißt und ich es nicht verstehe, dann sind wir offenbar auf dem Holzweg. Neuer Versuch? Was hat sie zu dir gesagt?«

»Dass ich es nicht verstehe, hat sie gesagt.«

»Tja, damit hat sie offensichtlich recht.«

»Sie meinte, dass ich das mit ihr und Patrick nicht verstehe.«

»Und?«

»Und was?«

»Verstehst du es?«

»Es ist so: Am Wochenende der Preisverleihung habe ich sie eingeladen mitzukommen, aber sie musste auf Patrick aufpassen, und da habe ich ihn einfach mit eingeladen. Sie wollte ihn nicht mitbringen, weil er dann fragen würde, wer ich bin und was zwischen mir und Shelley ist. Es ist so kompliziert, aber ich glaube, Shelley wollte einfach, dass ich in dem Moment das Richtige sage oder tue, und ich wusste einfach nicht, was das hätte sein sollen, deswegen habe ich es versaut, und jetzt hält sie mich sicher für einen Versager und ist erleichtert, dass sie es früh genug gemerkt hat, auch wenn es ihr auf kurze Sicht ein bisschen wehtut.«

»Die kurze Sicht ist oft recht emotionsgeladen«, bemerkte Paul weise.

»Es ist nur so, Shelley ist ziemlich sensibel, aber auch zuversichtlich. Gezwungenermaßen, denn sie hat viel mehr zu verlieren als ich. Sie muss an Patrick denken und an die Zukunft, während ich mir nur überlegen muss, ob wir uns im Restaurant treffen oder bei den Moorleichen.«

»Moorleichen?«

»Ja. Dieses letzte Gespräch hatten wir auf dem Weg zur Ausstellung der Moorleichen. Sie ist gegangen, bevor wir die Gelegenheit hatten, sie uns gemeinsam anzuschauen.«

»Das ist bedauerlich – manche von denen haben noch Haare auf dem Kopf, wusstest du das? Also, wie stehst du zu Patrick? Ich kann mir vorstellen, dass es nicht so einfach ist, als langjähriger Junggeselle in einer bereits bestehenden Familie die Vaterrolle zu übernehmen.«

»Keine Ahnung. So weit hatte ich noch gar nicht gedacht. Ich wollte Shelley einfach besser kennenlernen, einen Platz in ihrem Leben finden und für sie einen in meinem, und alles andere wollte ich auf mich zukommen lassen.«

»Was soll daran falsch sein?«, fragte Paul, der einen Termin als Geschworener hatte und deshalb eine Runde aussetzen musste.

»Ich weiß es nicht«, antwortete Leonard. »Aber offenbar ist es das. Nicht nur falsch, sondern anscheinend auch verletzend.«

»Verstehe. Es ist tatsächlich schwierig, Menschen nicht zu verletzen. Selbst wenn man nichts tut, kann man Menschen damit kränken. Wie es aussieht, sind bei der Frage ›Wie soll man's machen?‹ sämtliche Antworten verkehrt. Du bist dran.«

»Ich weiß nicht mal, was ich jetzt machen soll«, sagte Leonard, während er am Glücksrad drehte. »Wartet sie auf meinen Anruf oder soll ich ihr eine Nachricht schicken oder was? Ich hätte keine Ahnung, was ich zu ihr sagen sollte. Aber ich habe das dumpfe Gefühl, dass sie sich mit jeder Minute, die ich ungenutzt verstreichen lasse, weiter aus meinem Leben entfernt. Was würdest du an meiner Stelle tun?«

»Mit solchen Sachen kenne ich mich leider nicht aus. Aber wenn du dich dazu durchringen solltest, ihr eine Nachricht zu schicken, kann ich dir eine sehr praktische Abschiedsformel empfehlen«, sagte Paul.

»Tut mir leid, dass ich die ganze Zeit von mir rede. Wie geht's mit der Hochzeitsplanung voran? Hast du deinen Anzug nach der Preisverleihung schon reinigen lassen?«

»Die Vorbereitungen laufen gut, glaube ich. Der Organist hat hart verhandelt, aber sonst ist alles bestens. Grace ist ein wenig angespannt und angriffslustig, aber Mam versucht wie immer, die Wogen zu glätten, für sie und für uns. Meinen Anzug kann ich noch nicht in die Reinigung bringen, den brauche ich noch für mein Vorstellungsgespräch am Mittwoch.«

»Welches Vorstellungsgespräch?«

»Oh, das habe ich dir noch gar nicht erzählt. Ja, ich habe ein Vorstellungsgespräch. Bei der Preisverleihung habe ich mit dem Pantomimen geredet, er heißt Arno, ist Holländer und gehört dem Nationalen Pantomimenverband an. Er hat mir gesagt, die würden nach einem Sprecher suchen, und ich sei vielleicht ein geeigneter Kandidat. Er hat mich gefragt, ob ich zu einem Vorstellungsgespräch kommen könnte. Er kehrt zurück in die Niederlande, und sie wollen die Stelle vor seiner Abreise neu besetzen. Er meint, ich könnte dem Amt durch die Preisverleihung ein bisschen mehr Profil verleihen und mich gut mit den anderen Pantomimen verstehen.«

»Tja, wenn sie einen suchen, der gut schweigen kann, sind sie bei dir ja an der richtigen Adresse. Aber wie soll das gehen, als Sprecher für eine Gruppe Pantomimen? Ich dachte, die sprechen nicht.«

»Das ist es ja gerade. Sie haben das Gefühl, die Pantomime sei aus der Mode gekommen, die Leute erinnern sich gerade noch an Marcel Marceau und seinen Marsch gegen den Wind, so gut er auch war, aber das reicht nicht. Heutzutage erfreuen sich diese Typen, die in der Einkaufsstraße wie eine Statue herumstehen, viel größerer Beliebtheit.«

»Ist das keine Pantomime?«, fragte Leonard arglos.

»Um Himmels willen, nein!«, rief Paul lachend. »Die Pantomimen stehen mit den Lebenden Statuen auf Kriegsfuß. Es hat schon ein paar Vorfälle gegeben, und die Situation könnte jeden Tag eskalieren. Das Problem für die Pantomimen besteht darin, dass das moderne Leben so laut geworden ist und sie sich abgehängt fühlen. Wir leben in einer Welt der Kakophonie. Alle reden und denken laut, da bleiben kaum Raum und Luft für leise Betrachtungen oder Stille. Eigentlich geht es also nicht nur darum, für den Verband der Pantomimen zu sprechen, sondern für die Stille selbst.«

»Hast du dir schon überlegt, was du beim Vorstellungsgespräch sagen willst?«

»Ich würde sie bitten, mir montags freizugeben, damit ich meinen Verpflichtungen bei der Post weiterhin nachkommen kann.«

»Werden sie sich darauf einlassen?«

»Wahrscheinlich nicht. Was für Sachen fragen die normalerweise? Ich war noch nie bei einem Vorstellungsgespräch. Den Job bei der Post hat Dad mir besorgt.«

»Im Allgemeinen wollen sie wissen, ob du eine Führungspersönlichkeit bist, ein Visionär und Macher.«

»Machen könnte ich vermutlich vieles, wenn ich es ausprobieren würde, was ich aber normalerweise nicht tue, also bin ich wohl eher ein Nichtmacher.«

»Nun, das ist doch schon mal ein Anfang. Denk nicht zu viel darüber nach. Diese Pantomimen suchen vermutlich einen, der ein bisschen ... du weißt schon, stiller ist.«

»Genau«, sagte Paul nachdenklich, »ganz genau.«

20

DER BRAUTVATER

Peter hatte sich für die Rede bei der Trauung zwar noch nichts aufgeschrieben, während der letzten Wochen aber schon einen Haufen Ideen gesammelt. Danach hatte er Grace zu einem Spaziergang eingeladen, nicht nur, um sich mit ihr darüber zu beraten, sondern auch um sich zu vergewissern, dass ihr durch den Stress im Vorfeld der Trauung kein Nervenzusammenbruch drohte, was Helen eindeutig vermutete.

Peter hatte eine bewegte Karriere als Ökonom hinter sich, die ersten Schritte hatte er als Wissenschaftler gemacht, den Weg dann als Dozent fortgesetzt und war schließlich, nach einem katastrophalen Zwischenstopp als In-House-Ökonom einer Bank, auf der letzten Etappe seiner Laufbahn, sozusagen kurz vor der Ausfahrt in akademische Gefilde zurückgekehrt, um bei einer drittrangigen Universität das zu tun, was ihm am meisten Freude bereitete: interessierte junge Menschen in Wirtschaftswissenschaft zu unterrichten. Über die Jahre hatte er miterlebt, wie sich der Beruf des Ökonomen drastisch verändert hatte. Damals, als er am Anfang stand, waren sie alle Idealisten gewesen, überzeugt davon, das fehlende Puzzleteil in der Hand zu halten, mit dem sie die Gesellschaft von allen Problemen befreien könnten. Aber das Berufsbild hatte sich verschoben, statt die Dynamik des Markts zu verstehen und zu entschlüsseln, hatten Ökonomen sich in dessen Dienst gestellt. Mittlerweile war es ein Job ohne ideologische Vielfalt, mit einer Methodik, die sich nie ganz festlegte: Einerseits verabscheute man das Gemenschel der Sozialwissenschaften, andererseits wollte man sich nicht komplett der disziplinierten Empirik der Naturwissenschaften verschreiben. So wurde Ökonomie schließlich zu einer Art Anhängsel der Geisteswissenschaften und Wirtschaftsstudien oder wurde von denjenigen Mathematikern besetzt, die Ökonomie leichter fanden als die reine Mathematik.

Peter hatte in dieser ganzen Zeit immer wieder sein Talent für Präsentationen und Vorträge bewiesen. Er wusste, wie man einen Spannungsbogen aufbaute und einen Vortrag mit scheinbar spontanen Einwürfen auflockerte. Während seiner vielen Berufsjahre hatte er einen umfangreichen Fundus aus humorvollen Anekdoten und selbstironischen Scherzen aufgebaut – die sich manchmal auch um Helen oder seine Kinder drehten, allerdings nie mit Namensnennung –, daher wirkten seine Präsentationen immer irgendwie frisch, selbst auf diejenigen Kolleginnen und Kollegen, die sie schon ein paarmal gehört hatten. Immer wieder stellte er verwundert fest, dass introvertierte Menschen die besseren Redner waren, vielleicht weil sie sich nicht so ernst nahmen wie die aufgeblasenen Businesskasper, die die bezahlten »Slots« auf Konferenzen besetzten. Peter hatte einen einfachen Trick: Bei seinen Präsentationen ging es nie um ihn. Nie stellte er sich und sein sensibles Ego oder seinen Ruf ins Rampenlicht, der Star auf seiner Bühne war immer das Thema selbst. Seinen Auftritt, der so locker flockig daherkam, hatte er akribisch vorbereitet, und zwar mit seinem »Boxer-System«, wie er es nannte: entspannt genug, um auszuteilen, und aufmerksam genug, um keine Schläge ins Gesicht zu kassieren. Er war gut, aber seine Auftritte erschöpften ihn sehr. Er erinnerte sich noch daran, wie er sich einst nach einer langen Rede in einem Ballsaal voll internationaler Klima-Ökonomen für den Rest des Abends erschöpft auf sein Hotelzimmer verzogen und dort zwei große Schoko-Weihnachtsmänner verdrückt hatte.

Seine Ansprache als Brautvater würde ein bisschen anders ausfallen. Peter wusste, dass es hier um mehr ging als eine Show mit Knalleffekt am Ende. Er wollte in sich gehen, um die aufrichtigsten Worte zu finden, derer er als Vater fähig war. Obgleich es nicht leicht wäre, müsste er an seiner offensichtlichen Liebe und Zuneigung zu Grace vorbei zum wahren Kern ihrer Beziehung vordringen, dahin, wo ihre tiefe Bindung geschmiedet wurde. Vor allem aber wollte er ihren neuen Lebensweg mit seinem Segen begleiten und sie wissen lassen, dass ihre Ehe für ihn kein Weiterziehen oder Verlassen bedeutete, sondern ihm lediglich bewies, wie gut sie auf eigenen Füßen stand. Die Tatsache, dass sie mit Instinkt und Entschlossenheit ihren Weg zum Glück gefunden hatte, stellte den krönenden Abschluss ihrer Lebensausbildung dar, deren Lehren sie ganz allein gezogen hatte.

Peter hatte schon viele Brautväter sprechen gehört, darunter auch Freunde und Kollegen, und keiner von ihnen war je gescheitert – diese Ansprachen waren die eine zuverlässige Konstante des großen Tages. Im schlimmsten Fall waren die Reden ein bisschen einfallslos geraten oder hatten zu einem Schlagabtausch zwischen Vater und Tochter geführt, doch nie kam dabei Unpassendes oder Schlüpfriges zur Sprache. Männer seiner Generation waren meist in der Lage, bei solchen Gelegenheiten den richtigen Ton zu finden und an diesem großen Tag die Würde des Brautpaars zu respektieren.

Er mochte Andrew sehr. Beim ersten Kennenlernen hatten er und Helen sich gefragt, ob Grace sich einen Vorzeigefreund ausgesucht hatte: gut aussehend, gut betucht, höflich zu den Eltern, aber ohne die kreative Eigenwilligkeit, die ihrer Erfahrung nach zu Graces Beuteschema gehörte. Mit ihrer Berufswahl hatte ihre Tochter sie auf ähnliche Weise überrascht. Sie hatten immer erwartet, dass sie in der Kreativwirtschaft arbeiten würde, allerdings eher im praktischen Bereich, als Kuratorin bei einer Kunstgalerie oder Verlagslektorin. Stattdessen hatte sie einen »fetten Job« an Land gezogen, wie Helen es ausdrückte, bei einem großen US-Konzern mit Niederlassungen auf der ganzen Welt. Nach und nach hatte ihr Job sie völlig mit Beschlag belegt, ihre Freizeit wie Efeu überwuchert, doch Grace hatte den Kampf noch nicht aufgegeben, noch immer bemühte sie sich darum, nicht in ihrem zunehmend hektischen, ernsten Leben zu versinken.

Mit der Zeit entdeckten Helen und Peter die tieferen Aspekte, die sich unter Andrews Oberfläche verbargen: seine aufrichtigen Gefühle für Grace und vor allem seine treue Ergebenheit. Grace hatte in ihrem Leben so viel »Gemeinschaft« erlebt, dass sie jemanden brauchte, dem sie vertraute, in dessen Gegenwart sie sich gehen lassen konnte und bei dem sie nicht jedes Wort auf die Goldwaage legen musste. Andrew schien sie da besser zu verstehen, denn für ihre Eltern, und besonders für Helen, war dieser Drang nach Distanz bei ihrer Tochter noch immer ein Rätsel.

Peter erinnerte sich noch gut daran, wie Grace an Pfeifferschem Drüsenfieber erkrankt war. Damals hatte Andrew sich mit Hingabe um sie gekümmert. Für Grace war es sicher nicht ganz leicht gewesen, sich von ihrem neuen Freund umsorgen zu lassen, ohne in dieser noch jungen Beziehung ihre eigenen

Grenzen setzen zu können. Aber wenn ein Vater sah, dass sich ein junger Mann – zu jung, um sich seiner Jugend bewusst zu sein – erfolgreich um die eigene Tochter kümmerte und diese Tochter dies auch zuließ, war ihm klar, dass er den Dingen ihren Lauf lassen musste.

Peter hatte sich in der Zeitschriftenabteilung des Dorfladens mit Grace verabredet, damit derjenige, der zuerst einträfe, sich im Warmen und Trockenen mit ziellosem Herumblättern das Warten vertreiben konnte. Peter traf zu früh ein und schlug den *Economist* auf, der, wie er schnell feststellte, immer noch die alten Hüte der Wirtschaftslehre als Wunderwaffe gegen sämtliche Weltkrisen verkaufte.

Ein paar Minuten später kam Grace herein und drückte ihm zur Begrüßung einen Kuss auf die Wange.

»Huch, dein Gesicht ist kalt«, sagte Peter. »Wie geht's?«

»Gut, gut. Tut mir leid, dass ich so spät dran bin – habe keinen Parkplatz gefunden. Wo möchtest du spazieren gehen? Hier im Ort oder wollen wir irgendwohin fahren?«

»Ach, jetzt, wo du einen Parkplatz hast, lass uns hierbleiben. Wie wäre es, wenn wir eine Runde um den Golfplatz drehen?«

»Okay. Wenn wir Golfbälle finden, können wir sie später verkaufen, um damit die Hochzeit zu finanzieren.«

Grace hakte sich bei ihrem Vater unter, und sie zogen los. Ein kühler Aprilwind war aufgekommen, es wurde recht frisch, jetzt, da die Sonne langsam sank. Grace zog sich den Schal über den Kopf, und Peter setzte seine Fleecemütze auf, denn so kurz vor der Hochzeit wollte keiner von ihnen eine Erkältung riskieren.

»So, wie laufen die Vorbereitungen?«, fragte Peter.

»Ach, ja, alles okay. Wie's eben so läuft.«

»Ich hoffe, du kannst die Vorfreude ein bisschen auskosten? Du verlangst dir immer zu viel ab.«

»Danke, *Mama*! Richte ihr aus, dass es mir gut geht und ich mich langsam sogar ein bisschen entspanne. Andrew und ich haben uns heute zum Mittagessen getroffen und dabei kein Wort über die Hochzeitsvorbereitungen verloren. Stattdessen hat er mich verliebt angesehen, während ich ihm die Pizza weggegessen habe.«

»Ich bin kein Arzt, aber ich glaube, auch wenn man die Pizza von anderen isst, schlägt sich das in den eigenen Cholesterinwerten nieder. Aber im Ernst, hast du was auf dem Herzen?«

»Ehrlich gesagt freue ich mich auf die Zeit, wenn die Leute mich nicht mehr ständig fragen, wie es mir geht, wie die Dinge laufen und ob ich schon aufgeregt bin. Ich möchte nicht undankbar klingen, aber ich sehne mich danach, wieder wie ein normaler Gesprächspartner behandelt zu werden. Du kennst mich, ich mag kein großes Aufhebens und gebe mir trotzdem Mühe, das Theater dem Anlass entsprechend mitzuspielen, aber so langsam habe ich es ein bisschen satt, meine Batterieanzeige blinkt schon.«

»Ich weiß, was du meinst. Manche Leute haben genau deswegen keine Lust auf Hochzeit. Wenn der große Tag gekommen ist, erlebst du einen Glücksrausch. Mir hat das Tamtam vor unserer Trauung damals auch nicht gefallen, aber obwohl ich vorher schon auf vielen Hochzeitsfeiern war, bin ich erst bei meiner eigenen in den Genuss gekommen, mit jedem einzelnen meiner Gäste einen Moment der persönlichen Nähe zu erleben. Damals bin ich tatsächlich ziemlich rührselig geworden. Ich hoffe, dass du es ähnlich erlebst. Und hinterher kannst du dich wenigstens auf eine tolle Reise freuen.«

»Ich kann es kaum erwarten. Hoffentlich kann ich mich auf dem Flug ausruhen und werde nicht zusätzlich zur Erschöpfung nach der Hochzeit vom Jetlag außer Gefecht gesetzt. Wie ist es bei dir und Mam? Habt ihr noch mal darüber nachgedacht, auch in Urlaub zu fahren?«

»Wir haben ein bisschen darüber gesprochen. Es sieht aus, als könnte sie sich mit dem Gedanken anfreunden, aber sie ist noch nicht so weit, sich festzulegen. Asien hat sie gleich mal ausgeschlossen, weil ihr schon da seid.«

»Ha! Meine Güte, was für eine windige Ausrede«, spottete Grace.

»Sie ist nicht dumm, sie weiß auch, dass wir uns dort nicht zufällig über den Weg laufen werden, aber sie will nicht, dass du dich von ihr verfolgt fühlst.«

»Aha. Aber was hält sie zurück? Wenn sie keinen langen Flug will, muss sie ja nicht. Europa ist nicht weit, irgendeine Hauptstadt vielleicht?«

»Ich glaube, sie zögert noch wegen Paul. Er gibt sich richtig Mühe, macht seine Besuche im Krankenhaus, und der Wettbewerb und all das, aber dein Bruder hat immer noch seine drolligen fünf Minuten.«

»Aber, Dad! Er ist ein erwachsener Mann. Er muss für sich selbst sorgen. Ja, ich weiß, es fällt ihm nicht leicht, aber jetzt ist der Zeitpunkt gekommen, ihn loszulassen, damit er es aus eigener Kraft schafft. Eigentlich wäre das schon vor zehn Jahren gut gewesen. Jetzt ist er es gewohnt, herumzuhängen und sich auf euch beide zu verlassen. Ihr habt alles für ihn getan, ihr müsst ihm endlich einen Schubs geben.«

»Ich weiß, ich weiß. Wir wollen nur nichts überstürzen. Und deine Mutter will auf Nummer sicher gehen. Du bist nicht da und hast außerdem dein eigenes Leben, deswegen sind wir ein bisschen vorsichtig, denn wir wissen nicht, was passiert, wenn was schiefgeht. Ich glaube, deiner Mutter würde es leichter fallen, wenn es einen Notfallplan gäbe.«

»Wenn du dich damit an mich richtest, muss ich dich leider enttäuschen. Ich kann nicht für den Rest meiner Tage seine Babysitterin spielen. Ich muss mein Leben leben, Dad. Und ihr eures, Mam und du. Wir müssen die Stützräder abschrauben, nicht nur ihm, sondern uns allen zuliebe. Hat er was über das Preisgeld gesagt? Wisst ihr, dass er es mir für die Hochzeit angeboten hat? Ich habe abgelehnt – klar, wir haben das Budget gesprengt, aber nur, weil wir es richtig krachen lassen. Ich habe ihm geraten, es lieber für euch auszugeben. Hat er schon mit euch darüber gesprochen?«

»Soweit ich weiß, nein. Aber wir brauchen das Geld nicht. Warum die Dinge verkomplizieren? Wir wollen nur sicherstellen, dass er versorgt ist, und uns dann dazu durchringen, den Absprung zu wagen. Ich glaube, ich bin bereit, aber du weißt selbst, wie deine Mam ist. Sie wird versuchen, ihn beim Abnabeln zu unterstützen, aber solange nicht alles geregelt ist, wird sie nicht loslassen.«

»Aber du und Mam, ihr braucht endlich mal eine Auszeit. Ich hoffe, ihr werdet nicht wie diese Paare und schiebt eure Reisen und alles andere, was ihr euch verdient habt, auf, bis es zu spät ist.«

»Wir sind noch lange nicht fertig, mein Täubchen, aber ich weiß, was du damit sagen willst. Hab ein bisschen Geduld, okay? Besonders mit deiner Mam. Ich glaube, vor lauter Hochzeitsvorbereitung hat sie ihre Gedanken an die Zukunft verdrängt, sie wird sich schon damit auseinandersetzen, sobald du erst mal unter der Haube bist.«

Sie hatten das Ende des Wegs erreicht und kehrten um. Mit der Richtung wechselten sie auch das Thema.

Jetzt, da der Wind von vorn kam, kuschelte Grace sich enger an Peter. »Erzähl mir von deiner Rede«, sagte sie.

»Ich habe mir noch keine Notizen gemacht, aber ich glaube, ich komme der Sache langsam näher, jetzt muss ich mich nur noch entscheiden, wie ich vorgehen will. Willst du auch was sagen?«

»Das würde ich spontan entscheiden. Keine Rede, aber vielleicht ein paar Dankesworte.«

»Kleiner Ratschlag: Eine Rede kannst du improvisieren, aber Dankesworte nicht, denn dabei wirst du garantiert jemanden vergessen, und das kannst du nicht wiedergutmachen. Besser, wenn du sie dir aufschreibst. Ich spreche aus Erfahrung, denn genau diesen Fehler habe ich bei unserer Hochzeit gemacht, habe vergessen, mich bei deiner Tante Sarah für die Hochzeitstorte zu bedanken. Sie hat es überspielt, aber ich weiß genau, dass ich sie damit gekränkt habe.«

»Wenn ich bezüglich deiner Rede einen Wunsch äußern darf: Bitte bleib würdevoll. Erspare mir peinliche Anekdoten, und bitte keine Witze auf Andrews Kosten.«

»Du lieber Himmel, natürlich nicht. Ich bin vielleicht ein Idiot, aber so einer sicher nicht. Du weißt, wie sehr ich dich schätze und liebe, ich bin so stolz auf dich. Dies könnte meine einzige Gelegenheit sein, all das laut zu sagen, und noch dazu vor Publikum. Ich muss nur die richtigen Worte finden, damit ich dabei nicht heulen muss. Wenn es zu gefühlig wird, kriege ich womöglich einen Kloß im Hals.«

»Kloß ist gut. Kloß und Würde, da wollen wir hin. Warum rührt dich das so an? Ich bin doch schon seit Ewigkeiten ausgezogen und seit ein paar Jahren mit Andrew zusammen, lebe sogar schon mit ihm unter einem Dach. Die Hochzeit ändert nichts, sie ist nur ein Ritual.«

»Ich weiß, dass du das denkst, aber warte ab. Wir sprechen uns noch. Sobald du mit Andrew verheiratet bist, werden sich subtile Änderungen ergeben. Ihr werdet euch enger verbunden fühlen, auch wenn diese Veränderung überhaupt nicht logisch ist. Wenn ich dich ansehe, gibt es einen Teil von mir, der mir sagt, dass sich unsere Familie verändert. Das ist gut so, völlig natürlich, und ich sehe das ganz rational, aber trotzdem kommt es mir vor wie das Ende eines sehr langen Kapitels. Dein Lieblingsbruder, den du für hoffnungslos hältst, hat mir diesbezüglich tatsächlich den Kopf gewaschen. Als ich deiner Mutter gegenüber erwähnte, dass wir dich verlieren und lauter so Zeug, hat er einen echten Hammer gebracht: ›Das, wovon du redest, ist doch schon längst passiert‹, hat er gesagt, einfach so, während er irgendwas im Kühlschrank gesucht hat. Und damit hat er völlig recht. Alles, woran ich so verzweifelt festhalten will, ist doch schon längst weg. Erinnerungen fühlen sich echt an, aber das sind sie nicht. Dein Bruder hat mich auf den Boden der Tatsachen zurückgeholt. In der Vergangenheit zu schwelgen ist offenbar nichts für ihn. Er redet nicht über das, was schon vorbei ist. Wenn du das nächste Mal was verschüttest, achte auf seine Reaktion. Sein Motto lautet: Das Malheur ist bereits passiert, jetzt geht's ums Aufräumen. Das Hier und Jetzt, das ist ihm wichtig. Ich bin nicht sicher, ob sein Gemüt der Auslöser dafür ist oder eine Konsequenz daraus, aber seine Sicht auf die Dinge schafft Klarheit. Einmal hab ich stundenlang über die Arbeit geschimpft, man hatte mich bei einer Beförderung übergangen, Altersdiskriminierung, und mittendrin sagt Paul auf einmal: ›Das ist nur eine Geschichte.‹ Mehr nicht. Einfach so. Aber das Tollste war: Er hatte recht. Es war tatsächlich nur eine Geschichte, die ich mir da erzählt hab. Als ich aufgehört habe, davon zu erzählen, war auch die Geschichte erledigt.«

»Es ist bestimmt schön, so einen Haus- und Hofweisen zu

haben«, bemerkte Grace, »aber selbst die Weisen müssen am Ende für sich selbst sorgen.«

Sie waren zurück am Auto angekommen, die Gesichter halb erfroren, aber froh, Zeit füreinander freigeschaufelt zu haben.

»Willst du noch mitkommen? Deine Mutter würde sich sicher freuen.«

»Nein, tut mir leid. Bestell ihr liebe Grüße. Ich habe Andrew versprochen, mich mit ihm vor unseren alten Laptop zu setzen und im Internet für die Flitterwochen ein paar Touren zu buchen und Tickets zu reservieren. Danke für den Spaziergang, Dad. Übrigens, nicht alles ist schon längst Vergangenheit. Richte unserem kleinen Guru aus, dass ich noch nicht fertig bin mit euch.«

Grace ging auf die Zehenspitzen und drückte ihrem Vater einen neckischen Kuss aufs Kinn. Dann stieg sie in ihr Auto und fuhr mit einem kurzen Abschiedshupen davon, woraufhin Peter noch schnell in den Zeitungsladen sprang, um sich die Ausgabe des *Economist* zu kaufen, die er zuvor durchgeblättert hatte, nur um etwas zum Lesen zu haben, während er über seine Rede nachdachte.

21

VORSTELLUNGSGESPRÄCH BEI PANTOMIMEN

Paul traf etwas zu früh vor dem Hauptsitz des Nationalen Pantomimenverbands ein, ein Theater in den ehemaligen Stallungen eines größeren Anwesens, das man nur über eine schmale Seitenstraße erreichen konnte. An der Mauer prangte das überlebensgroße Bild eines Pantomimen mit weiß geschminktem Gesicht und erstaunter Miene, daneben hing ein Werbeplakat für eine Veranstaltung vom letzten Jahr. Auf dem Schild neben der Eingangstür war eine Klingel abgebildet, darunter stand: »Bitte klopfen!«. Der Ticketschalter und Empfangstresen waren nicht besetzt, also trat Paul einfach ein, ohne »Hallo« zu rufen. Nicht, dass er gegen die Hausordnung verstieß. Das Theater war klein, mit seinen rund fünfzig Metallklappstühlen wirkte es allerdings eher wie ein Kinosaal, wenig überraschend, denn vor der Nutzung durch den Pantomimenverband hatte man hier tatsächlich Filme vorgeführt.

Paul hatte Parley View am frühen Morgen verlassen, ohne seinen Eltern zu sagen, wohin er gehen würde. Er selbst sah dem Bewerbungsgespräch mit gemischten Gefühlen entgegen, da wollte er nicht auch noch über ihre Erwartungen nachdenken müssen. Wenn er das Gespräch versaute oder man ihm den Job anbot, er ihn aber ablehnte, wollte er keine Diskussionen beim Abendessen. Er hatte keine Lust darauf, dass seine Eltern mit ihren »Wie wäre es damit …« und »Was hältst du davon, wenn …« sanft in irgendwelche Richtungen zu stupsen versuchten. Wenn Paul ganz ehrlich war, musste er zugeben, dass er selbst nicht so genau wusste, warum er hier eigentlich zum Vorstellungsgespräch antrat. Angefangen hatte es damit, dass ihm Arnos Show bei der Preisverleihung gefallen hatte, er mochte es, wie der Pantomime die in der Schlange anstehenden Gratulanten mit Witzen über den Riesenscheck unterhalten (er hatte vorgegeben, ihn mit der Hand durchzusägen) oder mit der Amtskette des Präsidenten gespielt hatte (er hatte so getan, als würde er draufspucken und sie polieren). Danach sah er Arno auf der Treppe sitzen und ganz normal eine Zigarette rauchen, nachdem er ganz normal ein Sandwich gegessen hatte, und war ein bisschen enttäuscht gewesen, dass auch Pantomimen normale Sachen machten. Sie kamen ins Gespräch, Arno hatte offenbar den Eindruck, dass Paul ein erfolgreicher – also reicher – Geschäftsmann war, der bei der Industrie- und Handelskammer so richtig was zu sagen hatte. Er wurde immer gesprächiger, erzählte Paul, dass er Theater und Tanz studiert und sich für Pantomime interessiert habe, nachdem er auf der Akademie *Mr Bean* als Musical aufgeführt habe. Nach dem Abschluss war er nach Paris gegangen und hatte dort das Fach erlernt, noch unter den letzten Meisterpantomimen, die sich bereits damals damit abgefunden hatten, dass ihre stumme Kunst dem Untergang geweiht war. Dem Nationalen Pantomimenverband war er beigetreten, weil sie einen Kreativdirektor suchten. Obwohl sie ihm nicht viel zahlen konnten, stellten sie ihm eine mietfreie Unterkunft zur Verfügung, ein kleines Ein-Zimmer-Apartment hinter der Bühne. Als Lehrer und mit Auftritten in Unternehmen hielt er sich und den Verband finanziell über Wasser, doch das funktionierte nur, weil sie den Saal zweimal die Woche für Yogastunden vermieteten.

Es gab aber nicht nur finanzielle Probleme. Die Stimmung in der Welt der Pantomimen war auf Rekordniveau gesunken. Einige der talentiertesten Vertreter der Zunft waren dazu übergegangen, sich als Lebende Statue zu verdingen, was sie als eine Form des Straßentheaters betrieben. Nachdem sich herumgesprochen hatte, dass man damit richtig Geld verdienen konnte, gesellten sich immer mehr Scharlatane hinzu, die sich verkleideten, Masken aufsetzten und nicht mal stillstanden, sondern mit gereckten Daumen für Touristenfotos posierten. Da beschloss Arno, diesem Treiben ein Ende zu bereiten. Ja, Hand aufs Herz, er hatte Fehler gemacht und einiges gesagt, was so nicht hätte gesagt werden sollen, aber unterm Strich habe er es nur gut gemeint, er wolle das Erbe der wunderbaren Pantomimenkunst ehren, das ihm von den großen Meistern vermacht wurde. Doch mit seinem Vorgehen hatte er die Gemeinschaft gespalten, ehrenwerte Mitglieder der Vereinigung verprellt und potenzielle Neuzugänge abgeschreckt, die sich zwar für Drama interessierten, aber nicht in dieser Form. Der Nationale Pantomimenverband musste sein öffentliches Image aufpolieren, und Arno akzeptierte, dass er nicht der Richtige dafür war, deswegen kehrte er zurück in die Niederlande und überließ die Stelle des Kreativdirektors seinem Lehrling Lambert. So hatte die Suche nach einer Person mit frischen Ideen und Denkansätzen begonnen, die der Zunft als Sprecher dienen und ihren Ruf in der Öffentlichkeit wiederherstellen könnte. Arno glaubte, dass Paul dank seiner Beziehungen bei der Industrie- und Handelskammer genau der Richtige sein könnte, um die Geschicke des Verbands wieder auf die rechte Bahn zu lenken. Der Umstand, dass Paul außerdem ein talentierter Pantomime war – dieses Urteil beruhte auf seiner stummen Rede bei der Preisübergabe, wie Paul später herausfinden sollte –, erschien Arno wie ein Geschenk der Musen. Selbstverständlich müsste Paul sich einem offiziellen Auswahlprozedere unterziehen, da die Stelle teilweise vom Kunstausschuss finanziert wurde, aber das war vertretbar, denn es bestand nur aus einem Vorstellungsgespräch.

In den Tagen nach seiner Unterhaltung mit Arno hätte Paul sich natürlich fragen können, warum er sein Gegenüber nicht gleich auf seine Fehleinschätzung hingewiesen hatte und sein Instinkt, der ihn sonst immer davon abhielt, neue Gelegenheiten beim Schopf zu packen, diesmal nicht angeschlagen hatte. Aber Paul war keiner, der endlos über das Warum und Wozu nachdachte. Er ging einfach davon aus, dass Schweigen ansteckend war, so wie Gähnen oder sich Kratzen. Er verspürte ein Interesse, fühlte sich auf ungezwungene, unerklärliche Weise angezogen von diesem Pantomimen, der mit seiner starken äußeren Kraft Pauls innere Stille geweckt hatte.

Jetzt setzte Paul sich in die erste Reihe des Theaters und wartete stumm und geduldig auf das, was da kommen mochte. Er trug den Hochzeitsanzug, aber dazu das Hemd von seiner Postbotenuniform, denn das war das einzige in seinem Besitz, das keine Umschlagmanschetten hatte. Es hatte eigentlich gar keine Manschetten, denn es war kurzärmelig. Wenn er die Anzugjacke auszog, sah er in seinem kurzärmeligen Hemd mit Krawatte aus wie der Geschäftsführer eines Fastfood-Restaurants. Da er kein Handy besaß, kam er nicht in die Versuchung, sich mit Scrollen oder Nachrichten schreiben oder sozialen Medien die Zeit zu vertreiben. Rastlosigkeit war ihm fremd, daher bohrte er weder in der Nase, noch fummelte er an seinem Reißverschluss herum. Dank seiner geistigen Ruhe hatte er kein Problem mit der verstreichenden Zeit oder dem wenig anheimelnden Ambiente des heruntergekommenen Saals.

Hinter dem Vorhang standen Arno, Lambert und Mr Davenport, der Vorsitzende des Kunstausschusses. Sie staunten über Pauls Entspanntheit, und seine tiefgründige Reglosigkeit erfüllte sie mit Ehrfurcht. Nach einer viertelstündigen Beobachtungsphase waren sie sicher, ihren Mann gefunden zu haben. Aufgeregt tauschten sie sich über ihre Eindrücke aus und einigten sich rasch auf eine Entscheidung, die, wie Mr Davenport betonte, keine reine Formsache war, selbst wenn sich sonst niemand für die Stelle beworben hatte.

Die drei Mitglieder des Bewerbungsausschusses traten hinter dem Vorhang hervor, um dem erfolgreichen Kandidaten zu gratulieren. Paul gab Arno zur Begrüßung die Hand, woraufhin Arno so tat, als hätte Paul ihm fast die Knochen gebrochen und er wäre vor Schmerzen zu Boden gegangen. Lambert eilte an seine Seite und versuchte, ihn wiederzubeleben, bevor er mit großer Geste die letzte Ölung vornahm und ihm dann pantomimisch ein Grab aushob. Mr Davenport, der versuchte, bei dem Spiel mitzumachen, war schon bald überfordert, die beiden Meister pantomimten ihn gnadenlos an die Wand, schließlich waren sie jahrelang dazu ausgebildet worden, ihre Kunst mit großer Leichtigkeit darzubieten.

Aus offensichtlichen Gründen erfolgten die Vertragsunterzeichnung und damit verbundene Absprachen nicht mittels Pantomime, denn das hätte gegen das Arbeitsrecht verstoßen. Zunächst würde man Paul für elf Monate anstellen, aber Mr Davenport ließ durchblicken, dass sich die Probezeit mehr oder weniger automatisch verlängerte, wenn alles gut lief. Der Kunstausschuss zahlte die Hälfte des Gehalts, der Nationale Pantomimenverband musste den Rest aus eigenen Mitteln finanzieren, also durch Yogastundenmiete, Unternehmensauftrittshonorare und Eintrittsgelder – so weit vorhanden. Man bot Paul außerdem das Privileg an, mietfrei das Ein-Zimmer-Apartment hinter der Bühne zu bewohnen, sobald Arno ausgezogen sei. Paul fragte, ob er das Apartment besichtigen dürfe, doch das war leider nicht möglich, denn Arno hatte seine Freundin zu Gast, und die schlief noch, was möglicherweise auch der Grund gewesen war, weshalb Arno Mr Davenport gebeten hatte, das Vorstellungsgespräch schweigend durchzuführen.

Die Jobbeschreibung, bereits ausformuliert, um den Kunstausschuss für Finanzhilfen zu gewinnen, enthielt eine breit gefächerte Aufgabenpalette. Pauls Haupttätigkeit läge darin, die Menschen im Land für die Pantomimenkunst und andere stille Künste zu begeistern, ausgenommen waren hier die Lebenden Statuen und *tableaux vivantes*. Er solle die Standpunkte der Pantomimengemeinschaft in der Öffentlichkeit vertreten und außerdem jegliche mit Pantomime verbundenen Fragen beantworten, die über die Auskunftsstelle des Kunstausschusses hereinkamen. Das mickrige Gehalt machte Paul dank des großzügigen Preisgelds eigentlich keine Sorgen, aber wenn es drauf ankam, konnte er durchaus hart verhandeln. Zunächst stellte er zwei Forderungen: Erstens wollte er montags freihaben, um weiterhin seinen Verpflichtungen bei der Post nachzukommen; zweitens weigerte er sich, ein Handy zu benutzen. Der Nationale Pantomimenverband und der Kunstausschuss stimmten zu, denn der Job war nur für drei Tage die Woche ausgelegt, und für ein Handy fehlte ihnen ohnehin das Geld.

Nach Vertragsabschluss überließ es Arno seinem Lehrling Lambert, Paul in die Einzelheiten des Jobs einzuführen, während er Mr Davenport zu seinem Auto begleitete. Lambert, nicht sicher, wie viel Zeit ihm bis zu Arnos Rückkehr bliebe, redete nicht lange um den heißen Brei. Arnos Abreise in die Niederlande könne gar nicht schnell genug kommen, gestand er. Der Nationale Pantomimenverband stecke in einem tiefen Schlamassel. Seit über einem Jahr habe das Theater keine Vorführung mehr erlebt, das bisschen Geld, was sie einnahmen, gehe direkt für ihre Ausgaben drauf, und als Kunstform locke die Pantomime keinen Hund mehr hinter dem Ofen hervor, die jüngere Generation wisse vermutlich nicht mal mehr, dass es sie gab. Das Theater sei zu einer verstaubten Lagerhalle verkommen, überall standen Kartons mit alten Plakaten, und so langsam fragten sich selbst die Yogaleute, ob die zugegeben mickrige Stundenmiete angemessen sei. Nachdem Arno keine Anstalten machte, zu ihnen zurückzukehren – was Lambert mit abgeklärter Miene bemerkte –, schlenderten sie zum Fahrradständer, wo Lamberts schwarz-weiß gestreiftes Gefährt abgestellt war, das sich dadurch auszeichnete, dass seine Klingel keinen Schlägel hatte. Paul, der Lambert sympathisch fand, verabschiedete sich mit der Bemerkung, es sei schon etwas Besonderes, dass stille Menschen immer irgendwie zueinander fanden.

Für Paul war der Tag außerordentlich hektisch verlaufen. Vorstellungsgespräche können erschöpfend sein, daher war es kein Wunder, dass er auf der Heimfahrt im Zug einschlief, eingelullt von den Vibrationen des Fensters an seiner Schläfe. Bei seiner Rückkehr zu Parley View war seine Mutter in ein Telefonat mit Grace vertieft, es ging um die Gedecke für die Hochzeitsfeier, und sein Dad tippte am Laptop einen Leserbrief an den *Economist*. Während Paul im Türrahmen stehen blieb, um sie nicht zu stören, verflog auch sein Impuls, ihnen gleich von seinem neuen Job zu erzählen, und er schluckte die Worte wieder runter.

Müde, aber zufrieden, beschloss er, nach oben zu gehen und seinen guten Anzug in den Schrank zu hängen, damit der nicht verknitterte. Er zog seine Doc Martens aus und legte sich in Unterhose und Hemd aufs Bett, um über die unternehmerischen Komplikationen nachzusinnen, die ihm mit seinem neuen Job vererbt wurden. Es schien ihm, dass das Pantomimentheater in seinem gegenwärtigen Zustand, heruntergekommen und unbedeutend, eigentlich das Schicksal des Schweigens verkörperte. Aber wo sollte er anfangen? Wie könnte er den Stellenwert der Pantomimenkunst als einende Kraft der Menschlichkeit erhöhen, wenn selbst die Gemeinschaft ihrer Vertreter untereinander im Clinch lagen?

Paul starrte auf die getüpfelte Zimmerdecke und badete in der Ruhe, die ihn umgab. Er spitzte die Ohren, um der stets präsenten Stille zu lauschen, in der die anderen Geräusche wie Blasen herumtrieben. Langsam erfasste er ihre Tiefe. Alle wichtigen spirituellen und philosophischen Traditionen der Weltgeschichte betonen den Wert der Stille. Das Universum, ob es sich nun ausdehnt oder schrumpft, tut dies in einem endlosen Ozean ebendieser Stille. Aus dieser Stille ist der Urknall gekommen, und eines Tages wird er wieder dahin zurückkehren. Dennoch steht die Stille, so allgegenwärtig und zeitlos sie auch ist, im Gegensatz zur lärmenden Wesensart des modernen Menschen. Diese laute, von sich überzeugte Welt hat die Stille zum Feind erklärt: Sie ist unerwünscht, muss zerrissen oder ausgefüllt werden.

Während Paul das Deckenmobile mit der Spitfire anstarrte, kam ihm eine Lösung, es war, als hätte sie schon die ganze Zeit in seinem Inneren darauf gewartet, von ihm gehört zu werden. Ihm wurde klar, dass eine Öffentlichkeit ohne Verbindung zur Stille nicht von der Pantomime überzeugt werden könnte, denn die Kraft der Pantomime liegt in ihrer Fähigkeit, die Stille in uns zu berühren. Von diesem Gedanken beflügelt nahm er seinen Bleistiftstummel vom Nachttisch und entwarf folgende Anzeige:

> Club der Stille
>
> Eine Stunde sitzen und schweigen
> im Theater des Nationalen Pantomimenverbands
>
> Eintritt frei – Jeder ist willkommen
> Jeden ersten Sonntag im Monat
> 20 Uhr
>
> (Es wird empfohlen, Obiges zu beachten)

So schlicht, so perfekt. Es hatte einen wie Paul gebraucht, der mit seinem besonderen Verständnis erkannte, dass die Antwort darin lag, die Menschen dazu zu bewegen, nichts zu tun – so seltsam das klingen mochte. Er beschloss außerdem, die Lebenden Statuen einzuladen, die den Club der Stille in voller Kostümierung mit stummen Aufführungen untermalen sollten. Er hoffte, ihnen mit dieser Einladung, respektvoll und mit künstlerischer Wertschätzung ausgesprochen, zu signalisieren, dass ihre Freundinnen und Freunde aus der Welt der Pantomime ihnen die Hand reichten, um gemeinsam in eine neue Ära der engen Zusammenarbeit aufzubrechen.

Als er von unten die typischen Vorbereitungsgeräusche fürs Abendessen vernahm, riss er sich aus seinen Führungsgedanken und suchte nach angemessener Kleidung für diesen doch sehr erwachsenen Tag. Obwohl diese Erkenntnis noch ungewohnt war, musste Paul einsehen, dass es genauso folgenreich war, Entscheidungen zu treffen, wie sie nicht zu treffen. Man legte sich fest, egal, welchen Weg man wählte. Es ist nicht möglich, sich komplett aus Lebensentscheidungen herauszuhalten; alles, was wir tun, hat Folgen.

22

PYRAMIDEN-EI

Leonard hatte eine lange, schwierige Woche hinter sich. Shelley hatte sich ab Montag Urlaub genommen und nicht mehr bei ihm gemeldet. Er war nicht sicher, ob sie ihm aus emotionalen Gründen oder aus Verlegenheit aus dem Weg ging oder ob sie sich freigenommen hatte, um mit Patrick die Osterferien zu verbringen. Womöglich war sie sogar krank, Magen-Darm-Grippe, oder lebte einfach ihr Leben, in dem er keine Rolle mehr spielte.

Immer wieder verfasste er spontane, freundschaftliche Nachrichten an sie, nur um sie gleich wieder zu löschen, schließlich war eine solche fehlgeleitete Nachricht der Auslöser für die gegenwärtige Misere gewesen. Er hatte gehofft, dass sie wenigstens nicht sauer wäre und verstehen würde, dass seine ungeschickte Art keine Gedankenlosigkeit war, sondern einfach Unerfahrenheit. Irgendwann wäre es vielleicht sogar möglich, ab und zu unverfängliche Parkspaziergänge zu unternehmen, und Shelley könnte ihren zukünftigen Partnern erzählen, dass Leonard zwar nicht zu ihr gepasst, aber zu den Guten gehört habe. Noch vor einer Woche hatte er sich als Shelleys festen Freund betrachtet, doch mittlerweile bezweifelte er, dass er überhaupt so weit gekommen war. Wie sah sie das eigentlich? Für ihn war das mit Shelley eine ernste Beziehung gewesen, noch nie war er einer Frau so nahegekommen; doch möglicherweise sah jemand mit Shelleys Erfahrung es ganz anders, empfand ihre gemeinsame Zeit als viel zu kurz, um sie als irgendwas zu betrachten. »Nur so ein Typ, mit dem ich mich ein paarmal getroffen habe.« In seiner Vorstellung – die sich sowohl in seinem Herzen als auch in seinem Verstand abspielte – hatte er bereits ein paar Kapitel ihres gemeinsamen Lebens übersprungen, doch jetzt musste er einsehen, dass er dieses Buch nicht weiterschreiben würde. Es war demütigend, seine Träumereien und Wunschvorstellungen wieder einpacken zu müssen und sich in eine neue, schmucklose Realität zu fügen.

Nach einem weiteren einsamen Arbeitstag saß Leonard zu Hause am Esstisch und malte gedankenverloren auf seinem Skizzenblock herum, die Mundwinkel auf zwanzig nach acht. Er war zu ruhelos, um sich konzentrieren zu können, zu antriebslos, um etwas Sinnvolles zu unternehmen. Die Gedanken, die ihm im Kopf herumgingen, ließen ihn weder in Ruhe, noch lösten sie sich von selbst auf. In seinem Buch über Patrius und die Römer fehlten noch einige Abschnitte, aber genau dieses Projekt war seine letzte Verbindung zu Shelley. Sein Trennungsschmerz stand ihm bei der Vollendung seines Buches andauernd im Weg.

Für manche reicht der Geruch eines feuchten Wollmantels auf der Heizung, für andere der Geschmack von Madeleines, doch Leonard musste nur auf dem falschen Ende des Bleistifts herumkauen, und schon war es geschehen: Der Geschmack von Grafit, so befremdlich und unappetitlich, versetzte ihn augenblicklich in die Vergangenheit, zurück zu jenem Moment, als er diesen gedankenlosen Fehler zum ersten Mal begangen hatte. So viele Jahre war das nun schon her, in einer Zeit der Stromrationierung, als Blaumeisen noch kleine Löcher in die Metallfolie auf den Milchflaschen pickten und es noch keine Kindersitze oder Playstations gab. Er machte in seinem Zimmer Hausaufgaben und wurde dabei von dem Geschrei einiger draußen spielender Jungen abgelenkt, als er aus Versehen die Spitze seines Bleistifts abschleckte. Angewidert von dem Geschmack rannte er ins Bad, um sich den Mund mit Seife auszuwaschen, was alles nur noch schlimmer machte. Unter kindlichem Fluchen setzte er sich auf die kalten Fliesen, suchte Trost in einem Band aus der Reihe *Unsere Welt* und vergaß darüber die Zeit, vergaß sogar, dass es die Zeit gab, und fand in diesen Buchseiten zu seinem inneren Frieden zurück. Jetzt schloss er die Augen und schwamm dieser Erinnerung innerlich entgegen, nicht an die Bücher selbst, sondern an das Gefühl, das er beim Lesen gespürt hatte. Dort, unter seiner Melancholie vergraben, brannte das ursprüngliche Feuer, an dem sich seine Fantasie vor all diesen Jahren entzündet hatte.

Er fing an zu tippen und zu skizzieren, überwand den Graben und fand eine Verbindung zu dem Leonard, der er als kleiner Junge gewesen war. Ein wiederentdeckter Zauber erfüllte ihn mit neuer Kraft und trieb ihn an, während er mit seiner Fantasie Seite um Seite füllte. Er konnte wieder zeichnen, zärtliche Szenen aus der Kindheit seines römischen Helden, die feine Mimik in Patrius' Gesicht, ein großes, doppelseitiges Bild seiner Mutter, die in voller Gladiatorinnenausrüstung auf einem Stuhl saß und ihrem Sohn beim Handstand zusah, und das mit trauriger Ehrfurcht erfüllte Gesicht von Patrius, sorgfältig schattiert, als er Nachricht von seinem tapferen Paterfamilias erhielt, der ihn so geliebt hatte, bevor er vor vielen Jahren in die Schlacht gegen die Goten gezogen war. Leonard ließ alles raus, füllte die Seiten mit seinen Ideen, zertrümmerte all seine persönlichen Erfahrungen, um den Schatz der universellen Erfahrung zu bergen, der sich darin verbarg. Schließlich, in den späten Abendstunden, die man auch als frühe Morgenstunden bezeichnet, hatte er das Buch beendet und fiel ins Bett, von einer wunderbaren, aber zutiefst erschöpften Ruhe erfüllt, das gleiche Gefühl, das sich einstellt, wenn man sich ausgiebig erbrochen hat.

Am folgenden Morgen, Gründonnerstag, war es im Büro recht ruhig. Leonard wollte nach ein paar Stunden am Schreibtisch seine Siebensachen packen, heimgehen, das ganze Wochenende durchschlafen und am Montag zur Hochzeit gehen; was danach passieren würde, sowohl mit seinem Buch als auch mit seinem Leben, darüber hatte er sich noch keine Gedanken gemacht.

Nach dem Einloggen sah er, dass er eine Mail von Mark Baxter, BEd, in seinem Posteingang hatte:

Von: himark@markbaxterbed.com

Hi, Lenny,

Wow, ich LIEBE deinen Pitch! Der Oberhammer, Kumpel! Fehlt noch ein bisschen Zuwendung und mein magischer Touch, dann haben wir defo was am Start. Ich bin ein großer Fan vom Disrupten, steh total auf Innovation, alte Hüte umkrempeln und so. Mischen wir die ganze Römerszene so richtig auf, sag ich!
Am Wochenende bin ich an der Küste. Ein paar von den Mädels in meinem Team wollen unbedingt, dass ich ihnen das Surfen beibringe. Ich mach das, ist gut fürs Teambuilding. Du und ich, wir sind die letzten Guten, Lenny! Wir müssen den Mädels zeigen, wie's gemacht wird, denn von den Verlagshonks kommt

garantiert nichts, darauf kannst du einen lassen! Aber hey, ich sollte nicht so schlecht von denen reden, die sind schon okay – sind sogar ein paar richtige Checker dabei. Echte Innovators, große Disrupter. Tatsächlich habe ich sie am Dienstag alle zu einer Telko eingeladen – ich glaube echt, dass die dein Buch lieben werden, Kumpel!

Es wird empfohlen, Obiges zu beachten,
Mark Baxter, BEd

Leonard machte sich daran, die anderen ungelesenen Nachrichten durchzusehen, die er die ganze Woche über ignoriert hatte. Keine einzige Mail stammte von jemandem, dem er schon einmal persönlich begegnet war. Ein paar erforderten eine Antwort, aber es ging überwiegend um interne Angelegenheiten. Eine Mail enthielt einen längeren Diskussionsstrang, zwei Kolleginnen, die sich über ein spezielles Lektoratsproblem stritten – Leonard gehörte zu denen, die mittels cc zum Mitlesen gezwungen waren. Wie gewöhnlich gab es auch eine Reihe von Mails über das teure bipolare Buchungssystem, das für ein paar Stunden zusammengebrochen war, dann wieder funktionierte, nur um kurz darauf erneut zusammenzubrechen.

Leonard schickte eine Rohfassung seines Buches an den teuren Farbdrucker, er wollte sehen, wie es sich auf Papier machte. Er holte sich den Packen, lehnte sich auf seinem ergonomischen Bürostuhl zurück und genoss das Manuskript Seite für Seite. Es war das Schönste, das er je geschaffen hatte, auch wenn er fast daran zerbrochen wäre. Nachdem er sich vergewissert hatte, dass alle Seiten wieder in der richtigen Reihenfolge lagen, schob er den Stapel in einen Umschlag und adressierte ihn an »Shelley«. Er wollte ihn zusammen mit einem pyramidenförmigen Toblerone-Osterei für Patrick auf ihrem Schreibtisch hinterlassen.

Ihr Platz war leer, wie erwartet. Helpdesk-Greg hatte eine Müslischale mit einem hundefutterartigen Brei vor sich, in den er sich eine Banane schnitt. Er trug ein Schlafanzugoberteil mit Paisleymuster.

»Hey, Len. Long time, no see. Ich hab mir mal deinen Browserverlauf angesehen. Reine Routineüberprüfung. Nächste Woche können wir das unter vier Augen besprechen, es sei denn, du willst mir gleich was gestehen.«

»Hi, Greg. Wie ich sehe, ist Shelley immer noch weg.«

»Huch! Das wusstest du nicht? Ärger im Paradies? Oje, das tut mir leid, Kumpel. Soll ich so lange auf das Osterei aufpassen? Und deinen kleinen Liebesbrief im A4-Umschlag? Kannst mir vertrauen, ich schwör.«

Gerade als Leonard sich dagegen entschieden hatte, den Umschlag und das Ei auf Shelleys Tisch zu legen, entdeckte er Margaret, eine von Shelleys Kolleginnen, die unter heftigem Fluchen an ihren Platz zurückkehrte.

»Hi, ich ...«

»Was? Was ist jetzt schon wieder? Und du – halt die Klappe!« Sie zeigte auf Greg, ohne ihn anzusehen.

»Hi, ich wollte nur fragen, ob es einen Ort gibt, wo ich das hier für Shelley hinterlegen könnte. Einen sicheren Ort?«

»Was ist es denn?«

»Nur ein paar persönliche Dinge.«

»Ist das Osterei für sie?«

»Nein, das ist für ihren Sohn. Der Umschlag ist für sie. Eigentlich für beide.«

»Gib her.«

Mit ungutem Gefühl übergab Leonard ihr die Geschenke.

»Okay, danke. Bekommt sie es dann auch?«

»Ich sehe sie am Wochenende, dann gebe ich es ihr.«

»Okay, okay. Wenn es Ihnen nichts ausmacht. Das wäre toll. Danke.«

»Sonst noch was?«, fragte sie, den Blick auf ihren Monitor gerichtet.

»Nein, das ist alles. Frohe Ostern!«

Er wandte sich zu Greg um, der sich gerade einen Proteinshake mixte. »Lebe lang und in Frieden«, sagte Greg mit vulkanischem Gruß. Dann wirbelte er auf seinem Stuhl herum und zeigte Margaret den ausgestreckten Mittelfinger.

»Frohe Ostern, Greg«, sagte Leonard.

»Hey, Meister Lexikon. Wir beide haben nächste Woche eine Geschichtsstunde miteinander! Die Geschichte deines Browserverlaufs. Nicht vergessen!«

Leonard packte seine Sachen zusammen, ging heim und schlief sechzehn Stunden wie ein Toter.

Am nächsten Morgen fühlte er sich erholt und leichter. Er begann den Tag mit Klarheit und innerer Ruhe. Zuerst ging er durchs Haus und riss alle Fenster auf, wie Yoko Ono im Video zu *Imagine*, allerdings trug er dabei Schlafanzug und orangefarbene Crocs.

Seit Wochen hatte es ihn aufgewühlt, dieses Haus, in dem er sein ganzes Leben verbracht hatte. Er hatte Heimweh empfunden, ausgelöst von dieser Leere, die alle Erinnerungen ad absurdum führte. Doch jetzt, da er durch die Zimmer lief, war er bereit, mit seinem Heim Freundschaft zu schließen. Er fühlte sich wohl darin. Alles war vertraut.

Leonard empfand einen inneren Frieden, den er auch ausstrahlte. Immer schon hatte er Frieden als eine Form des Glücks verstanden, ein dauerhafter Gemütszustand, der sich einstellt, wenn man wahrhaft glücklich ist. Doch jetzt verstand er, dass dieser Zustand nicht an ein einzelnes Gefühl gebunden war. Sein innerer Friede war eine Stimmung in Moll. Er war nicht selig, sondern melancholisch. Erwachsen aus einer umfassenden Akzeptanz der Dinge, wie sie waren, ohne oberflächliche Wunschvorstellungen. Die Last, dem Glück hinterherjagen zu müssen, war von ihm genommen.

Bevor er sein eigenes Frühstück zubereitete, trat er hinaus in den vernachlässigten Garten hinterm Haus, wo die schon seit Wochen leeren Futtersäulen, mittlerweile mit Spinnweben und Vogelkot überzogen, vor sich hin baumelten. Er schrubbte sie in heißem Wasser, dann zog er die Dose mit dem Vogelfutter aus dem Vorratsschrank. Er füllte die Säulen bis obenhin und hängte ein paar Meisenknödel aus, für die größeren Vögel, die nicht auf den schmalen Säulenstangen balancieren konnten. Zur Feier des Tages verteilte er auch ein paar Körner auf dem Boden, damit die weniger selbstbewussten Vertreter ihrer Art auch noch was zu picken hätten. Während er den Wasserkocher füllte, sah er durchs Küchenfenster, dass sich zwei Meisen schon über das Vogelbüffet hermachten.

Mit dem vollen Frühstückstablett ging er ins Wohnzimmer, wo er das Regal nach ein paar kürzlich erstandenen Taschenbüchern durchforstete, die zusammen mit anderen ungelesenen Büchern in einer Ecke aufgestapelt waren, denn aufrecht einsortiert wurden nur die Werke, die Leonard mit Freude gelesen hatte. Schon bald hatte er *Die Mühle am Floss* gefunden, bereits vor Monaten gekauft und dann schlichtweg vergessen. Er wusste, es wäre hart für ihn, den Roman zu lesen, ohne dabei ständig an Shelley zu denken.

Oben schob er die Tür zum ehemaligen Schlafzimmer seiner Mutter auf und setzte sich auf ihr Bett, wie er es früher oft getan hatte, um ihr bei ihrem Becher Tee vor dem Einschlafen noch Gesellschaft zu leisten. Das Zimmer war ordentlich und schlicht. Es hatte bereits seine typische Frische verloren, mit der sie es stets erfüllte, sowohl durch ihre Persönlichkeit als auch durch ihren Duft. Stattdessen roch es abgestanden. Auf dem Nachttisch stand ein Foto seines Vaters, dem sie jede Nacht vor dem Einschlafen mit den Fingern einen Kuss aufgedrückt hatte. Leonard hatte es noch nicht über sich gebracht, ihre persönlichen Dinge zu sichten, aber es bestand auch keine Eile, fürs Sortieren und Spenden blieb noch genug Zeit. Seine Mutter war wirklich nicht mehr da. Vorbei war es mit ihren Pläuschchen und kleinen Ritualen. Dieses »Nie wieder« versetzte ihm einen Stich und rührte an der schmerzlichen inneren Harmonie, mit der er aufgewacht war.

Seine Einsamkeit fühlte sich nun anders an. Vorher hatte sie ihn mit Panik erfüllt, von Verzweiflung getrieben hatte er sich das Hirn zermartert, etwas gesucht, an dem er sich festklammern könnte, damit er nicht mehr daran denken müsste. Er hatte Trost gesucht in der Ablenkung: mit Paul, dem Buch über die Römer, und vor allem mit Shelley. Nun erkannte er, wie groß seine Angst gewesen war. Die Angst davor, dass ihn das Leben verschlingen könnte. Doch er hatte sich besonnen, hatte die Kraft gefunden, sich seinen Gefühlen zu stellen. Bis spät in die Nacht hinein hatte er an seinem Buch gearbeitet und am Ende einen Durchbruch erlebt. Die Angst war nichts anderes gewesen als innige Liebe zu seiner Mutter, die er verdrängt hatte, um nicht in seiner Trauer zu ertrinken.

Sanft tätschelte er das Kissen, dann ging er wieder nach unten und durchs Haus, das für eine Person zu groß war. In den folgenden Monaten musste er einige Entscheidungen treffen, aber auch das hatte Zeit. Er setzte sich im Wohnzimmer aufs Sofa, neben ihm der Kaffeebecher mit der Aufschrift *New Scientist,* und schlug den Roman von George Eliot auf, mit dem Vorsatz, ihn übers Wochenende zu lesen, was er dann auch tat.

23

OSTERSONNTAG

Grace kam es vor, als wäre sie am Ostersonntag bereits mit einem dämlichen Grinsen erwacht. Andrew hatte sie am letzten Abend vor der Hochzeit mit Konzertkarten überrascht. Er wusste, dass Grace Klassik mochte – allerdings nur die guten Stücke und die guten Komponisten –, daher hatte er Karten für André Rieu besorgt, in dem Glauben, er habe sein hart verdientes Geld für die Crème de la Crème ausgegeben. Als er Grace damit unter die Augen getreten war, hatte sie sich schier ausgeschüttet vor Lachen, sich dann aber rasch entschuldigt und ihn kichernd unter Küssen gebeten, ihr zu verzeihen, dass sie so ein Musiksnob sei, obwohl sie nicht vorhatte, daran was zu ändern. Andrew, nicht gerade ein Klassikexperte, war ein wenig gekränkt darüber, den Geschmack seiner Zukünftigen dermaßen falsch eingeschätzt zu haben, doch als sie in der Vorstellung saßen, hatte sie sich offenbar doch ein wenig amüsiert, und wenn er sie dabei erwischte, wie sie verzückt lauschte, stupste er sie mit dem Ellbogen in die Seite.

Außerdem hatte er einen Tisch für ein spätes Abendessen nach dem Konzert reserviert, ihr zweites an diesem Tag, denn am späten Nachmittag hatten sie sich auf der Couch bereits eine Pizza geteilt. Beim Essen waren sie ein bisschen angetrunken und albern gewesen, und hinterher, beim Kaffeelikör zur Feier des Tages, hatte Andrew den André Rieu gegeben, der auf den vor ihnen aufgereihten leeren Gläsern zum Walzer aufspielte.

Obwohl sie sich im Taxi auf dem Heimweg leidenschaftlich geküsst hatten, waren sie im Bett zu müde gewesen, um dort etwas anderes zu tun, als zu schlafen. Als Grace am nächsten Morgen erwachte, lag Andrew in seiner normalen Position schnarchend auf dem Bauch, alle viere wie bei einer Tatort-Kreidezeichnung von sich gestreckt.

Sie musste lächeln bei der Erinnerung, wie Andrew auf dem Heimweg im spät geöffneten Zeitschriftenladen mit dem Verkäufer über den Preis eines Ostereis mit eigenem Becher gefeilscht hatte. Der Mann war nicht darauf eingegangen, aber Andrew hatte das Ei dennoch gekauft, schließlich hätte André Rieu es auch so gemacht, meinte er. Graces unflexible innere Uhr sorgte wie gewohnt dafür, dass sie auch an diesem Ostermorgen nicht wieder einschlief, aber diesmal stand sie nicht wie sonst auf und begann den Tag allein, sondern kuschelte sich enger an Andrew, in der Hoffnung, dass er aufwachte oder sie seine Wärme zumindest so lange genießen könnte, bis er es tat.

Grace, die eigentlich eine Abneigung hegte gegen Traditionen, hatte sich trotzdem darauf eingelassen, die Nacht vor der Hochzeit von Andrew getrennt zu verbringen. Es würde sich komisch anfühlen, ihn später hier zurückzulassen, wenn sie zu ihren Eltern fuhr, um dort zu übernachten, aber vielleicht war es gar nicht so schlecht, seinen Mann vor dem Hochzeitstag ein wenig zu vermissen.

Drüben in Parley View waren Helen und Paul bereits seit Stunden auf den Beinen, um ihre Runde im Krankenhaus zu absolvieren und die Schwestern und Patientinnen bei dieser

Gelegenheit mit Ostereiern zu beglücken, bevor Grace später ihren Übernachtungsbesuch antreten würde. Sie kamen ein bisschen zu spät auf die Station, weil Paul darauf bestanden hatte, das Haltbarkeitsdatum sämtlicher von seiner Mutter gekauften Ostereier zu überprüfen, obwohl Helen ihm versicherte, dass Schokolade nicht schlecht wird. Während Helen mit den Schwestern schwatzte, ging Paul allein zur Station vor. Er sah, dass Barbara telefonierte, vermutlich mit einem ihrer Kinder im Ausland, und dass das mittlere Bett leer war. Mrs Hawthorns Bett war mit einem Vorhang abgetrennt. Paul blieb davor stehen und lauschte eine Weile, unsicher, ob er ihre Privatsphäre stören würde, wenn er kurz den Kopf hereinstrecken und ihr das eigens für sie besorgte Osterei geben würde. In diesem Moment des Zauderns und Zweifelns wünschte er sich einen Klopfer oder eine Klingel, damit er sich ankündigen und so vermeiden könnte, womöglich mitten in eine ärztliche Untersuchung zu platzen.

»Hallo?«, sagte er unsicher, seine Stimme ein bisschen belegt, weil er lange nichts mehr gesagt hatte.

»Hallo?«, wiederholte er nach einer Weile.

»Hallo! Wer ist da?«, fragte jemand mit tiefer Stimme.

Paul streckte den Kopf durch den Vorhang und sah einen gut gekleideten Mann – ungefähr in seinem Alter – auf dem Stuhl neben dem Bett mit der schlafenden Mrs Hawthorn sitzen.

»Hallo«, sagte Paul zum dritten Mal. »Wir sind auf der Station unterwegs, um Patientinnen zu besuchen, die sich vielleicht ein bisschen unterhalten möchten. Sind Sie ein Verwandter von ihr?«

»Ja, sie ist meine Mutter.« Der Mann zeigte mit dem Daumen auf Mrs Hawthorn. »Aber sie schläft. Seit ich hier sitze, bestimmt schon zehn Minuten. Ich warte noch fünf Minuten.

Bringt ja nichts, hier rumzusitzen, wenn sie nicht mal wach ist. Ich würde sagen, sie braucht Sie heute nicht. Trotzdem danke«, sagte er und wandte sich wieder seinem Handy zu.

»Dann lass ich das einfach für sie hier, oder?« Paul hatte das Osterei in der Hand.

»Das nehme ich mit. Sie isst das sowieso nicht. Meine Kinder freuen sich.« Der Mann legte das Osterei neben sich auf den Boden.

Paul zögerte kurz. »Wenn Sie keine Zeit haben, setze ich mich gern noch ein bisschen zu Ihrer Mutter. Bin sowieso die nächste Stunde über hier.«

Der Mann sah vom Handy auf und überlegte kurz, bevor er Pauls Angebot annahm. »Das wäre wirklich super. Wie's aussieht, wacht sie sowieso in nächster Zeit nicht auf, und der Hinweg zum Krankenhaus war schon ein echtes Gezuckel. Wäre gut, wenn ich jetzt wieder losfahre, dann ist noch nicht so viel Verkehr.«

»Kein Problem. Vergessen Sie das Osterei nicht«, sagte Paul, als der Mann Tasche und Mantel holte.

»O ja, danke. Wenn sie aufwacht, sagen Sie ihr bitte, dass Daniel da war. Richten Sie ihr aus, dass ich so lange gewartet habe, wie's ging, aber dann musste ich los. Wenn ich es schaffe, komme ich nächstes Wochenende noch mal vorbei«, sagte er und schlüpfte durch den Vorhang. »Sie müssen nicht allzu lange bleiben.«

Paul wartete, bis der Mann verschwunden war, dann öffnete er den Vorhang ein wenig, um mehr Licht hereinzulassen in den ohnehin dunklen, nach Norden gehenden Raum. Er setzte sich wie gewohnt auf den Stuhl neben das Bett mit Mrs Hawthorn, die blass und abgemagert aussah. Dort blieb er den Rest der Zeit, während Mrs Hawthorn schlief.

Helen verbrachte Zeit mit Barbara, die den ganzen Morgen am Telefon hing, weil ihre Enkelkinder ihr frohe Ostern wünschen und ihr erzählen wollten, wie viele Eier sie bekommen hatten. Man hatte Barbara endlich darüber informiert, dass man sie voraussichtlich Dienstag entlassen würde.

»Sie hatten gute und schlechte Nachrichten für mich, die schlechte kam zuerst. Wie sich herausgestellt hat, habe ich Diabetes, obwohl die offizielle Diagnose erst morgen feststeht, wenn alle Testergebnisse vorliegen. Vielleicht sollte ich vorher noch schnell das Osterei essen. Das ist die schlechte Nachricht, obwohl es schlimmer sein könnte und die Diagnose sicherlich nicht so schlimm ausgefallen ist, wie ich befürchtet hatte. Die gute, oder zumindest nicht ganz so schlechte Nachricht ist, dass sie es mit Tabletten behandeln können, also muss ich mir keine Spritzen setzen und all das schreckliche Zeug. Also ist nicht alles schlecht. In meinem Alter muss man ständig Kompromisse schließen und sich an Dinge gewöhnen, über die man sich früher Riesensorgen gemacht hätte. Ehrlich gesagt habe ich selbst schuld. Das kommt davon, wenn man keinen Sport treibt und sich nicht gesund ernährt, obwohl es genauso gut genetisch bedingt sein könnte, das musste selbst mein Arzt zugeben, allerdings widerwillig, das konnte man ihm richtig ansehen.«

Helen und Barbara fiel es wie immer leicht, eine Stunde lang zu plaudern, sei es über die Hochzeit, Neuigkeiten aus Barbaras Familie oder den Alltag auf der Station. Anscheinend war die Frau aus dem mittleren Bett einfach verschwunden, während Barbara bei einer Untersuchung weilte. Man hatte sie entlassen, aber Barbara wusste nicht, ob sie genesen war oder man sie der Obhut ihrer Familie übergeben oder womöglich sogar auf die Palliativstation verlegt hatte. Bettnachbarinnen im Krankenhaus hatten kein Anrecht darauf, solche Dinge zu erfahren, sagte Barbara.

Als Paul an ihr Bett trat, um sich zu verabschieden, bevor er und Helen sich auf den Heimweg machen würden, schloss Barbara ihn spontan in die Arme und wünschte ihm alles Gute für Graces Hochzeit, er sei der Nächste, Helen solle gut auf ihn achtgeben. Solche Bemerkungen behagten Paul normalerweise gar nicht, aber mittlerweile kam er besser damit klar.

Der Rest des Tages ging für Kleinigkeiten drauf. Peter und Paul machten eine Testfahrt zur Kirche, um die genaue Dauer einschätzen zu können, und hängten dabei die bunten Wegweiser für die Gäste auf, die sich als enttäuschend mickrig erwiesen. Helen bereitete im Haus alles vor, während eine nicht enden wollende Schar von Nachbarn vorbeikam, um Grace alles Gute zu wünschen, die ihre Gratulanten mit Kosmetiktüchern zwischen den lackierten Fußnägeln in Flipflops empfing. Ein paar Dinge waren auch noch in der Kirche zu erledigen, wo in der heiligen Woche vor Ostern keine Trauungen stattgefunden hatten, aber dank Graces großen Organisationstalents war alles andere abgehakt, erledigt und unter Dach und Fach. Sogar die Blumen wurden pünktlich geliefert, sie standen in der Küche parat, wo die Heizung ausgeschaltet war, damit sie nicht welkten; eine durch fehlende Vasen ausgelöste Schrecksekunde war rasch wieder vergessen, nachdem man sich bei den überaus hilfsbereiten Nachbarn ein paar zusätzliche ausgeliehen hatte.

Nach einer Woche mit Fastfood, Restaurants und Zwischendurch-Snacks war Grace froh, auf dem Sofa mit einfacher, von Peter zubereiteter Hausmannskost zu entspannen: Hähnchen mit Kartoffelpüree und Erbsen. Es war ein Essen, wie Grace es liebte, aber selbst nie kochte, denn sie gehörte zur Kochbuch-

Generation, die dazu neigte, alles zu verkomplizieren. Paul schlug vor, Scrabble zu spielen, woraufhin Grace müde in die Luft boxte und rief: »Klar, auf geht's!«

Das Spiel verlief angespannt, alle versuchten, möglichst hohe Punktzahlen zu erzielen, daher war das Spielbrett dicht belegt, es gab kaum Möglichkeiten, Wörter mit zwei Buchstaben zu bilden. So entstanden längere Pausen, die natürlich mit Plauderei gefüllt wurden.

»Wir werden die ganze Aufregung vermissen, wenn alles vorbei ist«, sagte Helen. »Vorfreude ist die schönste Freude.«

»Falls du damit auf mich anspielst, muss ich dir leider sagen, dass du wohl noch eine ganze Zeit lang auf einen neuen Anlass für dein Festtagsgewand warten musst«, bemerkte Paul.

»Vielleicht sollten wir unser Eheversprechen erneuern, Liebste?«, schlug Peter vor.

»Ich würde es lieber etwas abändern. Es gibt ein paar kleine Paragrafen, um die ich das Kleingedruckte ergänzen würde«, sagte Helen und legte »Fa«, was, wie sie erklärte, Teil der Tonleiter sei, also »Do, Re, Mi, Fa, So, La, Ti, Do«.

»Das würde ich nicht empfehlen«, sagte Peter. »Sonst entziehen sie dir womöglich noch die amtliche Eheerlaubnis.«

Helen schlug Peter auf die Hand, weil er legen wollte, obwohl er noch gar nicht dran war. »Deine hab ich dir schon weggenommen, zu viele Strafpunkte«, sagte Helen. »Erst ist Grace an der Reihe.«

»Deswegen sage ich die ganze Zeit, dass ihr was für euch tun solltet«, drängelte Grace. »Raus aus dem Trott. Macht eine Reise, irgendwohin, wo ihr schon immer hinwolltet. Ernsthaft, bucht einfach was und los geht's.«

»Ich weiß, ich weiß«, sagte Helen. »Darum kümmere ich mich nach der Hochzeit.«

»Und du solltest dir auch was Besonderes gönnen«, sagte Grace an Paul gewandt. »Vielleicht eine Reise mit Leonard. Jetzt hast du doch Geld, da könntest du allein losfahren – oder einen Kurs belegen, keine Ahnung, Computerkenntnisse oder deinen Führerschein machen, so was in der Art.« Grace legte »ZEN«, und obwohl Paul sicher war, dass sie damit gegen die Regel verstieß, weil Zen kein echtes Substantiv war, ließ er es durchgehen. Am Abend vor der Trauung wollte er sich nicht mit ihr anlegen, außerdem hatte sie ihn sowieso schon auf dem Kieker.

»Mal abwarten, vielleicht. Mit dem Judo und den Krankenhausrunden habe ich eigentlich schon genug um die Ohren.« Paul hatte seiner Familie noch nichts von seinem Job beim Nationalen Pantomimenverband erzählt. »Außerdem hat Leonard Ärger mit dem weiblichen Geschlecht. Er hätte eigentlich heute Abend hier sein sollen, aber er hat abgesagt, er will sich lieber ausruhen, damit er für den langen Tag morgen fit ist. Ich nehme an, er ist immer noch traurig wegen Shelley.«

»Wer ist Shelley?«, fragten die anderen drei wie aus einem Munde.

»Seine Freundin, oder eher Ex-Freundin. Sie hat ein Kind, aber ich glaube, sie und Leonard haben sich getrennt. Irgendein Missverständnis.«

»Tatsächlich? Na, da kann ich ihm nur gratulieren«, sagte Helen. »Gut, dass er da draußen nun sein Glück versucht. Ich dachte schon, er würde auf ewig Junggeselle bleiben, aber sieh mal an.«

»Ich nehme an, dass sich viel für ihn verändert hat, jetzt, wo seine arme Mutter tot ist und so«, sagte Peter.

»Der arme Leonard«, sagte Grace. »Vielleicht hat er tatsächlich eine Begleitperson gebraucht. Ich muss dran denken, ihm das morgen zu sagen. Es ist nicht leicht, als Single zu einer Hochzeit zu kommen, besonders wenn man sich gerade von jemandem getrennt hat. Das habe ich selbst mal erlebt und bin am Ende betrunken und heulend auf der Toilette gelandet.«

Die anderen drei schwiegen betreten, so genau wollten sie nicht in die dunklen Geheimnisse ihrer perfekten Tochter und Schwester eingeweiht werden.

Jubelnd legte Peter »ISKLANG« an Graces »M«, denn damit hatte er alle sieben Buchstaben verbraten, doch dann wiesen ihn die anderen darauf hin, dass »Missklang« mit zwei »s« geschrieben werde, abgesehen davon sei er gar nicht am Zug gewesen.

Entgegen ihren guten Vorsätzen beendeten sie die Partie erst am späten Abend, und nachdem die Pläne für eine frühe Bettruhe bereits durchkreuzt waren, beschlossen Helen und Peter, noch einen kleinen Abendspaziergang zu machen, bei dem sie, das versprachen sie, über ihre Urlaubspläne reden wollten. Als Paul sich die Zähne putzen wollte, klopfte Grace an die Tür und kam herein. Wie in den meisten Familien herrschte im Bad ein Kommen und Gehen, von Privatsphäre konnte man nur träumen. Während Paul zu putzen begann, machte Grace es sich auf dem Badewannenrand bequem. Sie trug einen sicher längst aussortierten Schlafanzug, auf dem Top war Minnie Maus mit einem Hotdog abgebildet, die Hose war mit lauter Mini-Hotdogs verziert.

»Entschuldige, dass ich dir ständig auf die Nerven gehe«, sagte sie.

»Was meinst du damit?«

»Weißt schon, ich sag dir ständig, dass du dein Leben auf die Reihe kriegen sollst. Ich will dir nicht zu nahetreten.«

»Schon okay. Ich ignoriere es einfach.«

»Na, so war das aber auch nicht gedacht. Glaubst du, ich habe Lust, allen in der Familie den Marsch zu blasen? Wenn es nach mir ginge, wäre ich auch lieber entspannt und bei allen beliebt.«

Paul putzte weiter, heute war er besonders gründlich, wodurch ein deutliches Schweigen entstand, das Grace nicht einfach ungefüllt lassen konnte.

»Wie geht es deiner Meinung nach weiter?«, fragte sie.

»Hmm?«

»Ich meine, willst du für immer hier wohnen bleiben? Sollen Mam und Dad sich bis an ihr Lebensende um dich kümmern? Was passiert, wenn sie alt sind?«

Paul gurgelte und spuckte aus.

»Keine Ahnung.«

»Machst du dir um solche Dinge keine Sorgen? Hast du keine Pläne?«

»Ich weiß, dass die Dinge laufen, wie sie laufen. Ich denke nicht groß darüber nach.«

»Ja, war klar. Vielleicht mache ich mir deshalb umso mehr Sorgen. Ich mache mir Sorgen für die ganze Familie.«

»Grace, morgen ist deine Hochzeit. Warum musst du das Thema heute ansprechen? Du könntest dich auch einfach auf morgen freuen, auf Andrew, die Flitterwochen, die Ehe, deine Zukunft, all solche Sachen. Was ist los? Warum so ernst, ausgerechnet heute, an diesem Abend?«

»Die ganze Zeit habe ich versucht, mich darauf zu freuen zu heiraten, aber bei mir ist irgendwie die Handbremse angezogen. Ich kann es nicht genießen, kann nicht so tun, als wäre ich unbekümmert, denn das bin ich nicht. Den nächsten Schritt wagen, wie soll das gehen, wenn ich mich noch immer so … verantwortlich fühle für alles?«

»Aber warum? Du warst immer so lieb zu allen, niemand erwartet etwas von dir.«

»Sagst du. Aber was, wenn Mam und Dad in den nächsten Jahren Hilfe brauchen? Was, wenn einem von ihnen was passiert und der andere bricht zusammen? Wie wirst du dich schlagen, wenn sie nicht mehr da sind? Ich möchte nur bei mir sein und mein eigenes Leben planen, aber es ist, als zöge hinter mir ein Wirbelsturm auf, der mich gleich wieder einsaugen wird. Verstehst du?«

»Ja, glaub schon, auch wenn ich es nicht so sehe. Ich weiß nicht, was ich deiner Meinung nach tun oder sagen soll.«

»Ich will, dass du eigene Wege gehst. Ich will, dass du selbstständig wirst, damit du unsere Familie bereicherst. Wenn du auf eigenen Beinen stehst, nimmst du den Eltern eine große Last ab. Dann sind sie frei, ihr Leben zu genießen. Und wenn es in der Zukunft irgendwann ernst wird, können du und ich im Team arbeiten. Aber momentan habe ich das Gefühl, es wird alles bei mir landen. Egal, welches Leben ich mir mit Andrew aufbaue, am Ende stehen die Probleme von Parley View vor der Tür und rufen: ›Grace, kümmer dich um uns.‹ Ich will einfach nicht mehr die Superheldin für die Familie spielen.«

»Wer hat dich denn darum gebeten?«

»Wer soll die echten Probleme denn sonst lösen?«

»Welche?«

»Jetzt stell dich nicht dumm. Du weißt genau, was ich meine. Die *Zukunft*.«

»Grace, ich weiß, dass ich dich enttäusche. Das weiß ich, aber ich komme damit klar. Was auch immer passieren wird, du kannst sicher sein, dass ich mein Bestes gebe. Wenn du hier bist, gebe ich mein Bestes, wenn du nicht hier bist, gebe ich mein Bestes. Es ist sinnlos, Pläne zu schmieden für das, was du dir in deiner Fantasie vorstellst. Ich weiß nur zu gut, dass du von mir erwartest, dass ich die Welt mit deinen Augen sehe, endlich lerne, sie so zu sehen wie du, und zu jemandem werde, mit dem du gut leben kannst. Aber was kommt dann? Willst du alle paar Monate kontrollieren kommen, um dich zu vergewissern, dass ich nicht wieder abgedriftet bin? Und wenn man mich erst zurechtgerückt hat, woher willst du wissen, dass ich mich nicht wieder verrücke? Und was ist mit dir? Was willst du tun?«

»Ich? Ich bin diejenige, die hier die ganzen Jahre alles zusammengehalten hat. Du bist dein Leben lang wie Puh der Bär durch die Welt geschlendert, hast den lieben langen Tag nach deiner Angelrute gesucht oder Wolkenbildern nachgehangen, während sich Mam und Dad und ich um Finanzen, Job, Probleme, weißt schon, solche Sachen kümmern.«

»Hör zu. Egal, welche Verantwortung du meinst, für mich übernommen zu haben, ich spreche dich hiermit davon frei.« Paul erteilte Grace mit der Zahnbürste auf beiden Schultern den Ritterschlag, dann fuhr er fort: »Ich hab dich lieb, aber du musst dich nicht um mich kümmern. Das musst du schon sehr lange nicht mehr. Du bist nicht für mich verantwortlich. Niemand ist für mich verantwortlich. Das sage ich dir jetzt nur, weil ich glaube, dass du bereit bist zu akzeptieren, dass du mir nicht helfen kannst. Es tut mir nur leid, dass ich so lange gebraucht habe zu erkennen, dass ich dich zurückhalte, aber nicht so, wie du es dir vorstellst. Ich habe dich zurückgehalten, weil ich es zugelassen habe, dass du dich an deiner kostbaren Fantasievorstellung von dir selbst festhältst. Du sonnst dich in dem Gefühl von Kompetenz. Ich hätte viel früher versuchen sollen, dir zu helfen, damit du erkennst, wie unmöglich es ist, anderen zu helfen.«

»Bitte, ich möchte dich wirklich nicht angreifen, aber was soll das ändern? Mam und Dad müssen sich immer noch um dich kümmern.«

»Hier ist mein Zuhause. Hier lebe ich. Sie sind meine Familie. Ich hab sie lieb. Sogar dich hab ich lieb, selbst mit Hotdog-Schlafanzug und allem. Das hier ist keine Geschäftsbeziehung. Ich verbringe meine Tage mit ihnen. Ich bin hier, wenn Mam ein bisschen Gesellschaft braucht. Ich helfe ihr, wo und wie ich kann, und wir unterhalten uns über Gott und die Welt. Ich setze mich zu Dad, wenn er liest, wir schauen gemeinsam fern und reden hinterher darüber. Niemand zählt mit, niemand führt Buch. Wir schätzen dich sehr, Grace, aber du bist einfach nicht hier. Du kommst mitsamt deiner Hektik in unser Leben geschneit, lässt uns eine To-do-Liste da und haust wieder ab. Aber das ist kein Problem. Ich akzeptiere dich, wie du bist. Habe keine Erwartungen an dich. Ich wünschte nur, du wärst glücklicher, um deiner selbst willen, denn das bist du nicht. Dich plagt eine seltsame Mischung aus Opferkomplex und Überheblichkeit. Ich aber, ich bin glücklich. Du willst, dass ich ein Stück von deinem Unglück in mein Leben lasse. Was soll ich dazu sagen?«

»Okay, was schlägst du vor? Was sollen wir deiner Meinung nach tun? Wenn du der Superheld in der Familie wärst, was würdest du machen?«

»Wir brauchen keinen Superhelden. Du hast dir eine Welt erschaffen, in der du als gute Tochter und Schwester alle Last trägst, aber damit ist Schluss, wenn es überhaupt je so war. Der Film ist vorbei. Du kannst einfach Grace sein. Egal, welche du sein willst. Egal, ob du uns enttäuschst. Wir haben dich trotzdem lieb. Ja, unsere Eltern werden alt, aber das wird uns beiden genauso ergehen. Dein Fehler besteht darin, dass du glaubst, das wäre ein Problem in der Zukunft. Ist es aber nicht. Die Antwort liegt darin, dass du hier und jetzt Zeit mit ihnen verbringst, in der Gegenwart. Nimm an ihrem Leben teil, denn wenn das Schlimmste eintrifft – was hoffentlich erst in vielen Jahren geschieht –, haben wir schon zehn, zwanzig, zahllose Jahre mit Scrabble, University Challenge, indischem Essen, Spaziergängen, Gärtnern und was auch immer hinter uns. Und wenn die Zeit kommt, werden wir wissen, was zu tun ist. Nicht weil wir es vorher durchdacht und akribisch geplant haben, sondern weil es zur Routine geworden ist, schließlich haben wir es immer und immer wieder geübt, haben sie geliebt und Zeit mit ihnen verbracht, und deswegen werden wir Klarheit haben. Mam und Dad haben so viel Freude an der Hochzeit, weil du so oft mit ihnen sprichst, du kommst vorbei, du lässt sie teilhaben. Dass du hier bist, erinnert sie daran, wie sehr sie dich vermissen, wenn du in deinen hektischen Alltag abtauchst. Sie wollen gar keinen Urlaub, sie wollen einfach sicher sein, dass du sie nicht vergisst, wenn das alles vorbei ist. Geh und sei glücklich mit Andrew, und hör endlich auf, dir das Märchen von dir und deiner Rolle in unserer Familie weiter einzureden. Und wenn du vorbeikommst – einmal die Woche, einmal im Monat, wann auch immer du kannst, egal wann –, dann entspann dich und sei ganz du selbst. Keine verschiedenen Versionen von Grace mehr, Schluss damit. Keine Grace, die die Last der ganzen Welt auf den Schultern trägt, keine Grace, die will, dass alles nach ihrer Nase geht, keine Grace, die Glücklichsein auf morgen vertagt. Komm einfach vorbei und lass dich überraschen. Wer weiß, was sich in meinem Leben getan hat? Vielleicht werde ich eine heiße Nummer. Oder auch nicht. Aber lass uns nicht streiten. Lass uns einfach glücklich sein. Solange wir noch Zeit haben.«

Paul gurgelte mit Mundspülung, dann wandte er sich um und schloss Grace in die Arme. »Auf geht's! Zähneputzen«, sagte er und tappte mit ihrer Zahnbürste gegen den Beckenrand.

Grace hatte an den Worten ihres Bruders ziemlich zu kauen. Vieles davon kränkte sie. Ihr Ehrgeiz riet ihr, zum Gegenschlag auszuholen, doch sie kannte Paul gut genug, um zu wissen, dass er nicht darauf aus war, als Sieger aus diesem Gespräch hervorzugehen. In seinem ganzen Leben hatte er sich nie auf ihre Kosten einen Vorteil verschafft. Und genau dieser Aspekt traf sie so sehr. Einen Angriff hätte sie ertragen. Einen Angriff könnte sie zurückschlagen, sie war stark genug, sich zu wehren. Aber gütige Wahrheit, liebevolle Wahrheit, das war viel schwieriger.

Als sie im Bett lag, das schmale Bett ihrer Jugend, hörte sie vertraute Geräusche aus dem Nebenzimmer, Pauls grobmotorische Zubettgehroutine: Schubladen und Kleiderschranktüren wurden unter Knarren und Quietschen geöffnet, durchkramt und wieder geschlossen. Ein hektisches Gewühle. Unten klappte die Haustür, ihre Eltern waren zurück von ihrem Spaziergang in der Kälte, Helen bot Peter eine Tasse Tee an, Peter bot Helen an, ihr die Hände warmzurubbeln.

24

HOCHZEITSTAG

Als Paul am nächsten Morgen nach unten kam – seine innere Uhr war fürs Frühaufstehen am Montag trainiert –, saß Grace bereits im Morgenmantel am Küchentisch, trank in aller Stille ihren Tee und betrachtete das sanfte Orange des Morgenhimmels. Sie war gerade draußen gewesen, um die Vogelfuttersäulen aufzufüllen, was sie an ihre eigenen erinnerte, die sie kläglich vernachlässigt hatte.

»Hey, altes Haus«, sagte sie.

»Hi«, sagte Paul und drückte ihr einen Kuss auf die Stirn. »Schon verheiratet?«

»Nee, noch nicht. Ich bin extra früh aufgestanden, hab gedacht, dass Andrew vielleicht nachts eingebrochen ist und schon auf mich wartet, aber Fehlanzeige. Die Küche war leer, bis auf einen Topf voller Erbsen. Hast du gut geschlafen?«

»Wie ein Baby. Nicht, dass Babys gute Schläfer wären, wie dir alle Eltern bestätigen würden. Und du?«

»Wie ein Stein. Ich hatte ja gedacht, dass mich der ganze noch zu erledigende Kleinkram kribbelig machen würde, aber kaum hatte ich ein paar Seiten aus einem der alten Taschenbücher aus meinem Regal gelesen, bin ich weggenickt, und das war's dann.«

»Welches?«, fragte Paul.

»*Die Nacht des großen Regens* – eins von deinen ehemaligen Lieblingsbüchern.«

»Richtig gutes Buch. Also zumindest die ersten fünfzig Seiten. Die hab ich schon zigmal gelesen. Und die letzte Seite auch, also könnte ich dir verraten, wie das Verbrechen aufgeklärt wird, wenn du magst? Ich wollte mir Porridge machen – willst du auch welchen?«

»Alles gut, danke. Ich hab schon Müsli gegessen. Übrigens, danke für gestern Abend. Unser kleines Gespräch, meine ich.«

»Ach, das. Tja, du kennst mich, ich halte normalerweise keine Reden, aber das kam direkt aus der Gegend hinter der Brusttasche meines Schlafanzugs. Hinterher habe ich mich tatsächlich ein bisschen leer gequatscht gefühlt. Gut, dass ich heute keine Rede halten muss – hältst du eigentlich eine?«

»Nein, ich bedanke mich nur kurz bei den Gästen. Nichts Kompliziertes.«

Danach genossen die beiden ein entspanntes Frühstück ohne viel Worte. Grace trank ihren Tee aus einem Becher mit Crunchie-Ostereiern drauf, Pauls Becher zierte die Aufschrift »I ♥ London«.

Wenig später kamen Helen und Peter nach unten, sie waren ganz aufgeregt, und ihr Plappern beim Zubereiten des Frühstücks wirkte ähnlich angeregt wie die Untermalung der Kochshows im Fernsehen. Es ist immer wieder erstaunlich, wie mühelos ein Haus vom Kloster zum Zirkus wird, sobald die darin wohnende Familie den morgendlichen Frieden beendet und mit geballter Energie auf den anbrechenden Tag losgeht. Helen schaltete das Radio ein und suchte nach Musiksendern, was sich schwierig gestaltete, weil ihr entgangen war, dass sie beim Fummeln an den Knöpfen aus Versehen auf Langwelle umgeschaltet hatte. Peter hatte sich mit dem Rücken zur Wand am Tisch niedergelassen und versuchte sich an den ungelösten Stellen im Kreuzworträtsel der Sonntagszeitung, ein ziemlich entspanntes Vergnügen an einem so hektischen Tag, was von Helen nicht unbemerkt blieb. Paul erlöste Helen am Radio, schaltete es zurück auf UKW, und kurz darauf ertönte ABBA, eine Band, die allen gefiel, wenn sie zufällig im Radio lief, obwohl niemand von der Familie sie absichtlich auswählen würde. Für Grace war es eine schöne Erfahrung, wieder Teil eines lebhaften Haushalts zu sein.

Nach dem Frühstück klingelte es an der Tür, und Peter ließ die Hochzeitsstylistin ins Haus, die mit zwei Aluminiumköfferchen voll Schmink- und Friseurutensilien an ihm vorbei in die Küche rauschte. Obwohl es erst acht Uhr war, hatte die Frau sich herausgeputzt, als wäre sie auf dem Weg zur Happy Hour in der Singles-Bar. Kurze Zeit später trafen Graces Brautjungfern ein: Karen, eine Freundin aus Collegetagen, die sie in letzter Zeit allerdings nicht mehr oft gesehen hatte, und Patty, eine ehemalige Kollegin und Trinkgefährtin aus einer Zeit in Graces Leben, als »Trinkgefährtin« so viel wie »beste Freundin« bedeutete. Peter musste im Haus bleiben, um auf die Hochzeitskarosse zu warten, also mindestens vier Stunden, eine echte Herausforderung für einen introvertierten Mann mittleren Alters in einer Horde aufgedrehter junger Frauen und ihrer Frisörin. Helen, die nicht gern im Vordergrund stand und nicht allein in der Kirche herumlaufen wollte, würde Leonard und Paul in den Wagen laden, um gemeinsam mit ihnen die Blumenarrangements zu platzieren, die Kirchenbänke mit Schleifen zu dekorieren und, falls nötig, dem Kirchenteppich mit dem Staubsauger zu Leibe zu rücken, denn sie vermutete, dass die normalen Reinigungskräfte während der Feiertage nicht zum Dienst angetreten waren. Wenn sie mit der Kirche fertig wären, würden sie vor den Gästen im Hotel einchecken, um sich dort umzuziehen und für die Trauung frisch zu machen.

Als sie aufbrechen wollte, traten Helen die Tränen in die Augen, denn sie wusste, beim nächsten Wiedersehen würde ihre Tochter bereits ihr Brautkleid tragen und die Zeremonie wäre in vollem Gange. Vor Leonards Haus angekommen, hupte sie kurz und ließ den Motor laufen, als würde sie ihn zu einem Date abholen. Leonard kam die Auffahrt hinunter, einen kleinen Rollkoffer in der Hand und eine Anzugtasche über der Schulter. Er hatte ein ruhiges, nachdenkliches Wochenende allein verbracht, das Haus geputzt und sich mit allerlei Beschäftigungen von zu viel Grübelei abgelenkt. Am Samstag war er in ein Konzert gegangen, Bachs *Suiten für Violoncello solo*, und hatte sich mit wehem Herzen seinem Kummer über die Sache mit Shelley hingegeben. Unterm Strich hatte er sich aber abgesehen von ein paar Augenblicken der Traurigkeit nicht erlaubt, übermäßig in Selbstmitleid oder Tagträumen zu verharren.

Leonard beschloss, sich neben Helen nach vorn zu setzen und nicht nach hinten zu Paul, der am offenen Fenster einen Moment der Ruhe genoss. Und weil der Beifahrersitz Diskjockey-Privilegien mit sich brachte, hatte er unter den in die Ablage der Mittelkonsole gequetschten CDs mit ihren angeknacksten Hüllen die freie Auswahl. Leonard, ganz der Diplomat und Gentleman, unterbreitete den beiden Mitfahrern seine Vorschläge und erntete ihre volle Zustimmung, denn obwohl sie sich so gut wie nie über Musik unterhielten, hatten sowohl Helen als auch Paul einen überraschend guten Geschmack. Leonards Wahl fiel auf eine CD mit dem Titel *Best of Everly Brothers*, allerdings ging die Musik im angestrengten Dröhnen des Fiat-Motors auf dem Motorway ziemlich unter. Die Tatsache, dass Phil und Don sich in jedem ihrer Songs über ihren Herzschmerz ausließen, verursachte Leonard ein wenig Unbehagen, denn er fürchtete, dass Helen und Paul bei ihm ähnlichen Liebeskummer vermuten könnten, was er zu kompensieren versuchte, indem er wie aufgezogen quasselte und generell den Eindruck vermittelte, ein großer Fan von Hochzeiten zu sein.

Als sie endlich vor der Kirche standen, die sich mehrere Kilometer außerhalb ihrer Gemeinde an einer Landstraßenkreuzung befand, stellten sie fest, dass das Gebäude zwar nicht abgeschlossen, aber leer war. Im Inneren waberten noch die Düfte des Osterfestes: Weihrauch, Kerzen und gehauchte Gebete. Die kleine Kirche war kreuzförmig angelegt, hatte hohe gewölbte Holzdecken und war ansonsten prunklos und bescheiden. Graces Wünschen entsprechend würden die Gäste lediglich die Bänke im Mittelschiff der Kirche nutzen und die Sitzbänke in den Querschiffen für Gemeindemitglieder freilassen, die vielleicht einfach zum Gottesdienst kamen, was häufiger geschah, wie man Grace erklärt hatte. Wie immer, wenn Leonard eine Kirche betrat, warf er auch diesmal einen kurzen Blick auf die Darstellung der Kreuzwegstationen, die er als Nicht-Gläubiger wegen der narrativen Qualitäten bewunderte, Zeugnis eines gewaltigen, die Zeiten überdauernden Geschichtenerzählens. In dieser Kirche waren die Fresken von zweidimensionalen Figuren bevölkert, die keinerlei emotionale Tiefe zeigten. In der elften Station, Christus wird ans Kreuz genagelt, war ein Römer zu sehen, der mit seinem sadistischen Grinsen und erhobenen Hammer gut und gern aus einem Comic hätte stammen können. Leonard, der Stunden darauf verwandt hatte, die Römer mit viel Einfühlungsvermögen auf Papier zu bannen, fühlte sich von dieser Darstellung besonders angegriffen. Er wusste, dass der verantwortliche Legionär den Nagel zwischen die Unterarmknochen nahe des Handgelenks eingeschlagen und dabei Sorge getragen hätte, keine wichtigen Blutbahnen zu verletzen. Es hätte sich um einen chirurgischen Gewaltakt gehandelt, frei von unkontrollierter Brutalität oder Prahlerei. Leonard fragte sich, wie der dargestellte Legionär überhaupt einen solchen Auftrag erhalten haben konnte, so was war doch sicher unter seiner Würde. Handelte es sich vielleicht um denselben Soldaten, der Christus Essig angeboten und ihn zusammen mit anderen Betrunkenen verhöhnt hatte? Wie musste sich ein Mann wie er fühlen, wenn er morgens aufwachte und wusste, dass ihm ein Tag voller Brutalität bevorstand? Wer würde einen solchen Menschen heiraten? Was erhoffte sich jemand in seiner Lage vom Leben?

Leonard wurde schon bald aus seinem Tagtraum gerissen, als Helen ihn bat, Paul dabei zu helfen, die Blumen für den Altar aus dem Auto zu holen. Die Gestecke, die noch vom Ostersonntag übrig waren, wurden von ihr so arrangiert, dass sie die Kirche freundlicher wirken ließen, denn es deutete alles auf einen düsteren, bewölkten Tag hin. Leonard und Paul dekorierten die Kirchenbänke mit dem Enthusiasmus und Geschick zweier Schuljungen, die einander das Schuhebinden beibringen. Nachdem Helen die Schleifen am Ende alle noch mal neu gebunden hatte, bat sie Leonard und Paul, sich um die Reinigung zu kümmern, was gut war, denn dieser Job konnte nicht von einem allein erledigt werden. Leonard übernahm das Saugen, während Paul ihm die Stellen zeigte, die er übersehen hatte. Es dauerte nicht lang, da erstrahlte die Kirche in vollem Glanz, was bei einem derart schlichten Gebäude eine ziemliche Leistung war. Bevor sie gingen, drehte Helen sich noch ein letztes Mal um und genoss den Blick, den Grace haben würde, wenn sie die Kirche betrat, und während sie dort stand, hatte sie bei der Erinnerung an ihren eigenen Hochzeitstag Schmetterlinge im Bauch.

Sie kamen überpünktlich im Hotel an, ein altes Landhaus mit schlossartigen Anwandlungen, das Ambiente war gehoben, eine teure Mischung aus Alt und Neu, alles wirkte frisch renoviert. Im Empfangsraum hingen ein paar moderne Kunstwerke, die Leonard teilweise recht uninspiriert fand, an den Wänden standen Regale mit Büchern, allerdings keine Klassiker wie *Die Mühle am Floss* oder *Die Nacht des großen Regens*.

Da er und Leonard einander als Begleitung dienten, hatte Paul ein Doppelzimmer gebucht. Der ältere Portier, der sie dorthin begleitete, bemühte sich nach Leibeskräften um Smalltalk, was sich als echte Herausforderung herausstellte, denn Paul war vollauf damit beschäftigt, seine von der Frage ausgelöste Panik unter Kontrolle zu halten, wie viel Trinkgeld man einem Mann geben sollte, der alt genug war, um der eigene Vater zu sein. Das Zimmer war hell und modern eingerichtet, bot einen hübschen Blick auf die Hügelkette in der Ferne und zwei Flaschen Wasser gratis. Obwohl es unhöflich war, sich auf Kleinigkeiten einzuschießen, war es Leonard nicht entgangen, dass das Zimmer nur ein Doppelbett hatte, und dazu noch ein Himmelbett.

»Wie ich sehe, nimmst du die Sache mit der Begleitung ja ziemlich wörtlich«, bemerkte er.

»Ich dachte, das Zimmer hätte zwei Einzelbetten«, erwiderte Paul.

»Was hast du denn bei der Reservierung gesagt?«

»Dass ich ein Zimmer für mich und meine Begleitung brauche. Und als die Empfangsdame nachgefragt hat, habe ich extra um ein Doppelzimmer gebeten, nicht so eins wie das hier.«

»Aber das hier ist ein Doppelzimmer! Doppelzimmer bedeutet Doppelbett.«

»Ich dachte, dann heißt es Zweibettzimmer. Am Anfang war ich nicht ganz sicher, aber dann habe ich mir überlegt, dass ›Zweibett‹ bestimmt heißt, dass zwei Betten miteinander verbunden sind, wohingegen ›doppelt‹ bedeutet, dass alles zweimal vorhanden ist, also auch die Betten. Wenn du eine doppelte Portion Eiscreme bestellst, erwartest du ja auch nicht, dass sie dir eine Riesenkugel geben, sondern zwei getrennte Kugeln, also dachte ich, sie hätten im Doppelzimmer eben auch die doppelte Menge Betten«, erklärte Paul.

»Und was machen wir jetzt? Sie um ein anderes Zimmer bitten?«

»Können wir versuchen, aber Grace hat gemeint, dass das Hotel schon seit ewig mit den Hochzeitsgästen belegt ist. Die Nachzügler mussten sich mit Zimmern im B&B um die Ecke begnügen, es wird also schwierig, es sei denn, jemand ist bereit zu tauschen.«

»Okay, das ist ziemlich unwahrscheinlich. Wie es aussieht, müssen wir uns wohl ein Bett teilen. Ich hoffe, du hast eine lange Schlafanzughose und nicht diese unsinnigen Boxershorts, ich will nicht, dass sich ein behaartes Bein auf meine Seite des Bettes verirrt«, sagte Leonard.

»Ich bin ein waschechter Paisley-Mann, genau wie du, Leonard. Züchtige Komplettbedeckung, obwohl ich zur Abkühlung gern ein Bein raushängen lasse.«

»Ich auch. Gut, dann hätten wir das geklärt. Links oder rechts?«

»Wie wäre es, wenn ich rechts schlafe, das ist näher am Bad, falls ich nachts mal rausmuss.«

Die beiden Männer zogen sich mit großer Sorgfalt für die Hochzeit um, keiner wollte den anderen in Verlegenheit bringen, doch wenn man sich ein beengtes Hotelzimmer teilt, bleibt es nicht aus, dass man Kleinigkeiten bemerkt, zum Beispiel die auffällige Farbgebung einer auf dem Bett ausgebreiteten, eigentlich sauberen Unterhose.

Zum dritten Mal in dieser Woche trug Paul seinen neuen Anzug, heute kombiniert mit seiner lilafarbenen Quality-Street-Krawatte und einem weiteren neuen Hemd, allerdings mit geknöpften Sportmanschetten. Leonard trug den Anzug, den er sich für die Beerdigung seiner Mutter gekauft hatte, dazu trug er die birkenblattgrüne Krawatte, die das nüchterne Grau etwas auflockerte.

Als der Zeitpunkt gekommen war, trafen sie sich an der Rezeption mit Helen, die sich gerade mit Andrews Eltern unterhielt. Paul bewunderte seine Mutter immer wieder dafür, dass sie stets Zeit für Smalltalk fand, egal bei welcher Gelegenheit. Sie war eine Frau, die vor dem Elfmeterschießen noch ein Pläuschchen mit dem Torwart der gegnerischen Mannschaft halten und sich nach seinen Plänen für den Ruhestand erkundigen oder vor der Transplantation eines Affenherzens in den Körper eines kranken Kindes am OP-Tisch ganz beiläufig die Schwester fragen würde, ob ihr Enkel noch immer eine Zahnspange trug. Helen hatte ein aufrichtiges Interesse an ihren Mitmenschen, und sie war überzeugt, dass sie sich bei den kleinen Dingen leichter öffneten.

Als sie zum zweiten Mal an diesem Tag vor der Kirche standen, hatten sich davor bereits ein paar jüngere Männer, entfernte Mitglieder von Andrews Familie, zum Rauchen versammelt, was Paul für eine Hochzeit irgendwie unpassend vorkam, auch wenn er nicht genau sagen konnte, warum. Der Organist suchte diskret nach einem Ansprechpartner bezüglich seines Honorars und wurde schließlich an den Trauzeugen verwiesen, der bei den Rauchern stand. Im Inneren bezogen Leonard und

Paul am Anfang des Ganges Position, um die Gäste der Seite der Braut oder des Bräutigams zuzuweisen und die Kirchenhefte zu verteilen, die Grace wie ein Bierkutscher fluchend selbst entworfen hatte. Die meisten Gäste schienen instinktiv zu wissen, auf welche Seite sie sich setzen mussten, sogar gemeinsame Freunde von Grace und Andrew fanden mühelos ihren Platz, was auf subtile Weise ihre Vorliebe für Braut oder Bräutigam offenbarte. Leonard half nur zu gern, ersparte ihm seine Aufgabe doch die unangenehme Erfahrung, eine halbe Stunde in angespannter Verlegenheit allein herumzusitzen, und rechtfertigte obendrein seine Anwesenheit, denn »Freund des Bruders der Braut« klang bei Weitem nicht wichtig genug, um seine Einladung zu dieser Feier mit ihrer bekanntermaßen streng begrenzten Gästezahl zu legitimieren.

Für Paul war die Angelegenheit etwas komplizierter. Sein zurückhaltendes Auftreten und lebenslange soziale Unsichtbarkeit führten dazu, dass viele Gäste einfach an ihm vorbeimarschierten, bevor er Blickkontakt aufbauen und ihnen Hilfe anbieten konnte. Außerdem konnte er sich keine Gesichter merken, Namen waren noch schlimmer, dazu hatte er sich nicht überlegt, dass die Cousins, mit denen er zuletzt als Kind Kontakt gehabt hatte, mittlerweile erwachsen waren und völlig anders aussahen. Sie wiederum erkannten ihn alle sofort. Der Bruder seines Vaters, Onkel Michael, schüttelte ihm gleich mit beiden Händen die Hand und rief seine beiden erwachsenen Söhne herbei, damit sie Paul begrüßten. Als Kinder hatten sich die beiden bei jedem Besuch sofort über Pauls Bastelkasten hergemacht, um an seinem Klebstoff zu schnüffeln. Onkel Michaels Frau Jane war vor einigen Jahren verstorben, danach war er ein bisschen aus der Bahn geraten, hatte als Sextourist im Fernen Osten und dann als Priesterkandidat sein Heil gesucht, sich am Ende aber in den ganz normalen Ruhestand begeben, bekleidete also ein kirchliches Ehrenamt und besuchte Abendkurse.

Pauls Tante Sarah – die Schwester seiner Mutter, die bei der Hochzeit seiner Eltern die Torte gebacken hatte – schloss ihn in die Arme und drückte ihm einen Kuss aufs Ohr. Sie war nie verheiratet gewesen, hatte aber eine langjährige »Spezialfreundin« namens Colette, die sie überallhin begleitete, so auch zu Graces Trauung. Dieses Mal hatte man Sarah nicht gebeten, die Hochzeitstorte zu backen, daher fürchteten alle, dass sie über das später unter den Gästen verteilte Backwerk ein besonders hartes Urteil fällen würde.

Paul erkannte einige von Graces früheren Collegefreundinnen aus der Nachbarschaft: diverse Taras, Susans, Lisas und Louises, allesamt größer, als er sie in Erinnerung hatte, sicher wegen der hohen Absätze, und dazwischen eine recht unterschiedliche Mischung aus Begleitpersonen. Ein Paar fiel ihm besonders auf: ein eleganter Herr um die achtzig mit prachtvoll toupiertem Haupthaar und seine ältere Gattin, die ihr Haar dunkelbraun gefärbt hatte und damit aussah, als würde sie fröhlich hinter einer Hecke hervorspitzen. Beide waren kaum größer als eins fünfzig, und sie strahlten die ganze Zeit. Der Mann schlug Paul freundschaftlich auf den Rücken und beugte sich dicht zu ihm vor, um etwas zu sagen, änderte dann jedoch seine Meinung, bot seiner Gattin stattdessen den Arm und glitt mit ihr davon, um sich in der zweiten Reihe auf der Seite des Bräutigams niederzulassen, von wo aus er sämtliche Gäste mit Lächeln und Winken willkommen hieß.

Die Kirche hatte sich unter gedämpftem Stimmengewirr allmählich gefüllt. Die Frauen machten einander wegen ihrer Kleider Komplimente; die älteren Häsinnen unter ihnen hatten sich für diese Aprilhochzeit mit Mänteln oder Kunstpelzstolas gewappnet. Die Männer hielten den üblichen männlichen Smalltalk mit unverfänglichen, allgemeinen Themen. Am aufgeschlossensten waren die Begleitpersonen, die sich an diesem Tag in ihre Rolle als gutmütige Zuhörerinnen und Zuhörer fügten, weil ihnen ohnehin nichts anderes übrig blieb. Der Kirchendiener werkelte wie ein Roadie beim Rockkonzert am Altar herum, sorgfältig darauf bedacht, dass alles so war, wie es sein sollte. Der Pfarrer unterhielt sich mit Andrews Eltern und Helen, die sich zur Gruppe gesellt hatte, weil sie nicht allein herumsitzen wollte. Ganz vorn plauderte Andrew angeregt mit seinem Trauzeugen, er wirkte wie immer gefasst, der perfekte Bräutigam. Er trug einen elegant geschnittenen italienischen Anzug in Blau mit weinroter Krawatte und einem gestärkten reinweißen Hemd mit Umschlagmanschetten und Manschettenknöpfen aus Perlmutt, die sein Vater schon bei der eigenen Hochzeit getragen hatte. Dass er nervös war, erkannte man nur an seinen gelegentlichen Blicken zu den Milchglasfenstern des Vorraums, wo Grace erscheinen würde, sobald sie so weit war. Währenddessen gab der Organist, dieses Schlitzohr in Sachen Honorar, diverse Voluntarys zum Besten, warme, süßliche Akkorde und ein bisschen spielerisches Geplänkel mit der Rechten, wobei er bewusst auf das dämonischere Klangspektrum der Orgel verzichtete.

Das plötzliche Gewusel der eilig in die Kirche strömenden Raucher verkündete das Eintreffen der Braut und ihrem Gefolge. Der Organist legte eine Pause ein, und nachdem sich alle erhoben hatten, fiel eine freudig erregte Stille über die Versammlung. Paul stand neben seiner Mutter in der vordersten Reihe, Helen zog sicherheitshalber ihr Taschentuch hervor. Leonard, ganz der Menschenbeobachter, blickte nach vorn zum Pfarrer, über dessen Gesicht ein breites, onkelhaftes Strahlen ging, das seine Vorliebe für den romantischen Teil zu Beginn der Trauung verriet. Andrew stand ruhig und erfreut vor dem Altar, insgeheim erleichtert, dass Grace heute pünktlich erschienen war, da es ihm wirklich etwas bedeutete.

Die Brautjungfern kamen zuerst; etwas eingeschüchtert von der Aufmerksamkeit der Versammelten, die wie eine Horde Paparazzi die Handys hochhielten, schritten sie hintereinander über den Gang, um vorn ihren Platz einzunehmen.

Dann, mit einem Nicken des Fotografen und großem Gefühl für Dramatik, stimmte der Organist Bachs *Concerto für Cembalo und Streicher Nr. 5 f-Moll* an, das Andrew als »Graces Lieblingslied aus *Hannah und ihre Schwestern*« kannte.

Und da war sie.

Einen Augenblick verharrte sie, demütig und dankbar, sie strahlte übers ganze Gesicht, als wollte sie lauthals »Ta-ra!« schmettern.

Sie trug ein prächtiges wadenlanges elfenbeinfarbenes Satinkleid. Aber nicht das Brautkleid, sondern die schillernden smaragdgrünen Schuhe darunter zogen alle Blicke auf sich, so unerwartet und doch so typisch für Grace. Sie trat vor und ergriff Peters Arm, der sich alle Mühe gab, langsam zu gehen, während ihm die Brust vor wunderbarem Stolz schwoll. Andrew ließ Grace dabei nicht aus den Augen und dankte Peter mit einem feinen Lächeln, bevor er Graces Finger schließlich mit seinen Händen umschloss.

»Tja, hier bin ich«, sagte Grace schlicht und einfach.

»Du siehst so wunderschön aus«, erwiderte Andrew, noch schlichter und einfacher.

Überall in der Kirche drückten Freundinnen die Hände ihrer Begleitpersonen, Ehefrauen rückten enger an ihre Ehemänner heran. Der Pfarrer, der den besonderen Moment nicht unterbrechen wollte, aber seiner Pflicht walten musste, begrüßte Grace, Andrew und die versammelte Gemeinde mit warmen Worten. Er umriss kurz die einzelnen Abschnitte der Trauungszeremonie und erklärte ihre symbolische Bedeutung, eine althergebrachte Methode, den Teilnehmenden schon im Voraus zu bedeuten, wann sie näher an den Altar herantreten mussten. Er hielt eine beschwingte Predigt über den Wert von Liebe und Familie und legte seinen Schwerpunkt mehr aufs Philosophische und weniger aufs Spirituelle, denn als Mann der Kirche wusste er, wie man Fragen des religiösen Bekenntnisses überspielte, um sich damit langfristige Vorteile zu sichern, schließlich waren in der Zukunft noch ein paar Taufen, Firmungen und Kommunionsfeiern zu erwarten. Auch Pfarrer mussten mit der Zeit gehen, sonst hätten sie bald ausgedient.

Während der vorangegangenen Wochen hatte Grace immer wieder betont, dass sie sich am allerwenigsten auf den Gottesdienst freue, denn als Nicht-Gläubige käme sie sich heuchlerisch vor, aber jetzt, da sie mittendrin steckte, wünschte sie, es würde immer so weitergehen. Obwohl sie sich stundenlang mit dem Entwurf des Kirchenhefts abgerackert hatte und jedes Lied, jedes Gebet in- und auswendig kennen müsste, verfolgte sie alles mit gebannter Aufmerksamkeit, jedes Wort, jeder Gedanke kam ihr frisch und neu vor, erprobte Ratschläge zum Thema dauerhafte Liebe, ihren Höhen und Tiefen. Als Kind hatte sie die heilige Messe als ellenlange Prozedur erlebt, doch ihr Traugottesdienst schien wie im Flug zu vergehen, ihr Zeitgefühl war vom Glück ganz verzerrt.

Als der Moment gekommen war und sie ihre selbstverfassten Eheversprechen abgegeben hatten, glitten auch die Ringe leicht über ihre Finger. Und so, umgeben von Freunden und

Familie, wurden sie in einem uralten, aber zeitlosen Ritual zu Mann und Frau.

Als der Gottesdienst vorüber war, schritten sie lächelnd aus der Kirche, zu den Klängen von Händels *Einzug der Königin von Saba* – der Organist war wirklich sein Geld wert.

Nach mehreren Fotos, Umarmungen von Gratulanten und einem Chor von guten Wünschen stiegen Grace und Andrew auf den Rücksitz des Regency Red Jaguar Mark 2, den Grace zu Ehren ihres Fernsehhelden Inspector Endeavour Morse ausgesucht hatte. Hand in Hand kuschelten sie sich auf die beengten roten Ledersitze und winkten wie ein Königspaar aus den Seitenfenstern.

»Na«, sagte Grace, »das war richtig nett.«

25

EMPFANG

Beim Hotelempfang musste Paul seinen Freund Leonard einen Moment sich selbst überlassen, um bei den Familienfotos zu helfen, denn ihm war die Aufgabe übertragen worden, verirrte Familienmitglieder einzufangen, die sich aus Langeweile vom Acker gemacht hatten, obwohl man sie gerade jetzt dringend brauchte.

Da Grace und Andrew nicht mehr zu den ganz blutjungen Brautpaaren zählten, waren auch ihre Gäste etwas älter und weniger geneigt, beim munteren Stehempfang an der Hotelbar schon vor dem Essen dem Alkoholkonsum zu frönen. Stattdessen sah man einige unter ihnen gähnen, sie waren schließlich früh aufgestanden, männliche Gäste mit schwangeren Partnerinnen suchten nach Sitzgelegenheiten, und Paare, die ohne ihre Kinder gekommen waren, verschickten Textnachrichten an babysittende Großeltern.

Außer Paul und seiner engsten Familie kannte Leonard kaum jemanden. Er schlenderte mit seiner Sektflöte durch den Empfangsraum, nahm sich ein paar Häppchen vom Tablett – ein Zwiebel-Bhaji und ein Lachs-Irgendwas. Der Hotelpianist klimperte ein paar Stücke aus dem *Great American Songbook*, überall hingen Anzugjacken über Stuhllehnen, die Frauen waren einen kurzen Moment aus ihren hochhackigen

Schuhen geschlüpft. In der Vergangenheit hätte sich Leonard in einer solchen Situation unwohl gefühlt, von den Anwesenden beobachtet, als wäre sein Alleinsein ein Umstand, der von allen bemerkt und kommentiert wurde. Früher hätte er jetzt die vertraute Sehnsucht nach sozialem Rückzug verspürt, den Wunsch nach Unsichtbarkeit in der Menge, und sein Selbstbewusstsein hätte sich weggeklappt wie ein Wandbett. Doch jetzt, da er in sich einen kleinen Ort des Friedens gefunden hatte, konnte er an der Fröhlichkeit in diesem Raum teilhaben, ohne sich ausgeschlossen zu fühlen.

Der Hoteldirektor lief mit einer Glocke durch den Empfang, das Signal für die hungrige Meute, auf dem vorm großen Speisesaal aufgestellten Sitzplan ihren Namen zu suchen.

Die Gäste nahmen ihre Plätze an den großen runden Tischen ein, versuchten, sich auch den weiter entfernt sitzenden Tischnachbarn vorzustellen, während sie auf das Brautpaar und natürlich auf das Essen warteten. Leonard sollte zwischen Paul und einer Dame namens Gloria Grimes sitzen, einer Verwandten von Andrew, die es nur auf die Gästeliste geschafft hatte, weil Leonard seine Begleitperson abgegeben hatte. Grace hatte sie neben Leonard platziert, weil sie ebenfalls schrieb, doch es stellte sich rasch heraus, dass sie das Reden noch besser beherrschte.

»Ich hab schon immer gesagt, dass Hochzeiten eine ganz wunderbare Gelegenheit sind, neue Menschen kennenzulernen«, setzte sie an. »Eigentlich die beste Gelegenheit, wo sonst trifft man Leute ohne Hintergedanken? Ich meine, ich schreibe Bücher, wie Sie sicher wissen, daher nehme ich oft an Buchvorstellungen teil, diese Veranstaltungen mit Wein und Canapés, aber da schaut einen niemand richtig an, sie gucken an dir vorbei, aus Angst, hinter dir jemanden zu verpassen. Es ist, als hätten sie so einen Radar, auf dem sie jeden aufspüren, der ihrer Karriere dienlich sein könnte, und sie lassen sich auf keine Unterhaltung ein, aus lauter Sorge, mit wem sie dann *nicht* sprechen können, aber ich sage immer, jemandem seine volle Aufmerksamkeit zu schenken ist der größte Respekt, den man einem Menschen entgegenbringen kann. Ich meine, was wären wir denn für Schriftsteller, wenn wir kein Interesse an unseren Mitmenschen zeigen ...«

Leonard versuchte, eine Zwischenfrage zu stellen, aber er war nicht schnell genug.

»... natürlich hätte ich nie erwartet, dass ich mal Schriftstellerin werden würde. Journalistin vielleicht, Sachtexte konnte ich immer gut, aber bei der Fantasie hatte ich so meine Zweifel, allerdings weiß ja niemand so genau, woher die Fantasie kommt, vielleicht wird sie gar nicht erschaffen, sondern steckt schon in uns, aber ich sage immer, es ist egal, dass meine Vorstellungskraft nicht die stärkste ist, solange ich mein Potenzial zu nutzen weiß, ist alles gut, denn das ist die halbe Miete. Ich meine, ich hab mal diesen Autor getroffen, der Arme hatte Speicheldrüsenkrebs – hat seine Frau betrogen, Gott hab sie selig –, aber Sie hätten mal sehen sollen, wie der das Haus nach ihrem Tod umgekrempelt hat. So einen Blick fürs Detail! Ich meine, wer hätte das gedacht?«

Leonard nutzte seine Chance. »Was für Bü...«

»Er hatte ein echtes Talent, so zu schreiben, dass man seinen Akzent mitlas, ich weiß nicht mehr, Holländisch oder Walisisch oder Indisch, ich meine, selbst wenn man den Akzent nicht nachmachen kann, ich kann das nämlich nicht, heißt das noch lange nicht, dass man ihn nicht *lesen* kann. So ein wunderbarer Mann. Hat sein ganzes Geld den Hunden und Katzen im Tierheim vermacht – natürlich war sein Sohn außer sich, aber Akzente konnte der schreiben, echt einzigartig. Ich meine, jeder Profi kann Ihnen sagen, wie schwer das ist.«

Sie hielt kurz inne, um ihr Brot mit Butter zu bestreichen – Leonard hatte schon zwei Scheiben intus. Er fand die Frau auf unerklärliche Weise interessant. Ihm fiel auf, dass er seltsame Menschen irgendwie mochte. Vielleicht lag es an ihrer Intensität.

Sie setzte ihren Vortrag fort, das Brot hatte sie in Viertel geschnitten, aber nichts davon gegessen.

»Eine Sache kann ich nicht ausstehen, ich meine, *auf den Tod* nicht ausstehen, wenn Leute eine Sache machen und sie danach immer und immer wieder ausschlachten. Ich meine, was soll das? Damit ruiniert man sich die Karriere, nur weil man kein Selbstvertrauen hat. Mehr ist das nicht! Mangelndes Selbstvertrauen. Nennen Sie es, wie sie wollen. Diese Frau, die bei mir im Creative-Writing-Kurs war – also ich habe unterrichtet, sie war Teilnehmerin –, hat in jeder Geschichte über ihre Kindheit geschrieben und ständig Formulierungen benutzt wie ›neben der Tür stand ein leerer Stuhl‹. Sie wissen schon, sie wollte absichtlich depressiv klingen, weil sie dachte, dann würde sie sich literarischer anhören, aber ich bin sicher, Sie haben das auch schon bemerkt, es gibt Menschen, die so sehr mit dem Schreiben beschäftigt sind, dass sie darüber vergessen, eine Geschichte zu erzählen. Das macht mich wahnsinnig.«

Sie fuchtelte mit dem Buttermesser herum, als wollte sie so den Geist des schlechten Schreibens verjagen.

»Grace hat mir erzählt, Sie seien ebenfalls Schriftsteller, nicht, dass ich das nicht gleich bemerkt hätte, ich meine, so was fällt mir immer sofort auf, Sie haben so eine Art an sich. Vielleicht habe ich sogar schon ein Buch von Ihnen gelesen? Krimis, oder?«

»Nein. Kinderlexika«, antwortete Leonard.

Tante Gloria verstummte.

»Oh«, sagte sie nach einer Weile. »Wie nett.« Endlich nahm sie einen Bissen von ihrem Brot.

Ein Kellner war auf Leonard zugetreten, doch bevor er etwas zu ihm sagte, hob der Mann das Namensschild an, um sich zu vergewissern, dass er in Leonard die richtige Person vor sich hatte.

»Entschuldigen Sie bitte, aber Ihre Schwester wartet draußen am Empfang auf Sie.«

»Meine Schwester?«

»Ja, Sir. Am Empfang. Durch die Schwingtür, an der Garderobe vorbei.«

»Aha, ja, gut. Sie ist nicht meine Schwester, sondern die meines Freundes«, sagte Leonard und zeigte auf Pauls leeren Platz neben sich.

»Sie hat aber Ihren Namen genannt, Sir. Ich wollte das nur ausrichten.«

»Grace hat vermutlich einen kleinen Notfall und braucht Hilfe – bin gleich zurück«, sagte er zu Tante Gloria, die sich bereits abgewandt hatte, um dem eleganten älteren Herrn mit dem toupierten Haupthaar und seiner Gattin mit der dunkelbraunen Gesichtshecke einen Vortrag zu halten.

Leonard machte sich mit höflich eilenden Schritten auf zum Empfang.

Dort angekommen, traf er auf Shelley, die allein vor einem Bücherregal stand und auf ihrem Daumennagel kaute.

»Oh. Hi«, sagte er.

»Überraschung!«, sagte Shelley mit leicht verlegenem Fuchteln.

»Das ist jetzt wirklich unerwartet. Was führt dich her?«

»Ich wollte dich sehen. Bin sogar mit dem Auto gefahren, kannst du dir das vorstellen? Musste mir die Karre von meiner Schwester leihen.«

»Ah. Okay. Ich bin gerade auf einer Hochzeitsfeier.«

»Das weiß ich auch. Hast du mir doch erzählt, dass sie heute hier stattfindet. Ich habe sie gebeten, dass sie dich an den Empfang holen. Tut mir leid, ich musste ihnen weismachen, dass du mein Bruder bist, denn deiner Ex-Brandschutzbeauftragten hätten sie sicher nicht geholfen.«

»Das glaube ich auch«, sagte er und sah sich verdattert um. »Wollen wir uns da drüben hinsetzen?«

Er führte sie in eine ruhige Ecke neben dem Kamin, wo sie sich auf Sofas gegenübersaßen, ein niedriger Tisch zwischen ihnen.

»Möchtest du Tee oder vielleicht Kaffee?«, fragte er.

»Nein, danke.«

»Und, wie geht's so? Ich hab das Gefühl, wir haben uns ewig nicht mehr gesehen.«

»Ganz gut. Obwohl, eigentlich nicht. Weißt schon.«

»Ja, ich weiß. Seltsame Woche.«

Shelley zupfte an einem Fingernagel herum, den sie halb abgebissen hatte.

»Shelley, ich möchte dir nicht zu nahetreten, aber ist alles okay bei dir?«

»Margaret ist heute vorbeigekommen. Meine Kollegin. Sie hat das Ei für Patrick gebracht und dein Buch.«

»Ah. Okay.«

Sie zögerte.

»Dein Buch ist wunderschön, Leonard.«

Er war nicht sicher, was er sagen sollte.

»Danke, Shelley.«

Die Unterhaltung war in eine Sackgasse geraten. Shelley sah ihn direkt an.

»Das wollte ich dir nur sagen.«

»Dafür bist du den ganzen Weg hergefahren? Wir sehen uns doch morgen im Büro, hast du das vergessen? Ich bin nicht verschwunden oder so was.«

»Ich habe meinen Job gekündigt, Leonard. Ich werde nicht mehr ins Büro kommen.«

»Doch hoffentlich nicht wegen mir?«

»Nein. Nicht wegen dir. Aber dir habe ich es zu verdanken. Ich habe gesehen, wie viel du in deine Arbeit investierst, deine ganze Fantasie und Kreativität, und dass du dir deine kindliche Leidenschaft bewahrt hast. Du bist so lebendig, bist nie zynisch geworden oder hast dich von den äußeren Umständen unterkriegen lassen. Nie hast du deine Neugier verloren. Ich habe bei der Arbeit angerufen und mir ein paar Tage freigenommen, weil ich mich auf einmal so unwohl gefühlt habe, ich hatte einfach keine Lust mehr, wie angestochen herumzurennen und mich um alles zu kümmern: Patrick, die Arbeit, Geld. Ich war überfordert, vor allem, als die Sache zwischen uns einfach den Bach runtergegangen ist. Mein Chef, der nicht bei uns im Gebäude sitzt und nicht mal merken würde, wenn ich mir einen Monat freinehme, hat mir mitgeteilt, er würde nur Urlaub genehmigen, wenn er für mich eine Vertretung gefunden hätte, da hab ich ihm meine Sicht der Dinge geschildert, und tja, den Rest kannst du dir denken. Jedenfalls habe ich gekündigt, und jetzt muss ich mir überlegen, was ich als Nächstes tun werde.«

»Da hast du ja eine ziemlich heftige Woche hinter dir. Das mit deinem Job tut mir leid.«

»Muss es nicht. Die Arbeit war eine Qual und stressig. Ich hatte mich an das Einkommen gewöhnt, und sie haben mir die

Nachmittage freigegeben, was ich vermutlich woanders nicht finden werde, aber irgendwann wäre ich in dem Job vor die Hunde gegangen.«

»Shelley, ich weiß nicht, was ich sagen soll. Ich würde gern mit dir darüber reden, aber heute ist Graces Hochzeit. Das kommt jetzt alles so unerwartet.«

»Ich weiß, das ist alles zu viel. Du hast übrigens ein paar verpasste Anrufe und ein, zwei Nachrichten auf dem Handy. Ich wollte dir nur sagen, dass mir dein Buch wirklich gefallen hat und Patrick total darin vernarrt ist.«

»Das freut mich sehr. Ich war nicht sicher, ob ich ihn gut getroffen habe.«

»Du warst ziemlich nah dran. In echt hat er einen Bart, ein Glasauge, Holzbein und Buckel, aber der Rest hat super gepasst. Was du im Infokasten über ihn geschrieben hast, dass er ›ganz viel Herz und ganz viel Fantasie‹ hat, das hat mich echt berührt.«

»Es sollte etwas ganz Besonderes sein, nur für ihn. Und für dich.«

»Das ist dir voll gelungen, Leonard.«

Es herrschte unsicheres Schweigen, die peinliche Seite der Stille.

Leonard erhob sich. »Ich muss langsam zurück. Es war schön, dich wiederzusehen, Shelley.«

»Bitte bestraf mich nicht, Leonard«, sagte Shelley. »Ich weiß, ich habe dich verletzt, aber du musst deine Gefühle nicht zurückhalten.«

Leonard zögerte, er war verunsichert. Dann setzte er sich wieder hin, dieses Mal neben Shelley.

»Ich halte gar nichts zurück, Shelley. Ich will dich auch nicht bestrafen. Warum sollte ich das tun?«

»Was passiert dann zwischen uns?«

»Ich weiß es nicht, Shelley. Ich kann es dir nicht sagen, weil ich es nicht weiß. Solche Unterhaltungen bin ich nicht gewohnt. Ich kenne die Regeln nicht. Es ist mir alles ein Rätsel. Es kommt mir vor, als müsste ich dir eine bestimmte Formel aufsagen, die ich nicht kenne, und ich habe Angst, dass du dich abwendest, wenn ich nicht das Richtige sage.«

Shelley sah ihn aufmerksam an. Die Atmosphäre zwischen ihnen war angespannt, ernst.

»Du stellst mich ständig auf den Prüfstand. Und ich kann dir garantieren, dass ich jedes Mal versagen werde. Spontan etwas Tiefsinniges sagen, das schaffe ich nicht. Aber weißt du was? Das ist völlig unwichtig. Sollte es zumindest sein, ist es aber nicht, zumindest nicht für dich. Jeder kann im rechten Moment ein paar schöne Floskeln aufsagen. Eine passende Formulierung finden. Aber es sind nur leere Worte. Sie beweisen nichts. Wichtig ist der Mensch dahinter. Sein wahres Gesicht. Was er sich dir zu offenbaren traut, in echt, in der echten Welt, ohne Soundtrack im Hintergrund, ohne Spielchen. Du bedeutest mir sehr viel, aber ich habe keine Angst davor, der Mensch zu sein, der ich nun mal bin. Ich kann dir kein Theater vorspielen, Shelley. Ich habe viel an Patrick gedacht. Habe ihn mir wie den kleinen Jungen vorgestellt, der ich in seinem Alter gewesen bin. Wie das war, weiß ich noch ganz genau. Die Erinnerung ist fest in mir verankert, ich habe nicht vergessen, wie sich das anfühlt. Keine Ahnung, was ich gemacht hätte, wenn ich ihn bei einer unserer Verabredungen kennengelernt hätte. Da war kein Plan, ich hatte keine schlaue Patentlösung parat. Aber ich weiß, dass ich ihm mit Aufrichtigkeit begegnet wäre. Ich hätte nicht mit seinen Gefühlen gespielt. Mir ist klar, wie wichtig er dir ist. Vielleicht verstehe ich es nicht so wie du, aber ich verstehe sehr gut, was er dir bedeutet. Nichts liegt mir ferner, als sein Wo zu gefährden, allerdings weiß ich auch, dass ich in Sachen Beziehung zu wenig Erfahrung, zu wenig Ahnung habe, um zu erkennen, wann ich mich falsch verhalte oder mir was Unpassendes rausrutscht. Du stellst mir diese Fragen, damit ich funktioniere, dir was beweise, aber so kann ich nicht leben. Immer in Habachtstellung, von der Frage gequält, wann die nächste Stichprobenkontrolle kommt. Wann mir die Sphinx das nächste Rätsel aufgeben wird. Ich werde mich nach Kräften darum bemühen, liebevoll zu sein. Dir zuzuhören. Zu lernen, mit einer Frau zusammen zu sein, für die ich etwas empfinde. Ich bin allerdings nicht sicher, ob dir das reicht.«

Leonard hielt inne, als er merkte, dass er mehr gesagt hatte, als er wollte. Er hatte alle Zurückhaltung aufgegeben, einfach weitergeredet, Sachen gesagt, die er erst beim Aussprechen verstand. Wahrheiten. Die Früchte seiner Trauer.

Shelley, die während Leonards improvisierter Rede mit einem abgerissenen Faden herumgespielt hatte, holte jetzt tief Luft und drängte ihre Tränen zurück.

»Weißt du«, sagte sie leise, »auf der Fahrt hierher habe ich mir genau überlegt, was ich dir sagen wollte. Damit du's weißt: Eigentlich wollte ich alles rauslassen und dir ein paar Dinge über mich erklären, die du, wie ich jetzt merke, offenbar schon längst verstanden hast. Ich weiß, dass es impulsiv von mir war, einfach hier hereinzuschneien, aber ich musste mich endlich mal über diese innere Stimme hinwegsetzen, die mich ständig zur Vorsicht mahnt, jedes Mal, wenn sich mir im Leben eine Chance bietet. Ich glaube, ich habe mir so eine Rolle zurechtgeschneidert, als Patricks große Beschützerin, aber wenn ich ehrlich bin, habe ich in der letzten Woche erkannt, dass ich meinen Sohn nur als Vorwand benutze, um mich vor der Welt

26

DER MORGEN DANACH

Am nächsten Morgen erwachte Leonard mit einem Glücksgefühl. Am vergangen Abend waren er und Shelley sich auf neue Weise nähergekommen, nachdem sie so lange schweigend beieinandergesessen hatten, dass Leonards Hochzeitsessen kalt geworden war. Die Frage, wo sie in ihrer Beziehung standen, hatten sie offengelassen, aber einen richtigen Versöhnungskuss hatte es gegeben und eine Verabredung zum Mittagessen in ein paar Tagen. Er hatte sie zum Wagen ihrer Schwester begleitet und sie durch den Spalt im heruntergelassenen Fenster geküsst, es ließ sich nicht weiter herunterkurbeln. Sie war unter munterem Hupen davongefahren, allerdings wie eine Radfahrerin, der das Einbahnstraßensystem des Parkplatzes egal war.

Jetzt, im Bett aufgesetzt, ein Kissen im Rücken, einen Becher Hoteltee auf seinem Bauch balancierend, betrachtete Leonard durch einen Spalt im Vorhang die gedämpften Farben des anbrechenden Morgens. Er musste die Beine ein wenig anziehen, denn Paul, der neben ihm schlief, hatte eine Position eingenommen, die in der Heraldik als Schräglinksstellung bezeichnet wurde. Kein Wunder, dass Paul nach einem Abend voll aufgekratzter Energie müde war, schließlich hatte er auf Alkohol verzichtet und stattdessen Lucozade gewählt, ein Getränk aus seiner Kindheit, das er wegen der eingebildeten Heilkräfte nur bei Erkältungen zu sich genommen hatte. Am vergangenen Abend aber hatte er es in rauen Mengen genossen und war, zusätzlich aufgeputscht von der allgemeinen Feierlaune bei einer Familienhochzeit, als Gast zur absoluten Hochform aufgelaufen. Es gab sicher keinen Mann, der den Lindy Hop besser ausgekostet hatte als er, irgendwann hatte er sogar einen großen Kreis Hop-williger Partnerinnen um sich versammelt, die er wahllos auf die Tanzfläche zog, unter ihnen auch Gloria Grimes, die Autorin, die sich sogar für eine zweite Runde angestellt hatte. Er hatte einige Solo-Einlagen aufs Parkett gelegt, aber seine One-Man-Show von *Kung Fu Fighting*, bei der er seine Judo-Techniken zum Besten gegeben hatte, war nicht zu toppen gewesen, vor allem, weil er sich dazu noch die Krawatte um den Kopf gebunden hatte, ein netter Touch, auf den er später stolz gewesen war. Als die Musik vorbei war und die Gäste zu Bett gingen, zog Paul weiter an die Bar – zu diesem Zeitpunkt hatte er allerdings schon auf heißen Kakao umgeschaltet –, wo er mit Grace Quartett spielte, *Mythische Wesen*, das er den ganzen Tag in seiner Brusttasche dabeigehabt hatte. Obwohl es ihr Hochzeitstag und sie über die Jahre so gut zu ihm gewesen war, schlug Paul sie gnadenlos, alles andere wäre allerdings auch schwierig gewesen, schließlich hatte er die Krake, die in allen Kategorien stach, außer in Geschwindigkeit. Um fair zu sein, sollte man allerdings erwähnen, dass Grace nicht ganz bei der Sache war, nachdem Paul ihr von seinem neuen Job bei der Nationalen Pantomimenvereinigung und seinen Plänen für den Club der Stille erzählt hatte, die von Lambert begeistert aufgenommen worden waren. So begeistert, dass er sich gleich als Mitorganisator gemeldet hatte. Ausnahmsweise war Grace einfach nur stolz auf ihren Bruder gewesen und hatte ihre Skepsis unterdrückt; selbst Schwestern erkannten gelegentlich, dass es nicht immer auf den praktischen Wert ankam.

Oben in der Honeymoon-Suite hatten sich Grace und Andrew das Frühstück aufs Zimmer bestellt, dazu gab's eine Flasche Sekt von der Hotelleitung. Vor dem Zubettgehen hatte Grace sämtliche Frühstücksoptionen auf dem Bestellzettel angekreuzt und ihn außen an den Türknauf gehängt, sodass sie jetzt zusätzlich zum normalen Frühstück mit frischen Säften, Porridge, Toast und Spiegelei mit Würstchen auch neumodische Speisen wie Bratkartoffeln auf dem Tisch stehen hatten. Sie konnte sich nicht erinnern, auch »Bücklinge« angekreuzt zu haben, aber auch die waren dabei – sie überlegte kurz, sie Andrew unters Kissen zu legen, um ihn davon abzuhalten, nach dem frühmorgendlichen Pullern wieder in die Federn zu kriechen.

Die Hochzeit war einfach zauberhaft gewesen. Den ganzen Tag über war Grace froh und zufrieden herumgelaufen, nur jetzt taten ihr vom vielen Fotolächeln die Kiefermuskeln weh, von dem Gegacker während der Feier danach ganz zu schweigen. Sie war eine gesellige, umtriebige Braut gewesen, war von Tisch zu Tisch geschlendert und hatte darauf geachtet, mit jedem ihrer Gäste ein paar Worte zu wechseln, danach hatte sie barfuß zu *Come on Eileen* getanzt und sogar einen wilden Can-Can hingelegt. Irgendwann stahl Andrew sich mit ihr nach draußen, sie hatten einen kleinen Spaziergang unternommen und heimlich ein Stück Hochzeitstorte verdrückt. Dann hatten sie noch eine kleine Privattour durchs Schlosshotel gemacht, und Grace hatte bereits in diesem Moment gemerkt, wie glücklich sie mit ihm sein würde. Er nannte sie bei jeder Gelegenheit »meine Frau« und sah sie verliebt an, wenn sie mit ihm sprach.

Als er jetzt aus dem Bad kam, noch mit seinen nassen Händen und dem Entfernen der unter dem Ehering verklumpten Seife beschäftigt, saß Grace bereits am Frühstückstisch. Er beugte sich zu ihr herab und küsste sie auf den Nacken.

»Na, hoffentlich wirst du davon satt«, sagte er.

»Ich hab dir übrigens Bücklinge bestellt, wenn du mich liebst, isst du sie auch.«

Andrew zog ein entsprechendes Gesicht.

»Was hat dir am besten gefallen?«, fragte sie. »Gestern, meine ich. Und sag jetzt bloß nicht: ›Dein wunderschönes Kleid, Grace‹ oder ›dein verliebter Blick‹. Ernsthaft.«

Er überlegte kurz.

»Hm. Vielleicht die Kirche? Oder der erste Tanz? Nein, weißt du, was mir tatsächlich am besten gefallen hat?«

»Raus mit der Sprache. Überrasch mich.«

»Das Beste war, nach der Trauung im Jaguar von Inspector Morse zu sitzen. Unser erster intimer Moment als verheiratetes Paar. Nur wir beide. Glücklich. Mit knurrendem Magen, klar, aber ja, glücklich. Und du?«

Grace dachte nach.

»Ich glaube, es war Dads Rede. Er hat sich alles von der Seele geredet, ohne sentimental zu werden. Seine Worte hatten so eine emotionale Klarheit. Er kennt mich schon mein ganzes Leben, aber jetzt, da wir älter sind, ist unsere Beziehung noch reicher geworden. Es war ein großer Moment für ihn, das ist mir klar. Er wollte ihn unbedingt einfangen, die richtigen Worte finden. Er war so ... wie soll ich das beschreiben? Zärtlich. Ja, das war er: zärtlich. Ich wusste nicht, dass es möglich ist, einem Menschen im Moment des Loslassens zu vermitteln, wie sehr man ihn liebt. Das werde ich nie vergessen.«

Sie lüftete die Speiseglocken und begann ihr erstes Frühstück als verheiratete Frau, die Pilze schob sie auf Andrews Teller, dafür mopste sie sich seine Bratkartoffeln.

Spontan drehte sie sich zu ihm um.

»Wie wäre es, wenn wir das hier aufessen und dann wieder ins Bett gehen?«, fragte sie.

Andrew stieß mit seinem Apfelsaft an und rührte sich Honig in den präkoitalen Porridge.

Helen saß ein Stockwerk tiefer beim Kaffee am Sekretär in ihrem Zimmer und schaute hinaus in den nebligen Morgen. Peter schlief nach einer durchschnarchten Nacht immer noch tief und fest, sein Heuschnupfen hatte sich durch den Genuss von Weizenbier noch verschlimmert. Er hatte seine Sache gut gemacht. Sie wusste, dass er im Beruf ein Talent für Präsentationen hatte, aber dass sie ihn eine Rede hatte halten hören, war auf ihrer eigenen Hochzeitsfeier gewesen, und die lag nun wirklich ein paar Jahre zurück. Wie er sich geöffnet und über die Familie gesprochen hatte, darüber, was sie ihm bedeutete. Über Helen. »Die einzige wahre Liebe meines Lebens«, hatte er gesagt. Und das von einem Ökonomen.

Es war ein besonderer Tag gewesen, diese langen Telefonate mit Grace in den vergangenen Wochen hatten sich bezahlt gemacht, denn alle Einzelheiten hatten sich wunderbar gefügt, ohne dass es gezwungen gewirkt hatte. Diese Gespräche würden ihr fehlen. Bald wäre Grace auf dem Weg in die verlängerten Flitterwochen, und Gespräche aus Japan waren nicht billig. Und danach? Wer wusste das schon. Dass Grace bei ihrer Hochzeit schon etwas älter war, hieß auch, dass sie schnell eine Familie gründen würde. »Das Versuchen macht am meisten Spaß«, hatte ihr Vater damals zu ihr gesagt.

Seit Paul ihr am vergangenen Abend von seinem Job und der

Möglichkeit erzählt hatte, ein Apartment zu beziehen, musste Helen der Tatsache ins Auge blicken, dass ihr ein neuer Lebensabschnitt bevorstand, dass sie schon bald wichtige Entscheidungen treffen müsste – aber die konnten warten. Seltsam, dass sie sich jahrelang um die Selbstständigkeit ihrer Kinder bemüht hatte, und jetzt mit solchem Unbehagen auf die Aussicht reagierte, wieder ihr eigenes Leben zu leben.

Aber das gehört dazu, wenn man Kinder hat. Sie haben ein Recht auf ihr eigenes Leben. Vom ersten Tag an gibt man es ihnen stückweise zurück, bis sie irgendwann ihrer Wege ziehen.

Sie betrachtete den schlafenden Peter. Der Mann, dem sie ihr Leben gewidmet hatte und den sie so sehr liebte. Es war schon so lange her, seit ihre Beziehung zwanglos gewesen war, unverstellt, spontan. Gelegentlich hatten sie darüber gesprochen: Reisepläne, romantische Abende, vielleicht sogar ein kleineres Haus, um ein bisschen Geld zu sparen. Sie mochte sich die Panik kaum eingestehen, die sie beim Gedanken daran erfasste, dass sie von jetzt an mit ihm allein wäre, nur sie und er.

Schließlich trank sie ihren Kaffee aus und schlüpfte wieder ins Bett. Ihre Füße waren ein bisschen kalt, und Peter rührte sich leicht, als sie versuchte, sie an seinen Beinen zu wärmen. Er zog sie sanft an sich, sie passten noch immer zusammen wie Puzzleteile, nach all diesen Jahren.

27

PICKNICK BEI DEN TOTEN TIEREN

Auf der Arbeit gab es für Leonard nicht viel zu tun. Die Illustratoren, die von zu Hause arbeiteten, waren damit beschäftigt, ihre eigenen Kinder während der Schulferien zu bespaßen, daher musste sich Leonard keine neuen Entwürfe ansehen. Das Schablonen-Sachbuch über die Römer war mittlerweile in Satz gegangen, die Fahnen würden erst in zwei Wochen bei ihm landen. Obwohl es hieß, dass ein paar neue Projekte auf ihn warteten, hatte man ihm bis jetzt keine neuen Aufgaben zugeteilt – ein mögliches Buch über Weltreligionen, von dem einige gemunkelt hatten, war wieder eingemottet worden, zu »aktuell«. Da er keinen Kleinkram zu erledigen hatte, vertrödelte er zwanzig Minuten damit, neue Hintergründe für seinen Bildschirm und ein paar psychedelische Einstellungen für seinen Computer auszuprobieren. Die Langeweile wurde so schlimm, dass er freiwillig auf ein Pläuschchen zu Helpdesk-Greg rüberschlenderte.

»Hi, Greg. Viel zu tun?«

Greg war gerade dabei, ein Baguette aufzuschneiden, neben ihm wartete bereits sein selbst zubereiteter Sandwichaufstrich, der im Grunde sämtliche Zutaten enthielt, die man für einen Salat verwenden würde, nur hatte Greg sie streichfertig zu einer septischen Paste püriert.

»Bin gerade dabei, meinem Meisterwerk den letzten Schliff zu geben. Weißt ja, Lenny, mein Körper ist mein Tempel, und mein Magen ist der Altar. Und auch die Liebe geht durch den Magen«, sagte er, wobei er die Stimme erhob und den Blick auf Margaret richtete, Shelleys frühere Kollegin, die sich am Telefon mit einem verärgerten Kunden herumschlug. Sie bewarf ihn mit einem Stift, ohne ihn auch nur anzusehen.

»Was führt dich zu meinem Beichtstuhl, Lenny? Ich höre, die Liebe ist verwelkt, nichts erblüht mehr in der Hose. Das tut mir leid. Männer wie du und ich haben einfach kein Glück, wie es scheint. Wer zu hohe Ansprüche hat, ist zur Einsamkeit verdammt«, sagte er, den Blick wiederum auf Margaret gerichtet.

»Ach, so schlimm ist es gar nicht. Weißt du schon, wann die neuen Farbpatronen für den Drucker kommen? Ich hab ein paar Sachen, die ich mir mal auf Papier ansehen will.«

»Lenny! Du musst die Pornoseiten aus dem Internet doch nicht ausdrucken. Für Männer wie dich, die sich mit Drucksachen amüsieren wollen, gibt's doch Zeitschriften. Und Schmuddelbücher.«

Greg riss den Mund auf, um in sein Baguette zu beißen, Margaret sah ihm dabei zu, die Miene vor Ekel erstarrt. Leonard musste zugeben, dass er auch neugierig war, ob Greg wirklich das ganze Ding verputzen würde.

Helpdesk-Greg erfüllte alle Erwartungen.

Er stieß einen Triumphschrei aus und reckte beide Daumen in die Luft, und als er auf den letzten Brocken herumkaute, mahlte sein Kiefer wie eine Waschmaschine im Schleudergang.

»Okay. Dann mach ich mich mal wieder an die Arbeit«, sagte Leonard.

»Der junge Herausforderer räumt das Feld‹, sagte Greg, wobei er klang wie die Stimme aus dem Off bei einer Tierdokumentation. »Besiegt vom Alphamännchen, der die erfolgreiche Jagd mit seinen Weibchen feiern wird.«

Dieses Mal landete Margaret mit dem Tacker einen Volltreffer.

Wieder zurück am Platz sah Leonard eine neue Mail von Mark Baxter, BEd:

Von: himark@markbaxterbed.com

Hi, Lenny,

komme gerade aus einem Meeting mit den Leuten von Factorial Publishing. Die haben ein paar richtige Checker, diese Leute werden das Lexikon-Business aufs nächste Level liften. Echte Disrupteure!
Dein Buch fanden sie mega. Also so richtig voll mega. Problem ist nur, es ist nichts für sie. Sie meinten, es ist kein richtiges Faktenbuch. Mehr ein Geschichtenbuch. Ich sag so, sag ich: ›No way, Leute! Das ist voll das Disrupter-Buch – absoluter Game Changer!‹ Damit waren sie cool, aber für so was würden sie keinen Regalplatz bei den Sachbüchern kriegen, sie machen eben keine Erzählliteratur, und dein Buch fällt zwischen alle Stühle, weißt du? Sie meinten, sie wollen weiterhin auf die normalen Sachbücher setzen und sich damit als Disrupteure behaupten.

Sorry, mein Freund. Danke, dass du damit zu mir gekommen bist. Wenn du mal wieder meinen Rat brauchst, komm vorbei, ich bin dein Mann.

Take it easy (aber nicht zu easy, haha!)

Es wird empfohlen, Obiges zu beachten.
Mark Baxter, BEd

Leonard schickte ihm eine kurze Antwort, dankte ihm für seine Bemühungen, wünschte ihm alles Gute für sein nächstes Projekt und bekundete, dass er sich auf die Zusammenarbeit freue. Es versteht sich von selbst, dass Leonard Mark Baxter, BEd, am Ende seiner Mail empfahl, Obiges zu beachten.

Natürlich war er ein wenig enttäuscht. Bei diesem Buch hatte er alles gegeben, bei der Arbeit daran allerdings auch vieles zurückbekommen. Nachdem er beschlossen hatte, das Buch Patrick zu widmen, war es ihm ehrlich gesagt sogar egal gewesen, ob das Buch je von anderen gelesen wurde. Manchmal laufen die Dinge so, dachte er, das Motiv für eine Handlung entpuppt sich erst, wenn man sie ausgeführt hat.

Irgendwann war der dahinschleichende Vormittag an den nächsten Zwischenstopp gelangt, die Mittagspause. Leonard schnappte sich seine Jacke und machte sich auf den Weg, um Shelley zu treffen. An der Tatsache, dass sie das Naturhistorische Museum gewählt hatte, meinte Leonard ein wenig Kompromissbereitschaft zu erkennen. Sie hatte ihm sogar angeboten, ein vegetarisches Picknick zuzubereiten, was ihm angesichts des Umstands, dass sie es in einem Saal voller toter Tiere verspeisen würden, allerdings etwas unsinnig vorkam.

Bei seiner Ankunft kam ihm eine Gruppe Grundschulkinder in kleinen Warnwesten entgegen, begleitet von einer jungen Lehrerin, die sie im Vorbeigehen durchzählte. Leonard ging eine alte, bei jedem Schritt wie ein Schiff knarzende Holztreppe hinauf zur Säugetierabteilung, wo sie sich verabredet hatten. Er kam an den ersten Vitrinen vorbei, wo die Könige der Wildnis ausgestellt waren, Löwen, Tiger, Eisbären und Schimpansen. In der Mitte des Saals, unter dem buckeligen Walskelett, das seit Jahren verkehrt herum von der Decke hing, entdeckte er Shelley mit einem Skizzenblock vor einem Nilpferdbullen, und neben ihr, anhand ihrer Beschreibung sofort erkennbar, saß Patrick.

»Hallo, Leute!«, sagte Leonard. »Ich störe hoffentlich nicht?«

»Hey! Du kommst gerade richtig. Wir sind eben mit unseren Bildern fertig geworden. Patrick, das ist Leonard. Ich hab dir ja erzählt, dass wir ihn heute treffen. Er will nämlich wissen, wie du dein Buch über die Römer fandest.«

Patrick sah auf.

»Hi, Leonard. Ich mach das hier noch fertig, da muss noch was hin, ein kleiner Strich und hier noch was, und ... fertig!«

Er zeigte Leonard sein Bild.

Leonard ging neben Patrick in die Hocke. »Oh, das gefällt mir«, sagte er.

»Meins sieht aus wie ein normales Nilpferd, aber mit ein paar Tricks«, erklärte Patrick. »Das hier ist ein Turboantrieb, damit es schneller vor Raubtieren flüchten kann. Der Löwe da hinten weint, er sagt: ›Ach, warum bin ich so lahm, ich kann nicht mal ein watschelndes Nilpferd erwischen‹, und das da an seinen Füßen sind Räder, aber die fährt er nur aus, wenn Schienen in der Nähe sind, aus seinen Stoßzähnen kommen noch mehr Schienen, die verlegt er überall, damit kann er seine Räder auch auf Holperpisten und normalen Straßen benutzen.«

»Aha. Und was ist das hier?«, fragte Leonard.

»Das ist ein Schussloch, wo die Franzosen ihn getroffen haben.«

»Warum die Franzosen?«

»Vor langer Zeit hat ihnen Afrika gehört, und es gab viele Kriege, aber wenn ich mal die Welt regiere, ist Schluss damit. Wenn ein Land Krieg macht – zapp! – Kopf ab!«, sagte Patrick und fuhr sich dabei mit dem Bleistift über die Kehle.

»Und wie haben sie die Tiere getroffen, ohne die Vitrinen zu zerschießen?«

Patrick warf den Kopf in den Nacken und stöhnte auf.

»Die haben sie doch nicht hier erschossen! Das war in Afrika und solchen Ländern, und dann haben sie sie in die Glasschränke gestellt. Das musst du doch wissen, wenn du Bücher schreibst.«

»Hier ist dein Sandwich«, sagte Shelley grinsend und reichte Leonard ein leicht zerdrücktes, in Frischhaltefolie gewickeltes Brotgebilde.

»Ach, danke. Darf ich fragen, womit es belegt ist?«

»Ei.«

»Ei?«

»Ja, Ei«, sagte Shelley. »Ich will nicht, dass du zu wenige Proteine bekommst. Deine Gesundheit liegt mir wirklich am Herzen.«

»Alles klar. Es ist nur so, dass ich von Eiern leicht Blähungen bekomme und, tja, im Büro kann man keine Fenster aufmachen.«

»Das kriegst du schon irgendwie hin. Patrick! Komm her, Raubtierfütterung!«

»Ähm, ich verzichte auf Sandwiches. Gibt's was Süßes? Kann ich was vom Museumsladen haben, bitte, bitte, bitte?«

Patrick zerrte an Shelleys Ärmel.

»Schauen wir mal«, sagte sie, dann mit Blick auf Leonard: »Schauen wir mal.«

28

CLUB DER STILLE

Paul und Lambert hatten den Saal der Nationalen Pantomimenvereinigung mit viel Liebe für den ersten Club der Stille vorbereitet. Es gab einen Stuhlkreis, der untere Teil der Bühne war mit einer Lichterkette dekoriert, eine schöne Idee von Lambert, der damit sein Talent fürs Optische bewies. Die Lebenden Statuen bezogen an verschiedenen Stellen im Saal Position: Marleys Geist stand an der Eingangstür und begrüßte dort die eintreffenden Gäste, ein windzerzauster Mann harrte neben dem Empfang, und diverse Schornsteinfeger und Mozarts verteilten sich auf die Sitzplätze. Als entspannende Hintergrundmusik ließ Paul *4'33"* von John Cage laufen.

Natürlich waren Helen und Peter gekommen. Helen wollte vor allem das Apartment besichtigen, obwohl Paul ihr erklärt hatte, dass noch nicht feststand, wann Arnos Freundin ausziehen müsse. Das, so dachte Paul, war eine etwas heikle Angelegenheit, die sich mit der Zeit lösen würde.

Obwohl sich Grace in den Flitterwochen befand, hatte sie dennoch darauf beharrt, am ersten Club teilzunehmen, schließlich sei Kyoto mit seinen Schreinen und Tempeln so was wie die Hauptstadt der Stille. Zur verabredeten Zeit würden sie und Andrew sich in einem nahe gelegenen Zen-Tempel einfinden und ebenfalls schweigen.

Leonard nahm selbstverständlich auch teil und hatte sich freudig bereit erklärt, den beiden bei der Organisation zu helfen. Es war seine Idee gewesen, im Anschluss Tee und Gebäck zu servieren, ja, er war tatsächlich so weit gegangen, den Verkäufer nach den leisesten Keksen im Angebot zu fragen. Die Wahl fiel natürlich auf Soft Cakes.

Shelley konnte leider nicht. Sonntagabend würde sie die Einführungsvorlesung besuchen, denn dank Leonards Anregung und der Unterstützung ihres Vaters hatte sie beschlossen, als Teilzeitstudentin ihren BA in Bildender Kunst zu machen. Shelleys Schwester hatte ihr einen wiederverwertbaren Gutschein fürs Kinderhüten präsentiert, den sie einsetzen konnte, wann immer sie jemanden zum Aufpassen brauchte. Patrick hatte auch einen Gutschein gebastelt, auf dem vermerkt war, dass sich in solchen Fällen seine Zubettgehzeit automatisch nach hinten verschob und er ein Recht auf gezuckertes Müsli hatte. Shelley sagte, beim nächsten Club der Stille wäre sie sicher dabei.

Helen hatte Barbara von der Veranstaltung erzählt, die aus dem Krankenhaus entlassen worden war und Lust auf Neues hatte. Obwohl sie, wie sie gestand, in ihrem Leben noch nie eine ganze Stunde lang still gewesen war, fand sie, es klinge wohltuend und friedlich und könnte sich als gute Möglichkeit erweisen, unter Leute zu kommen. Sie traf vorzeitig ein und hatte ihre eigenen Diabetikerkekse dabei.

Paul hatte Mrs Hawthorn Anfang der Woche noch einen Besuch abgestattet. Sie hatte mehrere Tage geschlafen, es wollte ihr einfach nicht besser gehen. Er war über eine Stunde bei ihr geblieben, hatte ihr die Hand gehalten und die Stille für sie mitgenossen.

Beim Judo, von Paul dank seiner Lindy-Hop-Einlage bei der Hochzeit mit Muskelkater absolviert, hatte er seinem Sensei und Lazlo vom Club der Stille erzählt. Da die beiden alles andere als Plaudertaschen waren, fanden sie die Idee super und kamen vor ihrer Nachtschicht als Sicherheitsmänner in einer Lagerhalle im Club vorbei. Paul war ganz gerührt, sie außerhalb der Judostunden zu sehen, und hatte das Gefühl, dass die beiden sich langsam für ihn erwärmten.

Lambert hatte im Supermarkt gefragt, ob er einen Zettel aushängen dürfe, und war mit demselben Filialleiter ins Gespräch gekommen, der auch Pauls Konfektdose geöffnet hatte. Der Zettel sei gar kein Problem, sagte er und bot sogar an, ihnen samstags einen Slot beim Taschenpacken freizumachen, falls sie sich mal ein bisschen dazuverdienen wollten. Lambert bedankte sich aufrichtig und lud ihn zum Club ein, aber das war nicht sein Ding: Er sei wie ein Hai, sagte der Filialleiter, immer in Bewegung.

Unter den Teilnehmenden waren sogar ein paar neue Gesichter: eine Frau im Gymnastikanzug mit Yogamatte unterm Arm, zwei italienische Studenten, ein Mann in Latzhose, der sich nur als alter Freund von Arno vorstellte und sich dabei seitlich an die Nase tippte.

Als es so weit war, stellte Paul einen Topf mit einer Sonnenblume in die Mitte des Stuhlkreises. Wäre es nötig gewesen, hätte sich in diesem Moment sicher Schweigen über die Gruppe gesenkt.

»Hallo«, sagte Paul. »Danke, dass ihr alle zum ersten Club der Stille am Sonntagabend erschienen seid. Sobald ich mich gesetzt habe, bleiben wir eine Stunde lang still auf unseren Plätzen. Besondere Anweisungen sind nicht nötig, wir wollen uns lediglich bemühen, so still zu sein wie diese Sonnenblume.«

Jeder erlebte diese Stunde auf individuelle Weise, was wieder mal die endlose Vielfalt auf der Welt beweist: Selbst beim

Nichtstun ist jeder anders. Sensei und Lazlo saßen stocksteif und konzentrierten sich auf die Stille, ihre durch den Kampfsport trainierte mentale Disziplin war tief verankert. Im Gegensatz dazu ließ sich Barbara permanent ablenken, sie schaute im Saal herum, suchte ständig Blickkontakt, in der Hoffnung, sich wenigstens stumm über diese neue Erfahrung austauschen zu können. Lambert, der bei der Organisation des Abends vollen Einsatz gezeigt hatte, saß nur da und staunte über die intime Atmosphäre, die sich einstellte, wenn Menschen freiwillig miteinander die Stille begingen. Die Lebenden Statuen übertrafen sich selbst: Weil sie auf engstem Raum zusammen waren, versuchten sie sich in Sachen Reglosigkeit gegenseitig zu übertrumpfen. Arnos Freund tat, als würde er meditieren, wohl, um eine Affinität zur attraktiven Yoga-Dame zu signalisieren, während die italienischen Studenten still dasaßen und sich wahrscheinlich fragten, wo sie eigentlich gelandet waren.

Es dauerte nicht lange, bis Peter eingeschlafen war, Helen hingegen nutzte die Zeit, um über die Veränderungen in ihrer Familie und den neuen Lebensabschnitt nachzudenken, der sich vor ihr auftat. Im Zen-Tempel auf der anderen Seite der Weltkugel schwieg Grace im Schneidersitz, Andrew neben ihr hatte in der morgendlichen Hitze seine liebe Müh, es ihr gleichzutun. Leonard, für den Stille so kuschelig war wie ein Bett, genoss jeden Augenblick, denn sein Universum dehnte sich gerade wieder aus.

Mittendrin saß Paul, dem wer-weiß-was durch den Kopf ging.

Was ist im Lauf der Jahrhunderte nicht alles über Blumen geschrieben und gesagt worden, und doch musste erst jemand wie Paul kommen, dem auffällt, wie still sie sind.

DANKSAGUNG DES AUTORS

Ich verdanke alles meiner Frau Sinéad. Ohne deine Liebe und Unterstützung wäre dieses Buch nie geschrieben worden.

Mein besonderer Dank gilt meinen wunderbaren Söhnen Thomas und Jacob. Dieses Buch wurde an einem Tisch voller Brettspiele und Lexika geschrieben, und euer Enthusiasmus hat mich dabei stets begleitet.

Mein Dank geht außerdem an: Kevin und Hetha Duffy und allen bei Bluemoose Books für ihre harte Arbeit, Kreativität und Leidenschaft und vor allem dafür, dass sie beschlossen haben, *Leonard und Paul* zu veröffentlichen, eine Entscheidung, die mein Leben verändert hat.

Meine Lektorin Lin Webb für ihre Sorgfalt und kluge Arbeit an diesem Buch. Sie hat mich zu einem besseren Leser und Autor gemacht.

Fiachra McCarthy für das wunderschöne Coverdesign.

Michael Stevens, weil er mich dazu inspiriert hat, ein Buch zu schreiben, und bei jedem Schritt ermutigt hat.

Anna Carey für ihre großzügigen Ratschläge.

Conor und Gillian Rapple, die das Buch in einem frühen Stadium gelesen und mir sehr geholfen haben.

Das Personal der Baldoyle Library in Dublin für ihre Hilfe und die vielen interessanten Bücher.

Alle, die mir zuhörten, wenn ich mal wieder übers Schreiben geredet habe, und mir zur richtigen Zeit nette Dinge sagten: Ihr wisst, dass ich euch auf ewig dankbar bin.

Meine Familie, Freunde, Kollegen: Ihr seid alle eine Wucht, aber im Buch kommt keiner von euch vor, also könnt ihr euch wieder entspannen.

Honest Ulsterman, The Bohemyth, Brilliant Flash Fiction und Flash Fiction Magazine, die meine frühen Erzählungen veröffentlichten – und an alle, die sie gelesen haben.

LITERATURE IRELAND
Promoting and Translating Irish Writing

Die Übersetzung dieses Buchs wurde
von Literature Ireland gefördert.

Juli 2024
DuMont Buchverlag, Köln

Die deutsche Erstausgabe von ›Leonard und Paul‹ erschien 2023 bei
WOYWOD & MEURER, ein Imprint des Torsten Woywod Verlags, Kerpen.

German translation rights arranged with
Melville House Publishing
46 John Street
Brooklyn, NY 11201, USA
Die englische Originalausgabe erschien 2019 unter dem Titel
›Leonard and Hungry Paul‹ bei Bluemoose Books, Hebden Bridge.
Vermittelt durch Agentur Brauer, München.

Übersetzung: Andrea O'Brien
Lektorat: Claudia Alt
Umschlaggestaltung: Lübbeke Naumann Thoben, Köln
Umschlagabbildung: © Perystey/Depositphotos
Satz: Angelika Kudella, Köln
Druck und Verarbeitung: CPI books GmbH, Leck
ISBN 978-3-7558-0500-7

www.dumont-buchverlag.de